DOUGLAS LINDSAY
Waschen, schneiden, umlegen

Buch

Barney Thomson ist der meistgesuchte Serienkiller seiner Zeit – aber eigentlich kann er keiner Fliege was zu Leide tun. Alles war bloß ein Missverständnis: Ihm werden sechs Morde angehängt, vier soll er gemeinsam mit seiner Mutter verübt haben. Aber eigentlich wollte er ihr bloß helfen, die zwei anderen Opfer im Frisörsalon sind ihm zufällig in die Schere geschlittert. Nun ist Barney auf der Flucht ins schottische Hochland, und es verschlägt ihn in das entlegene Mönchskloster St. Johns. Sehr zu seinem Unglück treibt dort ein echter Serienmörder sein Unwesen, nach und nach müssen verschiedene Glaubensbrüder ihr Leben lassen. Da zwei der Morde mit Frisörwerkzeugen verübt wurden, fällt auch hier der Verdacht sofort auf Barney alias Bruder Jacob. Erst als Hauptkommissar Mulholland mit seiner jungen Kollegin Proudfoot den Fall übernimmt, gibt es Hoffnung für Barney...

Autor

Douglas Lindsay wurde 1964 in Schottland geboren. Es regnete. Lindsay legt nach »Furcht und Schrecken im Frisörsalon« bereits seinen zweiten Roman mit dem Serienmörder Barney Thomson vor.

Von Douglas Lindsay bereits bei Goldmann erschienen:

Furcht und Schrecken im Frisörsalon. Roman (Manhattan 54138)

Douglas Lindsay

Waschen, schneiden, umlegen

Roman

Aus dem Englischen
von Kristian Lutze

Die Originalausgabe erschien 2000 unter dem Titel
»The Cutting Edge of Barney Thomson«
bei Piatkus, London

Umwelthinweis:
Alle bedruckten Materialien dieses Taschenbuches
sind chlorfrei und umweltschonend.

Manhattan Bücher erscheinen im Goldmann Verlag,
einem Unternehmen der Verlagsgruppe Random House GmbH

Deutsche Erstausgabe Juni 2001
Copyright © der Originalausgabe 2000
by Douglas Lindsay
Copyright © der deutschsprachigen Ausgabe 2001
by Wilhelm Goldmann Verlag, München,
in der Verlagsgruppe Random House GmbH
Dieses Werk wurde vermittelt durch die Literarische Agentur
Thomas Schluck GmbH, 30827 Garbsen
Die Nutzung des Labels Manhattan
erfolgt mit freundlicher Genehmigung
des Hans-im-Glück-Verlags, München
Umschlaggestaltung: Design Team München
Satz: Uhl + Massopust, Aalen
Druck: Elsnerdruck, Berlin
Verlagsnummer: 54153
Redaktion: Ulf Geyersbach
AL · Herstellung: Katharina Storz/Str
Made in Germany
ISBN 3-442-54153-0
www.goldmann-verlag.de

1 3 5 7 9 10 8 6 4 2

Für Kathryn

Ein chronologisch benachteiligter Prolog

Die traurige Geschichte von Bruder Festus

Bruder Festus. Ein ehrlicher Mann. Komischer Name, aber trotzdem ehrlich.

In der Schule hatten sie eine Reihe von Spitznamen für ihn. Fötus. Fetisch. Fungus. One Horse, obwohl das eine vollkommen andere Geschichte ist. Er war auch nicht kräftig, der Schuljunge Festus, sodass er geneckt und gepiesackt wurde. Jeder Aspekt seiner Persönlichkeit wurde gnadenlos seziert, übertrieben und lächerlich gemacht. Sein zu langes oder zu kurzes Haar; das Tragen oder Nicht-Tragen einer Schuluniform; der Schmalz in seinen Ohren, die Speisereste zwischen den Zähnen, der Schmier in den Augen; die zu großen Unterhosen, zunächst die fehlende Schambehaarung, später dann ein dichter Wald drahtartiger Agrikultur; eine Stimme wie ein Mädchen, eine Stimme wie ein Schwachkopf; gut in Kunst, schlecht in Werken; ein Chipolata-Penis, ein behaarter Hintern, zu große Brüste, Hoden wie Erbsen, eine Zunge wie ein Sandwich mit Dosenfleisch. Alles.

Irgendwo gibt es eine Warteschlange, in der lauter Komiker nur darauf warten, einer weiteren Schlange von Talk-Show-Moderatoren zu erzählen, dass sie komisch geworden sind, weil man sie in der Schule drangsaliert hat. Ein Abwehrmechanismus... Das hat Festus auch versucht, doch er hatte nicht den nötigen Witz. Damit hatten sie dann noch etwas, womit sie ihn aufziehen konnten.

Nachdem der Humor also versagt hatte, zog er sich an jenen Ort in seinem eigenen Kopf zurück, wo wir alle gelegentlich Zuflucht suchen, wo aber nur die Traurigen und Einsamen auch bleiben. Und er ist nie von dort zurückgekehrt.

So führten ihn der Weltenlauf und bittere Erfahrung fünfzehn Jahre vor seinem nahenden frühzeitigen Tod zum Heiligen Mönchsorden von St. John im Nordwesten von Sutherland. Eine karge Existenz passend zu seinen kargen Gedanken, denn das Leben hat diesen Mann gelehrt, jeden Versuch zu unterlassen, seinen Horizont zu erweitern. Ein Ort, wo niemand ihn neckt und keiner sich um die Eigenheiten kümmert, die seine Persönlichkeit und Erscheinung plagen. Er hat sein Zuhause gefunden. Einen Job, der seiner unterentwickelten Intelligenz angemessen ist, Leute, mit denen er umgehen kann. Bruder Festus ist in seinem Element.

Er ist Mitte der Achtzigerjahre gekommen und hat die Ereignisse von Two Three Hill deshalb um Längen verpasst. Aber er hat natürlich davon gehört. Leises Geflüster in dunklen Ecken, obwohl vieles für immer ungesagt bleibt. Two Three Hill – schon bei der bloßen Erwähnung des Namens dreht sich sein Magen um ob der persönlichen Erinnerungen, die er wachruft: Die Ungerechtigkeit der Welt gegen einen Mann. Einen einsamen Mann, von der Gesellschaft verstoßen wie Festus selbst. Er hat sich nie allzu tief mit der Geschichte befasst.

Und so kommt es, dass Bruder Festus in diesen Zeiten des Mordens und Terrors, des Herzschmerzes und Horrors, der Dichotomie von Glaube und Wirklichkeit und der sich fortsetzenden Serie üppigen Blutvergießens ein weiteres Opfer werden soll. Kein Opfer des Mannes allerdings, der Rache nimmt für die Ungerechtigkeiten von Two Three Hill. Festus wird vielmehr jenem anderen großen Serienmörder zum Opfer fallen – dem Zufall.

Festus fegt die Treppe. Ein paar Stufen, die in das Hauptgebäude der Abtei führen. Er zieht den Besen schwerfällig über die kalten Steine, ohne auch nur ein einziges Mal von seiner Arbeit aufzublicken. Als Nächstes muss er die Stufen wischen. Das ist normalerweise nicht seine Aufgabe, doch der neue Bodenwischer, Bruder Jacob, ist verschwunden. Festus ist glücklich, Fußböden und Treppen zu fegen. Glücklich auf seine Weise.

Draußen wütet der Sturm, und jede Spalte und Fuge, jeder Riegel und jede Mauerstrebe knirschen und ächzen in Agonie. Schmutzige Fenster stemmen sich gegen den Wind, und innen im Kloster rührt sich gar nichts. Kein Lufthauch weht, keine Maus brüllt, keine Spinne schwenkt ihr Vorderbein, kein blindes Huhn findet ein Korn. Es herrscht angespannte Grabesstille, Statuen und Skulpturen blicken herab auf den Rücken von Bruder Festus, der sich über seine Arbeit beugt. Gottes Arbeit.

Skulpturen von Heiligen, deren Namen schon vor langer Zeit auf dem verdammten Friedhof der Geschichte gelandet sind; die Jungfrau Maria, heiter und ergeben in ihre historische Rolle; ein sonderbarer, einsamer und verwirrter Jesus beim Letzten Abendmahl, kein Jünger in Sicht, während der Sohn Gottes seine besten Gleichnisse erzählt – *In eine Kneipe in Australien kam Sadducee, ein Pharisäer und Australier* –, und keiner hört zu, nur ein einzelner Fuß, der Judas gehört; der Erzengel Gabriel, ein gut aussehender Bursche, bärtig und traurig, die Augenbraue hoch gezogen ob irgendeines melancholischen Widerspruchs, der Frage eines Serafs über die Verderbtheit des Menschen, und alles das liegt vor ihm, die angedeutete Meditation eines Bildhauers über die Grenzen der Bedeutung; ein verbitterter heiliger Franziskus, der verrückte Mönch, der Brot verstreut, ein Ausdruck seiner sexuellen Verzweiflung, das Gesicht von Schmerz gezeichnet und um die Augen runzelig von Jahrzehnten manischer Nächstenliebe, die der dunklen Seele in uns allen trotzen will; sowie eine substanzielle Sammlung von steinernen Wasserspeiern, prachtvolle Skulpturen, ihre Köpfe grotesk wie komische Karikaturen, klassisches 15. Jahrhundert, Prä-Reformation, die Götterdämmerung der Gotik. Eine von ihnen wird es sein, die den armen Bruder Festus tötet. Wirklich zufällig oder vielleicht durch Gottes Hand. Denn Gottes Hände sind, um irgendeinen italienischen Gangster zu zitieren, verdammt scheiß groß, wenn Sie wissen, was ich meine.

Bruder Festus beugt sich langsam über den Boden des Klosters. Kalter Stein, unter dem noch immer die Leichen von Kreuzfahrern liegen, ihre Namen auf den Grabsteinen der Schande lange verwittert, sodass die meisten Brüder der kahlen Schädel gar nicht mehr gewahr sind, die zu ihnen heraufstarren, wenn sie über den Boden gehen.

Männer, die im unheiligsten aller heiligen Kreuzzüge gefallen sind, Männer, denen die Stunde geschlagen hatte – ein Dolch in die Eingeweide, ein flink über die Kehle gezogener Krummsäbel, heißes Öl, das in einen gefolterten offenen Mund gegossen wird. Sie alle beobachteten Bruder Festus, warten darauf, ihn in der Ewigkeit ihrer Qualen willkommen zu heißen.

Festus fegt den Fußboden.

Woran denkt ein Mönch, wenn er fegt?

An Gott? An seine Existenz oder Nichtexistenz? Gottheiten im Allgemeinen? Irgendeine kleine Vernarrtheit in einen der anderen Mönche oder ein Mädchen aus ferner Vergangenheit, deren Foto er heimlich unter seiner Matratze aufbewahrt? An Sport möglicherweise, eine Metapher für das Leben, das einst an ihm gezerrt und ihm etwas gegeben hatte, wofür es sich zu leben lohnte, sodass er sich noch Jahre später an einen verpassten Birdie oder einen tollpatschig fallen gelassenen Ball beim Kricket erinnerte, den er eigentlich schon sicher gefangen hatte; an einen verfehlten Schmetterball von der Grundlinie, ein falsch getimtes Tackling und ein perfektes Tor, das unglaublicherweise Abseits gepfiffen worden war. Vielleicht denkt der durchschnittliche Mönch auch an gar nichts, wenn er den Fußboden fegt. Sein Kopf ist leer, wahllose Visionen und Gedanken flackern eine Minute tief unter der Oberfläche auf, ohne je das Licht zu sehen. Ja, wer will behaupten, dass Mönche irgendetwas denken, während der Besen sich systematisch über die kalten Steine bewegt?

Doch Bruder Festus ist anders. Hier ist ein Mann, der sich an den einzigen Traum klammert, den er je hatte, eine groteske sexuelle Verzerrung, die ihren Ursprung in seinen frühen Teenager-Jahren hat, weil ihm seine begrenzte Einbildungskraft nie erlaubt hat, weiter voranzuschreiten. Er befindet sich in irgendeiner Unterwelt, die von seltsam geformten, in schwarzes Leder gekleideten Frauen bevölkert wird, die diverse eingeölte Körperteile präsentieren und sich über Festus hermachen, während jener munter Kokain von den drei Brüsten einer weiteren Gespielin schnupft. Dabei malt er sich die ganze Zeit aus, dass er tiefer und tiefer in die Verdammnis sinkt, und genießt jeden Augenblick.

Und so kommt es, dass er die Steinfigur nicht sieht, die auf ihrem hohen Sockel, auf dem sie mehr als fünfhundert Jahre gestanden hat, eigentümlich verrutscht ist. Gestanden und auf die Gelegenheit gewartet hat, einen ahnungslosen Mönch zu erschlagen und zu durchbohren. Einen Mönch wie Bruder Festus.

Festus fegt den Fußboden, während sein Verstand weit fort die ganze Skala adoleszenter Verworfenheit durchlebt, ohne seine Umgebung wahrzunehmen. Die Steinfigur löst sich von ihrem

Sockel; der Stein bricht lautlos, ein präziser Riss, wie ihn, sollte man meinen, nur ein Meistersteinmetz vollbringen könnte.

Der Fall geht geräuschlos und geschwind vonstatten. Zehn Sekunden früher, und die Figur wäre vor Festus auf dem Boden zerschellt, zehn Sekunden später, und sie hätte seinen Rücken verfehlt. Doch ihr Timing ist absolut makellos, und so kommt sie vom hohen kunstvollen Dachwerk der Abtei, gleichsam von den Göttern.

Es ist eine interessante Skulptur, seinerzeit gestaltet nach einem einheimischen Bauern mit einer Nase wie eine Pastinake. Lang, runzelig und mild im Geschmack.

Die Steinfigur dreht sich im freien Fall wie ein Turmspringer, der einen kunstvollen achtfachen Salto vollführt, bevor ihr Sturz mit dem Aufprall auf Festus ein jähes Ende findet und sich ihre Nase in seinen Hinterkopf bohrt, wo sie auch verharrt.

Festus bricht zusammen, gepfählt von der Nase der Steinfigur, sodass er aussieht wie ein Mann mit zwei Häuptern. Über seine blassen Wangen sickert langsam Blut auf den Boden, wo es sich mit dem Blut von der Nase der Steinfigur mischt.

Festus ist tot. Unter ihm liegen wartend die Kreuzfahrer und harren der Ankunft ihres Bruders. Die Abtei ist still. Keine Maus brüllt, kein blindes Huhn findet ein Korn. Und irgendwo, irgendwo hört man möglicherweise, wie der Architekt von Festus' zeitigem Unfall seinen Geschäften nachgeht.

Kapitel 1

Die tote Kuh

»Und was hast du am Wochenende gemacht?«

»Ich kann nicht glauben, dass dieser Aufzug nicht funktioniert. Zwölf beschissene Stockwerke.«

»Meinst du, die Stadt wüsste mit ihrem Geld nichts Besseres anzufangen, als es für arme Schweine auszugeben, für die Leute, die hier wohnen? Was hast du am Wochenende gemacht?«

»Kein Wunder, dass es hier von Gesindel nur so wimmelt. Da klotzen sie diese beschissenen Monstrositäten in die Landschaft, meilenweit entfernt vom nächsten Laden oder Pub. Die Leute hier haben nichts.«

»Das war vor fünfunddreißig Jahren.«

»Das macht es nur noch schlimmer. Sie hatten so viel Zeit, etwas zu verbessern, und sie haben rein gar nichts getan. Nicht mal die scheiß Aufzüge funktionieren. Stell dir mal vor, du wärst eine allein erziehende Mutter mit drei Kleinkindern und zehn Einkaufstüten.«

»Deine allein erziehende Mutter ist wahrscheinlich sechzehn und ein dummes kleines Flittchen, das irgendeinen verwichsten Neuntklässler mit Flaumschnurrbart gebumst hat, damit sie schwanger wird und ihre eigene Sozialwohnung bekommt. Was hat sie also erwartet? Einen verdammten Bungalow in Bearsden mit mehr Zimmern als was weiß ich? Was hast du am Wochenende gemacht?«

»Nichts. Ich hab am Wochenende gar nichts gemacht. Genau wie jedes Wochenende. Aber du hast wohl eine Geschichte zu erzählen, so wie du rumzappelst.«

»Hab ein bisschen gebumst.«

»Das Publikum hält gebannt den Atem an. Wer war's denn diesmal? Musstest du es mit Aud machen, oder hattest du ein Auswärtsspiel?«

»Nun, man könnte sagen, ich hatte ein Heim- und vier Auswärtsspiele gleichzeitig.«

Das Gespräch stockt für einen Moment. Sie lassen den dritten Stock hinter sich.

»Was sagst du?«

»Wie hört es sich denn an?«

»Du hast mit deiner Frau und vier anderen Frauen gleichzeitig geschlafen?«

»Genau.«

»Im Kino.«

»Nein, echt. War verdammt großartig.«

»Du hast mit fünf Frauen gleichzeitig geschlafen?«

»Genau. Und ich habe sie alle befriedigt. Orgasmen an allen Fronten.«

»Und was hat Aud dazu gesagt?«

»Sie war ganz heiß drauf. Hat jede Minute genossen.«

»Sie hat es genossen?«

»Genau.«

»Das hat sie gesagt?«

»Ja.«

»Wirklich? Aud? Sie hat tatsächlich gesagt, dass es ihr gefällt?«

»Na ja. Vielleicht nicht ausdrücklich, weißt du.«

»Was hat sie denn gesagt?«

»Na ja, direkt gesagt hat sie genau genommen gar nichts. Aber ich wusste es.«

»Ach so. Und was haben die vier Frauen gemacht, die du gerade nicht gebumst hast, während sie darauf gewartet haben, an die Reihe zu kommen?«

»Sich ineinander verknotet und so.«

»Und das hat Aud auch gemacht?«

»Ja.«

»Aud? Deine Aud?«

»Na ja, vielleicht auch nicht, ich weiß nicht. Ich hab nicht so genau hingeguckt. Ich war umringt von bebenden Bergen schwitzender Frauenkörper. Meinst du, ich hätte einen Scheiß darauf gegeben, wer was mit wem macht?«

»Und wer waren sie?«

»Wer?«

»Diese mystischen vier Frauen, von denen deine Frau so begeistert war, dass du mit ihnen geschlafen hast, dass sie gleich mitgemacht hat?«

»Einfach ein paar Frauen.«

»Was soll das heißen, einfach ein paar Frauen? Vier Frauen von der Straße? Vier Frauen, die du in einer Bar getroffen hast? Vier Frauen aus einem malaysischen Katalog? Deine Cousinen? Die Begleitband von Robert Palmer? Die Bangles? All Saints? Wer?«

»Einfach ein paar Frauen.«

»Also, wenn du in den Augen deines Publikums deine Glaubwürdigkeit wahren willst, musst du dich schon ein bisschen mehr anstrengen.«

»Woher soll ich das wissen? Es waren einfach Frauen. Ich hab ihre Namen nicht mitbekommen. Meinst du, ich hätte mich darum gekümmert, wie sie heißen und alles?«

»Und wo hast du sie getroffen?«

»In der Stadt.«

»In der Stadt? Du bist also einfach zusammen mit Aud die Argyll Street runtergelaufen und über vier willige Frauen gestolpert, die mit euch beiden ins Bett gehen wollten?«

»Genau.«

»Auf der Argyll Street?«

»Was? Na ja, also auf der Argyll Street war es nicht, aber so ähnlich.«

»Wo denn? Sauchiehall Street? Renfield Street? Fantasy Planet Street? Walt Disney Street?«

»Ach, leck mich doch, Mulholland.«

»Wie oft haben Sie schon vor Gericht ausgesagt, Sergeant?«

»Was soll das heißen?«

»Es hat am Wochenende gar keine vier Frauen gegeben. Das hast du dir ausgedacht.«

»Nein, hab ich nicht.«

»Hast du wohl.«

»Nein, hab ich verdammt noch mal nicht. Es waren vier echte Frauen mit mir und meiner Frau.«

»Blödsinn.«

»Was?«

»Du redest Scheiß. Du redest immer Scheiß, wenn es um Sex geht. Jedes Mal. Du könntest für Nike Scheiße reden, so voll bist du davon. Ich sehe den Spot für eine neue Nike-Sport-Kollektion zum Scheiße-Reden schon vor mir: Du stehst an einem brasilianischen Strand, im Hintergrund läuft süßliche Musik, und du redest den größten Haufen Scheiße, den je ein Mensch gehört hat.«

»Okay, okay, es waren keine vier.«

»Wie viele?«

»Drei.«

»Wie viele?«

»Drei. Ich sag dir, es waren drei.«

»Wie viele?«

»Also gut, vielleicht waren es auch nur zwei. Aber Aud war auch dabei, und damit sind es drei.«

»Blödsinn. Wie viele?«

»Himmel Herrgott, also gut. Es waren bloß die zwei, und Aud wusste nichts davon.«

»Du hast nur Scheiße im Kopf, Ferguson. Wer waren die beiden?«

»Na ja, weißt du, ein paar Schnallen eben. Einfach ein paar Schnallen.«

»Es waren Prostituierte, oder?«

»Nee.«

»Wirklich nicht?«

»Nein. Glaubst du, ich könnte keine Nummer schieben, ohne zu einer Nutte zu gehen?«

»Ja, genau das glaube ich. Nicht einmal deine Frau kommt auch nur in deine Nähe.«

»Verdammt noch mal, ja, also gut. Es waren Nutten. Aber es zählt trotzdem. Es ist immer noch Sex, und sie kommen auf die Liste.«

»Na super. Und was hast du gemacht? Hast du dafür bezahlt, oder hast du gedroht, sie zu verhaften, wenn sie dir keine Gratis-Nummer bieten?«

»Wofür hältst du mich?«

»Nun?«

Keine Antwort. Sie erreichen das zwölfte Stockwerk, gehen lautlosen Schrittes durch den Flur bis zu der mit Graffiti beschmierten Tür. Durch das zerbrochene Fenster am Ende des Korridors weht ein kalter Wind. An einer der Türen hat ein Hund seine Visitenkarte hinterlassen; daneben steht geduldig ein Spielzeugauto, bei dem alle Reifen abmontiert worden sind.

»Du musst dich zusammenreißen, Ferguson. Wenn einer deiner Vorgesetzten von so einer Geschichte erfährt, gibt's was auf die Eier.«

»Du bist mein Vorgesetzter.«

»Ja, nun, ein Glück für dich, dass es mir scheißegal ist. Bist du so weit?«

»Gut.«

Detective Chief Inspector Joel Mulholland klopft an die Tür. Irgendwo drinnen lässt jemand ein Glas fallen.

»Lass mich in Ruhe, Mann, blöder Hohlkopf.«

Ferguson gibt dem Jungen einen Stoß in die Brust, sodass der an die Wand zurückgedrängt wird. Er lässt ihn nicht aus den Augen. Der Junge hat ein hässliches Gesicht, pockennarbig wie nasser Zement, der von einem Kind mit einem Poloschläger bearbeitet worden ist. Lippen wie zerkrümelte Kekse, sein Schnurrbart so sauber gestutzt wie die Achselbehaarung einer deutschen Kugelstoßerin.

»Blöder Hohlkopf. Billy? Was Besseres fällt dir nicht ein? Ist das das Gröbste, was dein winziger, kleiner Schädel hervorbringt? Enttäuschend, Billy, sehr enttäuschend.«

Billy McGuire beißt die Zähne zusammen und starrt auf den Boden, ohne die Hand zu beachten, die ihm weiter in die Brust stößt und sich langsam zu seinem Hals vorarbeitet.

»Komm schon, Billy, du weißt, wo der große Mann ist. Ich weiß, dass du es weißt, und du weißt, dass ich es weiß. Also warum machst du uns das Leben nicht leichter, sparst uns allen eine Menge Zeit und sagst es uns einfach?«

McGuire sagt gar nichts. Seine Lippen sind versiegelt. Allerdings nicht wegen irgendeines kriminellen Ehrenkodex. Wenn er weiter schweigt, wird ihm die Polizei Ärger machen, und er wird möglicherweise wegen ein oder zwei kleinerer Straftaten verurteilt. Wenn er jedoch irgendwann den Mund aufmacht, wird man seine Lippen und seine Nase auf den Fußboden nageln, gefolgt von weiteren unerfreulichen Akten, nach denen ihm wenig Blut zum Weiterleben bleiben wird. Er muss immer wieder an das Schicksal des kleinen Matt denken, dessen schlaffer Penis zwischen die Backen eines Lochers gezwängt worden war. Das waren Männer, die man besser nicht hinterging.

»Scheiß drauf«, sagt Mulholland. »Nehmen Sie ihn fest, und dann werden wir sehen, was wir kriegen. Hat doch keinen Sinn, hier stundenlang rumzuhängen.«

Ferguson packt McGuire am Kragen und führt ihn zur Wohnungstür, hinaus auf den Flur und den langen Marsch durchs Treppenhaus, aus dem ihnen die eigenartigsten Gerüche entgegenschlagen. Dabei wissen beide, dass es nur eine weitere sinnlose Verhaftung an einem sinnlosen Tag der Kriminalitätsprävention und -bekämpfung ist. Sie wissen, dass McGuire nicht reden wird, sie wissen, dass dieser Tag sie dem Kern der Drogenhändler-Organisation keinen Schritt näher bringen wird, die sie seit drei Monaten jagen. Eines Tages, irgendwann werden sie möglicherweise einen Ermittlungserfolg erzielen, aber diesbezüglich hegt keiner von beiden irgendwelche Hoffnungen. Polizeiarbeit pro forma.

»Hast du Samstagabend den Mist im Fernsehen gesehen?«, fragt Ferguson.

»Was für ein Mist soll das denn gewesen sein?«, gibt Mulholland zurück. »Der Mist, wo ein Typ rumprahlt, Sex mit achthundert Frauen gleichzeitig gehabt zu haben, während er in Wirklichkeit nur ein Loch in eine Melone gebohrt und sich auf Channel 5 einen billigen Porno angeguckt hat?«

»Die Rangers«, antwortet Ferguson unbeirrt. »Ein Haufen

Scheiße. Und die ganzen beschissenen Ausländer. Wenn sie schon Pfeifen verpflichten, können sie wenigstens schottische Pfeifen verpflichten statt diesem Ausländerpack. Bloß, weil irgendein Idiot Marco Fetuccini oder Gianluca Spaghetti heißt, bedeutet das nicht automatisch, dass er auch einen Ball treffen kann. Ein Haufen Mist.«

Mulholland trottet einen weiteren Treppenabsatz hinunter, bevor er antwortet. Denkt ans Wochenende. Eine weitere Folge von Streitereien; bedeutungslos, schal und sinnlos. Genau wie dieser bedeutungslose, schale und sinnlose Tag und die ganze Woche, die noch vor ihm liegt. Er weiß, dass er sich selbst bemitleidet, glaubt jedoch, dass er es rechtfertigen kann.

»Hab ich nicht gesehen«, sagt er schließlich. Ferguson grunzt eine Antwort, fragt jedoch nicht weiter nach. Er weiß alles über die häuslichen Probleme der Mulhollands und wird sie bestimmt nicht vor jemandem wie Billy McGuire zur Sprache bringen.

»Können nicht mal scheiß Dundee schlagen«, sagt er stattdessen. »Absoluter Mist. Jetzt ist kack St. Johnstone Tabellenführer. Was für ein Witz. Wir waren mal eins der besten Länder in ganz Europa, verdammt noch mal. Wir haben sogar Spiele gewonnen. Jetzt können wir uns freuen, wenn wir gegen Gurkentruppen aus Lettland gewinnen, die Lokomotive Tallinn oder Rice Krispies 1640 heißen.«

»Tallinn ist in Estland«, sagt Billy McGuire.

»Du hältst die Klappe«, sagt Ferguson. »Mit dir hab ich nicht geredet. Was weißt du überhaupt von Fußball, du Spinner?« Und gibt ihm einen weiteren Stoß die Treppe hinunter.

»Fußball«, sagt McGuire, »worin nichts lieget außer scheußlichem Wüten und unmäßiger Gewalt, die Schmerz und Kränkung nach sich ziehen und folglich Groll und Bosheit, die denen bleibet, die verletzet wurden.«

Ferguson bleibt stehen und sieht ihn an. Mulholland, der ein paar Schritte vor ihnen geht, dreht sich um.

»Was?«, sagt Ferguson.

»Thomas Elyot«, sagt McGuire.

»Thomas Elyot?«

»Genau.«

»Hör zu, Jungchen, glaubst du, ich geb einen Scheiß auf Thomas Elyot. Ich werd dir Thomas Elyot zeigen, du Mistkerl. Noch so was und ich schieb dir deinen scheiß Thomas Elyot in den Arsch. Also, Maul halten.«

Sie treffen im Präsidium ein und stoßen McGuire vor sich her. Ferguson betritt den Ort ohne weitere Gedanken. Arbeit ist Arbeit, jeder Tag bloß ein weiterer Tag, ein Mittel zum Zweck. Mulholland wird jedes Mal mutlos, wenn er durch die Tür tritt. Er träumt von dem Tag, an dem er seinen Schreibtisch endgültig leer räumen, in Rente gehen und jeden Tag mit Melanie verbringen kann.

Toller Traum.

»Buchten Sie ihn ein, Sergeant, ja? Und wenn er noch irgendwelche Literatur zitiert, dürfen Sie ihm den Schädel einschlagen.«

»Astrein.«

Mulholland geht entschlossen weiter am Empfangstresen vorbei, die Treppen hinauf in sein Büro. Eine Tasse Kaffee, ein paar Minuten die Füße hoch legen, bevor er die weiteren Eventualitäten des Tages bedenken muss. Es ist noch immer Vormittag, und der Tag liegt vor ihm wie ein riesiger faulender Tierkadaver mitten auf der Straße. Die obligatorische tote Kuh des Montagmorgens.

»Chief Inspector?«

Mulholland bleibt stehen und dreht sich um.

»Ja?«

Sergeant Watson, der hässlichste Mann, der je hinter dem Empfangstresen einer nordeuropäischen Polizeiwache gestanden hat. Wangenknochen wie Fleischlappen, eine monumentale Nase, klobige Lippen, ein weitschweifiger Schnurrbart, der in abenteuerlichen Tangenten über ein Gesicht wuchert, das in seinem Leben schon einiges an Aufregung gesehen hat.

»M. möchte Sie sprechen«, sagt er.

Mulholland starrt ihn an. Seine Nase, um genau zu sein. Erst nach einem Moment kann er den Blick losreißen, er sieht die Minuten mit hoch gelegten Füßen rapide schwinden.

»Wann?«

»Sobald Sie reinkommen.«

Mulholland blickt auf seine Uhr. Noch nicht einmal zehn, aber das ist im Grunde egal. Seine Tage sind zu einer Kette lästiger Pflichten geworden.

»Er möchte wahrscheinlich, dass ich seine umwerfende Frau nächste Woche auf den Weihnachtsabend begleite, was?«

»Die Perle aus dem Katalog? Ich fürchte, darum hat er mich schon gebeten.«

»Und mich sowieso«, sagt Ferguson laut, bevor er in den Eingeweiden der Wache verschwindet.

»Großartig«, sagt Mulholland. »Danke, Bill.« Danke für gar nichts. Und so steigt er die Treppe hinauf, während sein Mut in den Keller schießt wie auf einer Achterbahn, die immer nur abwärts fährt. Scheiß Job, scheiß Ehe, scheiß Leben. Und er sucht jemanden, an dem er es auslassen kann. Besser nicht an dem Superintendent, aber wenn er mit ihm fertig ist, kann er sich an Billy McGuire halten. Ihm in den Arsch treten, falls nötig.

Er geht durch die Abteilung der Kripo, die wie üblich vor Aktivität summt. Telefone klingeln, Leute reden, Papier stapelt sich auf Schreibtischen. Inmitten all dessen eine Oase der Ruhe, ein weiblicher Sergeant mit einer aufgeschlagenen Zeitschrift vor sich, eine Tasse Kaffee in der rechten Hand, während die linke eine Taktfolge auf den Schreibtisch trommelt. Sie liest einen Artikel: »Warum Männer im Bett beschissen sind«. Was Mulholland allerdings nicht sehen kann. Warum sollte ihr vergönnt sein, was man ihm verwehrt? Er tritt neben ihren Schreibtisch.

»Nichts zu tun?«

Detective Sergeant Proudfoot hebt den Blick. Sie arbeitet nicht für Mulholland, muss ihm also im Grunde gar keine Beachtung schenken. Bei geselligen Abenden der weiblichen Belegschaft hat sie ihn gelegentlich auf einen der ersten drei Plätze ihrer Liste von Typen bei der Polizei gesetzt, die sie nicht von der Bettkante stoßen würde, auch wenn sie Gromit-Boxer-Shorts tragen, was jedoch nicht heißt, dass sie ihm zuhören muss.

»Das erledigt sich schon«, sagt sie und schafft es so eben, die Beleidigung am Ende des Satzes wegzulassen.

Er starrt sie ein paar Sekunden an, bevor er schließlich den Kopf schüttelt und weitergeht. Manchmal ist es, als wäre man Lehrer in einer Schule, denkt er. Nur ohne die endlosen Sommerferien. Leute wie Erin Proudfoot taten nichts für die Truppe und ihren Ruf. Nichts Gutes jedenfalls. Ferguson mochte ein bornierter Banause mit noch weniger Gehirnzellen als Sexualorgan sein, aber er machte wenigstens seine Arbeit.

Etwas jedoch ist weit schlimmer: Er stellt zu seiner großen Verärgerung fest, dass er sie attraktiv findet. Sehr viel attraktiver als die verbitterte Melanie Mulholland, verquerer Fluch seines häuslichen Lebens.

Vor dem Büro des Superintendent bleibt er stehen und gönnt sich eine Pause. Er atmet ein und stößt einen langen Seufzer aus. In welcher Stimmung wird er ihn heute antreffen? Wie lächerlich wird seine Bernard-Lee-Imitation dieses Mal ausfallen? Wie oft wird er in einem Gespräch über einen Ladendiebstahl in Partick den Ausdruck »nationale Sicherheit« verwenden?

Mein Gott, es muss doch noch mehr als das hier geben, denkt er, als er die Tür öffnet und den lauwarmen Kessel sinnloser Fantasie betritt.

Ein blutiges Abendmahl

Es ist später Montagabend, und das Kloster schläft. Lange vor Bruder Festus' Tod fängt alles an. Während Joel Mulholland aus dem Pub nach Hause zu einer unglücklichen Ehe wankt und Erin Proudfoot sich durch *Besser geht's nicht* heult, während die Mönche sicher in ihren Betten liegen und Schafhirten ihre Herden hüten, wird ein Schaf vom rechten Weg gelockt und dem Schwert zugeführt.

Ein besonders grausamer Tod, dieser erste im Kloster. Noch Minuten nach der Tat spritzt das Blut pulsierend aus einer durchtrennten Arterie und fließt so reichlich den kalten Steinkorridor hinunter bis zu den verwitterten, abgetretenen Stufen, dass das Rinnsal steigt und wächst, bis es zu einer dunkelroten Miniaturkaskade angeschwollen ist und die zähe Flüssigkeit sich in einer blutigen Parodie der Reichenbachfälle munter die Treppe hinunter ergießt. Und die ganze Zeit liegt Bruder Saturday mit offenem Mund und steifen Gliedern da und kühlt ab. Letzte Empfindungen, Regungen, auch wenn der erste Hieb ihn getötet hat.

Der Mörder sieht dem dahinfließenden Blut nach und genießt die scharlachrote Blüte, die reiche Ernte seiner Rache. Dies ist sein zweites Opfer, das zweite Mal, dass er sein Messer in die samtene Schale menschlichen Fleisches gestoßen hat, und die fiebrige Erregung, die er beim ersten Mal vor vielen Jahren empfunden hat, ist nun, da er dem Objekt seines Begehrens näher gekommen ist, noch ein wenig größer. Auf seiner Lippe stehen Schweißperlen, seine Nackenhaare stehen zu Berge, die violette Ader durchpulst seine Stirn, sein ganzer Körper ist wie elektrisiert. Noch ist er kein Schwergewicht an der Serienmörder-Börse, auch noch nicht bereit, seine Vorgehensweise zu ändern und mit einer anderen Todesart zu tanzen. Sein Motiv ist die Rache, und die Befriedigung sollte nicht in der Tat, sondern in dem Ergebnis liegen.

Aber all das könnte sich ändern.

Zwölf Männer müssen sterben. Bleiben noch zehn, obwohl ihm nur die Namen von dreien dieser zehn bekannt sind. Er ist am Ende seiner Suche angekommen, doch die anderen sieben sind ihm verborgen geblieben. Vielleicht wurde es Zeit, eine weit umfassendere Rache zu nehmen, als er zunächst vorausgesehen hatte. Doch er hat noch keine endgültigen Entscheidungen getroffen. Noch nicht.

Er packt die Beine der Leiche und schleift sie rückwärts hinter sich her den Flur hinunter. Er kommt zu der Treppe und stapft lautlos die Stufen nach unten. Der starre Leichnam ergibt sich in seinen Abstieg, bis der Kopf den Treppenabsatz erreicht und dann langsam, Stufe für Stufe, auf den harten Stein schlägt, sodass die Kopfhaut von Bruder Saturdays Schädel rasch von Blutergüssen geziert ist.

Kapitel 2

Ein weiterer Aspirant für den Scheißtag des Jahres

Dienstagmorgen. Wieder ein lausiger Tag. Mulholland sitzt den zweiten Tag infolge vor seinem Superintendent und lauscht dem Nichts. Dem ans Fenster prasselnden Regen vielleicht, dem Klopfen seines Herzens. Er hat einen ekelhaften Geschmack im Mund, und sein Kopf pocht extravagant, die Folgen von vier Stunden Gin im Laufe eines sinnlosen Abends im Pub zusammen mit Ferguson und ein paar anderen Polizeideppen.

Detective Chief Superintendent McMenemy klappt die Akte zu, die er gelesen hat, und blickt auf. Eine Weile sieht er Mulholland direkt in die Augen, ohne etwas zu sagen. Die übliche Masche.

»Langen Abend gehabt?«, fragt er schließlich.

»Ja«, antwortet Mulholland, und es hört sich an wie ein heiseres Krächzen.

»Hab gehört, Sie hätten ein bisschen viel getrunken?«

Mulholland lacht und nickt. Großartig. Wie hat er das bloß herausbekommen?

»Gin«, sagt er und belässt es dabei.

McMenemy schüttelt den Kopf. »Ein Getränk für Mädchen, wenn Sie mich fragen. Können Sie nicht Whisky trinken, mein Junge?«, sagt er und murmelt noch irgendwas. Mulholland beißt die Zähne zusammen.

McMenemy, der Mann, der sich für M. hält, lehnt sich in seinem Stuhl zurück und starrt ihn über die breite Kluft des Schreibtischs hinweg an. Der alte Mann hat ihn bestimmt nicht zu sich zitiert, um ihm zu erklären, er solle Whisky statt Gin trinken, egal wie sehr es ihn schmerzen mag. Wahrscheinlich geht es um einen sinnlosen Tadel für die lange Zeit, die er schon ergebnislos an der Drogensache arbeitet.

»Haben Sie in letzter Zeit öfter mit Ian Woods gesprochen?«, fragt McMenemy.

Mulholland zuckt die Achseln. Es geht um etwas anderes, denkt er und fühlt sich sofort unbehaglich.

»Woods? Nein, nicht mehr als üblich. Hab gestern ein paar Drinks mit ihm genommen, aber es wurde nicht viel gesprochen. Er wollte ständig über diese Barney-Thomson-Sache reden. Er hat die ganze Zeit vor sich hin gemurmelt, dass Barney Thomson jedes Verbrechen verüben würde, das zurzeit in Schottland begangen wird, und dass jeder ihm die Schuld gibt, weil er ihn noch nicht geschnappt hat.«

»Hmm«, sagt McMenemy. »Was glauben Sie, wie kommt er wirklich mit dem Fall voran?«

Mulholland zögert. Er beginnt das Minenfeld zu erahnen, in das er gelotst oder kommandiert worden sein könnte. Er kann nicht behaupten, dass Woods seine Arbeit brillant erledigen würde, weil er den Typ noch nicht geschnappt hat und bekanntermaßen ein Idiot ist; doch es macht auch keinen guten Eindruck, ihn zu schlecht zu machen.

»Ganz passabel, glaube ich«, sagt er. »Aber dieser Thomson scheint einfach verschwunden zu sein.«

»Genau«, sagt M. »Er kommt ganz passabel voran, aber hat ihn noch nicht geschnappt. Die Presse steigert sich und alle anderen in eine regelrechte Hysterie hinein. Haben Sie den *Record* heute schon gesehen?«

Mulholland schüttelt den Kopf, M. greift die Zeitung seitlich vom Schreibtisch und wirft sie ihm zu. »Türen verriegeln: Frisör startet 20-Städte-Verbrechenstour.« Danach präsentiert er ihm die *Sun*. »Polizei tappt im Dunkeln, während Mörder erneut zweimal zuschlägt.« Zuletzt knallt er den *Scotsman* auf den Schreibtisch. »Medizinstudent: Barney Thomson trieb es mit meiner Mama.«

»Das wird langsam lächerlich«, sagt McMenemy. »Die Leute trauen sich nachts nicht mehr auf die Straße – das ganze Land lebt in Angst.«

»Das ist doch alles ein Haufen Schrott«, meint Mulholland.

»Das weiß ich. Und das wissen Sie. Und es gibt einen Haufen weiterer Leute, die es ebenfalls wissen, aber die Presse liebt so etwas. Wir müssen dem Einhalt gebieten, und das können wir nur, indem wir den Mann schnappen.«

Mulholland nickt, sagt jedoch nichts. Er beginnt zu ahnen, was kommt.

»Ich ziehe Woods von dem Fall ab«, sagt M. »Ich möchte, dass Sie die Leitung der Ermittlungen übernehmen. Wir brauchen Ergebnisse.«

Mulholland nickt erneut und denkt, natürlich, ich bin der Mann, der seit mehr als drei Monaten hinter denselben Drogenbaronen her ist, ohne bisher auch nur den Hauch eines Beweises zu haben.

»Es wird ihn hart treffen, aber in dieser Sache ist kein Platz für Sentimentalitäten. Wir müssen den Fall wenn möglich bis Weihnachten aufklären.«

»Alles klar«, sagt Mulholland, weil er findet, dass es Zeit wird, dass er auch etwas zu dem Gespräch beiträgt. »Ferguson und ich machen uns noch heute Morgen an die Arbeit, gehen alles noch einmal durch, was Woods getan hat, um zu sehen, was er vielleicht übersehen haben könnte.« Schon als er es sagt, könnte er mit dem Kopf schütteln, weil er weiß, dass Woods, sosehr er das Albion Rovers, das Oberliga-Desaster der Kriminalistik sein mag, wahrscheinlich nichts übersehen haben wird.

»Offen gestanden, werde ich Sie und Ferguson für diesen Fall aufteilen«, sagt M. »Wir wollen die Drogensache nicht aus den Augen verlieren, an der Sie beide gearbeitet haben, also lasse ich ihn damit weitermachen. Mal sehen, was er alleine zu Stande bringt. Ich werde ihm Constable Flaherty zuteilen.«

Michelle Flaherty? Die macht Ferguson fertig, denkt Mulholland, aber das ist nebensächlich. Stattdessen beginnt er darüber zu grübeln, ob sich hinter der Tatsache, dass man Ferguson den Fall allein überlässt, auch ein Tadel für ihn verbirgt. Der Gedanke kommt jedoch nicht weit, bevor er im Schlamm der Entfremdung stecken bleibt, die Mulhollands Geisteshaltung beherrscht. Und vielleicht wäre es ja ganz gut, zur Abwechslung mal mit jemand anderem als Ferguson zu arbeiten.

»Ich stecke Sie und Proudfoot zusammen. Ich bin sicher, Sie beide werden ein exzellentes Team bilden.«

»Gut«, sagt Mulholland instinktiv, während er denkt, verdammter Mist, der transusige, träge Trampel. Eine verdammte Frau, für die ich während der Ermittlung das Kindermädchen spielen muss, hat mir gerade noch gefehlt.

»Alles klar. Ich möchte keinen unangemessenen Druck auf meine Beamten ausüben, aber wir brauchen ein positives Resultat, Chief Inspector. Sie haben zehn Tage.«

Ein Haufen Balzac

Erin Proudfoot gibt einen weiteren Löffel Zucker in ihre Tasse und rührt langsam. Sie hat die Lektüre eines Artikels in einer zwei Monate alten Ausgabe von *Blitz!* beinahe beendet – »Wie man einen Millennium-Salonlöwen erkennt« – und denkt, dass sie selbst schon einige von ihnen getroffen hat und keine Zeitschriftenartikel braucht, um in die richtige Richtung gewiesen zu werden. Trotzdem ist der Artikel noch immer geringfügig informativer als »51 Arten in einem Hubschrauber Sex zu haben«.

Um sie herum tobt die hektische Betriebsamkeit des Reviers an einem Dienstagmorgen nach einer typischen Montagnacht in Glasgow. Sechs Messerstechereien, zwei Vergewaltigungen, vierzehn Einbrüche, dreizehn Autodiebstähle und eine Niederlage für Partick Thistle. Ihr hat man eine der weniger ernsthaften Stechereien zugeteilt, und sie wartet darauf, dass ein paar uniformierte Beamte die betreffende Frau vorführen. Senga-Ann Paterson, 16, ist von ihrem Freund, Vater ihrer beiden Kinder, zurückgewiesen worden – eine Zurückweisung, auf die sie mit einem Stich in seine Hoden reagierte – mit einer Stricknadel. Während er ins Krankenhaus gebracht wurde, ließ die Polizei sie wieder gehen, weil sich sonst niemand um ihre Kinder kümmern konnte. Außerdem war nicht sicher, ob ihr Freund Anklage erheben würde. Eine Operation und einen entfernten Hoden später gibt es keinen Zweifel mehr. Also wird sie festgenommen.

Zudem muss Proudfoot vier Telefonate führen, um einem angeblichen Versicherungsbetrug nachzugehen, sowie vierzehn Berichte über laufende Ermittlungen schreiben. In ihrem Eingangskorb stapeln sich die Akten.

Sie blättert weiter durch ihre Zeitschrift. Vorbei an den Anzeigen für hauchdünne Tampons und No-Name-Parfüms zum Ausdruck der eigenen Individualität. Beim Bild einer Bohnenstange mit blonden Haaren und endlosen Beinen bleibt sie hängen: Der Titel über dem Foto lautet »Gretchen Schumacher – Das neue Supermodel aus dem Osten und warum sie Männer lieber als Strudel mag«. Erin Proudfoot schüttelt den Kopf und wirft die Zeitschrift auf ihren Schreibtisch. Wieder fünf Minuten rum. Sie nimmt den Hörer ab, wählt die Nummer von Lloyds in London und verflucht den Straftatbestand des Versicherungsbetrugs. Als ob sie nichts Besseres zu tun hätten.

Das Telefon klingelt. Sie bereitet sich auf eine Wartezeit vor und wühlt in ihrem Eingangskorb, während sie sich vorstellt, dass die Leute bei Lloyds andere Dinge tun. Zeitschriften lesen zum Beispiel. Sie lässt es noch ein paar Mal klingeln und legt dann wieder auf. Sie zieht die Akte aus ihrem Korb, die den geringsten Bearbeitungsaufwand verspricht. Notzucht, ein Schuldbekenntnis.

Irgendwo in ihrem Büro klingelt ein Telefon und wird sofort abgenommen. Warum geht das bei Lloyds und Scotland Yard nicht, denkt sie. Sie mag das Telefon ohnehin nicht, sondern steht lieber unerwartet vor der Haustür.

»Hey, Erin?«

Sie dreht sich zu Ferguson um und zieht eine Braue hoch.

»Deine Stricknadel-Frau ist unten. Raum drei.«

Also gut.

Sie zuckt die Achseln, klappt die Akte zu und legt sie zurück in den Korb, bevor sie ihre Teetasse greift und sich auf den Weg nach unten macht.

»Und du bist sicher, dass du keinen Anwalt dabei haben willst?«

Senga-Ann Paterson hebt den Blick, drückt ihre bis zum Filter abgerauchte Zigarette aus und bringt einen gequälten Seufzer.

»Nein. Ich hab doch nein gesagt, oder?«

Proudfoot nickt und studiert die Akte vor sich, um nicht auf die drei Sicherheitsnadeln in Patersons Nase zu starren.

»Also gut, Senga.«

Nun denn, denkt sie, vielleicht machen mir Verhöre auch keinen Spaß mehr. Falscher Beruf, aber was könnte sie stattdessen machen? Eine Künstleragentur vielleicht. Als erste Attraktion würde sie diesen sexuell benachteiligten Idioten von Ferguson unter Vertrag nehmen. Er könnte als Stripper oder so auftreten. Der Pillermann von der Polizei. Der baumelnde Bulle. Sergeant Salami.

»Weißt du, warum man dich hierher gebracht hat?«

Senga-Ann Paterson kaut auf einem Wrighley's Juicy Fruit, und ein Hauch des Geruchs weht, gemischt mit Tabak, zu Proudfoot hinüber. Köstlich.

»Um eine Auszeichnung entgegenzunehmen, weil ich mich gegen die Tyrannei böser Männer gewehrt habe?«

Proudfoot klopft mit ihrem Stift auf den Tisch. Nicht schlecht, denkt sie.

»Nun, nicht direkt. Du bist hier, weil man James McGuiness den rechten Hoden entfernen musste.« Sie macht eine Pause für Senga-Anns Heiterkeitsausbruch. »Nachdem er gestern Abend mit einer Stricknadel verletzt wurde.«

Paterson lacht, Proudfoot klopft mit ihrem Stift auf den Tisch.

»Das ist eine ernste Angelegenheit, Senga. Dir droht eine Anklage wegen schwerer Körperverletzung. Du könntest für bis zu sieben Jahre ins Gefängnis wandern.«

»Nie im Leben, Mrs. Nicht mit den beiden Kleinen, um die ich mich kümmern muss.«

»Die können unter Amtsvormundschaft gestellt und an Pflegefamilien vermittelt werden, Senga.«

Das Gelächter weicht heller Empörung. Desdemona und Monrovia sind alles, was Senga-Ann Paterson auf Lager hat.

»Himmel, es ist schließlich nicht so, als hätte der Mistkerl es nicht verdient. Er hat Glück gehabt, dass ich sie nicht beide erwischt hab. Und wenn er nach dem Ersten nicht so ein Theater gemacht hätte, hätte ich das auch.«

Proudfoot hält den Stift senkrecht zwischen Zeige- und Mittelfinger und klopft. In ihrem Kopf läuft »The Girl from Ipanema«; sie hört auf zu klopfen, bevor sie sich dazu zwingen muss.

»Hast du James McGuiness am Montagabend mit einer Stricknadel in den Hoden gestochen?«

»Was? Warum fragen Sie mich das? Sie wissen doch, dass ich ihn gestochen habe. Und ich würde es jederzeit wieder tun.«

Vielleicht möchtest du das vor dem Richter lieber für dich behalten, denkt Proudfoot, doch es ist ihr egal. Sie hat die Nase voll von Leuten wie Senga-Ann Paterson.

»Warum hast du es getan, Senga?«

Paterson fummelt eine weitere Zigarette aus ihrer Schachtel. Ihre weißen Finger zittern. Nervös, verbittert. Sie zündet die Zigarette an und saugt mit schmalen Lippen und hohlen Wangen heftig daran.

»Was denken Sie denn? Er ist ein Dreckschwein, das ist er. Wissen Sie, was er gemacht hat?«

Paterson breitet in einer raumgreifenden Geste die Arme aus und zündet mit ihrer Zigarette beinahe die Gardine hinter sich an.

»Er hat Ann-Marie gebumst.«

»Oh.« Sie hätte es wissen müssen. »Und die ist…?«

»Sie war meine beste Freundin. Das heißt, das ist sie wohl noch immer. Ich meine, ich gebe nicht ihr die Schuld oder so. Da draußen ist jede Kuh auf sich allein gestellt, das weiß ich. Aber das Schwein hätte sie nicht bumsen dürfen, verstehen Sie.«

»Wann war das?«

»Am Samstagabend. Ich sitz zu Hause mit den beiden Kleinen fest und guck Fernsehen und denke, er ist mit seinen Kumpels in der Kneipe. Arnie, der Baptist, Bono, No Way Out und die ganze Gang, wissen Sie. Aber nein, das ist er nicht. Er tanzt den Matratzen-Tango mit meiner besten Freundin.« Sie schüttelt den Kopf.

»Und wie hast du es herausgefunden?«

Ein langer, nervöser Zug an der Zigarette. Wieder die hohlen Wangen. Das Kaugummi bewegt sich schmatzend in ihrem Mund. Als sie ausatmet, kann Proudfoot es inmitten des Qualms zwischen Zunge und Zähnen erkennen.

»Können Sie sich vorstellen, dass Ann-Marie mich angerufen und mir alles erzählt hat? Die hat Nerven. Ruft mich einfach an. Hey, Alte, also dein Mann ist wirklich eine Wucht im Bett, ganz ehrlich. Das hat sie gesagt. Ich meine, das wusste ich auch schon vorher. Was hat sie geglaubt, warum ich mit dem Dreckskerl zusammen bin? Meinen Sie, es wäre wegen seinem Aussehen? Scheiße. Haben Sie ihn gesehen?«

»Noch nicht.«

»Grottenhässlich, der Mann. Sieht aus wie der Idiot aus *Die Schöne und das Biest*, das große Monster, wissen Sie.«

Proudfoot nickt. Sie bekommt »The Girl from Ipanema« nicht aus dem Kopf und beginnt, um die Melodie loszuwerden, das Thema von *Mission Impossible* zu klopfen.

»Und damit hast du ihn konfrontiert?«

Paterson verdreht die Augen.

»Und ob. Und wissen Sie, was er gesagt hat? Wissen Sie es? Er sagt: ›Wo keine Liebe ist, gibt es auch keine Untreue.‹ Ich meine, können Sie das glauben? Der hat Nerven, zitiert ausgerechnet Balzac, das miese Schwein.«

Es klopft, die Tür geht auf, und Proudfoot dreht sich um.

»Oben, Sergeant. In zwei Minuten.«

Die Tür geht wieder zu, und Mulholland ist verschwunden.

Proudfoot dreht sich zu Paterson um und zuckt mit den Achseln.

»Ich muss weg, Senga. Wir machen später weiter.«

»Kriegen Sie jetzt einen Tritt in den Arsch?«

Proudfoot lächelt.

»Das bezweifle ich«, sagt sie, obwohl sie sich fragt, was er von ihr wollen könnte. Vielleicht könnte sie ihn und Ferguson als Doppelnummer engagieren. Die kriminellen Kriminalisten. Die Bratwurst-Brüder.

»Balzac, eh?«, sagt Proudfoot.

Paterson nickt. Ein schmales Gesicht, eine rasche Bewegung der Sicherheitsnadeln. Pinkfarbenes Haar.

»Vielleicht kommst du doch noch mit einem blauen Auge davon.«

Barney Thomson – die Rückkehr des Eingeborenen

Sie sitzt Mulholland vor seinem Schreibtisch gegenüber und bemüht sich, ihn nicht anzusehen. Sie ärgert sich über sich selbst, weil sie ihn attraktiv findet. Autoritätsfiguren waren an sich nie ihr Ding, aber er ist jung für seine Position, genau wie sie selbst. Sie haben beide von den Vakanzen im Präsidium profitiert, eine Folge der Ermordung von vier Kollegen im vergangenen März.

Er blickt auf. Seine Augen verändern je nach Licht ihre Farbe.

»Viel zu tun?«, fragt er. Dies ist seine Arbeit, und er kann nicht einfach dasitzen und sich blöd vorkommen, weil er sie gleichzeitig unsympathisch und attraktiv findet.

Blöde Frage, denkt sie, obwohl sie wahrscheinlich spitz gemeint ist, weil er sie mitten in einer ihrer Fünf-Minuten-Pausen erwischt hat. Sie kann sich nicht mehr daran erinnern, wann sie mal nicht viel zu tun hatte.

»Der übliche Mist«, sagt sie. »Versicherungsbetrug, Körperverletzung, eine Stricknadel in die Hoden. Der normale Kram.«

Mulholland verzieht das Gesicht und sagt: »Ja, davon hab ich gehört.«

Er seufzt und starrt auf die Akte vor sich. Klopft mit dem Finger darauf. Der Giftkelch.

»Gibt es eine neue Entwicklung?«, fragt Proudfoot.

Mulholland zieht die Brauen hoch und nickt langsam, eine knappe Kopfbewegung. Das kann man wohl sagen, denkt er.

»Barney Thomson«, sagt er.

Oh. Barney Thomson. Sie beißt sich auf die Unterlippe, ihr Herz schlägt ein wenig schneller. Sie weiß alles über Barney Thomson. Jeder in Schottland weiß alles über Barney Thomson, den blutigen Barbier.

»Was ist mit ihm?«

»Er gehört uns.«

Uns?

»Wie meinen Sie das? Uns?«

»Uns. Ihnen und mir. Wir beide müssen seine Verfolgung aufnehmen. Sie und ich.«

Aber wir sind keine Partner, denkt sie. Ferguson wird sauer sein. Genau wie Masterson. Er hasst es, wenn einer seiner Sergeants abgezogen wird.

»Was ist mit Ferguson?«

»McMenemy möchte, dass eine Frau an dem Fall arbeitet. Wir kennen doch alle seine anale Fixierung, wegen der Tatsache, dass er keine leitenden weiblichen Kriminalbeamten hat. Sie kommen dem noch am nächsten. Also sind Sie dabei. Mit mir.«

»Und was ist mit Woods? Ich dachte, es wäre sein Fall.«

Mulholland atmet tief durch und starrt zu Boden. Er empfindet ein gewisses Mitgefühl für Woods. Natürlich ist er schon irgendwie ein Trottel, aber man muss den Leuten eine Chance geben. Er zuckt mit den Achseln.

»Na ja, Sie wissen ja, wie er ist. Woods hatte zwei Wochen Zeit und noch nichts gefunden. Der Boss führt sich auf wie der Präsident eines Fußballvereins, dessen Team die ersten beiden Ligaspiele verloren hat. Also steht Woods auf der Straße, und ich bin der Nächste in der Reihe.«

Proudfoot nickt. Kaum überraschend. Sie hält Woods für einen ganz netten Burschen, aber für praktisch hirntot. Das weiß jeder. Woods würde einen Verbrecher nicht finden, wenn man ihm zwei Jahre Zeit geben und dem Verbrecher einen Sender auf den Rücken kleben würde. Die Chancen, dass er eine ruchlose kriminelle Kapazität wie Barney Thomson aufspürt, sind also praktisch gleich null.

»Und Masterson? Wird er nicht sauer sein, dass Sie mich aus seiner Abteilung abziehen?«

Mulholland schüttelt den Kopf. »Wohl kaum. Wahrscheinlich kriegt er Jack Hawkins oder jemand anderen, den er solange herumkommandieren kann. Sie wissen doch, dass er ein Frauen verachtendes Schwein ist. Er wird begeistert sein, dass er statt Ihrer einen Kerl zum Spielen bekommt.« Er versucht, nicht allzu gründlich darüber nachzudenken, was er da gerade sagt. Wegen Masterson hatte er immer seine Zweifel. »Gut, so sieht's aus. Hier ist die Akte Barney Thomson. Also, Sergeant, Sie haben dreißig Sekunden: Alles, was Sie über den Mann wissen. Dalli, dalli.«

Sie atmet tief ein und ordnet ihre Gedanken.

»Okay. Hat zwei seiner Kollegen ermordet. An die Namen kann ich mich nicht mehr erinnern. Möglicherweise sechs weitere Menschen, obwohl es auch Vermutungen gibt, dass das seine Mutter gewesen ist. Ich weiß nicht genau.«

Mulholland klopft auf die Akte. »Allem Anschein nach gilt

die Mutter als Favorit. Das hat zumindest Woods herausgefunden. Der Mann mag ein Schwachkopf sein, aber in diesem Fall hat er anständige Arbeit geleistet. Er hat den Typ bloß nicht gefunden. Wie dem auch sei, wenn es die Mutter war, die sie ermordet hat, dann hat der Sohn auf jeden Fall die Leichen entsorgt.«

Sie nickt und vermutet, dass sie den Faden der Geschichte weiterspinnen soll. »Er wollte den Eindruck erwecken, dass einer seiner Arbeitskollegen der Mörder war. Porter hieß der Mann. Er hat alle anderen Leichen so deponiert, dass man sie finden würde, und nur Porters Leiche weggeschafft. Die ermittelnden Beamten glaubten damals, dass sie nach Porter fahnden würden. Und am Ende waren sie alle tot.«

»Ja, verdammt wahr. Am Ufer von Loch Lubnaig...«

»Wo zwei Wochen später Porters Leiche auftauchte.«

»Genau. Haben sich also die vier Beamten gegenseitig erschossen, wie man damals annahm, oder war es Barney Thomson?«

Sie schüttelt den Kopf. Sie hatte Robert Holdall gemocht und eine kurze Sache mit Stuart MacPherson gehabt. Gute Männer, alle beide.

»Aber das sind alles bloß Indizien und Vermutungen, oder?«, fragt sie. »Hat Woods irgendwelche konkreten Beweise gefunden?«

Mulholland schüttelt den Kopf. »Alles, was er herausgefunden hat, steht hier drin. Aber lassen Sie uns den Tatsachen ins Auge sehen: Sobald man Porter gefunden und Woods sich zur Befragung angemeldet hatte, hat Barney Thomson den O. J. Simpson gemacht. Die Reaktion eines Schuldigen.«

Sie nickt. Klingt logisch. Man läuft nicht weg, wenn es nichts gibt, wovor man weglaufen muss. Sie hat es vermieden, all die Artikel über Barney Thomson zu lesen und mit Kollegen über ihn zu sprechen. Sie hat in ihrem Leben auch so schon genug Verbrechen. Aber vor einer so bedeutenden Ermittlung kann sie sich nicht verstecken, und es darf nicht sein, dass Barney Thomson sich vor der Polizei versteckt.

»Und wo fangen wir an?«

Mulholland schiebt ihr die Akte über den Tisch.

»Sie fangen hiermit an und werfen einen Blick darauf. Lassen Sie sich Zeit. Am späteren Vormittag werden wir mit seiner Frau Agnes reden. Mal hören, was sie heute zu sagen hat. Bei diesen Leuten kann man nie wissen. Vielleicht ist ihr doch noch irgendwas eingefallen. Danach fahren wir nach Inverness. Dort hat Thomson am ersten Abend nach seinem Verschwinden an einem Automaten Geld abgehoben. Das ist so ziemlich alles, was wir haben.«

»Aber das muss Woods doch schon gemacht haben. Die einheimische Polizei ist der Spur bestimmt nachgegangen.«

Mulholland lehnt sich zurück und zuckt mit den Achseln. »Aber noch nicht das neueste kriminalistische Star-Duo von McMenemy.«

»Super. Batman und Batgirl.«

»Ja.«

Sie starren sich über den Schreibtisch hinweg an und versuchen die einzigartige Mischung aus Abneigung und Anziehungskraft zu ignorieren. Das Leben war auch ohne derlei Verwicklungen schon kompliziert genug.

»Also gut. Dann setzen Sie sich mal hinter Ihren Bat-Schreibtisch und machen sich schlau über den Typ, bevor wir seine Verfolgung aufnehmen.«

Als Proudfoot die Akte nimmt, treffen sich ihre Blicke für einen Moment, in dem nichts gesagt wird, bevor sie sich umdreht und aus dem Zimmer geht.

Die Tür fällt ins Schloss, und Mulholland bleibt in der Stille zurück. Ein scheiß Job, eine unglückliche Ehefrau, Barney Thomson an den Hacken und Erin Proudfoot am Hals. Er sitzt auf demselben Stuhl, der ein Jahr zuvor von Robert Holdall besetzt war, und spürt, wie Holdalls Geist ihm langsam den Rücken hinunterkriecht.

Kapitel 3

Drama in Patagonia Heigths

»Aber, Bleach! Du wusstest doch bestimmt, dass Wade mit Heaven verheiratet war, bevor er sich in Summer verliebt hat? Deswegen hat Solace ihren Fox für Flint verlassen, bevor sie mit Lane durchgebrannt ist.«

Bleach taumelt und schlägt die Hand vors Gesicht. Oh, wie dumm sie gewesen ist! All die Jahre, die sie Wade geliebt hat, all die Jahre, die sie Zephros abgewiesen und zuletzt in die Arme von Saffron getrieben hat. Nur um herauszufinden, dass Dale über seine Beziehung zu Lalage gelogen und Moonshine Rivers Tochter Persephone zur Welt gebracht hatte.

Bleach lehnt sich an den harten Küchentisch – den Tisch, auf dem Bacon sie einst geliebt hat. Ihre Augen verschwimmen in Tränen, und sie fängt plötzlich an zu schluchzen. Ihre Brust bebt, ihre Lippen sind verzerrt, die Sonne des späten Vormittags, die durch das prunkvolle Neuengland-Fenster fällt, beschaut die grauen Haare ihres Ponys. Tränen strömen über ihre Wangen – wahre Fluten – und verwandeln ihr Gesicht in eine grausame Parodie von Angel Falls.

Solcherart tränenüberströmt starrt sie Taylor an, den Überbringer der schlechten Nachricht. Du sollst nie den Boten erschießen, lautet so nicht das Klischee? Nun, verflucht seien sie, denkt Bleach. Verflucht seien alle Boten!

Langsam und unter unerträglicher Spannung zieht sie die 7-Millimeter-Beretta aus ihrer Tasche und zielt direkt auf Taylors Herz. Taylor hält den Atem an.

»Aber, Bleach!«, ruft er aus. »Das sieht dir gar nicht ähnlich. Wann warst du zum letzten Mal bei deinem Therapeuten?«

»Ha!«, sagt Bleach. »Friss Dreck, Arschgesicht!«

Und als zum Ende der spannendsten Folge von *Hernien-Station B* seit Menschengedenken gerade die Waffe in Bleachs Hand zittert und der Abspann über den Bildschirm läuft, klingelt es. Agnes Thomson starrt zur Tür und stößt einen langen Seufzer aus.

»Himmelarsch«, sagt sie. »Ich hab seit zwei Wochen keine ruhige Minute mehr gehabt.«

Sie drückt auf den Standby-Knopf, der Fernseher blinkt, der Bildschirm verblasst zischend zu einem toten Grau. Noch zwanzig Minuten bis zum Beginn von *Patagonia Heights*, aber wie bei allen anderen Serien, nach denen sie süchtig ist, ist die Magie der vormals ekstatischen dreiundvierzig Minuten verflogen.

Sie öffnet die Tür und starrt zwei Fremde an. Ein Mann, Ende dreißig, eine Frau, ein wenig jünger. Bullen. Es steht ihnen direkt ins Gesicht geschrieben. Die Letzten in einer langen Reihe. Der Mann präsentiert seine Marke.

»Chief Inspector Mulholland. Das ist Sergeant Proudfoot. Mrs. Thomson?«

Agnes Thomson nickt, längst überdrüssig, diesen Leuten zu erzählen, wohin sie ihrer Meinung nach gehen können. Sie begreift, dass volle Kooperation die einzige Methode ist, sie schnell wieder loszuwerden. Je schneller sie erkennen, dass sie nichts über den Aufenthaltsort ihres Mannes weiß, desto schneller ziehen sie weiter.

»Wollen Sie nicht reinkommen?«, fragt sie mit müder Stimme. Agnes Thomsons Leben hat sich auf eine Art verändert, wie sie es sich nie hätte träumen lassen. Nicht in ihren schlimmsten Albträumen.

Proudfoot und Mulholland folgen ihr in die Wohnung, durch den kurzen Flur ins Wohnzimmer; das Zimmer riecht nach einem warmen, verstaubten Fernseher. Agnes Thomson setzt sich und weist auf ein Sofa. Sie nehmen Platz und sehen sich um. Ein unordentlicher Raum, Staub auf den Tischen, neben Agnes' Sessel eine Sammlung schmutziger Tassen und Teller. Der Platz, von dem aus sie eine sinnlose Seifenoper nach der anderen sieht; *Catastrophe Road* blendet über in *Bougainvillea Plateau*, das in *Nackte Notaufnahme Nr. 8* übergeht.

Proudfoot ist auf der Stelle deprimiert. Fast jedes Mal, wenn sie im Rahmen ihrer Dienstpflichten Wohnungen anderer Menschen besuchen muss, wird sie depressiv. Sie hat die Berichte gelesen und glaubt, dass Agnes Thomson die Wahrheit sagt; dass sie nichts über den aktuellen Aufenthaltsort ihres Mannes weiß. Dies ist ein reiner Pflichttermin.

Mulholland sieht sich im Zimmer um und erkennt ein Leben in Scherben. Er weiß nicht, dass es auch schon ein leeres Leben war, bevor Agnes Thomson entdeckte, dass ihr Mann mit Menschenfleisch herummetzgerte.

»Mir ist bewusst, dass Sie schon mit vielen unserer Kollegen gesprochen haben, Mrs. Thomson«, beginnt er. »Aber wir sind gerade erst auf den Fall angesetzt worden und müssen jeder Spur noch einmal selbst nachgehen.«

Agnes zuckt die Achseln und hat einen ihrer seltenen lichten Momente. »Sie können ihn nicht finden, was? Man hat diesen Schwachkopf von Woods rausgeschmissen? Das überrascht mich nicht. Der Penner könnte nicht mal Scheiße in einem Abwasserkanal finden.«

Mulholland blickt auf den Teppich; Proudfoot starrt auf den

leeren Bildschirm und versucht, nicht laut loszulachen. Woods auf den Punkt.

»Können Sie uns erzählen, wann Sie Ihren Mann zum letzten Mal gesehen haben?«, fragt Mulholland, ihrem Blick nach wie vor ausweichend, während er sich Ian Woods mit Arbeitshandschuhen und Gasmaske bis zur Hüfte im Wasser vorstellt, auf der Suche nach flüchtigen Fäkalien.

Agnes hat diese Frage schon oft beantwortet und ärgert sich inzwischen nicht einmal mehr darüber. Die machen nur ihren Job, hat sie sich schließlich klar gemacht.

»An jenem Dienstagmorgen. Gegen acht Uhr, nehme ich an. Ich weiß nicht genau, das habe ich auch schon all Ihren Kollegen erklärt. Ich hab gefrühstückt und ferngesehen. Es war die letzte Folge von *Calamity Bay*, wissen Sie. Ich hatte sie am Abend zuvor aufgenommen, weil ich *Only the Young Die Young* geguckt habe.«

»Oh, die Folge habe ich auch gesehen«, sagt Proudfoot. »Das war die, in der Curaçao die Geschlechtsumwandlung hatte, damit sie Gobnat schwängern konnte.«

Agnes nickt, doch die Erinnerung entlockt ihr kein Lächeln. Sie hat lange nicht mehr gelächelt.

»Barney?«, sagt Mulholland, in dem Bemühen, das Gespräch wieder an sich zu ziehen.

Proudfoot schüttelt den Kopf. »Nein, Barney wollte New Orleans heiraten, die jedoch mit Flipper verlobt war.«

Eine Pause, geschürzte Lippen, eine hochgezogene Braue.

»Oh«, sagt Proudfoot.

»Ihr Mann, Mrs. Thomson?«

Agnes muss nicht überlegen. Sie hat die Geschichte schon oft erzählt. Sie weigert sich nur, sie den Zeitungen zu erzählen, und die haben es schließlich auch aufgegeben, ihre Haustür zu belagern.

»Wir haben beim Frühstück nicht viel geredet«, sagt sie und denkt nach. »Genau genommen haben wir beim Frühstück kein Wort gewechselt. Nie. Wir haben einfach nicht viel gesprochen, verstehen Sie. So war das mit uns.«

Besuchen Sie noch einmal die Ehefrau, hatte M. ihm erklärt. Vielleicht hat Woods etwas übersehen.

Mulholland nickt. Es gibt nichts zu übersehen. Ihm kommt der Gedanke, dass der Rest der Entwicklung ein Spiegelbild dieser letzten Minuten werden könnte. Fragen stellen, die schon gefragt worden sind, Antworten bekommen, die schon gegeben wurden. Eine sinnlose Runde, ein geschlossener Kreislauf. Irgendwann wird man ihn von dem Karussell stoßen und ein anderes armes Schwein mit der Sache betrauen. So laufen diese Fälle. Barney Thomson könnte einfach verschwunden sein, und kein Mensch würde je wieder von ihm hören.

»Und an diesem Morgen war nichts anders als sonst? Er hat nichts gesagt oder eine Tasche gepackt? Ein wenig mehr gegessen als gewöhnlich oder andere Kleidung getragen? Irgendwas?«

»Ihnen gesagt, er würde auf die Bermudas verschwinden und Sie nie wieder sehen?«, fügt Proudfoot hinzu, was ihr einen bösen Blick von Mulholland einbringt.

Agnes schüttelt den Kopf. Sie fragen alle auf dieselbe Art das Gleiche. Wozu?

Dann kommt ihr ein Gedanke. Sie legt ihre Finger auf die Lippen und starrt zur Decke. Ein vages Schimmern leuchtet in ihren Augen auf. Vielleicht war da doch etwas.

»Wissen Sie, ich glaube, ich erinnere mich an etwas, jetzt wo Sie fragen. Ich weiß noch, dass er mich gefragt hat, ob britische Staatsbürger ein Visum für die Seychellen brauchen. Ich meine, der blöde Idiot. Woher soll ich das wissen? Und das hab ich auch gesagt. Ihm, meine ich.«

Proudfoot und Mulholland beugen sich vor. Wie hatte er sie

irgendwas fragen können, wenn sie an jenem Morgen nicht miteinander geredet hatten? Trotzdem, vielleicht ist es das ja. Vielleicht ist Woods ein so großer Idiot, wie alle glauben.

»Die Seychellen?«, fragt Mulholland. »Sind Sie sicher?«

Agnes schüttelt den Kopf, ohne zu lächeln.

»Nein, ich verarsch Sie nur, Sie Traumtänzer. Meinen Sie, ich hätte das nicht längst jemandem erzählt, wenn er das wirklich gesagt hätte.«

Mulholland verkneift sich diverse Kraftausdrücke.

»Dies ist eine ernste Angelegenheit, Mrs. Thomson. Sehr ernst. Ihr Mann wird verdächtigt...«

»Hören Sie, ich weiß verdammt gut, welcher Taten man ihn verdächtigt, okay? Der blöde Idiot. Aber ich weiß nichts darüber. Das habe ich Ihnen und ungefähr hundert anderen von Ihren Leuten doch schon gesagt.«

Die drei sitzen beieinander und starren sich an. Es gibt weitere Fragen zu stellen, doch Mulholland weiß, dass das wenig Sinn hat. Von allen Menschen, die unter den vergangenen zwei Wochen hysterischer Spekulationen in der Presse zu leiden hatten, wird Agnes Thomson wohl mit am meisten gelitten haben. Der Mann verschwindet, und die Frau bleibt zurück und muss die Suppe auslöffeln.

»Hören Sie, warum können Sie das nicht einfach akzeptieren? Barney ist an jenem Morgen aus dem Haus gegangen, um sich ein Sandwich zu kaufen. Als er zurückkam, hat er überall Polizei gesehen, weil Ihre Leute aufmarschiert sind, als wollten sie eine Mafia-Bande hochnehmen oder so. Und als er Ihre Hundertschaft gesehen hat, ist er aus welchem Grund auch immer abgehauen. Denn egal, was Sie glauben, ich bezweifle noch immer, dass er irgendjemanden ermordet hat. Dafür war mein Barney zu blöd. Einfach zu blöd.«

Mulholland lehnt sich zurück und starrt zur Tür. In diesem Job hört man sich so viele Lügen an, dass man irgendwann einen Instinkt für die Wahrheit entwickelt. Wie gut dieser Instinkt entwickelt ist, entscheidet darüber, wie gut man als Polizist ist. Er möchte gern glauben, dass er den Unterschied immer erkennt. Zwischen Wahrheit und Lüge.

Agnes Thomson sagt die Wahrheit. Sie verschwenden ihre Zeit.

»Und Sie haben seit seinem Verschwinden nichts mehr von Barney gehört?«, fragt er. Das muss er fragen.

Agnes atmet tief durch und schüttelt den Kopf.

»Nee, hab ich nicht«, sagt sie schließlich. Wenn sie nie miteinander geredet haben, als sie noch zusammen lebten, warum sollte er nun, da sie das nicht mehr taten, eine Anstrengung unternehmen, mit ihr zu sprechen?

»Sie melden sich bei uns, wenn Sie von ihm hören?«

Sie zuckt die Achseln – die Befragung ist vorbei, sie starrt auf den leeren Bildschirm. Es ist fast wieder Zeit, sich zu verlieren.

»Vielleicht«, sagt sie. »Vielleicht auch nicht.«

Mulholland und Proudfoot stehen auf. Mulholland nickt. Das war in etwa das, was sie erwarten konnten. Warum sollte Agnes Thomson ihnen irgendwas erzählen?

Sie blickt zu ihnen auf. Ihre Augen sagen alles, und die beiden Polizeibeamten wenden sich ab und finden alleine hinaus. Als sie gegangen sind, sitzt sie allein da und starrt auf den Fernseher. Ihre Hand ruht neben der Fernbedienung, doch es dauert sehr lange, bis sie einen Knopf drückt.

»Was denken Sie?«

Mulholland zuckt mit den Achseln. »Ich denke, dass wir unsere Zeit verschwendet haben. Und dem Fehlen jeglicher Pressevertreter nach zu urteilen, haben die das früher begriffen als wir – Agnes Thomson hat nichts zu sagen. Vor zwei

Wochen standen ungefähr acht Millionen Reporter vor ihrer Tür.«

Sie gehen schweigend die Treppe hinunter. Holdall und MacPherson müssen diese Treppe hinuntergegangen sein, denkt Proudfoot, und selbst am helllichten Tag kriecht ihr ein Schauer über den Rücken. Sie versucht an etwas anderes zu denken, sieht jedoch immer wieder MacPhersons Gesicht vor sich und kann ihn sogar spüren.

»Inverness?«, fragt sie, um diese Gedanken zu vertreiben, als sie ins Licht des trüben Glasgower Nachmittags treten.

Mulholland schüttelt den Kopf. »Nicht sofort. Morgen früh. Jetzt überprüfen wir den Frisörladen. Den Todessalon aus der Hölle oder wie immer sie ihn im *Record* genannt haben. Wir können genauso gut mit ein paar weiteren Leuten reden, die höhnisch über uns grinsen, sobald wir ihnen den Rücken kehren.«

»Meinen Sie, die warten so lange?«, gibt Proudfoot zurück.

Mulholland starrt sie über das Wagendach hinweg an, bevor er den Blick abwendet und an den kalten, grauen Mietskasernen entlangwandern lässt. Das war alles, was einem die Polizeiarbeit bot. Man stapfte durch deprimierende Straßen, redete nutzlos mit uninteressanten Menschen, die einem nichts zu sagen und außer ihrer Verachtung nichts zu geben hatten.

»Na super«, murmelt er leise, als er in den Wagen steigt.

Kapitel 4

Die Sache mit dem Leben

»Da es dem allmächtigen Gott in seiner großen Gnade gefallen hat, die Seele unseres lieben verschiedenen Bruders zu sich zu rufen, überantworten wir seinen Leichnam dem Boden; Erde zu Erde, Asche zu Asche, Staub zu Staub, in der sicheren und gewissen Hoffnung auf die Auferstehung und das ewige Leben.«

Worte hängen in der kalten Luft und verwehen im Dunst, der vor dem Abt verdampft. Die Mönche, etwas mehr als dreißig an der Zahl, sehen zu, wie die harte Erde auf den Deckel von Bruder Saturdays Sarg prallt, um ihn nach und nach mit kalter Endgültigkeit zu bedecken. In drei Reihen stehen sie um das Grab, die Köpfe in Trauer und feierlichem Gebet gesenkt; alle bis auf einen.

Edward, Ash, Matthew, Jerusalem, Joshua, Pondlife, Mince Hesekiel und so weiter, alle haben sich um das Grab versammelt. Verloren in Trauer und ahnungslos, dass noch viele von ihnen sterben werden und dass der Wasserspeier, der sich in Bruder Saturdays Schädel gebohrt hat, nur ein Tod unter einer Legion von anderen sein wird.

Es ist beinahe elf Jahre her, dass sie einen aus ihren Reihen an jenen grimmigen Schnitter, den Tod, verloren haben. Mammon, der böse Dämon der Unzucht und die Verlockungen eines bequemen Lebens hatten im Laufe dieser Jahre ihren Tribut gefordert, aber nicht der Tod. Nicht seit Bruder Alexanders Sturz aus dem dritten Stock der Abtei.

Der Abt schlägt nach einem letzten stummen Gebet die Augen auf und macht sich mit gesenktem Kopf auf den Weg den Hügel hinab zurück in die Geborgenheit und karge Wärme des Klosters. Zwei Schritte hinter ihm geht Bruder Herman, der vom Geheimdienst in die Arme der Kirche geflüchtet ist. Er hat seine Kapuze über den Kopf gezogen, und die eingesunkenen Augen in seinem langen, blassen Gesicht verfolgen den Rücken des Abtes. Bruder Herman, komplett mit Hakennase und den Klauen eines geistesgestörten Raubvogels, verdächtigt jeden. Wer immer es war, der das Messer in Bruder Saturdays Hals gestoßen und fest gehalten hat, während jener sein Leben qualvoll auszappelte, wer immer den Fluss des Blutes den Flur hinab und die weinenden Treppen hinunter verfolgt hat, darf keinen Zugang zum Abt haben.

Keiner wird vorbeikommen, denkt Bruder Herman. Keiner wird vorbeikommen.

Während ihre Füße über den gefrorenen Schnee knirschen, starren die übrigen Versammelten weiter in das Grab und machen sich ihre eigenen Gedanken über Tod, Mord, Gott, Auferstehung und das ewige Leben. Es ist eine Prüfung ihres Glaubens: Wie viele von ihnen glauben in einem Moment wie diesem wirklich? Um sie herum erheben sich die schneebedeckten Hügel zum blauen, im anämischen Licht der Dämmerung seltsam blassen Himmel. Und jenseits der Hügel brandet die bittere See an die schroffe Küste.

Einer nach dem anderen erweisen sie dem Toten die letzte Ehre, bevor sie langsam den Rückweg zu dem strengen grauen Gebäude antreten, das ihr Zuhause ist. Das Frühstück wartet. Zwei Brüder bleiben zurück mit der Pflicht, die harte Erde auf Saturdays Sarg zu schippen. Hellbraunes Holz auf dem Heimweg zu Gottes letztem Akt der Entweihung am menschlichen Körper.

Sie stehen, die Spaten griffbereit, und warten, dass die anderen ins Kloster zurückkehren, bevor sie mit ihrer Arbeit beginnen; die letzte Ballberührung im Fußballspiel von Saturdays Leben. Das Gesicht des jüngeren Mannes wirkt glatt und offen, er selbst geistesabwesend. Ein wissendes Lächeln umspielt seine Lippen, eine Schicksalsergebenheit – was getan wird, ist getan. Sein Haar ist tonsuriert und im Nacken ein wenig länger. Könnte mal wieder geschnitten werden, denkt der andere Mann. Er ist älter und sein Gesicht von Sorgen gezeichnet, er hat volles Haar, das mit den Jahren immer grauer wird.

Der letzte Mönch verschwindet aus ihrem Gesichtsfeld. Sie sehen einander an; es ist Zeit. Der Jüngere stößt seine Schaufel in den wartenden Erdhügel, der Ältere sieht sich um – sein Blick schweift vom Friedhof zum Kloster, weiter über den Wald, von dem es umgeben ist, die Bäume schneebedeckt und weiß; schweift über die flachen Hügel, die die Abtei an die tiefste Stelle der Schlucht verbannen, durch die ein bitterer Wind pfeift, bis hin zum überfrierenden Wasser von Loch Hope – bevor er das Knie beugt und seine Schaufel ebenfalls in die Erde stößt.

Ihre Hände sind schon taub vor Kälte, doch der Schmerz ist hartnäckig. Bruder Steven schaufelt emotionslos vor sich hin, als würde er die Last seiner Arbeit gar nicht spüren. Er ist zufrieden zu tun, worum man ihn bittet, obwohl man ihm die Pflicht eines Totengräbers nicht aufbürden sollte, da er weder der neueste noch der jüngste Mönch des Klosters ist. Das hat er seiner allzu flinken Zunge zu verdanken.

Er wirft einen Blick auf den älteren Mann, der seine Arbeit mit grimmiger Entschlossenheit verrichtet. Woher soll Bruder Steven auch wissen, dass dieser Mann, der jüngste Neuzugang ihrer Belegschaft, sich längst an den Tod in all seinen schändlichen Erscheinungsformen gewöhnt hat.

»Und was führt dich hierher, Bruder Jacob?«, fragt er den älteren Mann, der weiter langsam und monoton vor sich hin schaufelt.

Barney Thomson, Frisör, zögert. Ein Mann auf der Flucht, ein Mann mit einer dunklen Vergangenheit. Ein Mann, der etwas zu verbergen hat. »Ich weiß nicht«, sagt er schließlich. »Ich brauchte einfach mal eine Abwechslung, verstehst du?«

Bruder Steven nickt und schippt eine weitere Ladung Erde ins Grab. Der Sargdeckel ist mittlerweile vollständig bedeckt. Bruder Saturday ist weg.

»Klar«, sagt Bruder Steven, »es ist diese ewige Unbeständigkeit. Das Urbedürfnis nach etwas Neuem. Das kennen wir alle. Wie Heraklit sagt: ›Alles fließt und nichts bleibt... Man kann nicht zweimal im selben Fluss baden.‹ Deswegen bin ich auch hier.«

Barney starrt ihn an. Steven schaufelt weiter, ein wissendes Lächeln auf den kalten, blauen Lippen.

»Ja«, sagt Barney, »genau.«

Er hat noch nie von Heraklit gehört und fragt sich, ob das vielleicht ein Mittelstürmer von AEK Athen ist, was er jedoch bezweifelt. Er muss akzeptieren, dass er nach zwanzig bequemen Jahren in einem Frisörsalon in eine vollkommen neue Welt gelangt ist, in der sich nicht alle Gespräche um Fußball drehen.

»Und wovor läufst du davon, Bruder Jacob?«

Steven stützt sich auf seine Schaufel und sieht dem Dunst nach, den seine Worte gebildet haben. Barney spürt sein Herz klopfen, obwohl er weiß, dass Steven seine Geheimnisse unmöglich kennen kann. Keiner dieser Mönche kann es wissen. »Vor dem Leben«, sagt er, um einen beiläufigen Ton bemüht.

Steven lacht und setzt das Schaufelblatt erneut zu der langsamen und steten Schippbewegung an. Barney fragt sich, ob er etwas Komisches gesagt hat.

»Vor dem Leben, eh?«, sagt Steven und schüttelt den Kopf. »Oha ja, dieses Ding, das man Leben nennt.«

Barney fühlt sich unbehaglich, als spüre er eine Hand auf seiner Schulter. Bevor er weiterschaufelt, sieht er in der Ferne einen Raubvogel auf der Suche nach Frühstück über den schneebedeckten Boden schweben. Der Sperber hätte gern ein wenig Speck und ein leicht gebratenes Rührei, sieht jedoch ein, dass er sich wahrscheinlich mit einer Feld- oder Spitzmaus zufrieden geben muss. Wenn er Glück hat.

Könnte ein Adler sein, denkt Barney, der nichts über Raubvögel weiß.

»Die Sache mit dem Leben, mein Freund, ist nur«, sagt Steven hinter seiner Schaufel, »dass man ihm, egal, wie weit man auch rennt, nie entkommen kann.«

Bruder Steven schippt mit methodischer Gleichgültigkeit. Barney Thomson starrt in das Grab.

Kapitel 5

Wir werden alle im selben Grab liegen, ein Allerlei aus verrenkten Gliedern, zerbrochenen Träumen und halb gedachten Ideen

Mulholland trommelt mit den Fingern aufs Lenkrad und sieht zu, wie der Regen auf die Windschutzscheibe fällt. Er steht auf dem Parkplatz der Autobahnraststätte Stirling und wartet auf Proudfoot, die das Benzin bezahlt sowie Zeitschriften, Schokolade, Getränke, Musik und alles andere kauft, was in Autobahntankstellen feilgeboten wird. Er würde sich auch nicht wundern, wenn sie in einem brandneuen Outfit und mit einem zusammenklappbaren Küchenset unter dem Arm zurückkommt.

Seine Gedanken werden beherrscht von Mrs. Mulholland. Als sie erfahren hat, dass er in einer Polizeiangelegenheit nach Norden reisen und einige Tage unterwegs sein würde, hat sie ihm das klassische Ultimatum gestellt: Solltest du fahren, bin ich vielleicht nicht mehr da, wenn du zurückkommst. Sie hält sich für eine Polizistenwitwe und fürchtet, eine echte zu werden, wenn ihr Mann auf das bösartige Monster Barney Thomson trifft. Sie meinte, sie würde die Gelegenheit nutzen, um bei ihrer Schwester in Devon zu bleiben, und zwar nicht bloß für ein oder zwei Wochen. Sein Getrommel auf das Lenkrad wird zu einem festen Griff, als er überlegt, was Melanie außer ihrer Schwester sonst noch in Devon halten könnte. Andererseits weiß er nicht genau, wie sehr es ihn treffen würde, wenn sie nie mehr zurückkommt. Er ist verwirrt. Wie kann man gleichzeitig eifersüchtig und desinteressiert sein?

Die Wagentür geht auf, und begleitet von einem kalten Windstoß und einer Gallone Regenwasser, klettert Proudfoot, eine windzerzauste Plastiktüte in der Hand, auf den Beifahrersitz und schnallt sich, ganz gesetzestreue Polizistin, an.

»Was machen Sie denn für ein Gesicht?«, fragt Proudfoot.

Mulholland grunzt, entschlossen, nicht den Eindruck zu machen, als hätte er an seine Frau gedacht. »Ach, nichts. Sie haben ja ganz schön lange gebraucht«, sagt er und startet den Wagen.

»Ich habe bloß ein paar Sachen gekauft«, antwortet sie und fängt an, die Tasche auszupacken, während er losfährt. »Alles, was wir für die Fahrt nach Inverness brauchen.«

»Das sind doch bloß ein paar Stunden.«

»Wir könnten im Schnee stecken bleiben.«

»Es gießt in Strömen, Himmel Herrgott.«

»Weiter oben im Norden nicht. Da herrscht dichtes Schneetreiben.«

»Dichtes Schneetreiben?«

»Ja.«

»Verdammt.«

Er fährt in den Kreisverkehr und zurück auf die Autobahn. Sie sitzen in einem blauen Mondeo mit hektisch flappenden Scheibenwischern, die Heizung voll aufgedreht. Auf der M 9 wimmelt es von Transportern und Kleinlastern sowie Leuten, die in Richtung Norden unterwegs sind, um dem Winter zu entkommen, indem sie an einen noch kälteren Ort fahren. Er schert auf die Überholspur aus, und das Auto durchtaucht eine Flut Regen und Spritzwasser von diversen Sattelschleppern.

»Und was haben Sie besorgt, für den Fall, dass wir die nächsten drei Wochen im Schnee feststecken? Schlafsäcke? Ein Zelt, Thermo-Unterwäsche, Socken, eine Thermoskanne Tee und Leuchtmunition?«

Sie macht die Tüte auf und beginnt ihre Einkäufe auszupacken. Er hält die Augen auf dem bisschen Straße, das er erkennen kann, damit sie nicht schon sterben, bevor Barney Thomson Gelegenheit hat, sie zu ermorden.

»Eins mit Schinken, Ei und Tomate.«

»Sandwiches? Die halten uns bestimmt warm.«

»Und eins mit Putenschinken und Salat.«

»Putenschinken? Heißt das, eine Scheibe Pute und eine Scheibe Schinken, oder ist das eine Fleischsorte von einer seltsamen Kreuzung?«

»Ich beachte Sie gar nicht.«

Er überholt den letzten Brummi und geht wieder auf die Innenspur, was seine Sicht marginal verbessert. Es ist ihm gar nicht bewusst, aber er hat bereits aufgehört, sich wegen Mrs. Mulholland Sorgen zu machen.

»Außerdem habe ich noch eins mit Brie und schwarzen Trauben und eins mit Ei und Spinat.«

»Du liebe Güte, wo, glauben Sie, liegt Inverness, Sergeant? Auf Island?«

»Es zwingt Sie ja keiner, was zu essen, oder? Außerdem habe ich noch ein paar Dosen Cola, ein Irn Bru und eine Flasche Wasser.«

»Wenn uns das ausgeht, können wir jederzeit am Straßenrand halten und Schnee auf der Motorhaube schmelzen.«

»Vier Tüten Chips, drei Schoko-Riegel, das *Blitz!*-Magazin von diesem Monat und eine Simply Red-Kassette.«

Er lacht und spielt für eine Sekunde mit dem Tod, als er beide Hände vom Steuer nimmt, um mit den Zeigefingern ein Kreuzzeichen zu bilden.

»Nicht in meinem Auto, Frollein«, sagt er. »Das ist schließlich kein Fahrstuhl.«

»Lecken Sie mich doch!«

»Sergeant!«

Proudfoot beißt die Zähne zusammen und ist still. Sie lehnt sich in ihren Sitz zurück, packt das Brie-und-Trauben-Sandwich aus, knackt die Dose Irn Bru und breitet die Weihnachtsausgabe von *Blitz!* auf ihre Knie. Sie starrt ein paar Sekunden auf das Titelbild, bevor sie ihn aus dem Augenwinkel ansieht.

»Wollen Sie nun ein Sandwich?«

»Solange Sie nicht denken, es wäre ein Tauschgeschäft.«

Sie gibt ihm das Putenschinken-Sandwich mit Salat, und sie stampfen weiter durch den Regen Richtung Stadtumgehung von Dunblane. Beide hängen ihren Gedanken nach, erfüllt von vagem Unbehagen ob des unwahrscheinlichen Falls, dass sie den berüchtigten Metzel-Barbier tatsächlich aufspüren und beide eines grausamen Todes sterben. Ferguson hatte Proudfoot erklärt, er wäre sich nicht sicher, ob er ihre Leiche identifizieren könnte, wenn sie tiefgekühlt in zwanzig Paketen käme. Sehr charmant.

Der Besuch beim Frisörsalon Henderson am Vortag war genauso unproduktiv gewesen, wie die gesamte Ermittlung zu werden drohte. Drei Frisöre –, James Henderson, Arnie Braithwaite und Chip Ripken –, von denen keiner irgendwelche Einsichten in das Verschwinden von Barney Thomson hatte. Sie hatten zwar jede Menge Meinungen und praktische Vorschläge dazu, was mit ihm anzufangen sei, wenn er je gefunden würde – vor allem Henderson hatte einige innovative Ideen bezüglich Barneys Hodensack –, aber nichts, was die Polizei bei ihrer Suche wirklich hätte weiterbringen können. Nach einer Stunde waren sie mit der Gewissheit wieder gegangen, dass es in Glasgow nichts Neues über Thomson herauszufinden gab. Das hieß Inverness oder gar nichts oder, was noch wahrscheinlicher war, Inverness und gar nichts.

Mulholland hatte erwogen, einen Zwischenstopp in Perth einzulegen, um Allan Thomson, den Bruder des Gesuchten, zu befragen, jedoch vermutet, dass auch das reine Zeitverschwendung sein würde und stattdessen einen Anruf getätigt, der seinen Verdacht bestätigt hatte. Allan und Barbara Thomson hatten ihren Namen geändert und beide den Mädchennamen der Frau angenommen. Erst nach Mulhollands Drohung, mit der gesamten Streitmacht der Kripo persönlich aufzutauchen, hatte Allan eingeräumt, Barney überhaupt zu kennen. Viel mehr wollte er jedoch nicht zugeben, und nach fünfzehn Minuten fruchtloser Diskussion hatte sich der Bruder entschuldigt, er wollte mit seiner Frau beim Abendessen eine Flasche chilenischen Chardonnay für 4,95 Pfund – fruchtig mit einem Hauch Frostschutzmittel – teilen, unglücklich wie seit annähernd fünfzehn Jahren. Mulholland hatte beschlossen, dass er auf dem Rückweg bei ihnen vorbeischauen würde, falls sie nichts herausgefunden hatten. Nicht unwahrscheinlich.

»Und was schreibt *Blitz!* so? Den üblichen Mist, wie man mit einer Tackerpistole einen Orgasmus haben kann?«

Proudfoot leckt sich ein wenig Irn Bru von den Lippen und wendet sich wieder dem Titelblatt zu. Er wirft einen kurzen Blick auf das Foto einer blassen Bohnenstange mit mitternachtsbraunem Lippenstift.

»Knapp daneben«, sagt Proudfoot. »Wir haben ›Jet-Ski-Sex – 1001 tolle Stellungen‹. ›Tantrischer Sex – nicht dran denken, einfach tun!‹ ›Cindy Crawford: Wie man lernt, mit einem großen Pickel im Gesicht zu leben.‹ ›Ukrainische Superboys aus dem Katalog – die besten 30 Pfund, die Sie je ausgeben werden.‹«

»Das denken Sie sich aus«, sagt Mulholland.

Proudfoot schüttelt den Kopf. »Leider nicht«, sagt sie. »Wollen Sie den Rest hören?«

»Warum nicht? Vielleicht lerne ich noch was.«

»›Wie Sie das Beste aus Ihrem Dildo herausholen.‹ ›Wie man einen multiplen Orgasmus erkennt.‹ ›Zahnpastatuben-Masturbation – Wir testen alle gängigen Marken.‹ ›Johnny Depps Achselhöhlen – behaart, scharf und für 5 Pfund Ihre.‹ ›Männer und Sex – Warum Sie mit einem Donut besser dran sein könnten.‹ Das ist in etwa alles.«

»Mit einem Donut?«

»Oh, eins habe ich noch vergessen. ›Warum ich es mit Männern getrieben habe – Gretchen Schumacher packt aus.‹« Sie schüttelt den Kopf. »Ich weiß nicht. Wie finden Sie Gretchen Schumacher? Für mich sieht sie bloß aus wie eine Rhabarberstange mit Brustwarzen.«

»Ein Donut?«

»Diese Supermodels heutzutage sind doch alle gleich. Die Älteren mit Busen sind okay, aber diese Neuen. Ein Haufen kleiner Mädchen. Die sind doch alle ungefähr zwölf. Schrecklich. Die meisten sehen auch noch krank aus.«

Sie seufzt tief, schlägt die Zeitschrift auf und liest den Johnny-Depp-Artikel weiter. Mulholland ist wieder auf der Überholspur und fährt an einer Kolonne von achtzigjährigen Sonntagsfahrern vorbei, die allen Konventionen zum Trotz Mitte der Woche unterwegs sind.

»Ein Donut?«

Sie schüttelt den Kopf und ignoriert ihn. Sie fahren schweigend weiter.

Zeit verstreicht, Regen fällt, Autos werden überholt, Autos versperren den Weg, Autos rasen weit jenseits der erlaubten Höchstgeschwindigkeit auf der Überholspur vorbei. Aber sie machen diese Fahrt nicht, um sich darum zu kümmern. Doch sosehr er sich auch auf die Straße konzentriert oder auf seine oder die Frau, die neben ihm sitzt, wandern Mulhollands Gedanken immer wieder unwillkürlich zu Barney Thomson.

Was für ein Mensch würde die Verbrechen begehen, die er begangen hat? Kann man ein solches Wesen überhaupt noch einen Menschen nennen? Oder war die Mutter das Monster, und Barney hatte ihr nur ungewollt Beihilfe geleistet?

Welche Rolle er auch immer gespielt haben mochte, in den letzten zwei Wochen war er weit mehr geworden, als er war. Er war plötzlich eine Ikone, ein Mittel, Zeitungen zu verkaufen, ein wunderliches Gesprächsthema, eine Hassfigur, eine Mitleidsfigur, ein Ungeheuer, ein Opfer, wenn man manchen glauben wollte. Mulholland weiß, dass Barney Thomson, sollten sie ihn fassen, immer noch Apologeten finden wird, Frauen, die Schlange stehen, ihn zu unterstützen und zu heiraten. Das war alles, was man brauchte, um heutzutage prominent zu werden – einen bizarren Mord.

Und wie viele von jenen, die ohne Ende über den Mann sprechen, wollen wirklich, dass er gefasst wird? Auf der Flucht dient er so vielen Zwecken. Man kann mit ihm weiter Zeitungen verkaufen, eine gigantische Steigerung bis zu seiner endgültigen Festnahme; und wenn man ihn nie erwischt, werden sie fünfzig Jahre lang etwas zu schreiben haben. Er gibt allen etwas, worauf sie ihre Ängste konzentrieren können, einen Vorwand für die Furcht, die sie angesichts der modernen Zeiten empfinden. Barney Thomson ist ein Jedermann geworden, die Manifestation individueller Ängste der Bevölkerung. Der Inbegriff namenlosen Terrors, Symbol der Sorge, Panik, Abscheu, Sympathie und für einige Verzweifelte sogar der Hoffnung.

Er muss diese Gedanken abschütteln, denn er weiß, dass man über so etwas nicht zu viel grübeln darf. Man kann es sich nicht leisten zu überlegen, worauf man im Rahmen seiner Pflichten stoßen könnte, sonst macht man sich vielleicht nie mehr an die Arbeit.

»Ein Donut?«, fragt er noch einmal, gut fünfzehn Minuten nach dem letzten Mal. »Warum ein Donut?«, fährt er fort, ohne ihr lautes Seufzen zu beachten. »Warum keine Banane? Oder eine italienische Wurst oder eine Toblerone oder ein Schokopudding? Warum ein Donut?«

Sie löst sich von einem Artikel über ›Zwölf gute Gründe, Sex mit Ihrem Eheberater zu haben‹ und sieht ihn an.

»Wollen Sie, dass ich es Ihnen erkläre?«

»Ja, bitte. Das wäre nett. Ich bin schließlich nur ein einfacher Mann.«

Allerdings, denkt sie.

»Es ist im Grunde ganz klar. Können Sie sich etwas vorstellen, was für eine Frau beim Sex nutzloser ist als ein Donut?«

Er schüttelt den Kopf. »Das sag ich ja«, brummt er.

»Und trotzdem finden sie noch fünfzig Gründe, warum Donuts besser sind als Männer.« Sie macht eine Kunstpause. »Verstehen Sie jetzt, was die meinen?«

Er sieht sie an, aber nur kurz. Es gießt nach wie vor in Strömen.

»Und was wollen sie uns damit sagen? Die ganzen Artikel über acht Millionen Stellungen auf dem Rücksitz eines Reliant Robin? Meinen die, acht Millionen Stellungen mit einem Donut?«

»Nein, natürlich nicht. Die Artikel handeln alle von Männern. Sie glauben doch nicht, dass ein Artikel mit den anderen übereinstimmen muss, oder? Wie viele Zeitschriften lesen Sie?«

Um eine Lektion klüger fährt Mulholland weiter, während Proudfoot zum Thema Sex mit dem Eheberater zurückkehrt, wobei sie sich fragt, ob man verheiratet sein muss, um einen zu erwischen.

Banker

Sie sitzen vor der Filialleiterin der Zweigstelle der Clydesdale Bank in Inverness, einer streng aussehenden Frau mit mehr Haaren als notwendig, einer Alfred-Hitchcock-Nase, Haut von der Beschaffenheit eines reifen Cheddar, schmalen Augen, noch schmaleren Lippen und einer Stimme wie ein Schlag auf den nackten Hintern. Proudfoot und Mulholland haben beide den gleichen Gedanken: Würden sie diese Frau um ein Darlehen bitten? Die würde ich nicht mal nach der Uhrzeit fragen, denkt Proudfoot.

Ihr Besuch beim Chief Constable der Highlands ist auf den Nachmittag verschoben worden, obwohl sie sich auch davon wenig erhoffen.

»Ich weiß wirklich nicht, wie ich Ihnen helfen könnte«, sagt die Filialleiterin nach kurzem Zögern.

»Tun Sie uns den Gefallen, wenn Sie so gut sein wollen, Mrs. Gregory«, sagt Mulholland und hat eine kurze Vision von Mr. Gregory – auf der anderen Seite der Erdkugel, wenn er auch nur ein Körnchen Verstand besitzt. »Wir können alte Geschichten gar nicht oft genug durchgehen. Vielleicht haben unsere Kollegen etwas übersehen.«

»Ich glaube wirklich nicht, dass es etwas gibt, was sie übersehen haben könnten, Chief Inspector. Mr. Thomson hat am Dienstag vor zwei Wochen um 18.30 Uhr an einem unserer Automaten zweihundert Pfund abgehoben. Keiner meiner Mitarbeiter hatte Kontakt mit ihm, und unsere Unterlagen belegen, dass er in dieser Gegend keine weiteren Versuche unternommen hat, Transaktionen auf diesem Konto vorzunehmen. Ich weiß wirklich nicht, was ich Ihnen in dieser Sache sonst noch sagen kann.«

»Und Sie sind sicher, dass es seither keine Kontobewegung mehr gegeben hat, Mrs. Gregory?«

Diese Frage beantwortet Mrs. Gregory so, wie sie aussieht. »Wirklich, Chief Inspector. Nur weil die Polizei ihrerseits Inkompetenz und Unfähigkeit demonstriert hat, diesen notorischen Verbrecher seiner gerechten Strafe zuzuführen, heißt das noch nicht, dass wir alle in unserer frei gewählten Profession versagen. Ich kann Ihnen mit absoluter Gewissheit versichern, dass dieser Mann keine weiteren Geschäfte mit unserer Bank getätigt hat.«

Mulholland nickt und erwägt seine nächste Frage. Er hat im Grunde keinen weiteren Zug auf Lager. »Können Sie uns sagen, wie viel Barney Thomson noch auf seinem Konto hatte?«

Sie schnalzt vernehmlich mit der Zunge und seufzt demonstrativ.

»Wirklich, Chief Inspector. Ich weiß nicht, wie vielen Ihrer Kollegen ich das schon erzählt habe.«

»Wie viel, Mrs. Gregory?«

Sie schüttelt den Kopf und antwortet: »Ein wenig unter zehn Pfund.«

»Und Ihre Automaten geben keine Fünf-Pfund-Scheine aus?«

»Das ist zutreffend.«

»Das heißt, er hat sein Konto so weit abgeräumt, wie man das von einem Automaten aus konnte?«

»Ja, das könnte man sagen.«

»Und hatte er einen Überziehungskredit?«

Sie zieht eine Braue hoch, und ihre Lippen werden noch schmaler, bis sie ganz verschwunden sind. »Ich fürchte, wegen dieser Information müssen Sie sich an seine Zweigstelle wenden.«

»Unsinn, Mrs. Gregory«, sagt Proudfoot. »Sie können es

uns auch sofort sagen, und wenn nicht, können wir hier auch mit einem Großaufgebot der Kripo auflaufen. Sie haben die Wahl.«

Mulholland sieht sie aus den Augenwinkeln an, ohne etwas hinzuzufügen.

»Also wirklich«, sagt Mrs. Gregory empört, während sie auf eine verdrehte, calvinistische Art jede Minute genießt und sich schon darauf freut, am Abend ihrem Mann davon zu erzählen. Verbale Polizeibrutalität. Vielleicht schreibt sie sogar einen Leserbrief an die *Press & Journal*. »Nun, ich weiß zufälligerweise, dass er keinen Überziehungskredit hatte. Hat sein Konto übrigens sehr ordentlich geführt, dieser Mr. Thomson.«

Sie lässt die Worte schneidend in der Luft hängen, eine Andeutung, dass Barney Thomson in gewisser Weise ein moralischerer Mensch ist als die beiden Polizeibeamten, die sie dem Typ zurechnet, der seinen Überziehungskredit immer bis zum Limit ausnutzt.

»Das heißt, es wäre zwecklos für ihn, sich an irgendeine andere Filiale zu wenden?«

»Ja, das würde ich meinen.«

Mulholland nickt. Mit bewundernswerter Inspiration und nur einen Tag zu spät hatte Woods alle Banken alarmiert, dass Thomson einen Geldautomaten benutzen könnte. Nicht, um ihn daran zu hindern, sondern um ihnen die Möglichkeit zu geben, die Polizei zu informieren, falls es geschah. Doch in dem Moment, wo die Stalltür geschlossen wurde, war das Pferd schon auf einer Wiese auf der anderen Seite der Berge.

»Nun denn, Mrs. Gregory. Ich denke, das wäre dann alles. Sie werden uns unterrichten, falls Mr. Thomson versucht, weitere Transaktionen über Ihre Bank abzuwickeln?«

»Das werde ich bestimmt, Chief Inspector. Und ich bin ebenso sicher, dass Sie nie wieder von mir hören werden. Meiner Ansicht nach werden Sie möglicherweise feststellen, dass Ihr Mr. Thomson verschwunden ist.«

»Das überlassen Sie mal getrost uns, Mrs. Gregory. Ich bin sicher, wir werden der Wahrheit in dieser Angelegenheit auf den Grund kommen, egal ob Barney Thomson noch eine Bank aufsucht oder nicht.«

Er erhebt sich zum Gehen; Proudfoot folgt seinem Beispiel. Sie würden beide gerne die alte Polizei-Nummer bringen, jemanden allein aus dem Grund zu verhaften, dass man ihn nicht leiden kann. Aber wenn man das außerhalb des eigenen Reviers tat, konnte es ziemlich üble Folgen haben.

»Die Wahrheit, Chief Inspector? Viele haben in unbedachtem Eifer für die Wahrheit das Heer der Falschheit voreilig attackiert und hernach den Feinden der Wahrheit als Trophäen dienen müssen.«

Mulholland nickt. »Ah, sehr gut, Mrs. Gregory. Passen Sie auf, dass Sie sich mit derlei Gerede nicht die Zunge brechen, und konsultieren Sie einen Arzt, sobald Ihr Zustand sich verschlimmert.«

Sie verabschieden sich und verlassen das Büro. Die Tür fällt hinter ihnen ins Schloss, und Hermione Gregory ist wieder allein mit ihrem unbedeutenden Imperium.

»Wichser«, sagt sie zu dem leeren Zimmer und kümmert sich wieder um ihre Geschäfte.

Mulholland und Proudfoot stehen vor der Bank. Es ist kalt und feucht, obwohl der Schneeregen, der seit ihrer Ankunft in Inverness ununterbrochen gefallen ist, eine zehnminütige Pause einlegt. Sie sind deprimiert. Eine weitere irrelevante Befragung eines weiteren irrelevanten Nicht-Zeugen im Fall Barney Thomson.

»Was jetzt?«, fragt Proudfoot.

»Unsinn, Mrs. Gregory? Ich denke, das war ein Verstoß gegen

die eine oder andere Dienstbestimmung, meinen Sie nicht? Sie war schließlich keine Verbrecherin, Sergeant.«

»Aber sie war eine verdammte Nervensäge, dieses Weibsstück.«

Mulholland zuckt die Achseln. Er hat keine Lust, sich zu streiten, und war selbst kurz davor gewesen, Hermione Gregory unter dem Verdacht zu verhaften, nicht täglich die Unterwäsche zu wechseln.

»Was jetzt?«, wiederholt er. »Jetzt fangen wir an, jedes Hotel und jede Privatpension in den Highlands abzuklappern, um festzustellen, ob irgendwer ihn erkennt. Das heißt, nachdem wir mit den einheimischen Gesetzeshütern gesprochen haben. Weiß der Himmel, wie die drauf sind. Ich frag mich, ob sie Englisch sprechen.«

»Jedes Hotel und jede Privatpension?«

»Ja, jedes Hotel und jede Privatpension.«

»Aber das müssen doch Tausende sein.«

»Durchaus möglich.«

»Aber es ist schließlich nicht anzunehmen, dass diese Leute noch nie ein Bild von Barney Thomson gesehen haben. Wenn irgendwer ihn erkannt hätte und bereit gewesen wäre, uns davon zu berichten, hätte er sich doch längst gemeldet.«

»Haben Sie irgendwelche anderen brillanten Ideen, was wir mit unserer Zeit anfangen sollen?«

Sie starrt auf den aufgeweichten Boden und bemerkt die ersten Tropfen eines neuen Gusses. Sie hat eine Idee, entscheidet jedoch, sie lieber für sich zu behalten.

»Nein«, sagt sie.

»Gut, dann wäre das ja geklärt. Er hat nicht den ganzen Weg bis hier hoch gemacht, um dann wieder nach Süden zu gehen. Das heißt, er ist noch in Inverness, oder er ist weitergezogen. Vermutlich in nordwestlicher Richtung. Wir überprüfen jedes

Gasthaus, jede Pension, jedes Hotel, jedes Zimmer, in dem er übernachtet haben könnte, zwischen hier, Wick, Durness und Fort William. Und wenn wir ihn dort nicht finden, arbeiten wir uns weiter nach Osten Richtung Aberdeen vor.«

»Nur wir beide?«

»Ja.«

»Wollen Sie keine Verstärkung anfordern?«

»Wir kriegen keine Verstärkung. Die Presse mag sich vor Angst in die Hosen machen, die Öffentlichkeit mag ganze Eimer voll scheißen, aber McMenemy will in diesem Fall unmittelbare Ergebnisse ohne zusätzliche Kosten sehen. Man kann schließlich nicht erwarten, dass sie Geld für Polizisten vor Ort ausgeben, wo es doch so viele Abteilungsleiter und Rechnungsprüfer gibt, ganz zu schweigen von den endlosen Berichten, die zu verfassen sind. Alle anderen Beamten, die mit dieser verdammten Sache zu tun haben, machen gerade etwas anderes, also werden wir es tun. Sind Sie jetzt glücklich?«

»Ich bin nass«, sagt sie.

»Gut. Dann gehen Sie jetzt zur Touristen-Information und besorgen so viele entsprechende Adressen wie möglich.«

Sie zittert und hüllt sich enger in ihre Jacke, als der Schneeregen heftiger wird. »Und was machen Sie?«

»Ich gehe ein Bier trinken.«

»Ein Bier?«

»Auf Wiedersehen, Sergeant. Wir treffen uns in einer halben Stunde hier wieder.«

»Ein Bier?«

Mulholland dreht sich um und verschwindet im Schneeregen. Proudfoot steht da und sieht ihm nach. Die Böen wehen ihr ins Gesicht, sie spürt, dass ihre Jacke sich dem Wetter zu ergeben droht, und versinkt in Trübsinn und Mutlosigkeit. Welchen Sinn hatte das ganze Herumgerenne? All diese Menschen, zerteilt, tiefgefroren und zuletzt beiläufig entsorgt, waren schließlich schon tot. Die Tatsache, dass die Morde aufgehört hatten, als die Mutter gestorben war, bewies eindeutig, dass Barney Thomson hinter ihr aufgeräumt hatte. Die Toten sind tot, und irgendwann werden alle anderen ihr Schicksal teilen – aber nicht durch die Hand von Barney Thomson –, und wir werden alle im selben Grab liegen, ein Allerlei aus verrenkten Gliedern, zerbrochenen Träumen und halb gedachten Ideen. Denn mehr ist da nie.

Sie sieht, wie Mulholland auf dem Weg zum Pub in der Menge verschwindet.

»Wichser«, sagt sie, macht auf dem Absatz kehrt und trottet traurig Richtung Touristen-Information.

Kapitel 6

Wir sind alle ein Ei

Die Mönche sitzen beim Frühstück, einer vollen und köstlichen Mahlzeit. Vier Scheiben Speck, zwei Würstchen, ein verlorenes Ei, Pilze, schwarzer Pudding, Haggis, Becher mit dampfendem Tee und so viel Toast und Marmelade, wie sie essen können.

In ihren Träumen.

Das erste Brot des Tages wird für gewöhnlich mit dem Licht der Dämmerung gebrochen – was so spät im Jahr erst gut nach acht Uhr der Fall ist. Heute ist es bis auf den späten Vormittag verschoben worden, im Anschluss an die Bestattung von Bruder Saturday und all die Gebete, die für seine von ihnen gegangene Seele gesprochen werden mussten. Deshalb sind die Brüder auch außergewöhnlich hungrig, als sie zu ihrer Mahlzeit aus Haferschleim, ungesäuertem Brot und Tee Platz nehmen, zumal sie bei weiteren Gebeten darauf warten mussten, bis Bruder Steven und Bruder Jacob von ihrem Totengräberdienst zurückgekehrt waren.

Gespräche während der Mahlzeiten werden nicht gern gesehen. Der Abt dankt dem Herrn, und die Mönche speisen in ehrfürchtiger Stille, dankbar für Gottes Gaben. Zumindest theoretisch.

Doch es ist erst einen Tag her, seit man Bruder Saturdays Leiche in einer weißen, blutrot getränkten Kutte, an einen Baum im

Wald gelehnt, gefunden hat, die Füße nackt und blau, die Augen offen, seine Miene entspannt, im Frieden mit Gott und der Welt. Ein Messer war bis zum Knauf in seine Kehle gestoßen worden, sodass die Klinge im Nacken ein Stück herausragte. Eines der alten Messer, die seit dem 14. Jahrhundert im Kloster aufbewahrt wurden, Geschenk eines Tempelritters von ungewisser und mysteriöser Herkunft. Ein Messer, das möglicherweise in den Kreuzzügen zum Einsatz gekommen war, aber seither ganz gewiss nicht mehr.

Bruder Saturday war ein beliebtes Mitglied des Ordens gewesen, ein Liebling aller anderen Mönche. Siebenunddreißig Jahre zuvor war er dem Ruf der Kirche gefolgt, nach einer Reihe von Zurückweisungen durch Frauen, die ihn seine ganzen Teenager-Jahre hindurch verfolgt hatten. Ein schielendes Auge, widerspenstiges Haar, Lippen, mit denen er gar nicht anders konnte, als zu küssen wie eine Seeanemone, eine Haut wie die Oberfläche eines Rice Krispie und ein vielfach gebrochenes Herz. Doch er hatte seinen Frieden mit Gott gefunden, weil er glaubte, dass jener nicht voreingenommen war, wobei er die Beweise im Alten Testament ignorierte, wo Gott jahrhundertelang die Goldmedaille für Voreingenommenheit gewinnt.

In den letzten neun Jahren hatte er in der Bibliothek gearbeitet und die siebentausend Bände in seinem Besitz mit größter Sorgfalt gepflegt. Für ihn war es der einzige Ausweg gewesen, sich in Büchern zu verlieren, und er war schon früh in die Position des Bibliothekars aufgerückt. Er hätte eigentlich noch viele Jahre Bibliothekslehrling bleiben sollen, doch der amtierende Bibliothekar jener Tage, Bruder Atwell, war den Verlockungen williger Weiblichkeit erlegen und in einer ungemütlichen, stürmischen Nacht aus dem Kloster geflohen. Bruder Saturday wurde vorzeitig befördert und Bruder Morgan sein Bibliotheks-·assistent. Trotzdem wird Morgan von niemandem besonders verdächtigt, das schändliche Verbrechen an Saturday begangen zu haben.

Es gibt viele Mönche, die dankbar wären, wenn sie statt auf den kalten Feldern in der Bibliothek arbeiten dürften. Die warme Behaglichkeit inmitten der Bücher könnte ein starkes Motiv sein – für einen unausgeglichenen Geist. Denn es kann keinen Zweifel geben, dass der Mörder innerhalb der Klostermauern zu suchen ist, zumal die Tatwaffe aus der Gruft der Abtei stammte.

Niemand traut dem Abt die Tat zu, ebenso wenig wie Bruder Herman. Damit bleiben dreißig Verdächtige; jeder Einzelne vom ältest Gedienten – dem betagten Bruder Frederick, der von den Schlachtfeldern von Passchendaele in das Kloster kam – bis zum jüngsten Rekruten, Bruder Jacob. Und nur wenige bezweifeln, dass ihre Mitbrüder sich in diesen Mauern vor dunklen Geheimnissen und einer noch dunkleren Vergangenheit verstecken.

»Bruder Jacob?«

Barney bleibt stehen und dreht sich um. Das Frühstück ist vorüber, die Versammlung beginnt sich aufzulösen, alles strebt den Pflichten des Tages entgegen. Vieh hüten, Gebäude und Land gegen den kommenden strengen Winter befestigen sowie Küchen-, Putz- und Waschdienste. Die Vormittage im Kloster sind der Arbeit vorbehalten, die Nachmittage für Gebete und Studium Gottes reserviert. Barney muss Fußböden schrubben.

»Ja?«, sagt er zu Bruder Herman, in dessen Anwesenheit er sich stets unbehaglich fühlt.

Bruder Hermans Augen starren aus tiefen Höhlen aus einem langen, schmalen Gesicht. Langfresse haben sie ihn in der Schule genannt – hinter seinem Rücken.

»Der Abt möchte dich in fünf Minuten in seinem Arbeitszimmer sprechen«, sagt Herman, die Stimme tief und unheilschwanger.

Barney nickt. Der Abt. Bruder Copernicus. Er hat diesen Ruf erwartet. Alle Novizen des Ordens werden am Ende ihrer ersten Woche zum Abt zitiert. Wegen des Mordes an Bruder Saturday ist Barney bereits von Bruder Herman befragt worden, doch jetzt fragt er sich, ob dies auch der Grund ist, warum der Abt ihn sprechen will. Zur weiteren Vernehmung. Barney, ein Mann unter Verdacht. Er hat das Gefühl, er kann dem Morden nicht entkommen.

Fünf Minuten. Sein Herz rast.

Barney sitzt dem Abt in dem karg eingerichteten Arbeitszimmer gegenüber, ein schlichter Schreibtisch, Holzstühle auf beiden Seiten, nackter Steinboden, unverputzte Wände, deren eine von einer Reihe Bücher geziert wird. Hinter dem Abt befindet sich eine lange schmale Öffnung in der Wand, das Fenster steht offen, sodass die Kälte im Zimmer der Kälte draußen entspricht. Zwei an der Wand montierte Öllampen hellen das Tageslicht weiter auf, auf dem Schreibtisch steht eine unangezündete Kerze. Der Abt liest. Mit der linken Hand blättert er die Seiten um, die rechte hat er in seine Kutte gesteckt.

Barney schmort.

Vergib mir Vater, denn ich habe gesündigt, stellt er sich vor zu sagen, obwohl er in seinem ganzen Leben noch nie gebeichtet hat. Ich habe gemordet. Na ja, eigentlich war es eher Totschlag. Ich wollte es nicht. Chris und Wullie, meine beiden Arbeitskollegen. Sie waren ein Paar verdammte Nervensägen – tut mir Leid, Vater –, aber den Tod habe ich ihnen wirklich nicht gewünscht.

Dann ist meine Mutter gestorben, und ich habe in ihrer Tiefkühltruhe sechs Leichen gefunden. Wie das Leben so spielt. Vergib auch meiner Mutter, Vater, denn sie wusste nicht, was sie tat. Ich habe Unrecht getan, ich weiß. Ich hätte alles gestehen sollen wie Bart in der *Simpsons*-Folge, wo er der Statue den Kopf abschneidet. Aber ich bin in Panik geraten. Ich habe die Leichen entsorgt und es so aussehen lassen, als ob Chris der Mörder gewesen wäre. Mir waren vier Polizisten auf den Fersen, aber die haben sich alle gegenseitig erschossen. Das war auf gar keinen Fall meine Schuld. Na ja, und dann hab ich mir gedacht, ich würde ...

»Bruder Jacob.« Der Abt schlägt sein Buch zu und blickt auf. Barneys Herz rast, er beendet seine stumme Beichte. »Ist es dir nicht zu kalt?«

Barney friert erbärmlich.

»Nö, nö, alles bestens«, sagt er, zitternd, mit hochstehenden Haaren und einer Gänsehaut, die beinahe Beulen schlägt.

Der Abt nickt und weiß, dass er lügt.

Er lässt sich Zeit und wählt seine Worte mit Bedacht. Der Abt, Bruder Copernicus, hat den Freuden der Welt mit Anfang zwanzig entsagt und ist seit den Fünfzigerjahren in diesem Kloster. Sein Haar ist ergraut, die Molligkeit junger Jahre einem sehnigen Körper gewichen, der von der Kutte umhüllt wird. Er hat schmale Lippen, eine spitze Nase und grüne Augen, die mehr sehen, als Augen eigentlich sehen sollen. Bei all dem ist er jedoch kein humorloser Mensch – manchmal schleicht sich auch ein Lächeln auf diese kalten, dünnen Lippen.

»Es tut mir Leid, dass deine erste Woche von derart schrecklichen Umständen überschattet wird, Jacob. Eine furchtbare Sache.«

Kein Problem, denkt Barney. Ich überlege schon, ob ich einen Laden aufmachen soll: Kadaver nach Maß.

»Mir tut es auch Leid, Hochwürden«, sagt er.

Die dünnen Lippen spannen sich zu einem Lächeln. Die Augen lächeln mit. »Schon gut, Jacob, du musst mich nicht ›Hochwürden‹ nennen. Ich bin schließlich nicht der Papst. Bruder Copernicus reicht vollkommen.«

Barney lächelt und nickt, geringfügig beruhigt und ein wenig entspannter.

»Wie lebst du dich ein, Jacob?«

Barney überlegt.

Minuspunkte: Weder Gas noch Strom, kein heißes Wasser, Licht aus um acht, Aufstehen um halb sechs, ein schmales Einzelbett aus hartem Holz, zwei raue Decken, keine Unterhaltung, keine Ablenkung bis auf die Lektüre der Heiligen Schrift und anderer religiöser Werke; Tag für Tag auf den Knien Böden schrubben, gelobt sei Gott, der Vater, der Sohn und der Heilige Geist, Gott der Allwissende, Gott, der Göttliche, Gott dieses, Gott jenes, Gott weiß was; Gott, Gott, Gott, Gott, Gott, Gott, Gott. Scheiß Gott.

Pluspunkte: Das Essen ist nicht so schlecht, ein Becher Wein zum Essen jeden Abend, kein Kontakt zur Außenwelt, sodass keiner je von Barney Thomson gehört hat. Das ist es in etwa.

»Nicht schlecht.« Er lacht ein wenig verlegen. »Man muss sich ein bisschen dran gewöhnen, aber mir geht's so weit ganz gut.«

Der Abt nickt und trommelt mit den Fingern der linken Hand auf seinen Schreibtisch. Lange, kalte Finger. Barney kann sie an seiner Kehle spüren; schaudernd versucht er, den Gedanken zu vertreiben.

»Unsere Mönche kommen aus allen möglichen Gründen hierher, Jacob, und es steht mir nicht an, diese Gründe zu hinterfragen oder gar zu untersuchen. Wir, jeder von uns, müssen von Herzen zufrieden sein, dass wir dort sind, wohin wir gehören. Es gibt viele, die hierher kommen und nach einer Weile merken, dass dieses Leben nichts für sie ist. Einer von ihnen war Bruder Camberene, der im vergangenen Jahr ein paar traurige Monate lang bei uns war. Er war in einen tragischen Unfall verwickelt und gab sich die Schuld für das Todesopfer, das er gefordert hat. Er war von Schuldgefühlen gequält, sein Leben von Verzweiflung geplagt. Er ging nicht mehr zur Arbeit, seine liebe Frau verließ ihn. Und nach einer Weile führte ihn der Fluss des Schicksals, der sich durch das Leben eines jeden Einzelnen windet, zu uns. Doch ich fürchte, nicht einmal wir konnten ihm die Antworten geben, nach denen er suchte. Er verbrachte ein paar unglückliche Monate hier und zog dann weiter. Eine traurige, verzweifelte, ruhelose Seele. Wir sprechen alle immer noch unsere Gebete für Bruder Camberene, doch ich fürchte, dass wir vielleicht nie wieder von ihm hören werden. Doch wo immer er auch sein mag, wir wissen, dass Gott bei ihm ist.«

Barney schluckt und starrt auf den Tisch. Er kann sich in Bruder Camberenes Geschichte wiedererkennen. »In was für einen Unfall war er denn verwickelt?«

Der Abt schüttelt düsteren Blickes den Kopf.

»Er hat bei Tesco's mit einem vollen Einkaufswagen einen sechsjährigen Jungen überfahren.«

Barney starrt ihn an.

»Das ist offenbar ein Supermarkt«, sagt der Abt, »aber das weißt du, nehme ich an.«

Barney schüttelt den Kopf. Er möchte Bruder Camberene kennen lernen. Klingt wie ein Mensch nach seinem Geschmack.

Der Abt kratzt sich am Kinn, blickt auf und lässt die Last von Bruder Camberene von den Schultern gleiten.

»Was ich sagen will, ist Folgendes: Wenn du deine Antworten nicht bei uns finden solltest, werden wir dich nicht verdammen. Wir sind hier, um dir zu helfen. Wenn du feststellen solltest, dass dieses Leben nichts für dich ist, werden wir dir die Liebe Gottes und unser aller tief empfundene Zuneigung mit auf den Weg geben. Und solltest du hier Zufriedenheit finden, werden unsere Liebe und unser Verständnis dich begleiten, wenn du dich an unsere Bräuche und die Sitten des Herrn gewöhnst.«

Rede beendet. Barney starrt vor sich hin.

Es ist wie im Kindergottesdienst. Er fühlt sich an Miss Trondheim erinnert. Groß, dunkle Haut, schwarze Haare, von denen eines aus einem Muttermal auf ihrer linken Wange wuchs. Und Mr. Blackberry, ein untersetzter Typ mit Stewart-Granger-Frisur, obwohl er auch einmal mit einem Robert Mitchum aufgekreuzt war.

Barney weiß, dass man von ihm erwartet, etwas zu sagen, aber er findet keine Worte. Er nickt knapp und versucht auszusehen, als wäre er eins mit Gott.

Der Abt ist derlei Wortkargheit gewöhnt.

»Nachdem ich das gesagt habe, Jacob, möchte ich dich auch wissen lassen, dass ich, falls es in deiner Vergangenheit etwas gibt, was du mit mir teilen möchtest, für dich da bin und dir zuhören werde. Wenn du vor irgendetwas auf der Flucht bist, ist es oft das Beste, sich der Sache zu stellen, selbst wenn es innerhalb dieser Mauern geschieht.«

Der Abt weiß, dass ein neuer Bruder bei der ersten Gelegenheit zu sprechen schweigen wird. Sie kommen alle mit ihren Geheimnissen und Unsicherheiten, und irgendwann sind sie weich. Aber noch nicht.

»Nö, nö«, sagt Barney. »Ich dachte nur, dass ich irgendwie mal was Neues probieren sollte. Ich war ein bisschen desillusioniert und so. Vom Leben und überhaupt.«

Der Abt nickt und schürzt die Lippen.

»Du hast dich erst spät in deinem Leben für eine Veränderung entschieden, Jacob. Niemand flickt ein altes Kleid mit einem Lappen von neuem Tuch, denn der Lappen reißt doch wieder vom Kleid ab, und der Riss wird ärger. Man füllt auch nicht neuen Wein in alte Schläuche; sonst zerreißen die Schläuche, und der Wein wird verschüttet, und die Schläuche verderben. Sondern man füllt neuen Wein in neue Schläuche. So bleiben beide miteinander erhalten. Diese Worte solltest du dir merken, Jacob.«

»Was?«, sagt Barney überrascht. »Ihr macht hier oben Wein? So weit nördlich?«

Der Abt lächelt. »Du musst noch viel lernen, Jacob. Du solltest die Bibel studieren.«

»Ja. Wird gemacht.«

Der Abt blickt in Barney Thomsons Herz und fragt sich, was darin verborgen liegt. Er weiß, dass es früher oder später zum Vorschein kommen wird, aber nichts drängt zur Eile. Er hat keinen Grund, ihn des Mordes an Bruder Saturday zu verdächtigen. Jedenfalls nicht mehr als irgendeinen anderen.

»Eine letzte Sache, Jacob, bevor du dich auf den neuen, vor dir liegenden Weg begibst. Wie du siehst, führen wir ein einfaches Leben. Wir haben wenig Kontakt zur Außenwelt und kümmern uns um die meisten unserer Bedürfnisse selbst. Gibt es vielleicht eine Fertigkeit aus deiner Vergangenheit, die du mit uns teilen möchtest?«

Barney überlegt. Soll er es wagen, ihnen von seinem Frisörhandwerk zu erzählen? Würde sie das auf seine Spur bringen? Aber sie haben offensichtlich keine Ahnung, was los ist. Oder würden sie wissentlich einen mutmaßlichen Serienmörder in ihrer Gemeinde aufnehmen?

»Ich hab hier und da ein bisschen Haare geschnitten«, sagt er.

Der Abt zieht eine Braue hoch.

»Oh. Ein Frisör?«

»Ja.«

»Nun, es liegt fürwahr viele Jahre zurück, dass wir einen professionellen Barbier in unserer Mitte hatten. Ein überaus ehrenvolles Gewerbe.« Automatisch streicht er mit der Hand über seinen Nacken. »Bruder Adolphus tut sein Bestes, aber seine diesbezüglichen Fertigkeiten lassen leider zu wünschen übrig. Trotz all unserer Gebete.«

Barneys Herz macht einen Satz. Es ist erst zwei Wochen her, in denen er in den Highlands auch den einen oder anderen Kopf frisiert hat, und doch hat er das Klicken der Schere, das Kratzen der Klinge im Nacken und das sinnlose Geschwätz vermisst. Er fragt sich, ob St. Johnstone die Tabellenführung noch immer verteidigt.

»Ich könnte selbst einen Haarschnitt gebrauchen«, sagt der Abt.

»Ach, ja?«, sagt Barney mit dem Gefühl neuer Nützlichkeit. »Ich bin sicher, da könnte ich aushelfen.«

»Das wäre gut«, sagt der Abt. »Vielleicht später, heute Nachmittag, nach den Gebeten, bevor es dunkel wird. Ich hätte nichts gegen einen Bruder Cadfael.«

Barney nickt und lächelt. Ein Bruder Cadfael, eh? Den Schnitt hat er vor ein paar Jahren schon einmal probiert. Kinderspiel. Er fragt sich, ob unter Mönchen überhaupt irgendwelche anderen Frisuren erlaubt sind.

Die Tür schließt sich hinter Barney Thomson, und der Abt starrt ihm eine Weile nach. Eine geschlossene Tür. Wie viele Türen sind in diesem Kloster geschlossen, aus welchen Gründen verborgen in den Tiefen einer geheimnisvollen Vergangenheit?

Er seufzt, erhebt sich von seinem Stuhl und starrt hinaus in den hellen weißen Morgen. Schnee erstreckt sich vom Wald bis hinauf in die fernen Bergeshöhen. Dabei hat die volle Wucht des Winters sie noch gar nicht erreicht.

Eine Zeit lang beobachtet er einen Bussard, der lautlos und braun über dem blassblauen Himmel kreist.

Derweil schreitet Barney Thomson durch die Korridore des Klosters und hat beinahe ein Pfeifen auf den Lippen. Zum ersten Mal seit zwei Wochen ist ihm leicht ums Herz, weil er die genaue Bedeutung einiger Worte des Abtes komplett überhört hat. Zum Beispiel, dass die Mönche kaum Kontakt zur Außenwelt hatten. Kaum, nicht keinen, wie er gedacht hatte.

Als er sich seinem Eimer zuwendet, um seinen ersten Boden an diesem Vormittag zu wischen, entwischen ihm ein paar Takte von »The Girl from Ipanema«.

Eine Verschwörung von Schatten

Im dritten Stockwerk der Abtei auf der Nordseite liegt ein lichtdurchfluteter Raum, die Bibliothek. Bruder Morgan beugt sich über seinen Schreibtisch, in seiner kräftigen Hand einen zarten Federkiel, und kratzt klare, runde Zeichen auf das Pergament. Er übersetzt eine Reihe von Briefen aus dem dritten Jahrhundert aus dem Griechischen ins Englische. Er ist einer von lediglich drei Mönchen, die Griechisch lesen – einige andere stehen in einem schmerzhaften Lernprozess, und der Rest bleibt hoffnungslos ignorant.

Bruder Morgan ist schon seit Wochen mit der Übersetzung beschäftigt; begonnen hat er sie noch als Bruder Saturdays Assistent, zufrieden mit seinem Los und mit kaum einem Gedanken an Beförderung. Ein Mönch ist alles, was Morgan je sein wollte. Die Position eines Bibliotheksgehilfen ist schon ein Bonus, alles Weitere ungebeten und unerwünscht. Er wäre glücklich, wenn ein anderer zum Bibliothekar bestimmt würde und er wieder in die Rolle zurückkehren könnte, die er so viele Jahre bekleidet hat. Er vertraut allen Brüdern, macht sich jedoch gleichzeitig Sorgen, dass ihn ein ähnliches Schicksal ereilen könnte wie Saturday. Vielleicht ist Saturday wegen eines Streites unter Liebenden innerhalb der Klostermauern gestorben – wie man in einer gewissen Fraktion der Mönche munkelt –, oder er wurde ein Opfer seiner Position. Es ist letztere Möglichkeit, die Bruder Morgan beunruhigt.

Er hört ein Geräusch zwischen den Bücherregalen, hebt den Kopf und hält mit dem Schreiben inne. Trotz des hellen Lichts liegen die Regale im Schatten. Er spürt einen Schauder im Nacken, Insekten krabbeln über seine Haut.

»Hallo?«

Er nimmt eine Bewegung wahr. Eine Ratte? Im Kloster gibt es seit mehr als hundert Jahren keine Ratten mehr. Sagt man.

»Hallo?«, sagt er noch einmal, dieses Mal ein wenig drängender, beinahe verärgert. Er mag es nicht, bei der Arbeit gestört zu werden, weil er weiß, wie leicht man Fehler macht, wenn man die Konzentration verliert. Das war einer der Gründe, warum er aus dem Leben ausgestiegen ist.

Die Verärgerung überdeckt seine Beklommenheit.

Eine Gestalt tritt zwischen den Regalen hervor. Morgan entspannt sich.

»Oh, hallo, Bruder«, sagt er, erleichtert und auch ein wenig ungeduldig, als der Mönch aus der Verschwörung von Schatten tritt. »Ich habe gar nicht gemerkt, dass du hier bist.«

Der Mönch hält ein schmales Bändchen hoch. Er lächelt nicht, sondern starrt ihn aus tiefen Augenhöhlen an.

»Es ist viele Jahre her, seit ich die lateinische Übersetzung der Paulusbriefe studiert habe«, sagt er. »Ich war äußerst nachlässig. Wirst du es verzeihen, dass ich den Band aus der Bibliothek genommen habe?«

»Selbstverständlich, Bruder«, sagt Morgan und fragt sich, warum manche Menschen so verstohlen tun.

Bruder Morgan sieht dem Mönch nach, der die Bibliothek

langsam verlässt und die Tür hinter sich zuzieht. Er schüttelt den Kopf und hebt seinen Stift. Zurück an die Arbeit. Warum müssen sich manche seiner Brüder so geheimnisvoll geben? Das Kloster ist ohnehin düster genug.

Als er die langsame Bewegung seines Federkiels über die dicke Seite wieder aufnimmt, spürt er einen kalten Luftzug an den Füßen und blickt auf. Die Tür der Bibliothek öffnet sich einen Spalt weit.

Und ein kalter Wind weht.

Kapitel 7

Heiliger Strohsack

Mrs. Mary Strachan beugt sich näher zum Fernseher und versucht die Nachrichten zu verfolgen, obwohl ihr Mann lautstark mit seinem *Scotsman* herumknistert, während sie sich gleichzeitig durch eine komplizierte Interpretation des zweiten Bandes der Episteln von Quintus Horatius Flaccus kämpft.

»Heiliger Strohsack noch mal, willst du aufhören, so einen Radau mit deiner Zeitung zu machen, Mann. Ich kann den Fernseher nicht hören.«

James Strachan schüttelt den Kopf, schnalzt vernehmlich und knistert noch lauter mit seiner Zeitung.

»Sapperlot, Frau, was zeterst du wieder? Du weißt ganz genau, dass du nicht gleichzeitig Fernsehen gucken und Horaz im Original lesen kannst. Jedenfalls nicht mehr, seit du im vergangenen März bei dem Unfall mit den Schafen dein Auge verloren hast.«

»Ach, verflucht, James Strachan, verflucht seist du. Meine Mutter hat immer gesagt, du wärst ein Mann ohne Visionen. Ich hätte auf sie hören sollen.«

»Ach, hör mir doch auf, Frau«, sagt er und widmet sich der Sportseite. »Rangers unterliegen mit 45-Millionen-Pfund-Gebot für sechsjährigen Italiener.« »Was wusste deine Mutter schon? Die Frau hat ihr Leben mit kleinen Gartenarbeiten zugebracht. Die hatte keine Ahnung von gar nichts.«

»Red du nicht schlecht über meine Mutter, James Strachan. Schließlich war es nicht meine Mutter, die verhaftet worden ist, weil sie Unterwäsche von Mrs. MacPhersons Leine gestohlen hatte.«

Er blickt zum ersten Mal über den Rand der Zeitung hinweg. »Himmel, Arsch und Zwirn, ich glaub es nicht, Frau. Musst du jeden Tag davon anfangen? Kannst du es nicht vergessen? Ihr lest wohl, dass es uns anempfohlen worden ist, unseren Feinden zu vergeben, allein ihr werdet nimmer lesen, dass es uns befohlen ist, unseren Freunden zu vergeben. Darüber solltest du mal nachdenken, Frau.«

»Du brauchst gar nicht Cosimo de Medici zu zitieren, James Strachan. Meinst du, ich könnte mich im Supermarkt blicken lassen, ohne dass die Leute darüber reden? Meinst du das wirklich? Ich kann keinen Tag über die Straße gehen, ohne das Getuschel zu hören. Nicht einen einzigen Tag.«

»Herrgott, Frau, das war vor dreiundsiebzig Jahren.«

»Das mag sein, James Strachan, das mag sein. Aber soweit es diese Stadt betrifft, hätte es ebenso gut gestern sein können.«

»Ach, hör doch auf, Mary Strachan, hör doch auf, sage ich. Außer uns beiden gibt es in dieser Stadt niemanden mehr, der vor dreiundsiebzig Jahren schon gelebt hat.«

»Donner und Doria, James Strachan, was für eine Rolle spielt das? Glaubst du, dass heute noch jemand lebt, der dabei war, als uns die Engländer die Realunion aufgezwungen haben? Nee, nee, und trotzdem hassen wir sie dafür.«

»Verflixt und zugenäht, Himmel, Arsch und Zwirn noch mal, was redest du wieder, Mary Strachan? Du und deine Realunion. Ohne die Realunion würden wir noch immer in Torfsäcken leben und Hafer zum Abendbrot essen.«

»Ach, du schwafelst wieder, James Strachan, du schwafelst wieder. Da, guck mal!«

Sie bricht mitten im Satz ab und zeigt auf den Fernseher, wo die Mittagsnachrichten laufen.

»Siehst du, ich hab es ja gesagt, oder nicht?«

James Strachan schnalzt laut, schüttelt den Kopf und knistert mit der Zeitung. »Was hast du gesagt? Wovon redest du überhaupt?«

»Das Bild im Fernsehen. Dieser Barney Thomson. Das war der Mann, der vor etwas mehr als einer Woche hier übernachtet hat. Ich sag dir, das war er.«

Er wirft einen kurzen Blick auf den Fernseher und verschanzt sich wieder hinter der Zeitung. »Ach, hör doch auf und steck deinen Kopf lieber in eine Bratpfanne voll Kartoffeln. Was sollte ein Serienmörder denn an einem Ort wie Durness wollen, noch hinter dem Arsch der Welt. Serienmörder wohnen in großen Häusern mit vernagelten Fenstern. Das hab ich in Filmen gesehen.«

Sie schüttelt den Kopf und zeigt auf den Fernseher. »Guck dir diese Augen an, die würde ich überall wiedererkennen. Der Mann ist ein Serienmörder, wie er im Buch steht, und er hat hier in unserem Haus übernachtet. In demselben Bett, in dem jetzt auch das deutsche Pärchen schläft.«

James Strachan lässt die Zeitung erneut sinken, starrt zum Fernseher und sieht dann seine Frau an. »Und wenn er es gewesen wäre? Was dann? Jetzt ist er weg oder nicht? Willst du das etwa der Polizei melden oder was?«

Mary reckt trotzig Schultern und Kinn. »Nun, das weiß ich noch nicht. Er sah aus wie ein ganz netter Bursche. Vielleicht suchen sie ja den Falschen.«

»Du hast doch gerade behauptet, er hätte ausgesehen wie ein Serienmörder!«

»Ja, aber so was ist schwer zu sagen, verstehst du. Und du solltest lieber schön still sein.«

»Ach, hör doch auf mit dem Mist, Frau«, sagt er, schon tief in den Rugby-Berichten versunken. »Schottland nominiert Neuseeländer, dessen Großmutter einmal einen Urlaub auf Skye verbracht hat.«

Delfine

Proudfoot steigt zu Mulholland in den Wagen und ertappt ihn dabei, ihre *Blitz!* zu lesen und das letzte Sandwich zu verputzen. Das ist ihr egal, da sie alles, was der Touristen-Information zu entlocken war, in zehn Minuten herausgefunden, danach etwas gegessen und ein wenig geplaudert hat.

»Ich bin nur überrascht, dass Sie nicht auch noch Simply Red hören«, sagt sie zitternd, zieht ihre Jacke aus und wirft sie auf den Rücksitz. Der Schneeregen lässt nach und geht in Schnee über.

»Sicher. Ich hab nur ein bisschen gelesen«, sagt er und tippt auf die Zeitschrift. »Offenbar kann man seine Orgasmusintensität steigern, wenn man seine Brüste mit getrockneter Alligatormilch einreibt. Ich nehme an, das richtet sich an Frauen, aber wer weiß?«

»Bei mir hat es nichts gebracht«, sagt sie.

Er sieht sie an und stellt enttäuscht fest, dass sie nur einen Witz gemacht hat. Er klappt die Zeitschrift zu.

»Also gut. Was haben wir denn? Haben Sie eine Liste?«

»Ja. Jede Unterkunft in Inverness und eine lange Liste von Orten so weit nördlich, wie man fahren kann, obwohl die Frau meinte, dass sie möglicherweise nicht vollständig wäre. Viele Pensionen sind über den Winter geschlossen, was die Sache leichter machen sollte.«

Er sieht auf seine Uhr.

»Also, kurz nach zwei. Wir müssen noch Inspector Dumpty

von der Highland-Kripo unsere Aufwartung machen. Wenn wir das hinter uns gebracht haben, können wir anfangen. Wir teilen uns auf und legen los. Mit Inverness sollten wir vor dem Abend fertig sein. Ich wüsste nicht, warum eine Pension länger als ein oder zwei Minuten dauern sollte. Wir treffen uns dann zwischen sechs und sieben wieder hier. Haben Sie zwei Listen?«

»Ich bin schließlich nicht blöd. Selbstverständlich.«

»Ich frag ja nur. Ferguson hätte nicht daran gedacht.«

Proudfoot denkt an die Frau, mit der sie in der Touristen-Information zu tun hatte. Ferguson wäre immer noch dort und würde versuchen, für den späteren Abend einen Besuch in ihrem Bett zu verabreden.

»Also gut, wir teilen die Liste auf, und heute Abend suchen wir uns was zum Übernachten. Und morgen brechen wir dann auf und klappern die Städte nacheinander ab.«

Sie nickt, obwohl sie nicht weiß, was sie weniger gerne täte. Ihr fällt mittlerweile kein einziger Aspekt der Polizeiarbeit mehr ein, den sie reizvoll findet.

»Wie war Ihr Bier?«, fragt sie.

Mulholland blickt von der Liste der Gasthäuser auf und lächelt. »Sehr informativ«, sagt er. »Schade, dass Sie nicht dabei waren.«

Was soll das heißen, sehr informativ, liegt ihr auf der Zungenspitze. Aber sie besinnt sich eines Besseren. Wenn er kryptisch sein will, soll er doch. Der Blödmann.

Im Übrigen hat es gar nichts bedeutet.

Wie sie sich hätten denken können, müssen sie warten, bis sie den Chief Constable sprechen können, einen Mann, von dem sie bereits gehört haben. Sie hocken in einem kleinen Zimmer, vor sich einen unbefriedigenden Becher kalt gewordenen Tee, während der Schneeregen über dem Moray Firth sich farblich perfekt mit dem grauen Himmel ergänzt, den man zwischen den nassen Mauern diverser Gebäude kaum sehen kann. Sie sind sich nicht sicher, was sie von dem Mann erwarten sollen, denn welcher Polizist sieht schon gern Fremde in seinem Revier?

Sie sitzen abwechselnd hinter dem Schreibtisch, laufen in dem engen Zimmer auf und ab und starren hinaus in den grauen Tag. Dabei ringen sie mit ihren eigenen Gedanken an Depression, Einsamkeit und Beklommenheit, wobei Proudfoot damit vertrauter ist als Mulholland.

Endlich geht die Tür auf, stimmungszerreißend. Eine Welle der Erleichterung übermannt Mulholland.

»Der Chief Constable wird Sie jetzt empfangen«, sagt eine kastanienbraune Strickjacke, in der sich eine Frau mittleren Alters verbirgt.

McKay hat ihnen den Rücken zugewendet und starrt auf die kalte Flussmündung. Er hält Ausschau nach Delfinen, obwohl er seit drei Monaten keine mehr gesehen hat. Die Tür fällt hinter ihnen ins Schloss, und, egal wie lange sie schon gewartet haben, sie warten.

Sie stehen inmitten der Opulenz, die sie in den Büros von Chief Constables mittlerweile erwarten: Dicker Teppich, riesiger Schreibtisch, bequemer Stuhl, Fotos an den Wänden, auf denen der betreffende leitende Polizeibeamte die Hand eines noch hochrangigeren Beamten oder eines unbedeutenden Mitglieds der königlichen Familie schüttelt – obwohl Chief Constable Dr. Reginald McKay in diesem Fall nur mit einem Bild aufwarten kann, auf dem er den Verkehr vor Balmoral·Castle lenkt.

»Delfine«, sagt er.

Mulholland und Proudfoot sehen sich an. Auf geht's.

»Was ist damit?«, fragt Mulholland, das Spiel widerwillig mitspielend.

»Früher gab es da draußen jede Menge davon. Ich konnte stundenlang an diesem Fenster stehen und sie in der Ferne beobachten. Und wo sind sie jetzt, eh? Ich hab schon seit Monaten keinen mehr gesehen.«

Die Frage verhallt im Raum. Delfine? Wahrscheinlich ist es Barney Thomsons Schuld, denkt Proudfoot.

Reginald McKay lässt sie eine weitere Minute stehen, bevor er sich umdreht, seinen Besuchern zunickt und sich in die grünen Tiefen seines Sessels fallen lässt. Er starrt abwesend auf ein paar Papiere auf seinem Schreibtisch, während er sie mit einer Geste einlädt, auf zwei weniger ergonomischen Stühlen Platz zu nehmen. Schließlich schweift sein Blick über den Schreibtisch, und er sieht die beiden nacheinander an. »Ich muss zugeben, ich bin sehr beunruhigt«, sagt er.

»Ja«, sagt Mulholland, in der irrigen Annahme, sie würden nun eine Diskussion über Barney Thomson beginnen.

»Ich habe mit allen möglichen Gruppen gesprochen, aber keiner scheint eine Ahnung zu haben, was mit ihnen geschehen ist.«

»Mit ihnen?«

»Mit den Delfinen. Ach, ich weiß, es ist kalt da draußen, aber es sind schließlich Fische.«

»Sind sie nicht.«

»Was auch immer. Die Kälte macht ihnen nichts aus. Aber ich habe seit Monaten keinen mehr gesehen. Sagte ich das schon? Schwer zu glauben, dass nicht irgendwas Schreckliches passiert ist. Irgendeine furchtbare Tragödie. Effie glaubt, es sind die Russen, aber ich wäre nicht überrascht, wenn die Norweger nicht doch etwas damit zu tun hätten. Ein Haufen Idioten, alle miteinander.«

»Barney Thomson?«, sagt Mulholland.

»Thomson?«, wiederholt McKay. »Ein Norweger, oder? Überrascht mich nicht.«

»Nein, er ist kein Norweger. Wir müssen bloß über ihn reden. Deswegen sind wir hier.«

McKay nickt, ein Mann von undefinierbarem Alter mit ergrautem Haar, faltigem Gesicht und schwachem Augenlicht. »Natürlich, mein Junge. Ihr Superdetektive aus Glasgow wollt bestimmt gleich loslegen, nehme ich an.«

»Ja«, sagt Mulholland, »wir hätten nichts dagegen. Wir haben da oben ein gutes Stück Arbeit vor uns.«

»Ich hörte davon. Sie haben vor, die ganzen Highlands abzuklappern, oder?«

»Bis wir fertig sind.«

»Na, dann viel Glück, mein Junge. Ich bin sicher, Sie finden ein paar Spuren von dem Kerl, aber ich kann Ihnen nicht versprechen, dass Sie auch den Mann selbst aufspüren werden.«

»Das heißt, Sie haben Berichte über ihn gehört?«

»Ach ja, wir haben von überall Meldungen bekommen.«

Sie beugen sich vor, Mulholland kneift die Augen zusammen.

»Nun, machen Sie sich mal nicht gleich vor Aufregung in die Hose, mein Junge. Nichts Konkretes, verstehen Sie. Alles Mutmaßungen und undefinierbare Laute. Geflüster, könnte man sagen. Gerüchte im Wind.«

Mulholland lehnt sich auf seinem Stuhl zurück. Mit weiterhin schmalen Augen starrt er den alten Mann an.

»Was für Gerüchte?«

Dr. McKay klopft mit einem Finger auf die Schreibtischplatte und blickt von einem zur anderen. Er kann Fremde nicht leiden, sie verstehen nichts. Ganz anders als die Delfine; die wissen es immer. Die wissen alles.

»Wir haben Meldungen bekommen. Vage Angaben, denen man keine allzu große Bedeutung beimessen sollte, nichts, worauf man den Finger legen könnte. Wir glauben, dass er möglicherweise arbeitet, um sich Geld zu verdienen. Wir haben von ganzen Gemeinden gehört, in denen die Männer auf einmal die unglaublichsten Frisuren hatten. Haare der Götter, hieß es. Einige behaupten, er würde unberechenbar hier und dort auftauchen und mit launischer Unregelmäßigkeit frisieren. Sie haben bestimmt schon von dem Seher von Brahan gehört?«

Mulholland zuckt die Achseln, während Proudfoot nickt, sodass McKay sich ihr zuwendet.

»Es heißt, er hätte über einen solchen Mann geschrieben und sein Kommen prophezeit.«

»Was?«, fragt Mulholland.

»Er hat die Ankunft eines Mannes vorausgesagt, der kommen und eine Schere schwingen wird, als würde seine Hand von Zauberkraft geführt. Ein Ahne der Götter. Ein Mann, der das Haar aller Krieger im Königreich so schneiden kann, dass die Kraft vieler Könige in ihren Händen liegt. Ein Mann, der aus einer Tragödie hervorgegangen ist und eines Morgens im Dunst verschwinden wird, ohne dass man je wieder von ihm hört. Ein Gott vielleicht oder ein Bote der Götter. Wie auch immer, seine Zeit soll angeblich kurz sein, seine Ankunft ein Omen für dunkle Zeiten, trotzdem wird sein Verschwinden von vielen betrauert werden. In gewisser Hinsicht ein Messias, auch wenn das Wort vielleicht ein wenig stark klingt. Wie dem auch sei, es heißt, dass Barney Thomson dieser Mann sein könnte.«

»Sie wollen uns verarschen, oder?«, sagt Mulholland. Die Falten im Gesicht seines Gegenübers werden ein wenig steiler, als er den alten grauen Kopf schüttelt.

»Ich berichte Ihnen nur, was man sich erzählt. Denn die Menschen, die Sie dort oben treffen werden, sind sehr abergläubisch. Wenn man erst mal nach Sutherland oder Caithness kommt, hat man es nicht mehr mit dem typischen Lowlander mit englischen Sitten und Channel-5-Empfang zu tun. Sie müssen die Leute respektieren, nur so können Sie ihre Achtung erringen. Doch ich glaube, Sie werden feststellen, dass jeder, der Kontakt mit dem Mann hatte, nur sehr widerwillig reden wird. In diesen Teilen des Landes glauben viele, dass man ihm Unrecht getan hat.«

»Unrecht? Er und seine Mutter haben gemeinsam acht Menschen ermordet. Inwiefern ist ihm da Unrecht getan worden?«

»Wir haben hier auch alle Zeitung gelesen und ich persönlich auch noch die Berichte, sofern man geruht hat, sie an mich weiterzuleiten. Die Mutter ist ganz offensichtlich die Hauptschuldige, und sollte ein Mann zum Verbrecher gemacht werden, der nur zum Schutz eines kranken Elternteils gehandelt hat, nur weil er seine Familie schützen wollte?«

Sie starren ihn an. Proudfoot kann den Gedanken durchaus nachvollziehen. Mulholland ist sprachlos. Er redet schließlich mit einem Polizeibeamten und nicht mit einem hirntoten Hippie oder einem Bürgerrechtsaktivisten.

»Und wie er von Ihrer Presse gehetzt wird«, fährt McKay fort. »›Barney Thomson hat meine Ziege gegessen‹. ›Barney Thomson metzelt Jungfrau in blutigem Ritualmord‹. ›Der Kongo – Es ist Thomsons Schuld‹. Das ist vollkommen absurd. Das müssen Sie doch sehen. Alles.«

Mulholland lehnt sich noch weiter auf seinem Stuhl zurück und schüttelt den Kopf. Vielleicht ist es absurd, vielleicht sind die Medien völlig durchgeknallt und verzweifelte Bettgenossen der Sensationsgier, aber das kann doch nicht heißen, dass man Barney Thomson seine Verbrechen nachsieht, egal wie viele davon das Werk seiner Mutter waren.

Nachdem er sein Sprüchlein aufgesagt hat, wirkt McKay verlegen. Er ordnet ein paar völlig unwichtige Papiere auf seinem Schreibtisch, trommelt mit den Fingern auf die Platte, kratzt gegen einen imaginären Juckreiz hinter dem linken Ohr an und atmet so tief durch die Nase ein, dass beinahe ein Schnauben daraus wird.

»Wie dem auch sei, ich dachte mir, ich teile Ihnen einen Mann zu, damit Sie sich leichter zurechtfinden.«

»Was?«

»Jemand, der Ihnen hilft, verstehen Sie. Ihnen zeigt, was was ist.«

Mulholland beugt sich vor, seine Fingerknöchel werden weiß. Der Chief Constable starrt auf einen Bericht auf seinem Tisch. »Delfine – Talk-Show-Gastgeber oder -Gäste?«

»Himmel Herrgott noch mal. Wir sind hier doch nicht im verdammten Ausland. Der Akzent hier oben klingt vielleicht ein bisschen merkwürdig, aber auch nicht merkwürdiger als in Glasgow, und im Grunde ist es dieselbe Sprache. Wir sind keine kleinen Kinder, wir brauchen keine verdammte Hilfe.«

McKay hebt den Blick. Er ist es nicht gewöhnt, in diesem Ton von rangniedrigeren Beamten angesprochen zu werden.

»Vergessen Sie nicht, mit wem Sie es zu tun haben, Chief Inspector«, sagt er leise.

Ihre Blicke prallen aufeinander und kämpfen einen sinnlosen testosterongeladenen Kampf aus, der zu gar nichts führt, bevor Mulholland zurückweicht und nachgibt. Kochend vor Wut. Proudfoot beobachtet ihn aus dem Winkel ihres zusammengekniffenen Auges, während McKay auf eine Taste seiner Gegensprechanlage drückt.

»Könnten Sie bitte Sergeant MacPherson reinschicken, Mrs. Staples«, sagt er.

Ah, denkt Proudfoot. Wieder ein Sergeant MacPherson am Fall Barney Thomson, wie vorher. Das muss irgendwas zu bedeuten haben. Bestimmt. In der Polizeiarbeit gibt es keine Zufälle. In jedem anderen Bereich des Lebens übrigens auch nicht.

Die Tür geht auf, und er kommt herein, groß, breitschultrig

mit einem freundlichen Gesicht. Sie drehen sich um; Proudfoot gefällt, was sie sieht, Mulholland meint, ihn von irgendwoher zu kennen.

»Das ist Detective Sergeant MacPherson, der mit Ihnen zusammenarbeiten wird. Ich bin sicher, er wird Ihnen eine große Hilfe sein.«

Der Mann nickt, und die beiden erwidern sein Nicken, Mulholland nur widerwillig.

»Ich heiße Gordon«, sagt MacPherson mit einem Highland-Akzent, breiter als der Firth, »aber alle nennen mich Sheep Dip.«

»Sheep Dip?«, fragt Proudfoot.

»Ja«, sagt er. »Sheep Dip.«

Ich werde nicht nachfragen, denkt Mulholland und dreht sich um, als er hört, dass McKay seinen Sessel zurückschiebt.

»Also gut, wenn Sie sonst noch etwas brauchen, lassen Sie es mich wissen. Halten Sie mich auf dem Laufenden. Und wenn Sie in oder um die Städte, die Sie besuchen, irgendwelche Maßnahmen ergreifen müssen, seien Sie bitte so gut, die lokale Revierwache zu verständigen. Sergeant MacPherson wird Ihnen da draußen helfen, da bin ich sicher.«

»Kein Problem«, sagt Sheep Dip.

Na, verdammt großartig, denkt Mulholland. Ein Wunder, dass ich nicht jedes Mal Bescheid sagen muss, wenn ich ein Zimmer miete, tanke oder pinkeln gehe.

Sie treten aus dem Büro, vorbei an Mrs. Staples und in das Großraumbüro, in dem das Herz der Highland-Kripo den Nachmittag verdöst. Ein vermisster Hund in Buckie. Ein Kind, das auf einem Baum außerhalb von Drumnadrochit festsitzt. Ein Teenager, der in Forres sein Hinterteil entblößt – die zweite Dose McEwan's hat sich doch als verhängnisvoll erwiesen. Ein Unfall mit einem Traktor und einem tief fliegenden Tornado auf der

Straße zwischen Aviemore und Granton. Die Beschlagnahmung einer Ladung Heroin mit einem Straßenverkaufswert von dreiundzwanzig Millionen Pfund auf einem russischen Trawler im Moray Firth.

Ein ganz normaler Tag.

Kapitel 8

Des blutigen Barbiers
Härenhemd

Barney fühlt sich heimisch. Eine Schere in der Rechten, einen Kamm in der Linken, eine messerscharfe Klinge an seiner Seite, sonst keine Arbeitswerkzeuge. Barbierkunst in ihrer reinsten Form, unbehindert durch Rasierapparat, Föhn und künstliches Licht. Kein Frisierumhang am Nacken des Opfers, der den Hals beengt und den jungfräulichen Körper vor ansteckenden Epidemien schützt. Haareschneiden, wie es in alten Zeiten praktiziert worden sein muss, als Männer noch Männer waren und die Erde eine Scheibe. Raues, steinzeitliches Frisieren, wo jedes Schnappen der Schere instinktiv geschieht und jeder Schnitt ein potenzielles Desaster ist, ein Tanz auf dem Hochseil des Unheils, jeder Hieb ein Schlag in den Kern des kollektiven menschlichen Es. Barbierkunst ohne Sicherheitsnetz, Barbierkunst, die das Herz des tapfersten Ritters mit Furcht erfüllt und den Mut des unverzagtesten Königs sinken lässt. Ein Duell mit dem Satan der Vormoderne, wo Stärke zur Kunst und Genie zum Hirten des Schicksals wird. Haareschneiden total: nackt, blutig und bar jeden Raffinements.

»Jesus war offenbar ein Gnom«, sagt Barney, sorgenfrei um das linke Ohr navigierend und einen Moment vergessend, wo er sich befindet und mit wem er redet. Bruder Hesekiel zieht eine Braue hoch.

Barney genießt die primitiven Bedingungen. An einem Nachmittag hat er einen Sean Connery *(Der Name der Rose)*, einen F. Murray Abraham *(Der Name der Rose)*, einen Christian Slater *(Der Name der Rose)* und einen Ron Perlman *(Der Name der Rose)* hingelegt, dazu den Bruder Cadfael des Abtes. Kein Bargeld, kein Trinkgeld, nur leise Worte des Lobes und tief empfundene Dankbarkeit, die Arbeit des Herrn zu verrichten.

»Angeblich nur knapp ein Meter fünfunddreißig. Und einen Buckel hatte er auch.«

Bruder Hesekiel hustet bedeutungsvoll in seinen Handrücken.

»Du vergisst, wo du bist, Bruder Jacob.«

Barney hält mit gezückter Schere inne und überlegt. »Oh Scheiße«, sagt er. »Ich hatte es wirklich vergessen.«

Bruder Hesekiel schließt die Augen zum stummen Gebet für den fehlgeleiteten Mönch. Den Namen des Herrn lästern, fluchen – einen Novizen erkennt man immer sofort.

Barney verfällt in Schweigen, fährt mit einem Kamm durch die Haare und lässt die Schere schnappen. Das Licht von draußen wird langsam schwächer, und er ist dankbar für die drei Kerzen, die auf dem schmalen Regal neben seinem Arbeitsplatz stehen. Er sollte den Kopf gesenkt und den Mund geschlossen halten. Seine Sprache ist gar nicht so schlimm – gemessen an Glasgower Maßstäben –, aber innerhalb der Mauern eines Klosters noch immer unnötig halbseiden.

Er war ganz prima zurechtgekommen. Kopf demütig gesenkt, nur sprechen, wenn man angesprochen wird. Wie jeder Novize in jedem Bereich des Lebens. Mach keinen Mucks, bevor du nicht die Füße unter dem Tisch hast. Doch ein paar Stunden Haareschneiden haben ihn geöffnet. Bei dem Sean Connery und dem Bruder Cadfael für den Abt war alles noch bestens gelaufen. Seine Füße hatten die Schritte ertastet, bis er den

Groove wieder gefunden und sich erneut mit seinen Scherenfingern vertraut gemacht hatte. Doch nach etwa zehn Minuten Arbeit an dem Christian Slater hatte Bruder Sledge eine unschuldige Bemerkung über das Wetter gemacht, und Barney hatte losgelegt, seine Zunge seinen Gedanken stets ein paar Schritte voraus wie ein Leopard auf Amphetaminen.

Und so hatte er alle bedeutenden Themen des Tages erörtert: Die Üppigkeit des diesjährigen Dezemberschnees, die Situation in Berg-Karabach, die Tatsache, dass Tolkien den Herrn der Ringe offenbar in vierzehn Tagen heruntergeschrieben hatte; fünfzehn Gründe, warum Beethoven nicht so taub war, wie er getan hat; sechs Könige Schottlands, die im Alter von fünfzig Jahren beschnitten wurden; wie Sid James 1974 bei den französischen Präsidentschaftswahlen beinahe Giscard d'Estaing aus dem Rennen geworfen hätte; wie Kennedy nur Präsident der USA geworden war, weil er Hoover mit essbarer Unterwäsche versorgte; dass Errol Flynn eine Frau war und Jesus angeblich ein Gnom. Barney war absolut voll von totalem, unerschöpflichem, unbeschreiblichem Blödsinn. Er war in Top-Form und redete die Sorte Müll, von der die meisten Typen auch nach dem fünfzehnten Bier nur träumen können.

Die Mönche haben dagesessen und gelauscht, gelegentlich gelächelt und in passenden Augenblicken weise genickt, was meistens in Momenten geschah, in denen Barney nicht damit rechnete. Denn sie haben all das schon einmal gesehen. Einen neuen Mönch, der, unvertraut mit den Konventionen und Wahrheiten des Klosterlebens, seine Zunge nicht im Zaum halten kann. Hin und wieder überlebte einer dieser Typen die ungewohnten Unbilden dieser asketischen Existenz, aber normalerweise hielten sie sich nicht länger als ein Schneemann in der Sahara – an einem besonders heißen Tag.

Wenige innerhalb der Klostermauern wären bereit, ihr Geld

darauf zu setzen, dass Bruder Jacob länger als ein paar Wochen durchhält, selbst wenn die Mönche Geld besäßen und der Abt das von Bruder Steven betriebene Wettbüro nicht dichtgemacht hätte.

Doch nach der Ermahnung durch Bruder Hesekiel schneidet Barney nun stumm vor sich hin. Er hält seinen Mund und behält seine Gedanken für sich, während er überlegt, was er an diesem Nachmittag noch alles gesagt hat, und sich fragt, wie weit er die Grenzen der Diskretion überschritten hat; Worte, die nicht fallen durften, aber nicht unbemerkt geblieben sind. Er kann sich nicht erinnern und denkt an Goldfische.

Bruder Hesekiel starrt auf die spiegellose Wand. Seine Gedanken werden wie die vieler seiner Kollegen von dem bedauernswerten Ableben von Bruder Saturday sowie fruchtlosen Spekulationen über den möglichen Täter beherrscht. Hesekiel zählt zu denen, die meinen, dass der Abt die weltlichen Strafverfolgungsbehörden einschalten sollte, doch das Wort des Abtes muss respektiert werden. Wenn er an die Fähigkeit von Bruder Herman glaubt, auf den Grund des schlammigen Flusses der Wahrheit zu kommen, sollten das auch die anderen Mönche tun. Aber was, wenn Bruder Herman gar nicht so über jeden Verdacht erhaben war, wie alle glaubten? Hesekiel legt die Stirn in Falten und nimmt sich vor, derlei Zweifel gegenüber niemandem zu äußern. Ganz bestimmt nicht gegenüber Bruder Jacob.

Die Tür in ihrem Rücken geht auf, und ein kalter Luftzug fährt durch das Zimmer. Schaudernd dreht Barney sich um und denkt sogar daran, mit dem Schneiden aufzuhören. Wie oft hatte er vor seiner Wiedergeburt im vergangenen März diese fundamentale Regel missachtet und unabsichtlich ein Ohr mitgenommen?

»Ist noch Zeit für einen weiteren?«, fragt Bruder Steven und schließt die Tür hinter sich. »Ich habe gehört, du machst diesen Barbier-Job nur zweimal die Woche.«

Barney blickt auf das tonsierte Haupt von Bruder Hesekiel herab. Eine perfekt rasierte Kuppel, der Hinterkopf mit geradezu germanischer Akkuratesse geschnitten. Eigentlich ist er fertig. Er merkt, dass er nur weiterschneidet, weil er nicht will, dass es aufhört. Sobald er mit Haareschneiden fertig ist, wird er ein oder zwei Stunden in religiöser Kontemplation zubringen müssen, in Zwiesprache mit Gott.

»Ja, ja, in Ordnung«, sagt er. »Komm rein. Ich bin gerade fertig.«

Er nimmt Bruder Hesekiel das um seinen Hals gewickelte Handtuch ab, schüttelt es aus und macht einen Schritt zurück, damit Hesekiel sich von dem Stuhl erheben kann. Hesekiel streicht mit den Fingern unter dem Kragen seiner Kutte über seinen Nacken und ist beeindruckt, wie wenig Haare, die ihn jucken und verärgern könnten, dorthin vorgedrungen sind.

»Vielen herzlichen Dank, Bruder«, sagt er zu Barney, der sich gerade noch zurückhalten kann, eine Hand auszustrecken, um das Trinkgeld entgegenzunehmen. »Ein guter Haarschnitt, glaube ich«, sagt Hesekiel, obwohl er das unmöglich beurteilen kann. »Gott muss deine Hände geführt haben.«

Barney lächelt und nickt. Denkt, hör doch auf. Gott hatte gar nichts damit zu tun, Alter. Aber er weiß, dass er solche Gedanken nicht haben sollte.

»Auf Wiedersehen, Bruder«, sagt er stattdessen, als Hesekiel sich verabschiedet und auf die Suche nach einem Spiegel macht, wie ihn seines Wissens mindestens zwei Mönche unter ihrem Kopfkissen verstecken.

Bruder Steven nimmt Platz, dreht sich um und sieht Barney aufmunternd an.

»Ich habe gehört, dass du gute Arbeit leistest, Bruder«, sagt er. Barney sagt nichts, ist jedoch ungemein zufrieden. »In der Küche heißt es, wenn Marlon Brando Martin Sheen in *Apocalypse Now* die Haare geschnitten hätte, dann so. Frisieren wie ein Gott und König.«

Barney zuckt die Achseln und legt ein Handtuch um Bruder Stevens Schultern.

»Ach, weißt du, das ist eigentlich nichts. Einfach mein Job eben.«

Steven nickt. Er weiß genau, woher Barney kommt.

»Und was darf es sein?«, fragt Barney in der Erwartung, dass es ein weiterer *Der Name der Rose*-Schnitt sein wird, obwohl er sich fragt, wie viele der Mönche *Der Name der Rose* überhaupt gesehen haben. Oder Bruder Cadfael.

Steven streicht mit der Hand über sein Kinn und überlegt.

»Ich glaube, ich nehme einen Mike McShane aus *Robin Hood – König der Diebe*. Was meinst du? Denkst du, das würde mir stehen?«

Barney starrt auf die Rundung von Stevens Kopf. Er hat noch nie von Mike McShane gehört, vermutet jedoch, dass der Schnitt sich nicht groß von den Frisuren unterscheiden kann, die er all den anderen Mönchen verpasst hat, eine durchaus richtige Annahme.

»Ja, ja, steht dir bestimmt prima.«

»Großartig. Dann mach das.«

Steven lehnt sich mit einem Ausdruck lächelnder Zufriedenheit zurück, die Miene eines Mannes, der weiß, dass das Leben eine Schale wieder ausgeschissenes Lammcurry ist, mit dieser Tatsache aber sehr gut leben kann. Eins mit seinen Eigenheiten und denen anderer.

Barney nimmt Kamm und Schere zur Hand und macht sich an die Arbeit. Ein zufriedener Kunde und ein zufriedener Frisör, das perfekte Paar. Barney will sich gerade in eine Diskussion über die kasuistischen Grundlagen von Mortons Dilemma stürzen, als er sich seines früheren Edikts besinnt, seine Gedanken für sich zu behalten. Also konzentriert er sich bei Dämmerlicht und flackerndem Kerzenschein aufs Frisieren.

Doch Bruder Steven hat seine Zunge nicht in gleicher Weise im Zaum.

»An der andern Seite stuhnd Satan gantz entrüstet, doch unerschrocken, und brannte wie ein Comete, der in dem nordlichen Himmel längst dem Ophiucus feuret, und Pest und Krieg von seinem scheußlichen Haar abschüttelt«, sagt Bruder Steven und lässt die Worte in der Luft hängen, bis sie sich mit den tanzenden Schatten und dem schwachen Kerzenlicht verwoben haben.

»Ah ja«, sagt Barney und zögert. Jetzt, wo er zum Gespräch eingeladen ist, gibt es keinen Grund mehr, nicht zu reden. »Was war das genau?«

»Milton«, sagt Bruder Steven. »Ich habe die Zeile mit dem Haar immer besonders gemocht. Und Pest und Krieg von seinem scheußlichen Haar abschüttelt, verstehst du. Solches Haar musst du in deinem Leben doch auch schon ein paarmal gesehen haben, oder?«

Barney nickt und fragt sich, was er sagen soll, ebenso ahnungslos wie früher, wenn er über Fußball reden sollte.

»Ja«, sagt er. »Ich hab schon so einigen Scheiß aus Haaren kommen sehen. Oh, verdammt, tut mir Leid. Ich wollte nicht fluchen. Ach, Mist, jetzt hab ich's schon wieder getan. Ach ...«

»Kein Problem, Jacob, ich weiß, wo du herkommst. Es ist nicht leicht, sich hier einzufinden. Ich habe selbst das gleiche Problem. Glaubst du, der Abt möchte seine Mönche Milton zitieren hören? Mm-Mm, keine Chance. Es ist auf seine Weise, als ob man fluchen würde. Du musst versuchen, dich an dieses neue Leben zu gewöhnen. Aber ganz ruhig, mein Freund, an dem

Punkt waren wir alle mal. Mit den Schiffen werde ich schlafen und auslaufen, mit dem Wind mich drehen und von der Flut mich treiben lassen.«

»Ah, sehr gut«, sagt Barney. »Das werde ich machen.« Er ist sich nicht ganz sicher, worauf Bruder Steven anspielt, fragt sich, ob das Kloster irgendwelche Schiffe besitzt, und beschließt, das Gespräch wieder auf vertrauten Boden zu lenken.

»Schon komisch, was du da eben gesagt hast, was man in den Haaren der Leute findet. Pest und so. Weil man manchmal wirklich auf die seltsamsten Dinge stößt. Du würdest es nicht glauben.«

Bruder Steven versucht sich umzudrehen, ohne den Kopf zu wenden und damit sein Leben zu gefährden.

»Oh ja, klingt gut, Jacob. Was denn zum Beispiel? Schätze? Irgendwelche Insekten mit seltsam geformten Gliedmaßen, die trotzdem aus derselben Ursuppe stammen wie wir? Oder vielleicht einen komischen pinkfarbenen Pilz wie ein schlechter Spezialeffekt aus *Raumschiff Enterprise*? Das muss doch alles ziemlich cool sein.«

Barney schnippelt still an Bruder Stevens Hinterkopf herum. So etwas hat er noch in niemandes Haar gefunden. Genau genommen war die seltsamste Entdeckung, an die er sich erinnern kann, das Ende eines Baumwollfadens, der von einer schrecklichen Ohrausschachtung übrig geblieben war. Er beschließt, das vielleicht lieber für sich zu behalten.

»Ach, na ja, so in der Richtung halt, ja«, sagt er, verfällt in Schweigen und denkt, dass Schweigen manchmal das Beste ist. Aber Bruder Steven ist ein Quatscher.

»Weißt du eigentlich, was du mit den ganzen Haarresten machst, Jacob?«

Das weiß Barney nicht. Er zuckt die Achseln. »Wegwerfen, nehme ich an.«

Steven schüttelt den Kopf, sodass Barney den eisigen Stahl seiner Schere um ein Haar tief in seinen Nacken gestoßen hätte. »Frisör ermordet aus Versehen seinen neuen besten Freund – Gott unbeeindruckt«, denkt Barney. Er weiß, dass keine Schlagzeile, die er sich über sich selber ausdenkt, so überdreht sein kann wie die eine oder zwei echten, die er auf den Titelblättern von Zeitungen gesehen hat, bevor er aus dem Leben ausgestiegen ist. »Hausfrau: Mörderischer Frisör aß meine Katze«, »Der flüchtige Serienrasierer isst Menschenfleisch«; »Die verruchten Sexgeheimnisse des perversen Barbiers«.

»Nicht?«, sagt Barney. »Und was mache ich stattdessen damit?«

»Dies ist ein armes Kloster, Bruder, wie du bestimmt bemerkt hast. Wir müssen nutzen, was wir haben. Hier wird fast alles wieder verwertet. Das Haar von unseren Köpfen wird zur Herstellung von Decken und Kopfkissen verwendet, musst du wissen. Alles für die Bequemlichkeit. So eine Art Kreislauf-der-Natur-Ding. Ich weiß, dass einige es ein bisschen arg finden, aber mir gefällt's. Ich meine, die Traditionalisten, Bruder Herman und der ganze Haufen, machen sich deswegen in die Kutte. Man kann Gott nicht verehren, ohne zu leiden, und der ganze Mist. Aber ich denke, dass Gott sich auch seine kleinen Annehmlichkeiten gönnt, weißt du. Es muss doch Abende geben, an denen der Große Mann einfach seine Air Jordans abstreift, die Füße hoch legt, ein paar kalte Bierchen zischt, den Fernseher einschaltet und sich von ein paar Engeln den Bart kraulen lässt. Was meinst du?«

Barney schnippelt weiter still an Bruder Stevens Nacken herum. Das ist einfach nicht dasselbe wie mit seinem Freund Bill Taylor bei ein paar Pints über Theologie zu diskutieren.

»Du meinst, so was läuft hier?«

Bruder Steven lächelt. »Das ist nicht dein Ernst, Jacob? Natürlich nicht. Wir reden über Kopfkissen, nicht über fünfzig Satelliten-Programme und ein Sixpack Bud Lite. Aber der Abt hat den Bogen raus. Hin und wieder kleine Bequemlichkeiten, um die Eingeborenen bei Laune zu halten. Das ist alles, was man braucht. Er könnte natürlich eine Menge mehr tun, aber zu weit darf man auch nicht gehen, nicht wahr? Wir sind schließlich Mönche.«

»Ja, sicher, klar.«

»Andererseits gibt es diese Yin-Yang-Geschichte. Das alte Rätsel von gut und schlecht, dunkel und hell, positiv und negativ und all das. Der Abt erlaubt uns die Bequemlichkeit von Kopfkissen, aber gleichzeitig musst du die Abfallprodukte deiner Frisierkunst auch aufbewahren, damit Bruder Herman sie zur Herstellung von Härenhemden verwenden kann. Gleiches und Gegensätze, die ganze Leier. Schmerz-Lust, verstehst du.«

»Härenhemden?«

Barney stutzt, die Schere schwebt über Bruder Stevens Kopf.

»Härenhemden, Büßergewänder. Eine mittelalterliche Sitte, die in einigen modernen Klöstern noch Anwendung findet. Das bevorzugte Outfit des bußfertigen Mönches.«

»Ah, klar«, sagt Barney, vollkommen ratlos.

»Wenn du eine Sünde begangen hast, kriegst du ein Hemd, das so gemacht ist, dass die Haare dich auf der Haut kitzeln, verstehst du. Richtig kratzig. Ziemlich unangenehm. Bruder Herman liebt die scheiß Dinger. Na ja, also er liebt es, andere Mönche bei der ersten sich bietenden Gelegenheit hineinzustecken. Warte ab, bis du ihn erlebst, wenn seine lange schmale Nase Blut gewittert hat. Und von der Schwere deiner Sünde hängt es ab, wie lange du das Hemd tragen musst, bis du genug Buße getan hast.«

Barney werden die Augen geöffnet. Er hat nie zuvor von Härenhemden gehört. An sich keine schlechte Idee, nur wenn der

Abt von seiner Vergangenheit erfährt, muss er die nächsten drei- bis vierhundert Jahre ein Büßergewand tragen.

»Und wer stellt sie her?«, fragt er, um seine Gedanken von der eigenen Schuld abzulenken.

»Bruder Herman persönlich. Der Mann ist meiner Meinung nach total verrückt. Würde mich nicht wundern, wenn er hin und wieder eine Rasierklinge einarbeitet.«

»Das ist nicht dein Ernst? Musstest du je eines tragen?«

Bruder Steven lächelt. »Mein Freund, der macht extra Maßanfertigungen für mich. Ich bin sein bester Kunde.«

»Oh.«

Barney schneidet weiter und leistet um den Nacken herum wirklich saubere Arbeit. Trotz der Ablenkung frisiert er mit vollkommener Leichtigkeit und Präzision. Bruder Stevens Hals war nie in sichereren Händen. Doch Barney spürt das Härenhemd schon am Körper. Bestimmt nicht die schlimmste Strafe auf diesem Planeten, aber wenn man es längere Zeit tagaus, tagein tragen musste – und seine Sünden würden ihm garantiert eine längere Zeit einbringen –, wäre das in der Tat die Hölle. Er beginnt sich zu fragen, ob er nicht verschwinden sollte, bevor Bruder Herman Gelegenheit findet, ihn einer Sünde zu bezichtigen.

»Na, also ich kann damit leben, weißt du. Ich hab es gelernt. Außerdem hat er mich seit ein paar Monaten nicht mehr drangekriegt. Nicht, seit er mich einmal im Wald bei ein paar schnellen Zügen an einer Zigarette erwischt hat. Ich wette, er hat da draußen Kameras installiert, die alles beobachten.«

Barney tritt einen Schritt zurück. Die Arbeit mit der Schere ist beendet; jetzt folgen die heikleren Operationen mit dem Rasiermesser. Seine Hand ist ruhig. Denken. Konzentrieren.

»Das ist es, Jacob. Er hat da draußen Kameras installiert. Da halte ich jede Wette.« Er lächelt und entspannt sich. Es ist ihm egal, dass Bruder Herman Kameras im Wald installiert hat. »Das heißt, wenn sie mein kleines Geschäft nicht dichtgemacht hätten.«

Sehr viel später

Der Wald ist still. Es ist später Abend und lange dunkel. Der Himmel ist klar und mondlos und von zahllosen Sternen gesprenkelt. Ein Panorama strahlender weißer Punkte vor einem unermesslichen schwarzen Hintergrund. Die Luft ist eiskalt, die Nacht im Licht der Sterne und des weißen Schnees seltsam hell. Nichts rührt sich, der Wald schläft.

Und inmitten des weißen Einerleis aus Weihnachtsbäumen sitzt Bruder Morgan, mit dem Rücken unkomfortabel an eine junge Douglas-Tanne gelehnt, an einem Bach, der einem Rinnsal gleich durch den Schnee sickert, das Gesicht und die Hände von der Kälte blau, die Lippen violett, aber mit einem seligen Lächeln, das Lippen und Augen umspielt. Im Frieden mit seinem Herrn. Die Vorderseite der dünnen weißen Kutte, die ihn kleidet, ist mit dunkelrotem, mittlerweile getrocknetem und weiß überfrorenem Blut getränkt.

Und tief in Bruder Morgans Hals steckt das Werkzeug seines Todes – eine Schere. Langer, schmaler, kalter Stahl; eine Schere, die noch wenige Stunden zuvor benutzt worden war, um das Haar von Bruder Steven nach dem Vorbild von Mike McShane in *Robin Hood – König der Diebe* zu stutzen.

Kapitel 9

Blut und Schokolade

Nachdem mehrere Anrufe erledigt sind, das Frühstück gegessen und der Tag geplant, brechen sie auf. Keine Konversation beim Essen, keine Konversation im Wagen. Sie sammeln Sheep Dip ein, stecken ihn auf die Rückbank und machen sich auf den Weg über die Kessock-Brücke nach Black Isle und weiter nach Dingwall. Endlose Stunden über labyrinthartige Straßen auf der Suche nach entlegenen Bed & Breakfast-Pensionen mit dem Wissen, dass all das ziemlich aussichtslos ist. Die Stimmung im Wagen ist eigenartig, eine Mischung aus Unbehaglichkeit und gegenseitiger Anziehung, dazu der unbekannte Eindringling auf dem Rücksitz und die Ahnung, dass das Ganze höchstwahrscheinlich Zeitverschwendung ist.

Am Abend zuvor musste Mulholland zwei Telefonate erledigen. Anruf Nummer eins bei McMenemy: Nichts zu berichten und die vorhersehbare verbale Abstrafung. Was sollte er denn an einem Tag geschafft haben? Mehr als er geschafft hatte, und das war alles, was er wissen musste. Das Land erwartet... Er hat den Peitschenschlag seiner Zunge durch die Leitung gespürt und sich einen halben Meter kleiner gefühlt.

Drei Anrufe bei Melanie, drei Nachrichten auf ihren Anrufbeantworter. Er hatte schon angenommen, dass sie bereits nach Devon gefahren war, als sie spät in der Nacht in der Pension anrief. Sie hatte über den Polizistenklatsch erfahren, dass er mit Proudfoot im Norden unterwegs war, die sie von geselligen Abenden des Reviers kennt. Sie ist eifersüchtig und glaubt, dass Proudfoot attraktiver ist als sie, womit sie nicht falsch liegt.

Deshalb wurde ein fünfzigminütiges Telefonat daraus, das noch unangenehmer war als das mit McMenemy. Er war von Anfang an in der Defensive. Niemand im Sturm, acht Mann in der Abwehr und nur ein paar Typen im Mittelfeld, die versuchten, die Kontrolle des Spiels an sich zu reißen. Chancenlos.

Als er aufgelegt hatte, war er sich nicht sicher, ob er je wieder mit ihr sprechen würde oder wollte, und wie immer durcheinander. Er will nicht darüber nachdenken, kann aber nicht anders.

Proudfoot ist unglücklich. In ihrer Arbeit, in ihrem Privatleben, aber das lässt sich nicht ändern. Die stets präsente Angst vor dem Unbekannten, nur dass sie jetzt einen Namen dafür hat. Barney Thomson. Wie soll sie ahnen, dass Barney Thomson nur ein harmloser Unglücksrabe ist? Ein Mann, für den dauerhaftes Pech ebenso lebenstypisch ist wie eine permanente Fehleinschätzung der Welt. Sie stellt sich vor, wie er sich in Menschenhaut kleidet und seine Opfer belauert; vielleicht wird sie ihn nie als den Mann kennen lernen, der er wirklich ist. Ein Weichei.

Was könnte sie statt der Polizeiarbeit machen? Darüber denkt sie im Wagen stumm nach. Wofür bildet einen die Polizei aus außer für die Polizei? Sicherheitsdienst? Nie im Leben. Aufpasserin für jemanden, der über mehr Geld als natürliche Demut verfügt? Ein Mega-Star vielleicht? In Privatjets und Limousinen um die Welt reisen und in nächtelange Orgien mit Hollywood-Stars gezogen werden? Von Brad Pitt von oben bis unten mit Schokolade bedeckt und abgeleckt werden, Präsidenten treffen und auf Premieren gehen oder in den USA straffrei Verrückte erschießen? Das könnte sie, fragt sich jedoch, wie man von solchen Jobs erfährt. Sie hat jedenfalls noch nie gehört, dass jemand aus Partick einen bekommen hätte. Es wäre reine Glückssache, und Glück hat sie nie. Außer, dass sie jetzt ein paar Tage mit Mulholland rumfahren und jede Nacht mit ihm unter demselben Dach schlafen kann. Weit weg von seiner Frau und dem Revier. In einer anderen Welt. Sie fragt sich, ob etwas passieren wird, auch wenn sie auf keinen Fall den ersten Schritt machen will. Also denkt sie möglichst wenig darüber nach. Sie ist schließlich nicht mehr siebzehn, völlig sinnlos, sich idiotisch zu benehmen. Und jetzt hat er natürlich auch noch einen Rivalen, also kann sie ebenso gut das Beste daraus machen. Vielleicht ist sie doch siebzehn.

Sheep Dip starrt im Vorbeifahren auf die kalten, schneebedeckten Hügel und macht sich so seine Gedanken.

Sie fahren von Dorf zu Dorf zur nächsten Kleinstadt und machen bei jedem Privatzimmer, jedem Hotel und jeder Pension Halt. Leere Blicke, niemand, der etwas zu sagen hat. Hin und wieder ein kurzes Aufflackern des Wiedererkennens, aber nur wegen der Bilder im Fernsehen. Es gibt nichts zu gewinnen. Der Schnee rieselt unregelmäßig, tief hängende Wolken lassen Hügelketten vortreten und wieder verschwinden. Kaum ein Wort wird zwischen ihnen gewechselt. Die Spannung schwillt an und ab, steigt und verebbt. Bemerkungen fallen, beantwortet oder auch nicht. Beide sind unglücklich, nur Sheep Dip ist ahnungslos.

Am frühen Nachmittag passieren zwei Dinge. Das Mittagessen ist über einem eiligen Sandwich wortlos verflogen. Zwei Dinge: Sie fangen an zu reden, und sie treffen auf jemanden, der Barney Thomson getroffen hat. Kurz vor Tain auf dem Weg die Ostküste hinauf ist Proudfoot die Atmosphäre leid.

»Sie sind ja ziemlich wortkarg heute«, stellt sie fest. »Alles in Ordnung?«

Er sieht sie an, um sicherzugehen, dass sie ihn meint, aber nur kurz. Das Wetter wird immer schlechter. Er stößt einen langen Seufzer aus. Er muss mit jemandem reden und würde das auch, wenn der peinliche Zaungast auf dem Rücksitz nicht wäre.

»Kaputt, das ist alles. Sie sehen aber auch nicht viel besser aus.«

Sie stößt ein leises Lachen aus, das Mulholland tief im Hals spüren kann.

»Kann schon sein«, sagt sie.

»Also los«, sagt er. »Sie zuerst.«

Sie riskiert einen Seitenblick, doch er sieht sie nicht an. Schnee fällt, entgegenkommende Scheinwerfer blenden.

Sie lässt sich Zeit. Wie viel kann sie ihrem Boss erzählen, selbst wenn er nur vorübergehend ihr Boss ist? Sie kann ihm schlecht die ganze Chose auf den Tisch packen, weiß jedoch, wie das ist, wenn sie erst einmal loslegt.

»Barney Thomson?«, fragt Mulholland, ihr entgegenkommend.

Sie zuckt mit den Schultern. Sie weiß es nicht.

»Schon möglich. Ich werde das Bild einfach nicht los, wie er sabbernd ein Hackebeil schwingt. Bis jetzt bin ich noch nicht mitten in der Nacht schweißgebadet aufgewacht, aber das kommt vermutlich auch noch. Es ist seltsam. Auf den Bildern kann man es nicht erkennen, weiß Gott, wie er wirklich ist, aber auf den Fotos sieht er aus wie ein mittelaltes armes Schwein.«

»Ja, ich weiß. John Thaw ohne die überschwängliche Persönlichkeit.«

Sheep Dip lächelt auf dem Rücksitz still vor sich hin. Er hat seine eigenen Ansichten zu Barney Thomson, beschließt jedoch, sie für sich zu behalten. Sollten die Profis aus den Lowlands mal machen.

»Ja, so ungefähr«, sagt sie und legt los. »Aber es ist nicht nur das, denn wenn wir ehrlich sind, finden wir ihn sowieso nicht. Wenn der Typ nur ein Körnchen Verstand besitzt, wird er vom Erdboden verschwunden sein, und egal wie viele Hotels wir abklappern, er wird in keinem davon übernachtet haben.«

»Wenn er nicht doch ein Volltrottel ist.«

»Mag sein. Aber ich sehe ihn noch immer als wahnsinnigen, berechnenden Mörder.«

»Möglich. Andererseits fürchtet man immer das Unbekannte. Vielleicht ist er nur auf der Flucht, weil er Angst hat. Vielleicht wollte er seine beiden Arbeitskollegen gar nicht umbringen. Vielleicht hatte er nichts mit dem mörderischen Wüten seiner Mutter zu tun, sondern musste nur hinter ihr aufräumen. Vielleicht hat seine Mutter auch seine beiden Kollegen getötet. Unmöglich zu sagen. Vielleicht ist er nur ein trauriger kleiner Mann, der einen Haufen falscher Entscheidungen getroffen hat. Das ganze Land macht sich seinetwegen in die Hose, aber möglicherweise macht er sich wegen allen anderen in die Hose.«

Sie denkt darüber nach und verspürt selbst in dem gut geheizten Wagen noch einen kalten Schauder.

»Andererseits«, fährt Mulholland fort, »könnte er auch ein völlig durchgeknallter Psycho-Spinner sein, der mit einer Kettensäge unter dem Kopfkissen schläft, Babys isst und als Anhänger einen menschlichen Finger um den Hals trägt. Wer weiß? Wenn wir Glück haben, finden wir es heraus, aber möglicherweise machen wir auch nur ein paar Tage Ferien.«

»Die könnte ich gut gebrauchen, aber nicht in der verdammten Arktis. Wenn das so weitergeht, stoßen wir bald auf Pinguine.«

»In der Arktis gibt es keine Pinguine«, schaltet sich Sheep Dip auf dem Rücksitz hilfreich in ihr Gespräch ein.

»Was auch immer.«

»Es ist also nicht bloß Barney Thomson?«

Was soll's, denkt sie. Sie kann es ebenso gut rauslassen. Welchen Unterschied macht das schon?

»Nein. Im Moment habe ich die Nase einfach generell ziemlich voll. Zu viel Papierkram, zu viel Mist. Nicht mal die guten Sachen machen mir noch Spaß. Es gibt mir auch keinen Kick mehr, das Blaulicht auf meinen Wagen zu packen und nach Hause zu rasen, bevor mein Fischmenü kalt ist.«

Er lacht und sagt: »Das habe ich noch nie gemacht. Ich habe es allerdings ein paarmal raufgepackt, weil ich dringend aufs Klo musste.«

Sheep Dip zieht eine Braue hoch, aber als ein Mann, der sein Blaulicht in den vergangenen Jahren mehrfach benutzt hat, um eine Beziehung zu drei Frauen gleichzeitig zu pflegen, will er sich nicht zum Richter aufschwingen.

»Das habe ich auch schon gemacht«, sagt sie, »aber jetzt kickt mich nichts mehr so richtig an. Verhöre, Festnahmen, Ermittlungen, die ganzen guten Sachen. Es ist mir einfach egal, verstehen Sie. Und wenn einem die guten Sachen schon nichts mehr bringen, weiß man, dass der Mist, aus dem unser beschissener Job hauptsächlich besteht, total für den Arsch ist.«

Er nickt, den Blick weiter auf das Schneetreiben gerichtet. Dieses Gespräch könnte er wahrscheinlich mit den meisten Kollegen bei der Polizei führen. Sie haben das alle irgendwann durchgemacht, wenn sie es nicht ständig durchmachen, und meistens nur deshalb nicht das Handtuch geworfen, weil es absolut nichts gab, was sie stattdessen tun konnten.

»Aber ist schon schwierig auszusteigen, oder?«, sagt Sheep Dip. »Ich weiß ja nicht, wie das bei euch da unten ist, aber hier oben gibt's nichts. Ein paar Bauern, Tourismus im Sommer und dann noch die billigen Pornos, die sie neuerdings in Scrabster und Wick drehen, aber das ist ungefähr alles.«

»Genau«, sagt Proudfoot und dreht sich halb nach hinten, um ihn in das Gespräch einzubeziehen. Mulholland beißt die Zähne aufeinander. »Was für Alternativen gibt es? Als Nachtwächter in irgendeiner Fabrik arbeiten, wo man früher oder später einen Ziegelstein auf den Hinterkopf kriegt und den Rest seines Lebens in einem Heim verbringt, wo man von einer bärtigen fünfzigjährigen Jungfer mit Rosenkohl gefüttert wird. Nein danke.«

»Sie könnten als einer dieser privaten Bodyguards arbeiten«, sagt Mulholland in dem Versuch, das Gespräch wieder an sich zu reißen, obwohl er die Rivalität lächerlich findet.

»Und mich von Brad Pitt mit Schokolade beschmieren zu lassen?«

Er sieht sie kurz an, richtet den Blick jedoch rasch genug wieder auf die Straße, um einem entgegenkommenden Traktor auszuweichen.

»Daran hatte ich jetzt nicht direkt gedacht.«

»Oh. Egal, ich hab da so meine Zweifel. Ich kann mir nicht vorstellen, hinter irgendeinem pompösen Wichser herzulaufen, der sich für so wichtig hält, dass er persönlichen Schutz braucht.«

»Ja, das leuchtet mir ein.«

Das Schild, das sie in Tain willkommen heißt, rauscht im Schnee vorbei. Sie verlassen die Hauptstraße und steuern das Zentrum des Dorfes an. Eine weitere Fahrt durch eine Kleinstadt im schottischen Norden auf der Suche nach Fremdenzimmern.

»Jetzt sind Sie dran«, sagt Proudfoot. »Was nagt an Ihnen?«

»Später«, sagt er, als sie die erste Bed & Breakfast-Pension ansteuern. Bei Licht betrachtet will er über gar nichts reden, schon gar nicht in Anwesenheit des peinlichen Lauschers auf der Rückbank. Er zieht sich in sein Schneckenhaus zurück.

Offensichtlicher Rückzug, denkt Proudfoot. Sie macht sich so ihre Gedanken über ihn und fragt sich, wie nahe sie sich kommen werden. Dann schaltet sie ab und stellt sich innerlich auf eine weitere öde und sinnlose Befragung ein.

Er parkt den Wagen vor dem Haus und geht auf dem Pfad durch den Vorgarten voran. Es ist bitterkalt, seine Hände sind wie Eis. Proudfoot folgt ihm, in ihre Jacke gehüllt, den Kopf gesenkt. Und als Letzter stapft Sheep Dip hinterher. Mulholland klingelt, sie warten, zittern und denken, dass irgendein Streifenbeamter diese Arbeit erledigen sollte.

Sie warten verdammt lange im Schnee und in der Kälte, eine Ewigkeit. Es fühlt sich an, als würden sie auf der Stelle erfrieren. Sie wollen ihre Mission gerade abbrechen, als die Tür quietschend aufgeht und eine alte Frau erscheint, runzliges Gesicht, extravagantes Haar, wild und verwegen und in vielen Schlachten mit pinkfarbener Tönung gestählt.

»Chief Inspector Mulholland, Sergeant Proudfoot, Sergeant Dip«, sagt Mulholland und präsentiert seine Karte. Proudfoot grinst, Sheep Dip ist es egal.

Die Frau mustert sie von oben bis unten mit vor der Brust gefalteten Händen, die Strickjacke dicht um ihren Körper gehüllt.

»Die Polizei?«, fragt sie, und ihr sanfter Highland-Akzent straft ihre wilde Erscheinung Lügen.

»Ja«, sagt Mulholland. »Die Polizei. Ich will Sie nicht lange aufhalten.« Er zückt ein Foto von Barney Thomson und hält es der alten Frau hin. »Erkennen Sie diesen Mann, Mrs. …«

»McDonald, Nellie McDonald, das bin ich. Und ja, ich erkenne ihn. Das ist dieser Bursche, dieser Barney Thomson, von dem die Zeitungen voll sind.«

»Genau, das ist richtig«, sagt Mulholland und hält ihr das Foto weiter so hin, dass sie es sehen kann. Proudfoot zittert und starrt auf den Schnee am Boden. »Er soll sich in den vergangenen Wochen in dieser Gegend aufgehalten haben. Es besteht kein Grund zur Beunruhigung, aber ist es vielleicht möglich, dass er hier bei Ihnen übernachtet hat. Eventuell verkleidet oder unter falschem Namen oder irgend ...«

»Oh ja, er war hier. Ist ein paar Nächte geblieben, müssen Sie wissen. Vor ein oder zwei Wochen.«

Mulholland antwortet nicht sofort, sondern starrt sie bloß an. Der Schnee fällt weiter, aber das spürt er nicht.

»Verzeihung?«, sagt er.

Sie blickt in das Schneetreiben und schnalzt missbilligend mit der Zunge. »Es ist viel zu kalt, um da draußen in der Kälte rumzustehen, nicht wahr? Warum kommen Sie nicht rein? Sie müssen ja halb erfroren sein.«

»Danke«, sagt Mulholland, und sie folgen der Hausherrin in die Wärme des Heims. Ein riesiger Hintern wackelt den Flur hinunter. Sheep Dip schließt die Haustür, und sie gehen ins Wohnzimmer. Im Kamin brennt ein kleines Feuer, Lampen tauchen den Raum in warmes Licht. Zwei Tische sind bereits für das Frühstück am nächsten Morgen gedeckt. Kein Fernseher, lediglich ein stummer Schallplattenspieler am Fenster.

»Setzen Sie sich«, sagt sie. »Sie wollen doch bestimmt ein Tässchen Tee?«

»Och ja, das wäre großartig«, sagt Sheep Dip.

»Nein, eigentlich nicht«, sagt Mulholland und wirft ihm einen Seitenblick zu, »wenn wir Ihnen einfach ein paar Fragen stellen dürften.«

»Ach, du liebe Güte, Sie sehen ja ganz erfroren aus. Ich hol Ihnen rasch ein kleines Tässchen und ein bisschen Gebäck. Ich bin sofort zurück.«

»Das wäre wirklich reizend, vielen Dank, Mrs. McDonald«, sagt Proudfoot.

»Ja, passen Sie nur gut auf Ihren Mann auf, Kleines – er sieht aus, als könnte er ein bisschen Speck auf den Rippen gebrauchen«, sagt Mrs. McDonald und rauscht raschelnd aus dem Zimmer.

»Verdammt noch mal«, sagt Mulholland gedämpft, als sie weg ist. »Wir könnten unseren ersten Kontakt zu dem Geist von Barney Thomson herstellen, und ihr zwei Idioten ermutigt sie noch, loszurennen und Tee zu machen.«

»Sie wird es uns sowieso erzählen, und selbst wenn er hier war, ist es schließlich nicht so, als würde er sich noch im Keller verstecken. Außerdem könnten Sie ein bisschen Speck auf den Rippen gebrauchen«, sagt Proudfoot.

»Ach, Sie können mich mal.«

Das Feuer knackt, glühende Holzscheite knallen. Mulholland steht auf, tritt vor den Kamin und starrt in die Flammen. Proudfoot blickt zu Boden und späht nur gelegentlich in seine Richtung, bemüht, sich nicht dabei ertappen zu lassen, doch er dreht sich gar nicht um. Sheep Dip fragt sich, ob es Tetley, Nambarrie oder eine weniger bekannte Marke sein wird.

»Da wären wir, ihr drei Hübschen, bitte schön.«

Nellie McDonald stürmt ins Zimmer und stellt ein völlig überladenes Tablett auf den Couchtisch. Neben einer Kanne Tee und drei Tassen, Milch und Zucker birgt es einen ganzen Schokoladenkuchen, drei Scheiben eines zweiten, zitronenartig aussehenden Kuchens, vier Scheiben Stollen mit Butter, eine Schachtel mit Minzepasteten, Hefebrötchen mit Erdbeermarmelade, ein paar frische Rosinenweckchen, Toast, Schokoladenkekse, Ingwer-Gebäck, zehn Scheiben Shortbread, vierzehn Jaffa Cakes, sechzig oder siebzig Vollkorn- und mindestens achthundert Butterkekse.

»Hier ist eine Kleinigkeit zur Stärkung bis zum Abendessen. Ich nehme an, Sie haben einen langen Arbeitstag.«

»Können wir jetzt über Barney Thomson reden, Mrs. McDonald«, sagt Mulholland.

»Dafür haben wir noch Zeit genug. Jetzt nehmen Sie sich erst einmal ein leckeres Stückchen Kuchen oder zwei und ein schönes Tässchen Tee. Milch oder Zucker?«

»Nur Milch, danke«, sagt er. Proudfoot lächelt.

»Und was ist mit Ihnen, Kleines?«

»Milch, zwei Stücke Zucker, bitte«, sagt sie.

»Wunderbar. Und bedienen Sie sich auch von dem Kuchen, Sie sehen alle drei ein bisschen hager aus.«

»Ja, Ma'am.«

»Und Sie, mein Junge?«

Sheep Dip beugt sich vor. »Ein kleines bisschen Milch und sieben Zucker«, sagt er.

Nellie McDonald lächelt. »Ein Mann nach meinem Geschmack.«

Sie setzen sich an den Tisch und bedienen sich von dem Tablett. Dabei kommen sie sich vor wie Kinder beim Sonntagsbesuch bei ihrer Oma. Sie rechnen beinahe damit, nach dem Kuchen noch Süßigkeiten angeboten zu bekommen. Und fünfzig Pence, weil sie so brav waren.

»Sie sagten, dass Barney Thomson hier übernachtet hätte, Mrs. McDonald«, sagt Mulholland schließlich, Schokoladenkuchen an der Wange. Proudfoot strengt sich an, ihr Lachen zu unterdrücken.

»Och ja, das hat er«, sagt sie. »Vor ein paar Wochen oder so. Nur für zwei Nächte.«

»Wussten Sie damals schon von den Verbrechen, derer man den Mann verdächtigt?«

»Ach, den ganzen Mist hab ich sowieso nicht geglaubt. Er

wirkte wie ein überaus reizender Bursche. Sehr still. Überhaupt keine Schwierigkeiten. Hat bar bezahlt. Ich würde ihn jederzeit wieder aufnehmen.«

Mulholland und Proudfoot tauschen Blicke. Das ist eine ernste Sache, aber Proudfoot hat Mühe, nicht in lautes Kichern auszubrechen.

»Aber der Mann wird zurzeit landesweit gesucht. Haben Sie nicht daran gedacht, seine Anwesenheit der Polizei zu melden?«

»Ach, damit wollte ich Sie nicht behelligen. Außerdem bin ich von seiner Schuld gar nicht überzeugt, wissen Sie. Sind Sie sicher, dass Sie den Richtigen haben? Er war wirklich ein reizender Bursche. Hat bar bezahlt.«

»Das mag wohl sein, Mrs. McDonald, aber Sie hätten seine Anwesenheit trotzdem der örtlichen Polizei melden müssen.«

Sie lächelt ihn an. Darauf gibt es nichts zu sagen. Man meldet seine Gäste nicht bei der Polizei. Das widerspricht dem Bed & Breakfast-Ehrenkodex.

»Können Sie uns irgendetwas über ihn sagen?«, fragt er mit einem vernehmlichen Seufzer.

»Sie nehmen doch bestimmt noch ein Stückchen Kuchen, Kleines. Mit dem bisschen, was Sie gegessen haben, kommen Sie doch nicht weit.«

»Selbstverständlich«, sagt Proudfoot lächelnd, beugt sich vor und nimmt ein Stück Schokoladenkuchen und einen Keks.

»Mrs. McDonald?«, sagt Mulholland.

»Schon gut, schon gut«, sagt sie. »Also eins war vielleicht ein bisschen seltsam an ihm.«

»Und was war das?«

»Also, es war wirklich ungewöhnlich. Am ersten Morgen wollte er ein komplettes Frühstück mit gebratenen Eiern, Speck, Würstchen und allem, aber am zweiten Morgen hat er dann, als wäre es das doch nicht gewesen, nur ein gekochtes Ei verlangt. Sehr seltsam. Auch keine Corn-Flakes.«

Die Geräusche, die Proudfoot macht, während sie versucht, nicht zu lachen, lassen Mulholland aufblicken, doch er fährt unverdrossen fort.

»Und abgesehen davon? Was können Sie uns sonst noch über seinen Aufenthalt berichten?«

»Och, na ja, eigentlich nicht viel. Zuerst habe ich ihn gar nicht erkannt, weil der Bursche einen falschen Namen angegeben hat.«

»Ach ja? Welchen denn?«

»Er hat behauptet, er würde Barnabus Thompson heißen, Thompson mit ›p‹. Deshalb war ich auch ein wenig durcheinander, obwohl ich schon dachte, ich hätte ihn wiedererkannt. Aber ich habe es dann doch durchschaut. Wann war das? Vielleicht am zweiten Tag wurde mir klar, dass er das ›p‹ nur in seinen Namen geschmuggelt hat, um mich zu verwirren. Aber ich bin nicht so dumm, wie ich aussehe.«

»Schön. Sonst noch was? Was hatte er an? Sah er aus wie auf dem Foto? Wann ist er aufgebrochen? Hat er gesagt, wohin er wollte? Irgendwas in der Richtung?«

»Du meine Güte, das sind aber viele Fragen. Wollen Sie nicht noch ein Stückchen Kuchen nehmen, mein Lieber? Sie sehen wirklich schrecklich dünn aus.«

»Nein, wirklich nicht, Mrs. McDonald. Könnten Sie bitte einfach meine Fragen beantworten?«

»Sie werden Ihre Frau hier nicht bei der Stange halten, wenn Sie nicht vernünftig essen. Hab ich nicht Recht, Kleines?«

Proudfoot nickt, den Mund voller Kuchen, verzweifelt bemüht, nicht laut loszuprusten und ihn über den Teppich zu spucken.

»Also gut, ich nehme an, Sie wollen einfach Ihre Fragen beantwortet haben. Also, der Bursche kam eines Abends spät hier an. An einem Dienstag, glaube ich, aber ich bin mir nicht sicher. Er sagte, er hätte den Bus von Inverness genommen, und wollte ein Zimmer für ein paar Tage. Er hat gleich zwei Nächte im Voraus bezahlt. Ich meine, ich habe ihm gesagt, das eilt nicht, aber er hat darauf bestanden. Sehr höflich. Mir war, als hätte ich ihn aus den Abendnachrichten wiedererkannt, aber ich war mir nicht sicher. Wo er doch einen anderen Namen hatte und so, verstehen Sie. Am nächsten Morgen hab ich im Lebensmittelladen dann Margaret darauf angesprochen, und sie meinte, er könnte durchaus in dieser Gegend sein. Wie dem auch sei, ich glaube, dass er am Tag nach seiner Ankunft kurz ausgegangen ist, um sich neue Kleider zu besorgen. Da wurde mir klar, dass er auf der Flucht sein musste. Die Leute kommen schließlich nicht extra zum Kleiderkaufen nach Tain. Er hat ein paar sehr schöne Hemden und Unterwäsche erstanden. Aber er hat immer noch dieselbe Jacke getragen, die in den Nachrichten beschrieben wurde, wissen Sie.«

»Und warum haben Sie nicht die Polizei angerufen, wenn Ihnen klar war, um wen es sich handelt?«

»Ach, na ja, er schien mir ein schrecklich netter Bursche zu sein. Richtet nicht, auf dass ihr nicht gerichtet werdet, wie man so sagt. Wer bin ich zu entscheiden, ob dieser Mann ein Mörder ist?«

»Das verlangt ja auch niemand von Ihnen. Er ist noch nicht rechtskräftig verurteilt. Über seine Schuld wird ein Gericht entscheiden.«

»Ach, das können Sie mir nicht weismachen. Die Presse hat den armen Kerl doch schon verurteilt. O Urteil, du entflohst zum blöden Vieh, der Mensch ward unvernünftig.«

Mulholland starrt sie an und blickt dann Rat suchend zu Proudfoot, die noch immer lächelnd mit den Achseln zuckt. Sheep Dip verputzt den Kuchen.

»Und wann ist er abgereist, Mrs. McDonald?«

»Oh, lassen Sie mich überlegen.« Sie schürzt die Lippen und betrachtet den Teppich. »Gegen zehn Uhr vormittags, zwei Tage nach seiner Ankunft. Und er hatte wie gesagt nicht einmal ein komplettes Frühstück im Magen, der verrückte Kerl. Ich weiß nicht, was mit ihm los war.«

»Und hat er gesagt, wohin er wollte?«

»Oh, warten Sie mal. Wir sind ins Plaudern gekommen, aber Sie wissen ja, wie das ist. Mein Gedächtnis ist nicht mehr das Beste.« Aber Sie erinnern sich noch daran, was er zum scheiß Frühstück gegessen hat, denkt Mulholland. »Also, ich glaube, er hat irgendwas davon gesagt, dass er irgendwohin wollte, wo niemand je von ihm gehört hätte. Wenn ich jetzt darüber nachdenke, stand vielleicht an dem Morgen irgendwas in der Zeitung, was ihn aufgeregt hat. Meinen Sie, dass er vielleicht deswegen kein ordentliches Frühstück wollte?« Mulholland starrt sie an. Menschen wie sie traf man in Glasgow nicht. Wenn Leute es einem in Glasgow schwer machten, dann vorsätzlich und im vollen Genuss jeder Minute. Er ignoriert ihre Frage.

»Das war alles? Kein bestimmtes Ziel?«

»Nein, nein, ich glaube nicht. Er hat sich verabschiedet und den Bus genommen, und seither habe ich nichts mehr von ihm gesehen oder gehört. Sie nehmen doch bestimmt noch ein Tässchen Tee.«

»Nein, wirklich nicht. Danke, Mrs. McDonald, aber ich habe noch ein paar Fragen, und dann müssen wir los.«

»Ach, seien Sie doch nicht albern. Sie gehen nirgendwohin, bevor Sie das Tablett nicht leer gemacht haben. Bleiben Sie drei ruhig schön sitzen, während ich noch ein Kännchen aufsetze. Vielleicht trinke ich selbst auch noch ein Tässchen. Und Sie, Sie großer Tollpatsch, Sie sagen ja auch nicht viel. Haben Sie Ihre Zunge verschluckt?«

Sheep Dip lächelt, schweigt jedoch weiter. Er hat den Mund voll Kuchen und genießt jede Minute.

Als sie keine Antwort bekommt, verschwindet Mrs. McDonald mit der riesigen Teekanne in der rechten Hand Richtung Küche. Proudfoot und Mulholland starren sich an, Proudfoot steht kurz vor einem Lachanfall. Mulholland hebt den Finger.

»Tun Sie es nicht. Denken Sie nicht mal dran. Diese verdammte Frau.«

Proudfoot lächelt und sagt: »Vielleicht hätte sie Sie eher ernst genommen, wenn Sie nicht dieses große Stück Schokoladenkuchen an der Backe kleben hätten.«

Sie sieht Sheep Dip an. Blicke sagen alles und manchmal auch ein wenig mehr. Mulholland fährt sich mit der Hand übers Gesicht und fühlt sich wieder fünf Jahre alt.

Kapitel 10

Leere Blicke von einem einäugigen Schwein

Barney sitzt und wartet. Wie ein Gefangener auf seine Hinrichtung. Die Tat ist geschehen, das Urteil gesprochen, das Erschießungskommando steht bereit, reinigt die Läufe der Gewehre, überprüft die Visiere und plaudert müßig über die Erstliga-Spiele vom Vorabend. Für sie ein ganz normaler Arbeitstag, für Barney der Schlussakt. Er spürt schon, wie die Kugeln in seinen Körper schlagen, spürt die Erschütterung des Aufpralls. Hat er im Kino gesehen. Die Brust von Schüssen zerfetzt. Und was, wenn er nicht tot ist? Daran muss er immer wieder denken. Was, wenn er nicht tot ist, wenn die sieben oder acht Kugeln nicht genug sind. Er sieht sich zu Boden fallen, fühlt die Schmerzen. Er nimmt an, dass Schusswunden wehtun, auch wenn er selbst nie eine hatte. Ein Kunde hat ihm einmal davon erzählt, aber der war höchstens Mitte zwanzig gewesen und hatte behauptet, seine Verletzung in Vietnam erlitten zu haben. Wullie hatte gesagt, der Typ hätte wahrscheinlich zu viele Springsteen-Songs gehört, und wenn Barney bewusst gewesen wäre, wer gemeint war, hätte er ihm zugestimmt.

Barneys Gedanken schweifen überallhin. Er denkt an die Verbrechen der Vergangenheit, an schlechte Frisuren, die er gesehen, und an die Leben, die er ruiniert hat, entweder durch unabsichtlichen Mord oder einen seiner berüchtigten Waschen-

Schneiden-Föhnen-Jobs. Er denkt an das Leben, das er zurückgelassen hat, das Leben, in das er gekommen ist, an die Geschwindigkeit, in der sich Corn-Flakes verglichen mit Frosties mit Milch voll saugen.

Vor allem jedoch fragt Barney sich, was er hier tut. Er sitzt in einem kühlen feuchten Korridor und wartet darauf, vom Abt oder von Bruder Herman empfangen zu werden. Oder auch von beiden. Er hat nicht die leiseste Ahnung, was er getan haben könnte, um derlei Beachtung zu verdienen. Er nimmt an, dass es daran liegt, dass der Abt mit seinem Haarschnitt nicht zufrieden ist. Obwohl Barney eigentlich fand, dass er, im Vergleich mit üblichen Bruder Cadfaels, ganz in Ordnung war.

Das Problem ist, dass man es nie wissen kann. Wie oft hat er in der Vergangenheit Frisuren geschaffen, von denen nur Könige träumen und die nur Götter schneiden können, nur um von einem ignoranten Kretin ohne Blick für einen Schnitt wundersamer Schönheit und Konstruktion getadelt zu werden. Wie zum Beispiel sein berühmter 81er Billy Conolly, den er vor einigen Jahren einem jungen Mann auf dessen eigene Bitte hin geschnitten hatte, eine Frisur von Gelehrsamkeit und grenzenloser Heiterkeit, die von dem Kunden trotzdem verachtet wurde, sodass er nicht nur kein Trinkgeld bekam, sondern drei Tage später bei einer zufälligen Begegnung mit dem Mann auch noch beinahe in eine Kneipenschlägerei verwickelt worden wäre. Manche Menschen wissen Talent einfach nicht zu schätzen.

Barney ist ein Künstler und wie alle Künstler ein Leben lang unverstanden geblieben.

Er kann sich allerdings nicht vorstellen, dass der Abt ein solcher Mann sein soll; nach dem Schnitt hatte er einen ganz glücklichen Eindruck gemacht. Vielleicht, so überlegt Barney, hat er irgendwo heimlich einen Spiegel, in dem er die Frisur überprüft hatte. Barneys Fantasie läuft Amok. Vielleicht hat der Abt noch sehr viel mehr als nur einen heimlichen Spiegel. Plötzlich sieht er den Mann in seinem Geheimversteck, eine riesige Kommandozentrale unter dem Kloster. Ausstattung wie aus einem Bond-Film – riesige Landkarten an den Wänden mit kleinen Lämpchen, die den Standort sämtlicher Nuklearsprengköpfe des Abtes anzeigen. Er sieht ihn in einem großen weißen Ledersessel sitzen und eine Katze kraulen. SPECTOR: Spezial-Agent für Bestechung, Terrorismus, Ökumene und Rache. Ein weltweites Netzwerk von Klöstern, die vorgeblich ein christliches Leben wie im finstersten Mittelalter führen, aber in Wahrheit nur Tarnung für eine Organisation religiöser Terroristen sind.

Barney beginnt sich zu fragen, welche scheinbar unschuldigen Weltereignisse in Wirklichkeit das Werk dieser ruchlosen Männer gewesen sind, welche Erdbeben, Vulkanausbrüche, Feuersbrünste und Flugzeugabstürze von dieser fanatischen Zeloten-Bande verursacht wurden. Er fragt sich, ob unter dem Kloster ein tropisches Becken mit seit Wochen ausgehungerten Piranhas auf ihn wartet. Alles nur, weil er dem Abt einen schlechten Haarschnitt verpasst hat.

Barney ballt seine Fäuste, die Handflächen sind schweißnass, schließt die Augen und schluckt. Er spürt, wie das leichte Rumoren seines Herzens lauter wird. Ist dies nach allem, was er durchgemacht hat, nun das Ende?

Mit einem bedrohlich leisen Klicken geht die Tür zum Arbeitszimmer des Abtes auf. Barney schluckt; Bruder Herman bittet ihn in die Höhle des Löwen.

Die Mönche schlafen jeweils zu zweit auf einem Zimmer, sodass es unter normalen Umständen bemerkt worden wäre, dass Bruder Morgan nicht bis acht Uhr zurückgekehrt war. Doch seit dem Tod von Bruder Saturday hatte er den Luxus einer eigenen Zelle, einen Luxus, den er allerdings nicht lange genießen konnte.

Morgans Erregung beim Abendessen war nicht unbemerkt geblieben. Auch wenn Gespräche beim Essen nicht gern gesehen wurden, waren sie trotzdem alltäglich, und diejenigen, die versucht hatten, den Bibliotheksassistenten anzusprechen, erhielten eine einsilbig gereizte oder gar keine Antwort. Morgan ließ sein Essen unangerührt stehen und verließ nach Ende der Mahlzeit eilig und vor den anderen das Refektorium. Man vermutete, dass er sich in die Abgeschiedenheit seines Zimmers zurückgezogen hätte, um Zwiesprache mit Gott zu halten über was immer seine Seele plagte. Einigen kam der Gedanke, dass es Angst sein könnte, die Bruder Morgan quälte, Angst, dass die dunklen Mächte, die Bruder Saturdays Leben ein blutiges Ende bereitet hatten, auch seines beenden könnten. Doch unmittelbar nach dem grausamen Verbrechen hatte er so phlegmatisch gewirkt, dass er sich möglicherweise einem anderen Grauen gegenübersah. Ein oder zwei Mönche beschlossen sogar, der Sache auf den Grund zu gehen, wenn Bruder Morgans Geisteszustand sich bis zum nächsten Morgen nicht gebessert hatte. Niemand ahnte, dass es dann längst zu spät sein würde.

Als er nicht zum Frühstück erschien, wussten sie es. Sie wussten es alle instinktiv. Bruder Morgan war tot, ermordet von derselben Hand, die Bruder Saturday getötet hatte. Also schwärmten die Mönche in Zweier- oder Dreiergruppen in den Wald aus, um die Leiche zu suchen; und sie fanden sie, Bruder Herman wurde alarmiert, und die Mönche gingen wieder ihren alltäglichen Verrichtungen nach, als wäre nichts geschehen. Nur dass ihre Herzen nun sämtlich von Furcht erfüllt waren. Sie konnten nicht mehr glauben, dass Saturday Opfer eines Streits unter Liebenden geworden war. Hinter der Sache steckte mehr, und keiner wusste, auf wessen Schulter sich die kalte Hand des Mörders als Nächstes legen würde.

Barney sitzt vor dem Abt; Bruder Herman, seine rechte Hand, steht hinter ihm. Der Abt sieht besorgt aus.

»Du weißt, warum du hier bist, Bruder Jacob?«, fragt der Abt.

Barney schluckt. Sein Blick wandert zwischen dem Abt und seinem Leibwächter hin und her. Sein Herz hat zur besseren Beschleunigung einen Gang heruntergeschaltet, und er hat das Gefühl, es müsste jeden Moment aus seinem Brustkorb brechen und auf dem Schreibtisch vor ihm weiterpochen. Er fragt sich, ob der Abt einen Schalter unter seinem Tisch hat, eine Falltür. Ein Knopfdruck und Barney wäre Fischfutter. Hai-Frühstück. Roher Barney, viel Fleisch. Die Haie werden es lieben. Und alles nur wegen eines schlechten Haarschnitts. Eines Tages musste es passieren.

»Ja, Bruder Blofeld, ich weiß«, sagt er mit trockenem Mund.

»Blofeld?« Der Abt blinzelt, als würde er direkt in die Sonne gucken.

»Abt, Verzeihung, Bruder Abt«, sagt Barney und versucht sich zu konzentrieren. Seine Einbildungskraft ist ihm so weit enteilt, dass er sich in einer komplett anderen Zeitzone befindet, in einer anderen Dimension, die leicht asynchron zu seiner eigenen ist. »Es geht um den Haarschnitt. Tut mir Leid. Wirklich. Ich habe mein Bestes getan. Ehrlich, ich dachte, er wäre ganz gut geworden. Das kann jeder bestätigen. Ich bin sicher, dass die anderen mit ihren Frisuren zufrieden sind. Vielleicht könnte ich einen Sean Connery oder einen F. Murray Abraham versuchen. Das würde dir bestimmt stehen, garantiert. Was meinst du? Eh?«

Der Abt schüttelt den Kopf und erkennt Barneys Gebrabbel als das, was es ist. Normalerweise würde er lächeln, aber heute ist kein Tag zum Lächeln. Er hat einen weiteren seiner Mönche verloren; es gibt nichts zu lächeln. Er hebt die Hand, seine linke Hand.

»Bruder, lieber Bruder. Der Haarschnitt ist wunderbar. Ich könnte gar nicht glücklicher sein. Um ehrlich zu sein, spricht das ganze Kloster von der Größe deines gottgegebenen Talents. Du bist ein Frisör für sich. Ein Barbier der allerhöchsten Kategorie. Die Flügel der Engel müssen flattern, wenn du zur Schere greifst. Wenn Eva im Zurückweisen von Äpfeln so gut gewesen wäre wie du im Haareschneiden, gäbe es sehr viel weniger Elend auf dieser Welt.«

Barney entspannt sich und lächelt beinahe. Die Flügel der Engel, eh? Das bin ich, ohne Zweifel. Schön, so geschätzt zu werden.

Bruder Herman runzelt die Stirn. Ein Haarschnitt ist ein Haarschnitt ist ein Haarschnitt. Er weiß nicht, was das ganze Getue soll. Er findet, dass alle jüngeren Mönche gezwungen werden sollten, ihren Kopf kahl zu rasieren und eine Dornenkrone zu tragen. Eine stachelige Dornenkrone, nur für den Fall, dass es auch Dornenkronen ohne Stacheln gibt. Er ist gerade dabei, sich in Gedanken darüber zu verlieren, ob eine Dornenkrone ohne Stacheln möglich ist, entscheidet jedoch, dass er besser Bruder Jacobs Reaktion auf die Neuigkeiten beobachten sollte, die er in Kürze erfahren wird.

»Apropos Scheren, Bruder Jacob, eine Schere ist es, die mich veranlasst, dich heute zu mir zu rufen. Just jene Schere, mit der du gestern Nachmittag deine meisterliche Kunst demonstriert hast, glaube ich.«

Himmel Herrgott, denkt Bruder Herman. Ist jetzt bald Schluss mit dem Gesülze, was für ein scheiß großartiger Frisör er ist! Er tadelt sich, den Namen des Herrn unnütz gebraucht zu haben.

»Du wirst gewiss bemerkt haben, dass Bruder Morgan heute

Morgen beim Frühstück gefehlt hat und dass die Suche nach unserem lieben Bruder nach kaum zwanzig Minuten wieder abgebrochen wurde.«

Barney nickt. Bruder Morgan. Denkt, Mist. Man wird ihn des Mordes beschuldigen! Natürlich, das wird es sein. Und er hat es die ganze Zeit gewusst. Er hat nie wirklich geglaubt, dass man ihn wegen eines schlechten Haarschnitts in die Mangel nehmen würde, das war lediglich eine Übung im Leugnen gewesen. Als die Suche nach Morgan so schnell beendet wurde, war klar, dass ihm etwas zugestoßen sein musste.

»In dem Moment, in dem sie die Aktion abgeblasen haben«, hatte Bruder Steven gesagt, »und Morgan nicht mit ein paar Superbräuten im Arm aufgetaucht ist und dem Abt nach Shit stinkend und mit einer Alkoholfahne erklärt hat, wohin er sich sein Kloster stecken kann, war klar, dass der Typ kaltgemacht worden ist.«

»Ich fürchte, unser lieber Bruder wurde tot aufgefunden.« Barney nickt. Natürlich. »Und es schmerzt mich umso mehr, als ich dir mitteilen muss, dass er ermordet wurde.« Barney nickt weiter. Versteht sich fast von selbst. Starb noch irgendjemand, ohne ermordet zu werden? Er hat den Zusammenhang mit der erwähnten Schere noch immer nicht hergestellt. »Und es schmerzt mich über die Maßen, dir mitzuteilen, dass Bruder Morgan erstochen wurde. Mit einer Schere.« Barney nickt wieder. Der Groschen will einfach nicht fallen. Aus Erfahrung denkt er, dass Scheren in der Tat ein gutes Mordwerkzeug sind, auch wenn er das damals gar nicht gewollt hatte. »Mit der Schere, mit der du gestern Nachmittag die Haare von sechs Mönchen geschnitten hast.« Barney nickt. Haarschneide-Scheren. Lang, schmal und scharf. Eignen sich ausgezeichnet. Damit bringt man garantiert jedes Mal jemanden um.

Der Groschen fällt. Ähnlich jäh wie Barneys Kinn. Plötzlich

quellen Worte aus seinem Mund wie Truppen aus einem Schützengraben im Ersten Weltkrieg und mit der gleichen Wirkung.

»Ich war es nicht. Glaubt ihr, so etwas würde ich tun, glaubt ihr das wirklich? Warum sollte ich Bruder Morgan töten wollen? Ich habe nicht ein einziges Mal mit ihm gesprochen. Und überhaupt, Bruder Morgan? Morgan, sagt ihr? Ich dachte, der Bibliothekar heißt Florgan. Bruder Florgan, dachte ich. Seht ihr? Ich kann ihn unmöglich getötet haben. Ich kannte ja nicht mal seinen Namen. Seht ihr? Seht ihr? Ich kann es gar nicht gewesen sein. Bruder Florgan heißt er, dachte ich. Oder vielleicht auch Gorgan oder Jorgan. Aber bestimmt nicht Morgan. Bruder Morgan? So hat er also geheißen? Ein echter Schock, wer hätte das gedacht? Bruder Morgan. Nie gehört.«

Der Abt hebt erneut die Hand, das heißt, sie war genau genommen schon seit Beginn von Barneys Wortschwall erhoben.

»Jacob, Jacob. Zügele deine Zunge. Niemand will dich des Mordes an Bruder Morgan beschuldigen.« Hermans Auge zuckt kaum merklich. »Niemand verdächtigt dich, mein lieber Freund. Jedenfalls nicht mehr als alle anderen, denn in diesen ernsten Zeiten stehen wir alle unter Verdacht. Und der Herr wird unser Richter sein.«

»Ja, ja«, sagt Barney. »Der Herr wird es richten.« Dabei denkt er, dass er in ernsthaften Schwierigkeiten steckt, wenn er von Gott gerichtet werden soll. Er weiß nicht genau, wen er gern als Richter hätte. Sich selbst vielleicht, obwohl er nicht weiß, ob das erlaubt ist.

»Ich habe dich rufen lassen, damit Bruder Herman dir gewisse Fragen zu der Schere stellen kann. Wann hast du sie zuletzt gesehen, was hast du damit gemacht, als du fertig warst und so weiter. Allein die Tatsache, dass du sie als Letzter bei dir hattest, macht dich nicht mehr zu einem potenziellen Mörder als die anderen. Jeder von uns hätte die Schere nehmen können. Fürchte dich nicht, Bruder. Beantworte nur Bruder Hermans Fragen wahrheitsgemäß, und Gott wird an deiner Seite sein.«

Gott. Alles klar. Der gute alte Gott. Auf den großen Mann konnte man sich immer verlassen.

Barney rutscht verlegen auf seinem Stuhl hin und her, nickt dem Abt zu und sieht Bruder Herman an. Wenn Herman spricht, bewegen sich seine Lippen kaum. Sein Tonfall ist von jener bedrohlichen Monotonie geprägt, die Barney zu fürchten gelernt hat.

»Bruder Jacob«, sagt Herman und spricht den Namen aus, als ob er auch Judas lauten könnte. »Kannst du uns die Namen aller Mönche nennen, die du gestern Nachmittag frisiert hast?«

Eine angenehm leichte Eröffnung der Inquisition. Es erinnert ihn an die Polizeiverhöre der Vergangenheit. Die haben sich auch stets zu etwas Düsterem und schwer Begreiflichem entwickelt.

»Nun, da war der Abt, ein Bruder Cadfael, wie du weißt. Dann ein Sean Connery für Bruder Brunswick.« Bruder Herman zückt aus den Tiefen seiner Kutte ein Notizbuch und beginnt, die Namen mitzuschreiben, was Barney kurz irritiert, bevor er nach einem Blick aus den tief liegenden Augen fortfährt. »Ein Christian Slater für Bruder Jerusalem, ein F. Murray Abraham für Bruder Martin und ein Ron Perlman für Bruder Hesekiel. Oh ja, zum Schluss habe ich noch einen Mike McShane für Bruder Steven gemacht. Um ehrlich zu sein, wusste ich nicht genau, wie Mike McShane ausgesehen hat, weißt du, aber er schien ganz zu—«

»Das reicht als Erläuterung, danke, Bruder«, sagt Herman, und Barney schweigt eingeschüchtert. »Und wann warst du mit Bruder Stevens Haarschnitt fertig?«

Barney starrt zu Boden und überlegt. Die Frage klingt harmlos genug, aber man kann nie wissen. Er findet es schwer, sich an den Gedanken zu gewöhnen, dass er diesmal wirklich nichts Unrechtes getan hat.

»Oh ja, ich weiß nicht mehr genau. Es war auf jeden Fall schon dunkel, also vielleicht gegen fünf oder so.«

»Fünf«, wiederholt Herman leise und notiert die Zeit. »Und was hast du danach mit deiner Ausrüstung gemacht?«

Barney beißt sich auf die Lippe und fragt sich, wie schuldig er wirkt. Herman macht ihn nervös. Ihm fällt auf, dass der Abt sich ebenfalls auf die Lippe beißt, und fragt sich, ob Hermann auch ihn nervös macht. Es würde ihn nicht überraschen.

»Ach, weißt du, ich hab sie einfach neben dem kleinen Waschbecken liegen lassen. Ich dachte, da würde sie bleiben, das hat jedenfalls Bruder Adolphus gesagt.«

Herman kritzelt erneut etwas in sein Notizbuch; Barney wartet und fragt sich, was er wohl zu schreiben hat. Schere neben Waschbecken gelegt. Na toll. Wie lange kann es dauern, das aufzuschreiben?

»Und ist dir an den Mönchen, deren Haare du gestern Nachmittag geschnitten hast, irgendwas Verdächtiges aufgefallen? Hat einer von ihnen unangemessenes Interesse an der Schere oder einem anderen deiner Werkzeuge gezeigt?«

Barney starrt erneut zu Boden und denkt scharf nach. Hat einer der Brüder nach der Schere gefragt? Warum sollte er? Er will die Frage gerade verneinen, als ihm Bruder Martin einfällt, der F. Murray Abraham. Er hatte etwas gesagt. Er hatte nach der Schere gefragt. Was war es noch? Etwas davon, dass sie extrem scharf war. Er kann sich nicht genau erinnern.

Er blickt zu Bruder Herman auf. Dabei fallen ihm Martins Worte wieder ein. Scharfe Schere, Bruder, hatte er gesagt. Damit könnte man jemanden umbringen. Das war es. Vernichtende Worte, aber gewiss bloß eine zufällige Bemerkung. Barney hat jedoch keinen Zweifel, dass Martin von Bruder Herman verdammt würde.

»Nö, nö, nichts. Nichts, woran ich mich erinnern würde.«

Herman bemerkt sein Zögern, den Zweifel und registriert es genau. Jede Kleinigkeit ist nützlich.

»Und dein letzter Schnitt war Bruder Steven?«

»Ja, ja, genau.«

»Und er war auch noch im Raum, als du gegangen bist?«

Was für ein Geplänkel, denkt Barney.

»Nö, nö. Er war schon gegangen. Ich hab bloß noch aufgeräumt und die ganzen Haarreste eingesammelt, weißt du. Für die Härenhemden und so.«

»Härenhemden?«, fragt der Abt.

Bruder Herman wirft Barney einen *Reservoir Dogs*-Blick zu, und Barney lässt die Frage des Abtes unbeantwortet.

»Und was hast du gemacht, als du mit dem Aufräumen fertig warst, Bruder Jacob?«

Darauf hat Barney eine gute Antwort, doch er lässt sich Zeit.

»Ich bin auf meine Zelle gegangen und hab gebetet. Zu Gott«, fügt er nach kurzem Nachdenken hinzu, nur für den Fall, dass irgendwer irgendwelche Zweifel hat.

Herman kritzelt noch etwas in sein Notizbuch. Der Abt wirkt abgelenkt, seine Gedanken scheinen weit abgeschweift. Er findet das Ganze irritierend. Er würde das nie einer Menschenseele anvertrauen, doch der Mord an zwei seiner Mönche lässt ihn an seinem Glauben zweifeln. Und er fragt sich, wie vielen seiner Brüder es ähnlich ergeht.

Bruder Herman kritzelt weiter. Barney fragt sich, was er macht. Er kann sich nicht vorstellen, so viel Notierenswertes gesagt zu haben.

Schließlich hebt Herman den Blick. »Danke, Bruder. Das wäre für den Augenblick alles.«

»Oh. Klar. Super.« Barney verspürt eine Welle der Erleichterung wie ein Schwamm, der sich mit Honig voll saugt.

»Super, Bruder Jacob?«, fragt der Abt. »Dies ist eine düstere Zeit für uns, mein Bruder. Du tätest gut daran, mehr davon im Gebet zu verbringen.«

Barney nickt. »Ja, natürlich, Hochwürden. Ich meine, Bruder. Ja.« Er sieht Herman an und schrumpft noch weiter. Er beschließt, dass es an der Zeit ist, sich zu verabschieden. Er macht den Mund auf, aber es gibt nichts mehr zu sagen. Er geht langsam rückwärts zur Tür, dreht sich um und ist verschwunden.

Als er den Flur hinuntergeht, weiter in Erleichterung badend wie ein Handtuch, das in Champagner versinkt, fragt er sich, warum er, obwohl er nichts zu befürchten hat und sich keiner Schuld bewusst ist, trotzdem das Gefühl verspürt, der Inquisition nur einen winzigen Schritt voraus zu sein.

Kapitel 11

Leben, Tod und Socken

Die Brüder Steven und Jacob haben erneut und unerwartet schnell nach dem ersten Mal Totengräberdienst. Eine Grube für den verstorbenen und betrauerten Bruder Morgan. Die Arbeit eines Nachmittags, Vorbereitung für die Bestattung am kommenden Morgen, dieses Mal unter Mithilfe von Bruder Edward, einem jungen Mann wie ein Telegrafenmast, ein Gesicht wie Weißwein. Drei Mann, um eine Grube zu graben – bei dem harten gefrorenen Boden eine beschwerliche Pflicht –, und zwei, um sie hinterher wieder zuzuschütten. Barney hatte gehofft, dass er als neuer offizieller Frisör des Klosters vielleicht um die Arbeit herumkommen würde. Seine Hände brauchen Schutz. Er war kurz davor gewesen, sie versichern zu lassen, bevor er verschwinden musste. Die Idee hatte er aus einem Zeitungsartikel über Betty Grable. Eine Million Dollar für ihre Beine? Oder waren es die Ohren? Er weiß eigentlich sowieso nicht, wer Betty Grable war. Er hat gedacht, er würde von der harten Arbeit verschont bleiben, nachdem nun alle wussten, was für ein kostbares Gut seine Hände waren. Aber ein solches Glück sollte ihm nicht zuteil werden. Er begreift, dass er noch eine lange Lehrzeit vor sich hat, bevor man ihm die kleinen Geschenke anbietet, die in diesem mörderischen Ort als Privilegien gelten.

Es ist der Nachmittag nach der Entdeckung der Leiche. Bruder Hermann hat sie untersucht und alles gefunden, was er wissen muss. An der Todesursache gibt es wenig Zweifel, er hat alle anderen Möglichkeiten ausgeschlossen, eine intensivere Obduktion erscheint überflüssig. Es ist ein kalter Tag. Am klaren blauen Himmel sind inzwischen tief hängende graue Wolken aufgezogen, doch es ist immer noch hell. Später wird es erneut zu schneien beginnen, nach Einschätzung einiger Mönche. Dieser Winter könnte dem von '47 ähneln. Das Kloster liegt von November bis Juni im Schnee. So lautet zumindest die Wettervorhersage.

Die bloße Erwähnung des Junis hat Barney ins Grübeln gebracht. Könnte er dann immer noch hier sein? Noch immer untergetaucht? Könnte die Welt Barney Thomson in sechs Monaten nicht vergessen und sich auf eine neue makabre Geschichte gestürzt haben? Er bräuchte einen anderen Serienkiller, der zuschlägt, vorzugsweise in Glasgow. Aber solange überhitzte Pressespekulationen den Ton angeben und Barney auf freiem Fuß ist, wird man jeden Mord, der irgendwo in Schottland passiert, ihm zuschreiben.

Barney kann die Schlagzeile des *Record* vom selben Tag natürlich nicht kennen. »Bauern empört: Blutiger Barbier als mysteriöser Schafschlächter.« Aber seine Annahme, dass man ihm jedes je begangene Vergehen unterschiebt, ist trotzdem zutreffend. Ein Raub in Dundee, eine Vergewaltigung in Arbroath, ein Ladendiebstahl in Paisley, ein ungelöster Mord in Edinburgh aus dem Jahr 1981; Bucks Fizz' Sieg beim Grand Prix d' Eurovision 1976, Don Massons verschossener Elfmeter gegen Peru in Argentinien, die Ermordung von Riccio. Es gibt schlechterdings kein Verbrechen gegen die Menschlichkeit, das die hysterische Presse und eine gläubige Öffentlichkeit, deren Einbildungskraft zu schaumiger Sahne geschlagen wurde, ihm nicht zutraut. Barney Thomson ist so sehr zum ultimativen Dämon geworden, dass der Barney Thomson der Zeitungen binnen zwei Wochen nicht mehr als der reale Barney Thomson erkennbar ist. Nur die Polizei hat sich einen gewissen Sinn für die Proportionen bewahrt und keine unvernünftig hohe Zahl von Beamten bei den Ermittlungen eingesetzt, die zurzeit von Mulholland geleitet werden, während man der Presse erzählt, jede verfügbare Frau und jeder Mann in Schottland wären im Einsatz. Doch all dessen ungeachtet wissen die Mönche nichts von dem Bösen in ihrer Mitte. Noch nicht.

Der Boden ist steinhart. Bruder Steven und Bruder Edward schwingen Spitzhacken, Barney schaufelt die losgebrochene Erde aus der Grube. Eine langwierige Angelegenheit, und obwohl es erst in zwei Stunden dämmern wird, wissen sie, dass sie zufrieden sein können, wenn sie die Grube bis dahin ausgehoben haben. Ihnen ist kalt und sie haben Hunger; Steven, in sein Schicksal ergeben, durchgefroren und hungrig; Edward, glücklich, dass er Buße tun kann für die vermeintlichen Verbrechen seiner Vergangenheit, durchgefroren und hungrig; und Barney, elend, genervt, zitternd und mit dem stillen Wunsch, er wäre in die Karibik geflohen, durchgefroren und hungrig. Er seufzt immer wieder vernehmlich und wartet, dass einer der anderen die Einladung zu Nörgeln annimmt, doch er wartet vergeblich. Er hat das Gefühl, dass seine Ohren jeden Moment abfallen werden. Seine Nase auch. »Mörder als Mann ohne Nase und Ohren entlarvt – Finger fehlen auch.« Barney zittert.

»Ist ein bisschen kalt, was?«, sagt er, um die Monotonie zu durchbrechen. Er muss einfach jammern.

Bruder Edward treibt weiter unverdrossen die stumpfe Spitzhacke in den Boden. Er genießt die Kälte und die Mühe. Manchmal zahlt sich das Leiden aus. Ihm ist es egal, ob Barney friert.

Steven richtet sich auf, sieht Barney an und lässt seinen Blick über die Landschaft schweifen. Er atmet die kalte Luft tief ein und spürt, wie sie in seiner Nase sticht. Er lächelt und dreht sich zu Barney um.

»Komm schon, Jacob. Da spürt man doch, dass man noch lebt, Mann. Atme tief ein. Genieße es. Stell dir einfach vor, wie es wäre, wenn du an einem kochend heißen Ort arbeiten müsstest, der Schweiß fließt, Insekten knabbern an deinem Gesicht. Also, beuge den Rücken und knie dich richtig rein, mein Freund. Das ist das Leben, so wie es ist. Freu dich aufs Abendessen und einen Becher von Gottes köstlichem Wein.«

Barney schüttelt den Kopf. »Es ist arschkalt. Ich weiß nicht, ob ich beim Abendessen noch lebe. Ich bin total kaputt, echt.«

Steven lächelt. Weiße Zähne blitzen in der grauen Kälte auf.

»Blutwund, blind und wie in Stücken. Betrunken vor Erschöpfung, taub, vom Pfeifen nicht zu wecken, zu kurz geschossner Fünfpunkt-Neuner in ihrem Rücken. Erschöpfung, mein Freund, die kennst du nur, wenn du im Krieg warst. Sagt man.«

»Hast wohl Erfahrung, was?«, fragt Barney.

Steven lächelt erneut und beugt ein weiteres Mal den Rücken.

»Ich fürchte nicht, mein Freund. Aber Bruder Frederick kann dir alles darüber erzählen. Er mag alt sein, aber es gibt keine Granate, keinen Regen und kein Schlammbad, an die er sich nicht erinnert. Du könntest eine Menge lernen. Was mich betrifft, so sind die Schlachten der Seele und des Geistes die einzigen, die ich geschlagen habe. Aber wer weiß? Vielleicht sind das die blutigsten aller Kriege. Was meinst du, Edward?«

Bruder Edward starrt in das Loch, das unter ihren Hacken langsam Gestalt annimmt, und arbeitet weiter, während er seine Antwort bedenkt. Er hat die Kriege mit dem anderen Geschlecht immer für die blutigsten gehalten. Er hat durchaus ein paar Schlachten gewonnen und leidet nun unter der Schuld der Sieger.

»Könnte das Lyrik aus dem Ersten Weltkrieg gewesen sein, die du da zitiert hast, Bruder?«, fragt er. Er möchte nicht über seine eigenen privaten Schlachten reden. Drei Jahre im Hause Gottes haben längst nicht alle Wunden verheilen lassen.

»Hast du es erkannt?«

»Ja, habe ich.«

Lyrik aus dem Ersten Weltkrieg, denkt Barney. Was für eine hochgestochene Kacke. Er wünschte, sie könnten über Fußball reden. Ironie ist ihm unbekannt.

»Eine Sache am Ersten Weltkrieg hat mich immer beschäftigt«, sagt Edward.

Beim Reden schwingen sie ihre Spitzhacken gleichmäßig nacheinander in den Boden, während Barney schnaufend weiterschaufelt.

»Was denn, Bruder?«

»Gas.«

»Gas?«

»Die Giftgas-Sache, meine ich«, sagt Edward, unbewusst im Rhythmus mit den Spitzhacken. »Angeblich haben die Briten, als die Deutschen zum ersten Mal Gas einsetzten und die Briten noch keine Masken hatten, auf einen Socken gepisst, den sie sich vor den Mund gehalten haben. Hindurchgeatmet, verstehst du.«

Bruder Steven hat all das schon einmal gehört und hackt roboterhaft weiter, seine Spitzhacke ein Krummsäbel des göttlichen Willens.

»Was mich interessiert«, fährt Bruder Edward fort, »ist, wer war der Erste, der es getan hat? Ich meine, klar, chemisch hat das alles seine Richtigkeit und so.«

»Hat wahrscheinlich was mit dem Ammoniak zu tun«, sagt Steven.

»Ja, bestimmt. Alles mit Pisse hat mit Ammoniak zu tun. Aber die Frage ist doch: Wer war der Typ, der als Erster darauf gekommen ist? Wer war der Erste, der, als das Gas kam und die ganzen Truppen panisch rumgerannt sind und sich in die Hosen gemacht haben, ganz cool und in James-Bond-Manier dagestanden und gesagt hat: ›Ich weiß ja nicht, was ihr vorhabt, aber ich pisse auf meinen Socken‹?«

Steven hackt kraftvoll auf den Boden ein, bis dieser nachgibt.

»Ich verstehe, was du meinst. Der Typ muss völlig abgedreht gewesen sein. Auf der Kante. Ein Visionär.«

»Genau«, sagt Edward und treibt seine Hacke in den Boden. »Der Typ war ein Visionär. Und wie kommt es dann, dass keiner von uns je von ihm gehört hat? Ich meine, es gibt alle möglichen berühmten Helden aus dem Ersten Weltkrieg. Owen, Sassoon und wie sie nicht alle heißen; Haig, Kitchener, der Rote Baron, Blackadder. Und warum ist dieser Typ dann nicht berühmt? Er muss Hunderte von Menschenleben gerettet haben.«

»Wahrscheinlich haben sie ihn erschossen«, sagt Steven und stößt die Spitze seiner Hacke in bröckelnden Boden.

»Erschossen?«

»Klar. Überlegt doch mal. Stellt euch die Szenerie vor«, sagt Steven, was Barney unwillkürlich tut. Er hockt im Schützengraben, genauer gesagt, er hebt einen Schützengraben aus und schaufelt stetig Erde; sein ganzes Universum hat sich auf harte klumpige Erde verengt. »Es ist am Anfang des Krieges, jeder weiß, dass es ein Penner-Einsatz ist und sie noch jahrelang dort sein werden. Hin und wieder werden ein paar Schüsse gewechselt. Die Männer hocken da, rauchen Joints, lesen Briefe von zu Hause und gammeln rum. Wie das so geht. Plötzlich segeln ein paar Granaten rüber, und ehe sie sich versehen, riecht die Luft wie ein billiges französisches Parfüm. Sekunden später fangen alle an zu würgen und gelb anzulaufen.« Er hält inne. »Könnt ihr euch das vorstellen?«

Edward nickt. »Ich bin da.«

»Gut, unser Held, nennen wir ihn Jones, hat ein bisschen Ahnung von Chemie. Er kapiert, dass man nur überleben kann, wenn man durch Pisse atmet. In dem ganzen Tumult, Getöse und der Panik setzt er sich also kühl wie eine Hundeschnauze auf eine Bank, zieht einen Socken aus, holt seinen Pillermann raus und pisst darauf, bevor er sich den Socken vor die Fresse hält. Kein Problem. Die anderen Männer starren ihn an wie einen Außerirdischen, zeigen mit dem Finger auf ihn und sagen zueinander: ›Guckt euch den Jonesy an. Der Spinner pisst auf seinen Socken.‹ So stehen sie trotz aller Bemühungen von Jonesy, sie dazu zu bewegen, seinem Beispiel zu folgen, rum und gaffen und sind Minuten später alle tot.«

»Ein Wind kommt auf und bläst das Gas weg. Erst nachdem die Gefahr vorüber ist, eilt ein Oberstleutnant oder dergleichen an die Front, um zu sehen, was geschehen ist, und er trifft einen einsamen Jonesy und sonst nur Tote an. ›Was ist hier vorgefallen?‹, fragt der Offizier. ›Nun, Sir‹, sagt Jonesy, ›die Deutschen haben uns mit Gas angegriffen, und ich war der Einzige, der in seinen Socken gepisst hat.‹ Denkt mal drüber nach. Unser Held hatte garantiert ein kleines Glaubwürdigkeitsproblem. Ehe er sich versieht, wird er vor ein Kriegsgericht gestellt und erschossen, weil man das damals so gemacht hat. Zwei Minuten zu spät zur Arbeit, und du hattest einen Pistolenlauf am Hinterkopf.«

Edward stößt mit großer Selbstvergessenheit die Hacke in den Boden. »Könnte stimmen. Aber wenn er erschossen und alle anderen getötet wurden, wie sind sie dann auf sein Geheimnis gekommen?«

»Wahrscheinlich haben sie es getestet, um zu sehen, ob er die Wahrheit gesagt hat; aber natürlich erst, nachdem sie ihn erschossen hatten. Wahrscheinlich haben sie Mrs. Jones zusammen mit der Nachricht von seinem Tod ein Entschuldigungsschreiben geschickt. So was haben die getan. Und nur Tage nach Jonesys Tod war Sockenpissen die neueste Mode. Wahrscheinlich gab es sogar Typen, die auf ihre Socken gepisst haben, wenn sie gar nicht mussten. Socken-Schnüffler. Aber von denen wurden auch einige erschossen.«

»Ja, da könntest du Recht haben, Bruder. Schade, dass der Typ nie bekannt geworden ist.«

Steven nickt und hackt unverdrossen auf den gefrorenen Boden ein.

»Ja, ich kann mir das Denkmal schon vorstellen«, sagt er und lacht. Bruder Edward lacht ebenfalls, und Barney stimmt ein, um sich nicht ausgeschlossen zu fühlen. Doch bald erstirbt das Gelächter der drei Männer, denn dies ist kein Tag zum Lachen, und sie graben und schaufeln nicht irgendwas. Sie tun diese Arbeit, um einen der ihren zu begraben – den zweiten binnen weniger Tage.

Sie verfallen in Schweigen, das Geräusch ihrer Arbeit hallt in der dünnen kalten Luft durch die schneebedeckte Schlucht. Mönche bei der Arbeit, trotz ihres Lachens und müßigen Plauderns niedergedrückt von Trauer und Angst.

Ein tapferer Mann

»Wie viele weitere Mönche werden hier sterben?«, fragt der Abt.

Bruder Herman starrt aus dem Fenster des Arbeitszimmers über schneebedeckte Wälder und Hügel. Trotz der Wolken ein heller Nachmittag, aber später wird es schneien, denkt er. Er hat die Arme vor der Brust verschränkt und zieht ein langes Gesicht; Adleraugen starren aus tiefen Höhlen. Die Arme bewegen sich mit dem Auf und Ab des Brustkorbs, ganz leicht, sodass es scheint, als würde er kaum atmen.

»Wir dürfen die Polizei nicht hier hereinlassen, Bruder Abt, das weißt du. Jedes Mal wenn die Außenwelt in der Vergangenheit ihren übel riechenden Atem auf dieses Kloster hauchen durfte, hat das mit einer Katastrophe geendet, und nichts deutet darauf hin, dass es dieses Mal anders wäre. Es darf keinen Einfluss von außen geben. Sie würden unser Leben verunreinigen, wie ein Krebs in die Fasern unseres Seins eindringen, bis wir vollkommen zerstört sind. So wird es sein, Bruder Abt.«

Der Abt sitzt an seinem Schreibtisch, den Kopf gesenkt; beide Männer haben einander den Rücken zugewandt.

»Aber ich sage es noch einmal, Bruder Herman. Wie viele weitere Mönche werden hier sterben? Wie lange muss es weiter gehen? Bis wir alle tot sind? Bis nur noch derjenige übrig ist, der diese schändlichen Taten begeht? Dieses Morden darf nicht weitergehen.«

»Und das wird es auch nicht, Bruder Abt«, sagt Herman, dreht sich um und sieht den Abt an, bis sich ihre Blicke treffen. »Gib mir ein paar Tage, mehr brauche ich nicht.«

»Hast du einen Hinweis auf den möglichen Täter?«

Herman zögert und kneift die Augen zusammen. »Noch nicht, Bruder, aber bald. Nach diesem zweiten Verbrechen ist klar, dass die Taten irgendetwas mit der Bibliothek zu tun haben. Dort werde ich weitersuchen; ich werde keinen Mönch unbefragt lassen. Ich bin zuversichtlich, dass ich die Logik hinter diesen Todesfällen aufdecken kann.«

Der Abt wendet den Blick ab und starrt zu Boden. Ihm ist schwer ums Herz, die Tragödie des Lebens lastet auf ihm.

—»Ich muss einen neuen Bibliothekar ernennen, aber wem soll ich diesen Posten nun geben? Und wer würde ihn annehmen?«

Hermans Augen werden noch schmaler, seine Blicke graben sich in den Hinterkopf des Abtes. Seine Finger zucken. »Ich, Bruder. Lass mich der nächste Bibliothekar sein.«

Der Abt fährt herum und blickt in die schmalen Schlitze von Hermans Augen.

»Bruder? Du bist kein Gelehrter.«

»Nur, bis ich die Identität des Mörders von Bruder Saturday und Bruder Morgan gelüftet habe. Und wenn sie es auf mich abgesehen haben, nun, dann werden sie in jedem Fall entlarvt und ihrer gerechten Strafe zugeführt werden.«

Der Abt atmet ein und wendet den Blick ab. Zwei Bibliothekare waren bereits tot. Jeder, der zu diesem Zeitpunkt ein Interesse an der Bibliothek zeigt, könnte durchaus der Mann sein, der ihre beiden vorherigen Hüter ins Jenseits befördert hat. Vielleicht wäre es klug, Bruder Herman zur Hand zu haben, um sich um diesbezügliche Anfragen zu kümmern. Doch was, wenn der Bruder das nächste Opfer werden würde? Was, wenn auch Herman nicht so sicher vor der schwarzen Hand des Todes ist, wie er glaubt? Kann er Bruder Herman seinem Wunsch opfern, den Mörder zu ergreifen?

»Ich bin mir nicht sicher, Bruder. Ich bin mir nicht sicher, ob ich einen meiner Brüder bitten kann, jetzt noch sein Leben zu riskieren.«

Herman nickt, eine lang gezogene, langsame Bewegung. Er weiß verdammt gut, wie er den Abt anzufassen hat.

»Gib mir zwei Tage, Bruder Abt, mehr brauche ich nicht. Wenn ich den Mörder bis dahin nicht gefunden habe, werde ich mich deinem Wunsch fügen und die Polizei hinzuziehen.« Er lässt die Worte in der kalten Luft hängen, bevor er mit Nachdruck wiederholt: »Zwei Tage.«

Der Abt starrt zu Boden. Er fragt sich, ob er Gott dort finden wird, denn in den letzten paar Tagen hat er ihn aus den Augen verloren. Dies sind seine dunkelsten Stunden.

Schließlich antwortet er. Er hat das Gefühl, dass nicht er es ist, der redet. Seine Stimme klingt seltsam. Entfremdet von seinem Körper. Entfernt.

»Also gut, Bruder«, sagt er. »Zwei Tage will ich dir geben. Doch danach muss ich dich drängen, die Vertreter des Gesetzes von außen hinzuzurufen. Und wer weiß, was für Ärger wir dann bekommen werden, weil wir unsere lieben verstorbenen Brüder begraben haben.«

Hermans Augen starren aus tiefen Höhlen, seine Pupillen glänzen. Er weiß, dass er den Abt nach seiner Pfeife tanzen lassen kann.

So sind sie, die Äbte, alle miteinander. Zum Manipulieren geschaffen. Und in dieser Angelegenheit ist es obendrein richtig, dass der Abt seiner Bitte nachgegeben hat.

»Danke, Bruder. Ich werde dich nicht enttäuschen.«

Der Abt blickt mit gerunzelter Stirn zu den schwarzen Augen auf.

»Der Herr sei mit dir, Bruder«, sagt er und wendet den Blick ab. Er glaubt, dass der Herr diesen Ort verlassen hat und nicht mehr lange bei irgendeinem der Brüder verweilen wird.

Bruder Herman senkt den Kopf, seine Kapuze fällt nach vorn und taucht sein Gesicht in Schatten. Langsam und lautlos geht er über den Steinboden aus dem Zimmer.

Das Loch ist fertig. Standardmaß. 1,20 Meter breit, 2,10 Meter lang, 1,80 Meter tief. Aufnahmebereit für Bruder Morgan.

Die Arbeit von Steven und Edward ist fertig, der Boden ist zu Schaufel-freundlicher Erde geklopft und gehackt. Sie stehen am Rande des Grabes, blicken in die Grube und sehen zu, wie Bruder Jacob die Erde vom Boden des Loches über den Rand schippt. Auch er ist fast fertig. Barney schwitzt vor Anstrengung, ihm ist längst nicht mehr kalt. Seine Hände sind wund.

»Schon irgendwie ein komisches Gefühl«, sagt Steven mit seinem stets unveränderten Gesichtsausdruck.

»Wie meinst du das?«, fragt Edward.

»Die Sache mit der Schere«, sagt Steven. »Dieselbe Schere, mit der mein Haar geschnitten wurde, wurde ein paar Stunden später benutzt, um den armen Bruder Morgan zu töten. Das muss doch irgendein seltsames Karma sein, meinst du nicht?«

Barney zögert vor seiner nächsten Schaufel Erde. Er ist sich nicht sicher, ob Steven ihn oder Edward anspricht. Außerdem beschäftigen ihn immer noch Bruder Martins Worte. »Damit könnte man jemanden umbringen.« Was hatte das bedeutet? Wären das wirklich die Worte eines Mannes gewesen, der vorhatte, die Schere als Mordwaffe zu verwenden?

Er beschließt, Steven zu ignorieren. Mit Karma hat das gar nichts zu tun, denkt er. Es ist Gott. Gott, der ihm weiterhin auf den Kopf scheißt und ihn mit Mord und Totschlag umgibt, wohin er auch geht. Selbst wenn er der letzte Mensch auf Erden wäre, würde Gott noch irgendwen finden, der in seiner Nähe sterben kann, denkt er.

»Ich verstehe, was du meinst«, sagt Edward. »Irgendwas geht da garantiert vor sich, keine Frage. Die Interdependenz der Ereignisse. Wahrscheinlich irgend so ein Jungsches Ding. Du musst irgendwie bekloppt sein.«

Steven zuckt die Achseln. »Ich weiß nicht, Bruder. Ich meine, ich bin sicher, dass Gott das ganz cool sieht. Genau wie mit Jacob hier. Er versucht nur seine Arbeit zu tun und, ehe er sich versieht, steckt sein Werkzeug in Bruder Morgans Hals. Es hätte ebenso gut deine Spitzhacke, Bruder Brunswicks Hohlspatel oder Bruder Raphaels Suppenkelle sein können. Vermutlich sind wir alle bekloppt, aber so ist halt das Leben.«

»Da hast Du wohl Recht, Bruder. Aber da draußen ist es auch nicht anders. In der richtigen Welt, meine ich. Lachlan, der junge Bursche, der einmal im Monat aus Durness Fleisch liefert, war heute Morgen hier und hat etwas erwähnt, was in Glasgow passiert ist. Dort ist offenbar irgendein Serienmörder unterwegs. Er wollte mir alles darüber erzählen, aber ich habe ihn gebeten, es nicht zu tun. Ich will diesen ganzen Kram gar nicht wissen, vor allem im Moment nicht. Ich wollte es eigentlich niemandem erzählen. Aber ich nehme an, Bruder David wird alles darüber hören, wenn er nächste Woche nach Durness fährt.«

Edward zuckt die Achseln und zieht die Augenbrauen hoch. Offenbar ist das Leben im Kloster leider sehr viel mehr ein Spiegel des gegenwärtigen Lebens, als sich irgendeiner von ihnen wünschen könnte.

»Alles in Ordnung da unten, Bruder Jacob?«, fragt Bruder Steven und blickt in das Grab. »Du siehst ein bisschen blass aus.«

Kapitel 12

Uma Thurman serviert Barney ein Bier – nackt

Es ist später Abend im Kloster, die Mönche liegen mit ihren Ängsten wach und lauschen dem Sturm. Bäume biegen sich im Wind, Fensterläden klappern, Türen und Bodendielen knarren. Bei jedem Geräusch stellen die Brüder sich den Mörder auf der Pirsch vor, fragen sich, ob sie sein nächstes Opfer sein werden, der Nächste auf der Totenbank. Jeder spürt die Schärfe des kalten Stahls, der seinen Hals durchbohrt. Sie rechnen sekündlich damit und wissen, dass sie, wenn sie einschlafen, vielleicht nie wieder aufwachen werden.

Die Bibliotheks-Morde, so nennen sie sie, obwohl es kein Indiz dafür gibt, dass die Taten dort begangen wurden. Es bereitet ihnen vielleicht einen gewissen Trost, dass bisher nur Bibliothekare gestorben sind; und diese in ihrem Glauben an Gott tapferen Männer hätten die Position des Bibliothekars abgelehnt, wenn man sie ihnen angeboten hätte. Sie sind entzückt, dass Herman die Stelle übernommen hat, weil sie bezweifeln, dass irgendein Mörder so kühn ist, Herman anzugreifen. Das wäre in der Tat ein tapferer Mann, und ein Dummkopf.

So viel auch zu den Gerüchten, dass eine Liaison zwischen Morgan und Saturday bitter geworden war, was zu der Ermordung des Letzteren durch den Ersteren geführt habe. Hinter der Sache muss mehr stecken, doch die Klatschbörse des Klosters kann keinerlei Hinweise beisteuern. Irgendetwas in den Büchern Verborgenes, vermuten sie – irrigerweise –, aber niemand hat eine konkrete Idee. Wie lang war es her, dass die großartige Sammlung um etwas anderes erweitert worden war als um Schriften aus der Hand eines Bruders?

Es muss Bruder Jacob sein, denken einige von ihnen, obwohl das keiner laut sagen würde. Es ist unchristlich, schlecht von einem Mitmenschen zu denken, nur weil er einem fremd ist. Doch es passt alles zusammen. Ein neuer Mönch taucht auf, ein paar der eingesessenen Mönche sterben. Jacob muss irgendetwas mit sich gebracht haben, einen üblen Willen oder einen bösen Geist.

So kommt es, dass Barney innerhalb der Klostermauern vollkommen ohne eigenes Verschulden ebenso viel Misstrauen entgegenschläft wie außerhalb.

Und auch er liegt wach, dieser bösartige Barney Thomson. Er friert und lauscht dem Geräusch des Windes, weil er weiß, dass draußen ein Schneesturm tobt. Er spürt es, als würden die Flocken direkt auf ihn fallen, sein Kopf ein einziges Durcheinander, eine verwirrende Vielfalt halb gedachter Gedanken und unvollendeter Ideen. Reue, Bedauern, Zweifel. Er grübelt über seinen Verbrechen und geht sie im Kopf immer wieder durch. Wie wäre es, wenn er die Dinge anders geregelt hätte?

Nachdem er Wullie getötet hatte, was zweifelsohne ein Unfall war. Wenn er sofort die Polizei gerufen hätte? Was dann? Wäre er ins Gefängnis gewandert, oder hätte er einen Star-Anwalt engagieren können, der ihn rausgehauen hätte? Schuldig des Totschlags, keine Frage, aber drei Jahre auf Bewährung. Dann hätte er Chris gar nicht umbringen müssen: Und wenn er nicht unter besonderer Beobachtung der Polizei gestanden hätte, als seine Mutter starb, hätte er die Leichenteile all ihrer Opfer entsorgen können, ohne dass jemand eine Verbindung zwischen diesen Morden und ihm hergestellt hätte. Vielleicht hätte er in dem Salon aufhören müssen, aber wenn man so etwas richtig anpackte, konnte man sogar eine kleine Berühmtheit werden. Ein Buch schreiben, in einer dieser Talk-Shows auftreten, Kilroy oder Jerry Springer – »Ich bin ein Mörder, aber eigentlich ein netter Kerl«. Er wäre der ideale Gast gewesen.

Die öffentliche Sympathie wäre ihm entgegengeflossen. Er hätte die Filmrechte des Buches verkaufen und mit dem Geld einen Laden irgendwo im Norden aufmachen können. Die Kälte fällt ihm wieder ein. Verdammt, er hätte einen Salon in der Karibik aufmachen oder einen Frisörjob auf einem Kreuzfahrtschiff ergattern können. Schottland für immer hinter sich lassen, um die Haare der Stars zu schneiden. Er stellt sich vor, wie er Sean Connery einen Sean Connery schneidet und ein Riesentrinkgeld bekommt. Er hätte Agnes vergessen können – was er ohnehin getan hat – und die freie Auswahl an Frauen gehabt. Vielleicht wäre sogar Barbara, seine göttliche Schwägerin, zu ihm gekommen. Er hätte seinem Bruder – seinem verdammten Bruder – zum ersten Mal in seinem Leben etwas vorausgehabt.

Barney lächelt im Dunkeln. Ein Strand-Salon, die Wellen plätschern sanft ans Ufer, in der Nähe spielt eine Calypso-Band; Barney frisiert Robert Redford für mehrere Hundert Pfund das Haar, und Barbara serviert Cocktails oben ohne. All das hätte er haben können, wenn er bloß die Polizei gerufen hätte, nachdem er Wullie getötet hatte, anstatt seine Leiche zu verschnüren und in sein Auto zu laden. Er war ein Idiot.

Stattdessen herrscht tiefer Winter, und Barney ist aus lauter verkehrten Gründen berühmt. Die Hassfigur des Monats, Star der Weihnachtsausgabe des *Serienkiller-Journals,* von zu Hause verjagt bis ans äußerste Endes des Landes, wo er im kargsten bewohnten Gebäude Schottlands unter einer dünnen Decke spürt, wie seine Hoden abfrieren.

Die Tür zu seinem Zimmer öffnet sich langsam und quietschend. Barneys Sinne erwachen, doch er rührt sich nicht. Seltsamerweise lebt er im Gegensatz zu den anderen Mönchen nicht in Angst vor dem Mörder. Vielleicht ist er dem Tod schon so lange so nahe, dass es ihm egal ist. Nicht den Tod fürchtet er, sondern seine Entdeckung. Er nimmt an, dass es Bruder Steven ist, der ihre gemeinsame Zelle keine fünf Minuten zuvor verlassen hat. Ein Besuch auf der Toilette des Herrn, hatte Barney angenommen.

Er spürt, wie sich eine Gestalt über ihn beugt, doch er öffnet die Augen immer noch nicht.

»Bruder? Bruder Jacob?«, vernimmt er ein gepresstes Flüstern. Nicht Stevens Stimme.

Barneys Herz flattert, und er öffnet die Augen. In der Dunkelheit kann er die Gestalt von Bruder Martin ausmachen, die Kapuze in den Nacken geschlagen. Sein Herz tut mehr, als nur ein wenig zu flattern. Bruder Martin! Ein Mann, der um die tödlichen Eigenschaften einer Schere weiß. Barney hat doch Angst vor dem Tod.

»Bruder Jacob, wir müssen reden.«

Barney richtet sich auf und starrt in die Dunkelheit; er hört den Wind und spürt die Kälte noch bitterer, als die Decke von seinem nur durch ein dünnes Nachthemd geschützten Körper gleitet.

»Bruder Martin?«, sagt er.

»Bruder, du musst mir etwas versprechen. Was ich gestern gesagt habe, als du mir die Haare geschnitten hast. Du weißt, dass es nichts zu bedeuten hatte, oder? Die Schärfe der Schere. Das war nur so dahin gesagt, das weißt du doch. Ich hoffe, du hast es Bruder Herman gegenüber nicht erwähnt. Bist du schon zu Bruder Herman zitiert worden?«

Bruder Martin steht atemlos über Barney. Barney fragt sich,

ob er in den Falten seiner Kutte einen Dolch oder eine andere Waffe verbirgt. Etwas, was er in Barneys Brust stoßen könnte, falls es notwendig werden sollte. Sind dies nicht die Handlungen eines Schuldigen?, denkt er.

»Du musst dir keine Sorgen machen, Bruder.«

Er registriert, dass Martin einen Schritt zurücktritt. »Das sind fürwahr gute Nachrichten, Bruder. Denn es war, wie du weißt, nur eine Bemerkung.«

»Ja, Bruder Martin, keine Sorge. Und ich hab auch schon mit Bruder Herman gesprochen.«

»Wirklich?«

»Aber ich hab nichts gesagt, weißt du. Ich meine, ich musste ihm schon sagen, dass ich deine Haare geschnitten habe und so, aber ich habe keinen speziellen Verdacht auf dich gelenkt.«

Barney sieht den Kopf seines Gegenübers im Dunkeln nicken.

»Das war sehr klug, Bruder. Fürwahr überaus klug. Und ich bin sicher, du wirst auch diesen Besuch sehr diskret behandeln.«

Diskret. Darüber muss Barney nachdenken. Er hört eine Drohung heraus und weiß nicht, ob sie beabsichtigt ist. Im Zweifelsfall, erinnert er sich an eine Bemerkung auf dem Höhepunkt der Serienmörder-Hysterie in Glasgow, geht man besser davon aus, dass jeder Eindringling ein Mörder ist. Vor allem, wenn er mitten in der Nacht auftaucht.

»Ja, ja«, sagt er schließlich. »Keine Sorge, Bruder Martin. Ich bin so was von scheiß diskret, also, ich meine, Verzeihung, Bruder. Tut mir Leid. Wegen dem Fluchen und so.«

Er bemerkt, dass Bruder Martin sich zurückzieht. Er öffnet die Tür, und ihr Quietschen geht beinahe unter im Ächzen der sturmumtosten alten Gemäuer. Barney sieht die dunkle Gestalt auf der Schwelle zögern, wundert sich und beschließt zu fragen.

»Woher wusstest du, dass Bruder Steven nicht hier sein würde?«, fragt er.

Er bekommt nicht sofort eine Antwort. Barney hört ihn trotz des stöhnenden Mauerwerks schwer atmen, bedrohlich und bedächtig. Die Haare in Barneys Nacken stehen stramm, Zombies aus dem Grab. Er spürt sie über seine Haut kriechen und gegeneinander prallen.

»Manche Dinge lassen sich leicht erledigen«, kommt die kalte Antwort aus dem Dunkel. Martin lässt die Worte in der Luft hängen, die ohnehin eiskalte Zelle versinkt im arktischen Winter. Schließlich wendet Bruder Martin sich langsam ab und zieht die Tür hinter sich zu.

Barney zittert vor Kälte und Angst. Er lässt sich auf das Bett zurückfallen und zieht seine Decke bis ans Kinn. Sein Körper wird großflächig von einer Gänsehaut überzogen.

Was hatte das zu bedeuten? Manche Dinge lassen sich leicht erledigen? Er fragt sich, ob Bruder Steven irgendwo draußen im Wald sitzt, ein Messer im Hals, im Gesicht das Lächeln der Toten. Doch er hatte das Zimmer erst wenige Minuten vor Bruder Martins Eintreffen verlassen. Kaum Zeit genug für Martin zuzuschlagen, vor allem bei dem Sturm. Es sei denn, Martin hat Steven anderswo erledigt und will die Leiche erst jetzt hinaus in die Kälte zerren. Ein junger, sportlicher Mann, Bruder Martin, kaum älter als fünfundzwanzig. Problemlos in der Lage, einen der Brüder zu töten und seine Leiche durch den Schnee zu schleifen.

Aber Bruder Martin? Das ergab keinen Sinn. Warum sollte jemand seine Absicht, einen Gegenstand als Mordwerkzeug zu benutzen, durch eine derartige Bemerkung ankündigen? Ein doppelter Bluff möglicherweise? Um sich selbst als Tatverdächtigen auszuschließen, indem er etwas sagte, was niemand sagen würde, wenn er einen Mord geplant hätte. Vielleicht geht er davon aus, dass Barney, nachdem er ihm auf höchst verdächtige Weise nahe gelegt hat, den Mund zu halten, erst recht mit Bruder Herman darüber reden wird. Und so könnte sich Martin durch die bloße

Tatsache, dass er so offensichtlich verdächtig war, von dem Verbrechen distanzieren.

Martin muss also der Mörder sein, denkt Barney. Oder er ist es auf gar keinen Fall.

Er ist zufrieden, die Lösung des Rätsels auf diese beiden Möglichkeiten reduziert zu haben. Er hätte Polizist werden können. Und bestimmt ein besserer als einige der Clowns, denen er im Laufe des vergangenen Jahres begegnet war.

Ich werde nicht nachgeben, denkt Barney. Wenn Martin mich durch seine Drohung provozieren wollte, mit Bruder Herman zu reden, werde ich seinen Plan vereiteln. Und wenn er nicht möchte, dass ich rede, weil er unschuldig ist, ist das auch okay. Und wenn er ohne Hintergedanken nicht will, dass ich mit Herman rede... Barneys Verstand implodiert und verheddert sich in labyrinthartiger Verwirrung.

Er schließt die Augen, und in der neuerlichen klaustrophobischen Dunkelheit spürt er den Schmerz des Bedauerns. Wenn er nur den Mord an Wullie Henderson gestanden hätte, würde er jetzt auf Antigua am Strand liegen, Sharon Stone würde ihm sanft über die Stirn streicheln und Uma Thurman Pints mit Starkbier servieren – nackt.

Barney fragt sich viele Dinge, während er sich erneut der bitteren Kälte ergibt. Gibt es auf Antigua Starkbier, und wird er Bruder Steven je wieder sehen?

Kapitel 13

Frühstück – so ziemlich die einzig mögliche Mahlzeit am Morgen

Mulholland und Proudfoot beim Frühstück, die ganze Palette. Sie sitzen am Fenster einer kleinen Pension am Stadtrand von Helmsdale, bis wohin sie am vergangenen Abend vorgedrungen sind. Draußen erstrecken sich verschneite Felder, ein strahlender Morgen, blauer Himmel, bessere Laune. Mulholland, weil er am Vorabend Melanie nicht erreicht hat und, obwohl ihm das nicht bewusst ist, weil Sheep Dip zumindest vorübergehend abwesend ist. Er vermutet, dass seine Frau weg ist, und spürt die Erleichterung. Ein auf morgen verschobenes Problem ist ein gelöstes Problem. Er fragt sich, ob es das nun ist, ob seine Ehe zu Ende ist. Er ist so verwirrt, dass er in eine Heiterkeit verfällt und Proudfoot mitreißt.

Sie essen reichlich mit dem Hunger der Entspannten. Nachdem sie Barney Thomsons Fährte aufgenommen haben, haben sie das Gefühl, vielleicht doch Fortschritte zu machen und genießen ihren Enthusiasmus, ohne darüber nachzudenken, was passieren könnte, wenn sie ihren Mann tatsächlich finden. Sie sind in ihr Mahl und eine ernsthafte Diskussion vertieft.

Speck, Salami, Wurstpastete, Spiegelei, Haggis, Kartoffelhörnchen, Pudding, Tomaten, Pilze, Toast, Marmelade, Tee – alle wichtigen Lebensmittelgruppen abgedeckt.

»Sie hieß Velma«, sagt Proudfoot.

Mulholland schüttelt den Kopf. »Definitiv Thelma«, erwidert er.

Proudfoot beschmiert eine Scheibe Toast dick mit Marmelade, stopft sich den Rest eines Würstchens in den Mund, gefolgt von einem Bissen Toast. Kollege Dip isst in etwa derselben Manier, hat die Nacht jedoch bei Freunden verbracht, was er in praktisch jedem Städtchen der Highlands kann.

»Definitiv, auf jeden Fall, unbedingt Velma. Gar keine Frage«, sagt sie.

Mulholland legt klappernd Messer und Gabel auf seinen leer geputzten Teller und wendet sich seinem Toast zu. Er überlegt kurz, ob er Konfitüre bestellen soll, entscheidet sich jedoch dagegen.

»Was soll das heißen? Velma? Was ist denn das für ein Name? Velma ist nicht mal ein richtiger Name. Es ist kein Wort, nichts Essbares oder Markenname, kein Ort, keine Krankheit. ›Was ist los mit dir, Junge?‹ ›Ich hab eine leichte Velma, Boss.‹ Nie im Leben. Es ist nichts. Kein Name, keine Krankheit, kein gar nichts. Niemand heißt Velma. Kennen Sie jemanden, der Velma heißt?«

»Nein, aber ich komme aus Glasgow. Da heißen die Leute nicht Velma. Ich kenne nicht mal jemanden, der Thelma heißt, aber deswegen bestreite ich die Existenz des Namens trotzdem nicht. Und es war definitiv Velma.«

»Hören Sie auf. Velma! Niemand in Glasgow heißt Velma, weil es kein Name ist. Niemand heißt Velma, nirgendwo. Welcher Idiot würde seine Tochter Velma nennen?«

Proudfoot isst ihr letztes Stück gebratenen Speck, legt ihr Besteck leise auf den Teller, trinkt einen Schluck Tee und gießt ihre Tasse erneut voll.

»Überhaupt kein Idiot. Sie ist eine Zeichentrickfigur. Sie hat keine richtigen Eltern. Scooby Doo ist nicht echt.«

»Ach, lassen Sie mich doch in Ruhe.«

»Okay, wollen wir wetten?«, sagt sie.

Mulholland zuckt mit den Achseln. »Von mir aus. Wie viel?«

»Eine Million Pfund.«

Er lächelt und sagt: »Okay, abgemacht. Ich kann schon mal anfangen, mir zu überlegen, wie ich das Geld ausgebe, während Sie darüber nachdenken sollten, wie Sie es aufbringen.«

»Das muss ich gar nicht. Sie heißt Velma.«

»Auf gar keinen Fall«, sagt Mulholland. »Aber das war auch gar nicht die entscheidende Frage. Die entscheidende Frage lautet: Hat Fred mit Daphne gebumst?«

Proudfoot lacht, und die Hausherrin taucht neben ihrem Tisch auf. Sie blicken auf und fragen sich, ob sie nun wegen ungebührlicher Konversation am Frühstückstisch getadelt werden.

»Da ist ein Anruf für Sie, Chief Inspector«, sagt sie argwöhnisch. Als sie seine berufliche Anrede vernehmen, werfen einige Gäste an den beiden anderen besetzten Tischen nervöse Blicke herüber. Wenn sie geahnt hätten, dass ein Polizist unter ihnen weilt, hätten sie vielleicht nicht so lose dahergeredet, denken sie, in der Annahme, dass alle Polizisten der Welt ständig auf der Suche nach jemandem sind, den sie verhaften können.

»Danke«, sagt Mulholland, wirft Proudfoot einen Blick zu und steht auf. »Wahrscheinlich werden wir nach Glasgow zurückbeordert, weil wir ihn noch nicht gefunden haben.«

»Passen Sie auf Ihre Eier auf«, sagt sie.

»Danke.«

Mulholland verlässt den kleinen Speiseraum, und Proudfoot blickt aus dem Fenster auf die schneebedeckten Felder, die sich bis zu den Bergen erstrecken. Die fünf anderen Gäste mustern sie misstrauisch und fragen sich, ob sie auch bei der Polizei sein könnte oder eine Polizistenbraut ist? Eine Geliebte, die er auf Reisen mitnimmt, oder vielleicht auch ein One-Night-Stand, den er in einem der heruntergekommenen Strip-Schuppen in Helmsdale oder Brora aufgegabelt hat. Ein unbehagliches Schweigen beherrscht den Raum. Man hört nur das Klappern von Messern und Tassen auf Untertassen und Toast, der zwischen mahlenden Zähnen zermalmt wird. Die leisen Geräusche des Argwohns. Proudfoot spürt es, langweilt sich jedoch bei der Polizei so sehr, dass sie es nicht einmal mehr genießen kann. Sie starrt aus dem Fenster auf den frühen Schneefall und lässt ihre Gedanken schweifen. Sie fragt sich, ob es einen langen schneereichen Winter geben wird. An Barney Thomson denkt sie nicht, jedoch unwillkürlich an Joel Mulholland. Denken schadet nie.

Als er zurückkehrt, tritt er hastig an ihren Tisch. Die gute Laune ist verflogen. Er wirkt geschäftsmäßig.

»Kommen Sie, Sergeant«, sagt er. Ich wusste es, denken die anderen fünf Anwesenden. Polizei. »Unser Mann ist gesehen worden. Dip hat irgendwas rausgefunden. Irgendein Hotel in der Nähe von Wick, in dem Thomson übernachtet hat. Wir sollten uns lieber auf die Socken machen, bevor Sheep auf der Suche nach einem Phantom kreuz und quer durch die Highlands brettert.«

Ein guter Platz für einen Serienmörder

Ein kleines Hotel an der meerumtosten Ostküste. Sie können die Wellen schon gegen die Felsen branden hören, ein großes Rauschen und Dröhnen. Das Hotel steht auf einem Klippenvorsprung und erinnert an das Bates-Haus. Schauerromantisch, aber mit fantastischem Meerblick, dem es seinen Namen verdankt. The Sea View. Als sie aus dem Wagen steigen und sich zum Schutz gegen den beißenden Wind, der von einer stürmischen Nordsee her weht, enger in ihre Jacken hüllen, denken beide das Gleiche. Sie fragen sich, wie lange es gedauert hat, bis irgendein Genie auf den Namen gekommen ist.

Auf dem Parkplatz stehen einige Wagen. Weit und breit ist kein anderes Gebäude in Sicht. Ein einsamer, trostloser Fleck. Schwer, sich an diesem Ort irgendwelches Leben vorzustellen, selbst an einem strahlenden Sommertag.

Ein guter Platz für einen Serienmörder.

Mulholland stößt die Tür auf und stapft in die Empfangshalle. Eine wunderbare Wärme schlägt ihnen entgegen, sodass Proudfoot eilig die Tür hinter ihnen schließt. Sie hatten erwartet, dass das Gebäude von innen so karg wie von außen sein würde, doch stattdessen werden sie von weichen Teppichen und voll aufgedrehter Heizung empfangen. Keinerlei Anzeichen von schauriger Dunkelheit. Sie könnten sich in einem beliebigen gediegenen schottischen Hotel befinden. Rote Teppiche, an den Wänden Bilder von Hirschen, der gemütliche Geruch eines offenen Kamins. Mulholland denkt an seine Flitterwochen, lange Nächte, späte Frühstücke, faule Nachmittage, eine Zeit, in der der Rest seines Lebens festgelegt worden war. Er verbannt die Erinnerung in einen passenden Papierkorb.

Eine junge Frau erscheint, eine Kanadierin, was jedoch, wie bei allen Kanadiern, von außen nicht unmittelbar zu erkennen ist.

»Hi, was kann ich für sie tun? Möchten Sie ein Zimmer?«

»Nein danke«, sagt Mulholland. »Ich bin Chief Inspector Mulholland, und das ist Sergeant Proudfoot. Wir hätten gern Mr. Stewart gesprochen.«

»Oh, ach so. Die Polizei. Wegen diesem Serienmörder. Einen Moment, ich rufe ihn.«

Sie verschwindet aus der Rezeption und hinterlässt vage Spuren von Seife und Hotelshampoo in der Luft. Mulholland stützt seinen Ellenbogen auf den Tresen und starrt auf nichts Bestimmtes. Proudfoot wandert herum und betrachtet die Gemälde von Moorlandschaften und Rotwild. Sie hat noch nie in einem Hotel wie diesem übernachtet. Am liebsten würde sie für heute Abend gleich ein Zimmer buchen, doch sie weiß, dass sie noch einen langen Weg vor sich haben, der sie vielleicht weit weg von Wick führen wird.

Eine Frau kommt in die Empfangshalle gerauscht, Ende sechzig, graues Haar und Brüste, die man bei einem größeren Bauvorhaben einsetzen könnte. Ihr folgt ein Mann in Latzhose mit schmutzigen Händen und einem Gesicht wie die Unterseite eines Fußballschuhs.

Mulholland präsentiert seine Karte.

»Mulholland und Proudfoot«, sagt er. »Kripo Partick.«

»Partick?«, sagt die Frau. »Meine Güte, Sie sind aber fix. Wir haben doch erst heute früh angerufen.«

»Wir waren ohnehin in der Gegend. Ich nehme an, Sergeant MacPherson ist schon hier?«

»Hier ist kein MacPherson, mein Junge, und es war auch keiner mehr hier, seit Big Jock MacPherson einmal hier übernachtet hat, weil er dachte, er könnte unentdeckt die Tochter vom kleinen Sammy Matheson bumsen. Aber ich sag Ihnen, der kleine Sammy wollte nichts davon wissen.«

»Ach was«, sagt Mulholland.

»Partick, sagen Sie«, fährt sie mit schneller Auffassungsgabe fort. »Gibt's denn keine hiesigen Polizisten, die sie schicken können? Ich hatte gedacht, wir würden Alec sehen. Ich hatte schon ein schönes Tässchen Tee und so für ihn fertig.«

Der Mann schüttelt den Kopf und sieht seine Frau auf die übliche Weise an. »Ach, hör doch auf, Frau, das ist viel zu groß für Alec. Wenn man jemanden braucht, der einem den schnellsten Weg nach Golspie erklärt, ist er in Ordnung. Aber wenn es darum geht, Verbrechen und so zu lösen, ist er absolut nutzlos. Er hat immer noch nicht rausbekommen, wer im letzten März das Postamt überfallen hat, obwohl der kleine Jamie Drummond seither mit einem brandneuen Skoda rumfährt.« Er nickt den beiden Beamten zu. »Nein, das hier sind Profis aus Glasgow. Kommen Sie und nehmen Sie Platz. Bringst du uns Tee, Agnes?«

Agnes Stewart mustert ihre Besucher. »Sie wollen bestimmt auch ein bisschen Gebäck«, sagt sie und verschwindet, bevor die beiden die Frage verneinen können.

Donald Stewart bittet sie in den Salon des Hotels, einen weiteren warmen Raum mit einem großen knisternden Kaminfeuer. Riecht wie Weihnachten, denkt Proudfoot. Ein Sofa, sieben oder acht bequeme Sessel, Couchtische mit zwei Jahre alten Ausgaben von *People's Friend* auf der Ablage.

»Nun, machen Sie es sich bequem, wenn Sie mögen. Ich nehme an, Sie haben die eine oder andere kleine Frage an mich, nicht wahr?«

Mulholland und Proudfoot setzen sich nebeneinander auf ein Sofa neben dem Kamin, Donald Stewart nimmt ihnen gegenüber Platz und beugt sich vor. Eine Vernehmung muss man offensiv angehen. Er weiß, wie so was läuft. Schließlich sieht er regelmäßig *The Bill*.

»Wenn ich meinen Kollegen richtig verstanden habe, glauben Sie, dass Barney Thomson hier übernachtet hat. Ist das zutreffend?«

Stewart nickt emphatisch. »Oh ja, kein Zweifel, absolut kein Zweifel. Donnerstag vor einer Woche und die darauf folgende Nacht auch noch. Ich habe in meinen Unterlagen nachgesehen, bevor Sie gekommen sind.«

Donnerstag vor einer Woche. Mulholland lässt den Kopf sinken und denkt: Was ist bloß mit diesen Leuten los? Auf der Fahrt hierher hatte er gedacht, dass sie ihm näher kämen. Aber das hier ist nutzlos. Ein Stück weiter die Küste hinauf, sein nächster Anlaufpunkt nach Tain. Aber selbst wenn er ein paar Tage geblieben wäre, sind sie immer noch eineinhalb Wochen im Rückstand.

»Und wann ist er abgereist?«, fragt Mulholland, bemüht, sich seine Verärgerung nicht anhören zu lassen.

»An dem Samstag. Das wäre also vor zwölf Tagen gewesen.«

»Vor zwölf Tagen.«

Mulholland starrt den Mann an und weiß, dass der an seiner Antwort nichts Verkehrtes finden kann. Er wirft einen kurzen Seitenblick zu Proudfoot, die ihn erwidert, dieses Mal ohne zu lachen.

»Mr. Stewart. Wenn Barney Thomson vor zwölf Tagen hier war und Sie wussten, dass er von der Polizei gesucht wird, warum haben Sie dann so lange gebraucht, sich mit uns in Verbindung zu setzen?«

Donald Stewart lacht. »Ach, wissen Sie, wie Matthew Arnold gesagt hat: ›So wartest du auf einen Funken vom Himmel! Und wir, geringe Halbgläubige mit unseren beiläufigen Bekenntnissen... die wir unser Leben vertändeln und morgen den Boden verlieren, den wir heute gewonnen haben – warten wir, Wanderer, nicht gleichermaßen darauf?‹«

Mulholland starrt das Lächeln in dem Fußballschuh-Gesicht an. Der Kopfschmerz, der seit dem Aufwachen lauert, bricht durch.

»Was soll das verdammt noch mal bedeuten?«, fragt er, schüttelt erneut den Kopf, hebt die Hand und murmelt: »Tut mir Leid.«

»Nun, ich weiß nicht genau«, sagt Donald Stewart, »aber ich dachte, es würde vielleicht passen. Ich bin ein großer Verehrer von Lyrik. Ich glaube, was ich sagen wollte, ist Folgendes: Er wirkte wie ein ganz netter Bursche, wissen Sie. Hat seine Rechnung bar bezahlt, jawohl. Ich würde ihn jederzeit wieder aufnehmen. Ich konnte ihn mir einfach nicht als Serienmörder vorstellen, verstehen Sie. Und so wie die Presse sich aufführt, dachte ich, dass der Junge wohl kaum einen fairen Prozess bekommen würde.«

Mulholland vergräbt das Gesicht in den Händen, reibt sich die Schläfen und taucht zum Luftholen wieder auf. Er bemüht sich, keinen Wutanfall zu bekommen. »Und warum haben Sie dann jetzt entschieden, die Polizei doch noch zu benachrichtigen?«

»Ach na ja, ich hab mir gedacht, dass ich mich in dem Burschen vielleicht doch getäuscht habe.« Seine Frau rauscht mit einem Tablett voller Essen in den Raum. »Ich meine, gestern Abend haben sie im Fernsehen gesagt, dass es möglicherweise seine Schuld war, dass Billy Bremner 1974 in Deutschland den Elfer gegen Brasilien verschossen hat. Also, wenn das wahr ist, gehört der Bursche hinter Gitter. Eine Schande ist das, aber da sieht man's mal wieder.«

Mulholland starrt ihn mit halb offenem Mund an. Proudfoot lächelt und starrt ins Feuer. Sie zieht es vor, diese Sorte ihrem Boss zu überlassen. Wenn sie erst mal so anfangen, führt das Ganze sowieso nirgendwohin.

»Und wie viele Stückchen Zucker hätten Sie gern in Ihren Tee?«

Mulholland sieht Agnes Stewart und zum ersten Mal auch das Tablett, das sie abgestellt hat. Ein Stollen, zwölf Plunderteilchen, sechs Scheiben Mandelkuchen, ein großer Apfelstrudel, sieben Sahnetörtchen, eine Auswahl an Keksen mit Schokoladenglasur, ein Paket Löffelbiskuits, vierzehn Rosinenkrapfen mit Zuckerguss, zwanzig bis dreißig marmeladenverklebte Scheiben Stuten und mehrere Zentner Linzer Torte. Mulholland antwortet nicht, sondern sieht wieder Donald Stewart an.

»Zwei für mich und keins für ihn«, sagt Proudfoot.

»Fein, meine Liebe, wunderbar.«

Das samtene Plätschern von Tee, der in Tassen gegossen wird, erfüllt den Raum.

»Ja, ja«, sagt Donald Stewart. »Sieht aus wie ein leckeres Tässchen Tee, was Sie da trinken. Ich glaube, ich nehme auch eins.«

»Mr. Stewart«, sagt Mulholland, »ist es auf dem Planeten, von dem Sie stammen, normal zu denken, dass alles Schlechte, was passiert, die Schuld einer Person ist?«

»Ja, also, wissen Sie, es ist bloß das, was in den Zeitungen steht. Ich selbst bin mir nicht so sicher.«

»Wie um alles in der Welt sollte Barney Thomson für Billy Bremners verschossenen Elfer gegen Brasilien Schuld sein? Der Schuss ging einen halben Meter neben das Tor. Wie soll das irgendjemand anderes Schuld sein als Billy Bremners?«

Donald Stewart nimmt eine Scheibe Mandelkuchen, beißt nachdenklich hinein und zeigt mit dem Reststück auf Mulholland.

»Ja, also, mein Lieber, da könnten Sie Recht haben. Es gibt jedoch eine Weltsicht, die behauptet, dass alle Dinge miteinander verbunden sind, wussten Sie das? Wenn man in Hampden einen Ball im Netz versenkt, fällt in Thurso jemand von seinem Motorrad. Haben Sie davon gehört? Also, ich finde es ziemlich engstirnig, irgendeine Möglichkeit auszuschließen.«

»Wie sagt noch Adam Smith?«, schaltet sich Agnes Stewart ein, die den Raum noch immer mit den behaglichen Geräuschen des Teeausschenkens erfüllt. »Irgendwas von wegen die Philosophie ist die Wissenschaft, die vorgibt, die geheimen Verbindungen offen zu legen, die die diversen Naturerscheinungen vereinen. Ist es nicht das, wovon wir reden?«

»Nun, Agnes, ich weiß nicht, ob Mr. Smith das gemeint hat. Hinter der Sache steckt mehr als philosophisches Geschwafel.«

»Geschwafel, sagst du? Adam Smith ist sehr viel mehr als Geschwafel, Donald Stewart.«

»Nun ja, das mag sein. Aber ich weiß nicht, wie viel er zu der Debatte über Billy Bremners verschossenen Elfer gegen Brasilien beizutragen hat, ungeachtet seiner elegischen Natur.«

»Hören Sie!«

Mr. und Mrs. Stewart heben den Kopf, ohne Mulholland weiter zu beachten. Donald Stewart verputzt seine Scheibe Mandelkuchen und orientiert sich in Richtung eines größeren Stücks Apfelstrudel.

»Hier ist Ihr Tee. Bedienen Sie sich auch von dem Gebäck.«

Proudfoot kapituliert und würde am liebsten wieder laut loslachen. Sie beugt sich vor, nimmt ihre Tasse in Empfang, lädt sich den Teller mit Törtchen und Keksen voll und ergibt sich in ihr Schicksal, vor ihrer Rückkehr nach Glasgow mehrere Kilo zuzunehmen.

»Wirklich, Mr. Stewart. Mit Billy Bremner hat das nichts zu tun. Aber die Verbrechen, die man Barney Thomson zur Last legt, sind sehr real und sehr ernst. Wir glauben, dass er gefährlich ist.«

»Ach, der Bursche? Das glaube ich kaum. Er wirkte jedenfalls sehr nett.« Er legt seine Hand in den Nacken. »Hat mir sogar rasch die Haare gestutzt. Einen Andy Stewart und das für nur drei Pfund fünfzig.«

Mulholland starrt ihn an und fragt sich, welcher halbwegs normale Mensch Barney Thomson mit einer Schere in seine

Nähe lassen würde. Auch er kapituliert, beugt sich vor, nimmt seinen Tee, legt ein Plunderteilchen, ein Sahnetörtchen und zwei Krapfen mit Zuckerguss auf seinen Teller und ergibt sich in sein Schicksal, vor seiner Rückkehr nach Glasgow mehrere Kilo zuzunehmen; und Melanie wird nicht mehr da sein, um sich zu beschweren.

Man hört schwere Schritte im Flur, bevor Sheep Dip höchstselbst in den Salon gestapft kommt. Kurz vor dem Teekränzchen bleibt er stehen und betrachtet den Tisch.

»Sie sind spät dran, Dip«, sagt Mulholland. »Wo sind Sie gewesen?«

»Ach«, sagt er, »ich bin ein kleines bisschen abgelenkt worden. Ich hab ein paar Bauern getroffen, die sich von Ihrem Thomson-Typ die Haare haben schneiden lassen, aber das war letzte Woche, sodass es uns wohl nicht viel weiterhilft.«

»Was? Wo?«

»Unten in Helmsdale, aber ich glaube, es ist zu spät, sich deswegen Sorgen zu machen«, sagt Sheep Dip. »Also, das sieht wirklich sehr lecker aus, Ma'am. Hätten Sie was dagegen, wenn ich mich mit einem kleinen Teilchen oder zwei bediene?«

»Ganz und gar nicht, mein Junge. Greifen Sie nur tüchtig zu. Und Sie, ich dachte, Sie hätten gesagt, der Bursche heißt Mac-Pherson?«

Mulholland starrt vom einen zum anderen. Proudfoot empfindet fast so etwas wie Mitleid für den Mann. Neben anderen Gefühlen. Sie beschließt, sich auch einmal an der Befragung dieser Zeugen zu versuchen, vielleicht weil sie nicht in der Verachtung versinken will, die Mulholland für alle anderen Anwesenden empfinden wird.

»Hat er bei seiner Abreise gesagt, wohin er wollte, Mr. Stewart?«, fragt sie.

Donald Stewart streicht über sein Kinn, beißt versonnen in sein Stück Apfelstrudel, nickt und sagt: »Also ich finde, der hätte noch einen Moment länger im Ofen bleiben können, Agnes.«

Kapitel 14

Der große Elohim

Bruder Herman sitzt am Schreibtisch der Bibliothek und brütet über den Unterlagen. Zurückgegebene Bücher, entliehene Bücher, fällige Bücher. Leider gibt es keine Statistik, wie oft jeder einzelne Mönch die Bibliothek aufgesucht hat, aber immerhin Dokumente darüber, welche Mönche jeweils an den letzten Tagen der Brüder Saturday und Morgan Transaktionen vorgenommen haben.

Nur zwei Namen tauchen an beiden Tagen auf. Über den Ersten muss man nicht länger nachdenken oder den Abt informieren. Man soll den Verdacht nicht unnötigerweise in eine unerwünschte Richtung lenken. Der andere ist Bruder Babel, ein Name, der immer wieder auftaucht. Am Tag von Saturdays Tod hat er ein Buch zurückgegeben und ein anderes ausgeliehen, das er am Tag von Morgans Tod zurückgebracht hat, um einen weiteren Band zu entleihen. Zuerst *Les Chronicles Élohistes* des Marquis François d'Orleans, eine französische Abhandlung über das Alte Testament aus dem 14. Jahrhundert, gefolgt von *The Path of Right*, einem obskuren Werk eines anonymen englischen Mönchs aus dem 12. Jahrhundert, das manche komödienhaft nennen. Babel hat Bruder Jacobs neuen Haarsalon zwar noch nicht persönlich aufgesucht, doch das bedeutet wohl kaum, dass er den Aufbewahrungsort der Schere nicht kennt.

Herman beschließt sich Bruder Babel vorzuknöpfen. Er ist einer der jüngeren Mönche, der bestimmt leicht zu knacken ist. Es wird Zeit, ein wenig Dampf zu machen.

Auf der Entleiherliste stehen auch noch andere Namen, doch Babels ragt heraus. Trotzdem muss er nacheinander auch mit allen anderen reden. Noch einen Tag, und der Abt wird die Vertreter des Gesetzes von außen benachrichtigen; und das kann Bruder Herman sich nicht leisten. Er muss vorher einen Verdächtigen präsentieren.

Er klappt das Verzeichnis der ausgeliehenen Bücher zu, lehnt sich auf dem harten Stuhl zurück, blickt in das Herz der Bibliotheksregale und sieht dort die Gesichter all seiner Mönche. Er hat sie am Morgen an Bruder Morgans Grab studiert, jedoch außer Trauer nichts gesehen. Trauer und Angst. Er weiß, dass er es mit subtilen und dunklen Mächten zu tun hat und nicht unbesonnen handeln darf. Er muss sich Zeit lassen. Wie bei einem Katz-und-Maus-Spiel. Ohne die Katze.

Oder ohne die Maus.

Bußfertige Sünder knien vor Gott

Die Haare eines Kunden mit einer Schere zu schneiden, die als Mordwerkzeug gedient hat, hat eine gewisse makabre Schönheit, denkt Barney Thomson, Frisör, während er still an Bruder Moores Schopf herumschneidet. Den verlangten und ziemlich gewagten Roger Moore (mit Tonsur), eine revolutionäre Frisur, die nie zuvor geschnitten worden ist. Barney ist stilistisch absolute Avantgarde, allein auf weiter Flur, und er weiß es.

Wegen der allgemeinen starken Nachfrage steht er zwei Tage früher als geplant wieder hinter dem Stuhl. Es gibt nur eine Schere, die für diese Zwecke geeignet ist, also musste Bruder

Herman sie zu Barneys Verwendung freigeben; der sich unbeeindruckt gibt. Barney ist sich im Klaren, dass er bei dem aktuellen Tempo in ein paar Wochen allen die Haare geschnitten haben wird und wieder ganztägig Fußböden schrubben muss. Er hat überlegt, ob er vielleicht eine Ausweitung seines Geschäfts auf die Dörfer der Umgebung beantragen sollte, doch er kennt die Antwort schon. Außerdem ist er hier so oder so gefangen, kaum weniger ein Gefängnis als das, in dem er landen würde, wenn man ihn erwischt, und vielleicht nicht einmal so komfortabel. Deshalb erlaubt er sich zunehmend Gedanken in diese Richtung. Falls man ihn verhaften würde, würde er als extrem gefährlich gelten – und kriegen so Typen anstatt Zellen nicht immer Drei-Zimmer-Suiten? Fernsehen, Video, Bad, Doppelbett und das Recht, an Wochenenden Frauen einzuladen? Vielleicht wäre er in einem Gefängnis besser dran und könnte trotzdem noch Haare schneiden. Ein Tim Robbins (*Die Verurteilten*) für alle.

Gelangweilt von seinen eigenen Gedanken, beschließt er, ein Gespräch anzuknüpfen.

»Und weswegen sitzt du, Bruder Edward?«

Edward zieht eine Braue hoch. »Sitzen?«

Barney schneidet behände im Nackenbereich.

»Oh ja, klar. Aber du weißt schon, was ich meine. Warum bist du hier und so?«

Edward starrt auf die dunkle, leere Wand vor sich. Wie oft hat er in der Vergangenheit in einen Spiegel geblickt, während sich vor seinen Augen irgendeine neue Traumfrisur entfaltete, ein absoluter Killer-Haarschnitt, den er bei seinen Beutezügen am Wochenende mit umwerfender Wirkung einsetzen würde. Ed, das Bett, so haben sie ihn genannt. Er konnte eine Frau ohne ein Wort aus fünfzig Meter Entfernung anlocken. Jede Nacht eine andere, wenn er gewollt hätte, und wie viele von ihnen hatte er ins Grab enttäuschten Begehrens geschickt? Er hat nie darüber gesprochen, aber dieser Frisörstuhl hat irgendwas an sich.

»Frauen«, sagt er zu Barney, überrascht von seiner eigenen Offenheit.

»Ah ja«, sagt Barney nickend. »Gottes zweiter Fehlgriff.«

»Bruder?«

»Oh, Nietzsche hat gesagt, dass das Weib der zweite Fehlgriff Gottes war«, sagt Barney.

»Deutsche Philosophie, eh? Und was war seiner Ansicht nach Gottes erster Fehlgriff?«

»Zu erlauben, dass McAllister den Elfmeter gegen England schießt«, sagt Barney und lacht, damit Edward weiß, dass es ein Witz ist. Nicht, dass er sich den selbst ausgedacht hätte; er hat ihn irgendwann mal im Pub gehört, als sie einen Abend über europäische Philosophie geplaudert hatten. Barney Thomson ist kein großer Witzerzähler.

»Das ist gut, Bruder. Aber ich würde aufpassen, dass Bruder Herman dich nicht so reden hört, sonst genießt er deine Eier gebraten auf Toast.«

Barney schluckt und stutzt kurz beim Frisieren. Ein lebhaftes Bild.

Bruder Edward fühlt sich unvermittelt erleichtert. Es wird Zeit, sich alles von der Seele zu reden. Die Jahre des Abscheus und der Selbstkasteiung, das Leiden, das er verursacht, die Frauen, die er beiseite geworfen, die Leben, die er zerstört hat.

»Ich war ein Herzensbrecher, Bruder«, sagt Edward. »Ich habe Frauen benutzt wie du Rasierklingen. Sie mit dem großen Staubsauger meiner Persönlichkeit und meines guten Aussehens aufgesogen und, wenn ich mit ihnen fertig war, den Schalter umgelegt und sie ausgespuckt wie Staub im Wind.«

Barney schnippelt weiter und riskiert einen Seitenblick auf Bruder Edwards Gesicht. Er sieht aus wie etwa fünfzehn. Und auch kein Ölgemälde. Er fragt sich, ob Bruder Edward unter Fantasievorstellungen leidet.

»Ich hab sie abgeschleppt und abserviert. Ich habe sogar Buch geführt, weißt du, einen Katalog der Eroberungen. Seite für Seite voller Frauen, die meinem Charme und meinem phänomenal guten Aussehen erlegen sind. Es liest sich wie ein *Who is Who* der Edinburgher Damengesellschaft. Ich habe Ehen zerstört, Mädchen in den Selbstmord getrieben, sie auf den Pfad körperlicher Erniedrigung geführt. Aber ich habe mich verändert, Bruder Jacob, ich habe mich verändert. Heute würde mir übel, wenn ich dieses Buch anschauen müsste.«

»Ah ja. Wo ist es denn?«

»Versteckt«, sagt Edward, »wo weder Mensch noch Tier je wieder ein Auge darauf werfen kann.«

»Warum hast du es nicht einfach verbrannt?«, fragt Barney.

Er spürt, wie Edward mit den Schultern zuckt. »Weiß nicht. Wahrscheinlich hab ich mir gedacht, wenn es hier nicht klappt, gibt es vielleicht noch ein paar Kapitel zu schreiben.«

»Oh.«

Ein weiterer bußfertiger Sünder auf den Knien vor Gott.

Barney hat lange genug in einem Frisörsalon gearbeitet, um dies zu erkennen, obwohl er nicht gedacht hätte, dass er die Sorte an einem Ort wie diesem antreffen würde. Der erstligareife, hoch bezahlte, professionell vermarktete Schnacker. Immer ein Fehler, dem Typus eine Vorlage zu geben, doch Barney hat es zu spät erkannt. Er hat die Büchse geöffnet.

»Aber selbst nachdem ich hierher gekommen war, Bruder Jacob, war ich lange voller Zweifel. Hatte ich die Frauen aus dem richtigen Grund aufgegeben oder war ich ihrer nur überdrüssig? Weißt du, es gibt nämlich zwei Arten von Frauen.«

»Ach ja?«, sagt Barney, der gedacht hatte, dass es nur eine gibt, die zu verstehen ihm schon Mühe genug bereitet.

»Ja. Es gibt die Sharon Stones und die Madonnas.«

Barney ist fertig und wünscht sich, sein nächster Kunde würde eintreffen, weil er überzeugt ist, dass Bruder Edward in Gesellschaft nicht so redselig sein wird.

»Es ist der Unterschied zwischen *Basic Instinct* und *Body of Evidence*, Bruder. Kennst du die Szene aus *Basic Instinct*, wo sie im Bett sind? Sharon Stone liegt einfach da, und Michael Douglas gleitet an ihrem Körper nach unten und wird eingeklemmt. Er befriedigt sie oral, weißt du?«

»Klar«, sagt Barney. Er hat tatsächlich einen Teil des Films gesehen, weil Agnes den Videorekorder falsch programmiert hatte, als sie versucht hat, die überlange letzte Folge von *Destiny Drive* aufzunehmen, ein erfolgreicher Ableger der gefloppten Patrick-Duffy-Serie *Gutes Herz volles Haar*. Er hatte nicht so richtig gewusst, was die da eigentlich machten.

»Also, du guckst zu und denkst, macht er es wirklich oder ist er nicht mal in ihrer Nähe und das Ganze bloß ein Trick mit verschiedenen Kameraeinstellungen? Hat er sein Gesicht wirklich zwischen ihren Beinen vergraben oder sind die Beine nicht echt? Kitzelt ihm wirklich Schamhaar in der Nase oder ist es eine Perücke? Du bist dir einfach nicht sicher. Und so ist die eine Sorte Frau, verstehst du? Die Sorte, bei der du dir einfach nicht sicher bist. Und dann ist da *Body of Evidence*. Du erinnerst dich bestimmt an die Szene mit Madonna auf dem Auto?«

»Ja«, sagt Barney ohne die leiseste Ahnung.

»William Dafoe vergräbt sein Gesicht zwischen ihren Beinen. Aber er ist wirklich da unten, Mann, kein Zweifel. Kein Getue, keine kunstvollen Kameraeinstellungen, keine Raffinesse; es steht außer Frage, dass es Madonna ist. Sie ist es wirklich, kein Double oder so. Du kannst also alles sehen. Und weißt du, was du denkst, Bruder Jacob?«

»Hoffentlich hat sie geduscht?«

»Du denkst, das ist es. Es ist alles da, nackt, offen. Was also bleibt? Es gibt kein Geheimnis. Alles, was es zu sehen gibt, hast du gesehen. Und was gibt es noch, wenn es kein Geheimnis gibt? Verstehst du mein Problem, Bruder?«

Barney hat keine Ahnung, wovon der Mann redet. Er fährt mit einem Kamm über den Hinterkopf. Die Frisur ist fertig, und er hofft, dass er Bruder Edward seiner Wege schicken kann.

»Entweder kriegst du nicht alles, was dich ärgert, weil du dich fragst, was sie dir vorenthalten. Oder du siehst alles und wirst ihrer überdrüssig, weil es kein Geheimnis mehr gibt. Man kann nicht gewinnen. Das ist mein Dilemma. Bin ich der Frauenwelt wegen meiner Schuldgefühle entflohen oder weil ich der permanenten Widersprüche überdrüssig war?«

Darauf hat Barney keine Antwort. Außerdem glaubt er sowieso, dass Edward totalen Müll redet. Ein guter Moment für das Aufschwingen der Tür, was sie tatsächlich tut – ein erhörtes Gebet –, und herein spazieren Bruder Adolphus und Bruder Steven. Grüße werden gewechselt.

»Ich bin gerade fertig«, sagt Barney und nimmt enorm erleichtert das Handtuch aus Bruder Edwards Nacken. »Möchtest du Platz nehmen, Bruder Adolphus?«

Bruder Adolphus tritt vor, während Steven auf einem der drei Plätze hinter dem Frisörstuhl Platz nimmt, wo sich Edward, nachdem er seine Schultern abgebürstet hat, zu ihm gesellt.

»Was kann ich für dich tun, Bruder?«, fragt Barney, als er das Handtuch in Bruder Adolphus' Nacken befestigt.

»Ich höre, du schneidest einen wunderbaren Sean Connery, Bruder«, sagt er.

»Ach, das ist kein Problem.« Barney klopft mit der Schere auf den Kamm und dreht sich kurz zu Steven um, bevor er beginnt. »Nicht zufrieden mit deinem Schnitt von neulich, Bruder?«, fragt er.

Steven lächelt. »Nein, nein, Bruder, keineswegs. Ich habe mein Tagewerk für heute beendet und mir gedacht, dass ich vorbeikomme und einem Handwerksmeister bei der Arbeit zusehe. Einem von Gottes eigenen Künstlern. Du hast die Gabe, Bruder. Engel müssen vor Verzückung weinen, wenn sie das euphorische Schnippen deiner Schere hören, und Fanfaren erklingen im Himmel, um vom Triumph des körperlichen Seins über die Fantasie der Einbildungskraft zu künden. Die Krieger von Gog und Magog können ihre mächtigen Schwerter nicht mit solcher Beredsamkeit und solchem Liebreiz geschwungen haben. Die Dämonen des Unvermögens und der Abscheu müssen in ihre stinkenden Höhlen fliehen, wenn sie die erhabene Totalität deiner Eleganz erblicken. Ich sehe, du hast Bruder Edward einen Roger Moore (mit Tonsur) geschnitten. Wunderbare Arbeit, Bruder, wunderbare Arbeit.«

Barney lächelt.

»Ach ja«, sagt er und denkt, dass er durchaus Gefahr laufen würde, überheblich zu werden, wenn er nicht wirklich so gut wäre, wie alle sagen.

»Fürwahr«, sagt Bruder Edward. »Ich denke, ich bleibe auch noch ein wenig hier.«

Steven nickt, und die beiden lehnen sich zurück, um dem Meister bei der Arbeit zuzusehen. Barney konzentriert sich auf die subtilen Unterschiede zwischen einem Sean Connery und einem Murray F. Abraham. Man hört nur das Klicken der Schere, doch die Stille wird nicht andauern. Die Büchse der Pandora von Edwards Geständnis kann noch nicht geschlossen werden.

»Wir haben gerade über Frauen geredet«, sagt Bruder Edward, der weiß, dass er dieses Gespräch nicht in einem Kloster führen sollte, auch wenn Steven ein williger Konversationspartner sein wird. Er ignoriert Adolphus, einen der stilleren Brüder. Möglicherweise ein Fehler.

Bruder Steven lächelt. »Ah, Frauen«, sagt er. »Dies ist ein gutes Leben, das wir hier führen, aber manchmal muss man sie einfach vermissen. Oh Frau! In unseren Stunden der Behaglichkeit, unstet, kokett, geneigt zur Unzufriedenheit, und wandelbar als wie ein Schattenspiel, von Licht, das zitternd durch die Krone einer Espe fiel, doch wenn die Stirn zerfurcht von Schmerz und Pein, wirst du uns ein barmherz'ger Engel sein!«

»Walter Scott«, sagt Bruder Adolphus auf dem Frisörstuhl zur allgemeinen Überraschung. »Wundervoll. Wie wär's mit: Das Ewig-Weibliche zieht uns hinan.«

Steven nickt. »Faust. Sehr beeindruckend. Aber du solltest aufpassen, dass Bruder Herman dich nicht beim Goethe-Zitieren erwischt. Obwohl, wer weiß, wie viele von uns Mönche wegen irgendeines verhängnisvollen Faustischen Paktes sind?«

Darauf erhält er keine Antwort, denn wie viele in diesem Raum sind in der Tat aus dunklen und teuflischen Gründen hier? Die Schere des Barney Thomson klickt.

»Das Weib ist im günstigsten Falle ein Widerspruch«, sagt Steven, um den Fluch von ihrem Gespräch zu nehmen.

»Pope!«, sagt Adolphus. »Eine Frau, die Kanzelreden hält, ist wie ein Hund, der auf den Hinterbeinen geht. Sie können es beide nicht besonders gut, aber man staunt, dass sie es überhaupt können.«

»Ausgezeichnet, Bruder«, sagt Steven. »Samuel Johnson. Gebt uns heut Wein und Weiber, Scherz und Mahl, und morgen Sodawasser und Moral.«

»Ah, Lord Byron«, sagt Adolphus. »Diese Tage sind für uns vorbei, Bruder.«

»In der Tat.«

Es entsteht eine Pause. Edward, der sich ausgeschlossen fühlt, stößt in die Lücke.

»Ein Spatz in der Hand ist besser als eine Taube auf dem Dach«, sagt er.

Darauf wissen weder Steven noch Adolphus eine unmittelbare Entgegnung. Der Schwung der Konversation ist ausgebremst. Edward scheint ziemlich zufrieden mit sich, auch wenn er möglicherweise erkennt, dass weitere Enthüllungen über seine Vergangenheit unangemessen sein könnten. Barney ergreift seine Chance.

»Gehst du zum Weibe, vergiss den Kleister nicht«, sagte er.

Die Schere klickt; Haarspitzen rieseln sanft zu Boden, die dunklen grauen Mauern des Klosters bewahren ihre Geheimnisse.

»Sieht aus, als stünde uns ein langer Winter bevor«, sagt Bruder Steven nach einer Weile.

Kapitel 15

Schnee, Sex, Thurso und anderes

»Was für einen Mist lesen Sie jetzt wieder?«

Proudfoot blickt auf, als Mulholland mit dem Mittagessen an den Tisch tritt. Suppe, Sandwiches, warme Getränke. Sie sitzt im ersten Stock eines kleines Restaurants in Thurso mit Blick auf den Schnee und die wenigen Autos, die gegen den Schneesturm ankämpfen. Im Fernsehen laufen unpassenderweise die Kricket-Highlights aus Australien.

»Die Januar-Ausgabe von *Blitz!*«, sagt sie.

»Haben wir nicht noch November?«

»Ja, aber Sie wissen ja, wie das ist. Die Weihnachtsausgabe ist schon seit Mitte August im Verkauf.«

»Und warum haben Sie sie dann erst vor zwei Tagen gekauft?«

»Weil es ein Haufen Blödsinn ist«, sagt sie.

»Ah.«

Mulholland setzt sich und reicht ihr das Mittagessen. Es ist drei Uhr Nachmittag. Sie haben ein paar Stunden in Caithness verbracht und sich davon überzeugt, dass Barney Thomson nicht in dieser Gegend geblieben ist. Der Mann war auf dem Weg nach Westen.

Sie sind bis Thurso gekommen, wo der Schnee sie von der Straße getrieben hat. Es kommt ihnen vor, als würden sie andauernd essen.

»Was haben wir denn dieses Mal?«, fragt Mulholland, den Mund voller Sandwich. Pute, Brie, Tomate und Preiselbeersoße.

»Es ist eine Sondernummer zum Thema Sex«, sagt sie.

»Das ist eine Sex-Sondernummer?«

»Ja. Bloß das Übliche, aber mehr.«

»Sex?«, fragt Sheep Dip und setzt sich, einen mit Essen beladenen Teller in der Hand, an ihren Tisch.

Proudfoot lächelt ihn an und genießt die Vorstellung, dass Mulholland eifersüchtig ist. Sie schluckt einen Löffel Suppe und spürt, wie die Wärme sich in ihrem Körper ausbreitet wie ein Satin-Handschuh, vorausgesetzt man würde einen Satin-Handschuh essen. Sie klappt die Zeitschrift zu, und Mulholland nimmt sie ihr ab und dreht sie um. Er liest die Titelzeilen, die über das Bild eines magersüchtigen Fötus mit Lidschatten gedruckt sind.

>»Mel Gibson oder Bruce Willis – Wer hat den Größeren?«, »Kollagen-Implantate – Nur ein aufgeblasener Werbetrick?«, »Busen, nein danke – Meryl Streep packt aus«, »Extra-langes Mars oder Salatgurke – Entscheiden Sie selbst«, »Sex mit Außerirdischen – weniger kosmisch als sein Ruf«, »Isabella Adjani: Freiwillig nie wieder Sex«, »Neunzig Supertipps für den 5-Sekunden-Orgasmus«, »Gretchen Schumacher: Warum sie es mit ihrem letzten Pferd getrieben hat«, »Abnehmen durch Spontan-Sex«, »Kriegen Sie allen Sex, den Sie brauchen?«, »48 tolle neue Sexpraktiken«, »Cybersex – Demnächst in einem Computer in Ihrer Nähe«, »Warum männliche Models Riesenschwänze haben«, »Gefangen zwischen den Schenkeln einer kosmischen Nutte«. Und noch vieles, vieles mehr.

Mulholland schüttelt den Kopf, schiebt die Zeitschrift von sich und dreht sie um, damit er nicht auf das Cover gucken muss. Die Rückseite wird von einem hauchdünnen Mädchen im strömenden Regen geziert, das bis auf ein Paar Gummistiefel nackt ist. Eine Tampon-Reklame, obwohl das abgebildete Model so aussieht, als würde es frühestens in drei bis vier Jahren die erste Monatsblutung haben.

»Wir müssen uns unterhalten«, sagt er und widmet sich seiner Suppe.

»Warum?«, fragt Proudfoot. »Ich kann lesen, was ich will.«

»Nicht darüber, Dummerchen«, sagt er. »Das ignoriere ich einfach. Nein, über Barney Thomson.«

»Oh.«

»Wir müssen uns in den Mann hineinversetzen und versuchen, uns vorzustellen, was sein nächster Schritt gewesen sein könnte. Wir sind auf dem richtigen Weg und kommen dem Typ immer näher, aber er hat immer noch eineinhalb Wochen Vorsprung.«

»Bei dem Wetter sollten wir uns lieber nicht auf die Straße trauen«, sagt Sheep Dip und weist mit dem Kopf auf das Schneetreiben draußen, das unnachgiebig von Westen weht, ohne dass Besserung in Sicht wäre. »Es ist biblisch da draußen. Absolut biblisch«, wiederholt er, um seine Kenntnisse der einheimischen Witterung in ihrer ganzen Breite zu demonstrieren.

»Wenn es im Laufe des Nachmittags nicht besser wird, müssen wir uns ein Zimmer suchen und hoffen, dass der Schneesturm bis morgen abgeflaut ist. Vielleicht schauen wir bei dem Dienst tuenden Wachtmeister vorbei und gucken, ob wir ein wettertaugliches Fahrzeug requirieren können. Vielleicht besitzen die ja hier einen Land-Rover, den wir haben können.«

»Planet Erde ruft Chief Inspector Mulholland: Bitte landen«, sagt Proudfoot.

»Na gut, vielleicht besitzen sie einen Land-Rover, den wir haben können, nachdem wir ein paar Telefonate gemacht haben. Wie auch immer. Wir fahren Richtung Westen, aber es wäre hilfreich, wenn wir eine Ahnung hätten, was er gemacht hat. Also müssen wir alles, was wir bisher haben, betrachten und zu irgendeinem Schluss kommen. Vielleicht kommen wir ja irgendwohin, wo dieser Thomson erst vor ein paar Tagen und nicht vor eineinhalb Wochen war. Und hoffentlich auch irgendwohin, wo nicht irgendeine verdammte Frau findet, dass er ein reizender Bursche ist, und uns derweil mit einem kompletten Kuchenregal voll stopft.«

Proudfoot vermischt Suppe und Sandwich und spürt wieder einen Hauch von Leben in ihren erfrorenen Extremitäten.

»Obwohl es schon seltsam ist, oder nicht?«, sagt sie.

»Jeder, mit dem wir gesprochen haben, der irgendwas mit ihm zu tun hatte, fand, dass er ein durchaus netter Mann war. Nichts von dem Kram, den man normalerweise bei Serien-Knallis hat. Ich kann den Barney Thomson, den wir angeblich suchen, einfach nicht mit dem Barney Thomson in Einklang bringen, den alle beschreiben, die ihm begegnet sind.«

»Da ist was dran«, sagt Sheep Dip. »Die Menschen reden jetzt schon seit ein paar Wochen von ihm. Der Kerl ist kein Killer. Es sei denn, er ist einer von diesen, wie heißen die noch, Schizopathen oder so.«

Mulholland zuckt die Achseln. »Wer weiß. Keine seiner Handlungen weist auf die geringste Gerissenheit oder kriminelle Intuition hin. Er beschließt zu fliehen, wartet jedoch, bis er an seinem Ziel angekommen ist, bevor er Geld von einem Automaten abhebt. Hätte er das in Glasgow gemacht, hätten wir keine Ahnung, wo er ist. Er übernachtet ganz offen in Bed & Breakfast-Pensionen, nennt sich Barnabus Thomson und glaubt, dass er damit irgendwen hinters Licht führt.«

»Hat er ja auch«, stellt Sheep Dip fest.

»Gut, aber irgendwo da draußen muss es doch eine Vermieterin geben, die nicht von den Frühstücksgewohnheiten des Mannes geblendet ist.«

»Darauf würde ich mich nicht verlassen. Wie viele Anrufe hatten wir denn?«, fragt Proudfoot.

Mulholland schüttelt den Kopf. Wenn sie nur nichts mit der Öffentlichkeit zu tun hätten. Wenn es bloß sie und die Verbrecher gäbe mit sonst keinem im Weg, wäre alles viel leichter. Er beißt ein großes Stück von seinem Sandwich ab und vermischt es mit Suppe. Wie konnte es so schwierig sein, einen Mann zu fassen, der so ein Idiot war?

»Es gibt eine Alternative«, sagt Proudfoot, und Mulholland zieht für den Augenblick sprachunfähig die Brauen hoch. »Vielleicht will er uns verarschen. Er legt absichtlich eine Spur, damit wir wissen, wo wir ihn finden. Entweder er will gefasst werden, oder er ist zuversichtlich, dass er uns immer einen Schritt voraus bleibt, und bepisst sich auf unsere Kosten vor Lachen.«

Mulholland schluckt. »Schon möglich. Wenn das stimmt, prügel ich ihn windelweich«, sagt er.

»Ich auch.«

»Barney Thomson?«, sagt Sheep Dip. »Ach, hört doch auf. Der Bursche verarscht niemanden.«

»Wie dem auch sei«, sagt Mulholland. »Lassen wir seine Motive mal außer Acht. Nachdem er seine einfache Fahrt nach Inverness gelöst hat, hatte er nicht mehr viel Bargeld übrig. Also hebt er bei seiner Ankunft zweihundert Pfund ab, sein gesamtes Vermögen. Bis jetzt wissen wir, dass er vier Nächte in Privatpensionen übernachtet hat. Wie teuer?«

»Fünfzehn pro Nacht in der ersten Pension, zweiundzwanzig in der zweiten. Das macht... vierundsiebzig«, sagt Proudfoot.

»Genau. Außerdem wissen wir, dass er in Tain neue Kleidung

gekauft hat. Als Transportmittel muss er Bahn oder Bus benutzt haben. Dazu Mittag- und Abendessen. Das heißt, er hat deutlich über hundert Pfund ausgegeben, vielleicht fast einhundertundfünfzig. Und das war vor zwölf Tagen. Dem Mann muss langsam das Geld ausgehen.«

»Vergessen Sie nicht, dass er arbeitet«, wendet Sheep Dip ein.

Mulholland schüttelt den Kopf. »Natürlich, das vergesse ich immer. Es gibt eine Riesenschlange von Torfköpfen aus den Highlands, die darauf warten, den berüchtigtsten Psycho-Killer der schottischen Geschichte mit einer Schere an ihren Kopf zu lassen. Trotzdem klingt es so, als würde er damit nicht allzu viel Bares verdienen. Und allzu viel Haare kann es für ihn bei aller Liebe auch nicht zu schneiden geben, denn schließlich kann ja nicht jeder hier oben glauben, der Typ wäre in Ordnung oder?«

Sheep Dip schaufelt gnadenlos Essen in sich hinein.

»Darauf würde ich mich nicht verlassen. Der Bursche ist genauso wenig ein knallharter Verbrecher wie Wullie Miller, und der hatte auch alle möglichen Fürsprecher.«

»Vielleicht raubt er Banken aus oder so«, schlägt Proudfoot vor und glaubt selbst keine Sekunde daran. Schon während sie es sagt, ärgert sie sich über dieses erbärmliche Geschleime und versucht, sich selbst zu überzeugen, dass es das gar nicht war.

»Davon hätten wir wohl gehört«, sagt Mulholland. »All die Verbrechen, die uns als potenzielle Barney-Thomson-Vergehen gemeldet wurden, sind bloß ein Haufen Mist. Das wissen Sie doch. Wir haben offensichtlich nicht viel über ihn, aber er ist bestimmt kein kleiner Krimineller. Er hat seine Verbrechen vor acht Monaten begangen, geglaubt, er würde ungeschoren davonkommen, und jetzt ist er auf der Flucht. Das ist alles.«

»Vielleicht ist er verzweifelt«, sagt sie.

»Nein, das glaube ich nicht. Dazu hat er weder die Intelligenz noch den Mumm noch die Neigung. Nein, ich muss immer an etwas denken, was die erste Frau gesagt hat. Die in Tain.«

»Was denn?«

Sheep Dip meldet sich hinter einem Berg von Hack und Kartoffelbrei zu Wort. »Sie hat gesagt, dass Thomson ihr erzählt hat, er wollte an einen Ort, wo noch nie jemand von ihm gehört hat.«

Proudfoot versucht sich an die Bemerkung zu erinnern, doch sie war zu beschäftigt damit gewesen, nicht laut loszulachen. Unvermittelt sieht sie sich in Konkurrenz zu Sheep Dip, eine lächerliche Vorstellung. Sie löffelt rhythmisch ihre Suppe in sich hinein und schluckt mit vollen feuchten Lippen. Mulholland strengt sich an, sie nicht anzustarren, hat jedoch das Gefühl, einen gewissen Spielraum zu haben. Er hofft, dass er nicht im Überschwang Dip ignoriert und irgendwas Kitschiges sagt wie: »Also, ich liebe die Art, wie Sie Ihre Suppe essen.«

»Ins Ausland?«, sagt Proudfoot, blickt auf und erwischt ihn.

Er nickt. »Okay, das Ausland würde schon passen. Aber warum kommt er dann nach Sutherland und Caithness? Es ist vielleicht ein wenig entlegen, aber kein Ausland. Die empfangen immer noch BBC und kriegen den *Daily Record*.«

»Island?«

Er zuckt die Achseln. »Gleiche Antwort. Von hier aus reist man nicht nach Island. Vielleicht kommt er nach Orkney oder Shetland, aber da wissen sie trotzdem noch, wer er ist. Es muss hier oben irgendeinen Ort geben, von dem er annimmt, dass er keinen Kontakt zur Außenwelt hat.«

»Vielleicht ein entlegenes Dorf«, sagt sie. Er betrachtet ihre Lippen und schüttelt den Kopf. »Vermutlich haben Sie Recht«, redet sie weiter. »Schließlich ist hier nicht der Amazonas oder so.«

»Genau«, sagt Mulholland. »Es gibt zwar Dörfer am Ende der

Welt, aber alle Orte werden mit der Morgenzeitung beliefert, selbst wenn es erst um drei Uhr nachmittags ist. Es mag ein paar Fleckchen geben, die ein bisschen hinter der Zeit leben, aber nicht wochenlang, wie er es bräuchte. Es muss irgendwas sein, was komplett von der Außenwelt abgeschnitten ist. Eine Kommune vielleicht.«

»Gibt's so was noch?«

Er zuckt erneut mit den Achseln und fragt sich, ob sie auch auf seine Lippen starrt.

»Dip, gibt es hier draußen irgendeine Horde von Hippies wie diese Japaner, die erst vierzig Jahre nach dem Krieg aus dem Dschungel gekommen sind? Die noch immer kiffen, den ganzen Krishna-Kram durchziehen, denken, der Vietnam-Krieg wäre noch im Gange und Wilson noch Premierminister. Die glauben, es wäre cool, Petula Clark toll zu finden.«

Sheep Dip kaut versonnen auf einem elastischen Bissen Hackfleisch. Proudfoot lacht. Mulholland denkt, dass er dieses Lachen vögeln könnte, und fragt sich, was in ihn gefahren ist. Er muss weiter über Barney Thomson reden, um zu vermeiden, dass er etwas Idiotisches sagt wie: »Ich mag es, wie sich Ihre Nase kräuselt, wenn Sie lächeln.«

»Ich glaub nicht«, sagt Sheep Dip. »Es gibt zwar immer noch Kommunen und Klöster und so was, aber so bekloppt sie auch sein mögen, diese Leute sind mehr auf der Höhe als wir, haben ihre eigenen Websites und so. Es gibt keine rückständigen Menschen mehr, nicht in diesen Zeiten.«

»Vermutlich haben Sie Recht«, sagt Mulholland. »Sobald man nördlich von Inverness kommt, denkt man, man hätte es immer noch mit einem Haufen altmodischer Schafficker zu tun. Aber so ist es einfach nicht mehr.«

»Oh«, sagt Sheep Dip und schaufelt Brot und Kartoffeln in seinen Mund, »Schafe ficken sie immer noch jede Menge.«

»Ah ja.« Mulholland fragt sich zum ersten Mal nach dem genauen Ursprung von MacPhersons Spitznamen. »Gut. Wir fragen die lokalen Kollegen und nehmen ihnen auf dem Weg gleich eins ihrer Autos ab«, sagt er. »Mal sehen, wo sich der prominenteste Mensch Großbritanniens verstecken könnte. Vielleicht ist er doch in einer Kommune oder einem Kloster. Wer weiß?«

»Gibt's die noch? Klöster, meine ich?«

Mulholland zuckt erneut mit den Achseln. »Weiß nicht. Die Leute hier oben sind anders. Stimmt's, Sergeant Dip? Wer weiß, auf was wir stoßen?«

»Organisches Leben, aber nicht, wie wir es kennen«, sagt Proudfoot.

»Ja. Stellen Sie Ihren Phaser besser auf Narkose-Level, und seien Sie darauf vorbereitet, Ihren Anophasenquantenbeschränkungskondensator zu rekalibrieren.«

»Nur wenn Sie daran denken, Ihren Protoplasma-Photon-Iridium-Deflektor-Satz mitzubringen.«

Sheep Dip kaut langsam an seiner dritten Scheibe Brot. »Also, ihr Jungs in Glasgow habt vielleicht Gerätschaften. Hört sich ja verdammt High Tech an und so«, meint er.

Das Übliche, Barney Thomson, das Wetter und Berry McAllisters Brüste

»Chief Inspector Mulholland, sagen Sie? Aus Glasgow?«

»Ja. Und das ist Detective Sergeant Proudfoot.«

Sheep Dip ist wieder verschwunden, angeblich um Erkundigungen einzuziehen; weitere Freunde oder Verwandte besuchen, vermutet Mulholland. Der große Polizist hinter dem Tresen der Wache von Thurso lächelt und streckt seine Hand aus.

»Sergeant Gordon. Immer ein Vergnügen, Kollegen aus Glasgow zu Besuch zu haben. Normalerweise sehen wir nur die Jungs aus Inverness, müssen Sie wissen. Kommen Sie mit nach hinten, und ich mache Ihnen ein Tässchen Tee. Sie müssen ja vollkommen durchgefroren sein von der langen Fahrt.«

Sie folgen ihm auf die andere Seite des Tresens und durch eine Tür in ein kleines Hinterzimmer und fürchten schon, ein weiteres Tablett voller Törtchen und Kekse angeboten zu bekommen.

»Nein danke, sehr nett. Wir kommen nicht direkt aus Glasgow, und wir haben schon zu Mittag gegessen.«

»Oh ja, natürlich«, sagt Gordon. »Ich habe schon alles über Sie gehört. Auf einer großen Odyssee durch die Highlands dem gesuchten Mann auf den Fersen. Wirklich aufregend. Aber Sie müssen ein Tässchen Tee und einen Keks nehmen. Ich setze eben Wasser auf.«

Dafür muss er das Büro nicht verlassen, der Kessel steht auf einem anderen Tisch, umringt von geöffneten Kekspackungen.

»Ich dachte, der Dipper wäre mit Ihnen unterwegs«, sagt er.

Mulholland lächelt. Der Dipper... »Der Dipper zieht Erkundigungen ein.«

»Ah ja, natürlich, macht er bestimmt. Ein guter Bursche, Sheep Dip, ein guter Bursche. Und was kann ich für Sie tun?«

Mulholland zögert. Er ist nie gern in anderer Leute Revier eingedrungen, weil einem das nur Streit und Ärger einbringt. Und nichts nützt dem Gegner mehr, als wenn sich die Polizisten gegenseitig bekämpfen.

»Wir fahren heute nicht mehr weiter«, setzt er an.

»Gütiger Gott, nein, natürlich nicht. Es ist schrecklich da draußen.«

»Wir hoffen, dass wir morgen weiterkommen, wenn es ein bisschen aufklart. Aber bei dem Schnee brauchen wir ein besseres Fahrzeug. Eins mit Allrad-Antrieb. Ich hasse es, den Vorgesetzten herauszukehren, und ich möchte auch nicht…«

»Seien Sie doch nicht albern, mein Junge, wir haben einen Land-Rover, den Sie benutzen können. Wenn Sie ihn heil zurückbringen, gehört er Ihnen. Ist natürlich keine von diesen schicken Starsky-und-Hutch-Schleudern, die einige der Jungs aus Glasgow offenbar mögen.«

Der Kessel beginnt zu grollen. Gordon fängt an, Kekse auf die Teller zu verteilen und Teebeutel in die Becher zu hängen. Es geht ohnehin schon sehr ruhig zu in Thurso und bei Schnee noch ein wenig ruhiger. Er ist froh über den Besuch.

»Sind Sie sicher?«, fragt Mulholland.

»Ach, kein Problem, mein Junge. Wir haben für Notfälle auf dem Hof noch den alten stehen. Ist doch sinnlos, dass Ihr Chef meinen Chef anruft und die Kacke am Dampfen ist. Nehmen Sie den Wagen einfach und versuchen Sie, ihn in einem halbwegs vernünftigen Zustand zurückzubringen.«

»Vielen Dank. Das ist wirklich sehr nett.« Er sieht Proudfoot an und zieht die Brauen hoch. Endlich Unterstützung.

»Kein Problem«, sagt Gordon. »Überhaupt kein Problem.«

»Wir glauben übrigens, dass Barney Thomson hier durchgekommen sein könnte. Wir sind uns aber nicht sicher. Ist der Mann irgendwo gesehen worden, gibt es irgendwelche Hinweise, dass er sich hier in der Gegend aufgehalten hat? Gab es vielleicht ein Verbrechen, das ein bisschen aus dem Rahmen fiel?«

»Sie meinen, ob wir eine Sammlung von Leichenteilen in einer Kühltruhe gefunden haben? Denn das haben wir nicht, jedenfalls seit ein paar Jahren nicht mehr. Nicht mehr, seit sich Big Hamish in Scrabster vom Pier gestürzt hat.«

»Nein, nein, damit haben wir nicht gerechnet. Eigentlich alles. Alles Außergewöhnliche.«

Gordon legt seine Hand auf den Griff des Kessels, als dieser bebend zum Kochen kommt. Er lächelt und fängt an, heißes Wasser in ihre Tassen zu gießen.

»Oh ja, da war was. Die alte Betty unten in Tongue. Betty McAllister, wissen Sie, die mit dem Riesenbusen. Sie hat eine alte Bed & Breakfast-Pension, heißt Seagull's Nest oder so ähnlich. Sie hat uns vor ein oder zwei Wochen angerufen und gesagt, es könnte sein, dass dieser Thomson gerade bei ihr wohnt. Sie meinte, der Bursche würde einen ganz netten Eindruck machen, und es war ihr hörbar unangenehm, überhaupt anzurufen, Gott segne sie.«

»Was ist passiert?«, fragt Mulholland tonlos und starrt zu Boden. Vor ein oder zwei Wochen. Er fängt nicht einmal an, sich deswegen zu echauffieren. Warum, denkt er, ist jeder auf diesem Planeten ein absoluter und totaler Schwachkopf?

»Ach, wissen Sie, ich war an dem Nachmittag ziemlich beschäftigt. Ich glaube, es war ein Sonntag, verstehen Sie, mit Mittagessen und so, und dann musste ich meine Mutter am Abend zurück ins Krankenhaus fahren. Ich bin erst am nächsten Tag dazu gekommen, sie zurückzurufen, und hab ihn offenbar gerade verpasst. Barney Thomson, meine ich.«

Gordon dreht sich mit zwei Tassen Tee in der Hand um, bemerkt, dass Mulholland rot angelaufen ist, und lächelt. »Nun fahren Sie man nicht gleich aus dem Anzug, mein Junge, war bloß ein Witz«, sagt er. »Ich habe kein Wort von dem Mann gehört. Und Betty McAllister ist, wie ein jeder Mann weiß, flach wie Pfannekuchen. Nehmen Sie Zucker?«

Fünfundzwanzig Minuten, eine Tasse Tee und drei wenig aufschlussreiche Kekse später hasten sie von der Wache zu ihrem Wagen, nur schnell weg aus der Kälte und dem Schneetreiben. Es gab nichts zu erfahren. Am Ende haben sie über Gordons Kinder geplaudert und sich den Weg zum Caithness Hotel beschreiben lassen, wo sie übernachten, herumsitzen, vor sich hin gären und hoffen können, dass der Schneesturm weiterzieht. Am nächsten Morgen wollen sie den Land-Rover abholen. Bei der Frage, ob es in der Gegend irgendwelche Kommunen oder vergleichbare Versammlungsorte gab, wo Barney Thomson Unterschlupf gefunden haben könnte, ohne zu befürchten, dass man ihn erkannte, hatte der Sergeant ihnen nicht weiterhelfen können. Nichts dergleichen im näheren Umkreis, soweit er sich erinnern konnte.

Während Mulholland in den zweiten Gang schaltet und durch den Schnee schlittert, setzt Gordon den Kessel erneut auf. Ich genehmige mir auch ein Tässchen, denkt er, was er, da er nur über zwei Becher verfügt, nicht gleichzeitig mit seinen Gästen hatte tun können.

Als er ein paar Schokoladenplätzchen aus der Packung nimmt, fällt ihm das alte Kloster zwischen Durness und Tongue ein. Der Name ist ihm entfallen, doch es ist seines Wissens noch aktiv. Die Mönche leben weitgehend zurückgezogen, glaubt er und fragt sich, ob er das Hotel anrufen und diese Tatsache gegenüber Mulholland erwähnen soll, was er dann aber doch lässt. Ein Serienmörder wie Barney Thomson würde mit Mönchen nichts zu tun haben wollen und sie nichts mit ihm. Sinnlos, sie zu behelligen.

Als er in sein zweites Plätzchen beißt, ist er schon mit wichtigeren Fragen beschäftigt. Wird der starke Schneefall die Witwe Harrison davon abhalten, heute Abend zum Essen zu kommen?

Kapitel 16

Große Töne

Es ist tiefe Nacht. Der Schneesturm tobt und pfeift, die Toten hören, wie er die alten Gemäuer umhüllt, weißes Rauschen, Wind, der durch Spalten, Ritzen und Löcher heult, ein riesenhafter Lärm, zum Fürchten. Im Innern flackert Leben auf und kämpft gegen die Kälte. An diesem Abend ist der Wille groß, sich ihrer knüppelnden Härte zu ergeben, und so grübeln die wach liegenden Mönche: Wird einer aus ihrer Mitte am nächsten Morgen, an einen Baum gelehnt, im Wald aufgefunden werden, halb verdeckt von Schneeverwehungen, ein Messer, eine Schere oder ein anderes spitzes Werkzeug im Hals, im Gesicht ein zufriedenes Lächeln? Die Kutte blutbefleckt ...

Alle bis auf einen. Denn nur einer von ihnen weiß, dass man keine Leiche im Wald finden wird, weiß, dass dies keine Nacht zum Morden ist. Eine Nacht für finstere Taten und Entdeckungen, aber keine Nacht des Todes. Während der Schneesturm über die Highlands hinwegfegt und das Land vereist, ist der Tod anderweitig beschäftigt.

Der Mönch sitzt in einer Ecke der Bibliothek, ein Buch in der Hand, neben sich eine brennende Kerze. Während alles, was sich keine Sorgen macht, schläft.

Er hat sich Regal für Regal vorgearbeitet und kennt seine Bibliothek gut, alle Geheimnisse und Lügen dieser Bücher, alles bis auf die Information, die er sucht. Er ist beinahe am Ende seiner Suche angekommen, doch nirgendwo kann er einen Bericht über Two Three Hill finden. Er war sich so sicher, dass einer verfasst worden war, denn wie könnte ein so schicksalhafter Tag unverzeichnet geblieben sein? Er muss sich eingestehen, dass er seine Pläne ändern muss, wenn er das gesuchte Dokument nicht findet. In den letzten Wochen ist seine Suche zu ihrem Ende hin immer fieberhafter geworden, was zu seiner Entdeckung und der notwendigen, wenngleich bedauernswerten Eliminierung der Brüder Bibliothekare geführt hatte. Wobei Saturday sowieso früher oder später fällig gewesen wäre.

Langsam schlägt er die Seite eines Bandes mit Dokumenten um, doch es ist ein Buch, das er bereits durchgesehen hat. Dies ist nur eine zweite Lektüre, um ganz sicher zu gehen, und er weiß, dass er hier nicht finden wird, was er sucht.

Er vernimmt den Hauch eines Geräuschs.

Beinahe nichts, doch er wendet abrupt den Kopf, die Augen aufgerissen, riesige Pupillen, die trotz der Kerze an die Schwärze der Nacht gewöhnt sind. Er erstarrt und atmet nicht einmal mehr, doch da ist nichts. Seine Sinne sind scharf, und er ist der eine Mann, der keinen Grund zur Angst hat.

Er bläst behutsam die Kerze aus, was keinen großen Unterschied macht, weil ihr Licht ohnehin unbedeutend war. Eine Spur von Licht von dem Schnee und den tief hängenden weißen Wolken hat sich in die Bibliothek geschmuggelt, wo es sofort von der Dunkelheit aufgesogen wird. Der Mönch wartet.

War das das Geräusch eines Mannes, der hereinkam oder hinausging? Ist er wieder entdeckt worden, nur diesmal von jemandem, der klug genug ist, seine Identität zu verbergen? Der Mönch steht stumm da, alle Sinne auf die Wahrnehmung der Bibliothek konzentriert. Trotzdem ist er verärgert über die Störung. Es gibt Arbeit zu tun, Entscheidungen zu treffen.

Er hört ein weiteres Geräusch, erkennbar ein Schritt, und er weiß, dass er nicht allein ist. Doch er hat keine Angst. Er tastet in den Falten seiner Kutte nach dem Kamm. Er hat einen weiteren kaltblütigen Mordplan ausgeheckt, obwohl er nicht geglaubt hatte, ihn so bald in die Tat umsetzen zu müssen; eine weitere List, um den Verdacht auf ihren jüngsten Zugang zu lenken, den glücklosen Bruder Jacob.

Er nimmt eine Gestalt vor sich wahr, die er im Dunkeln eher spüren als sehen kann.

»Warum trittst du nicht aus der Dunkelheit, Bruder?«, sagt er.

Er hört den anderen zum ersten Mal atmen und bemerkt, dass der Besucher ein paar weitere Schritte auf ihn zu macht.

»Es gibt kein Licht, in das ich treten könnte, Bruder«, kommt die Antwort.

»Ah, du bist es«, sagt der Mönch. »Ich hätte es wissen müssen. Wie nett von dir, mir zu dieser frühen Stunde in der Bibliothek Gesellschaft zu leisten, während draußen der Sturm tobt. Du konntest nicht schlafen?« Einer der Mönche auf seiner noch unvollständigen Liste, ein Besuch, der gelegen kommt.

»In diesen Mauern gibt es viele, die nicht schlafen können, Bruder. Und auch ich bin nicht überrascht, dich hier inmitten all dieser Bücher anzutreffen. Darf ich fragen, was du suchst?«

»Die Wahrheit, Bruder, nichts als die Wahrheit.«

»Damit bist du nicht allein.«

»Aber nicht die religiöse Wahrheit, Bruder. Wir wissen doch alle, dass Religion nichts als Kleister ist, der uns aneinander bindet. Es gibt keine Wahrheit in der Religion, keine Wahrheit in Gott. Es ist eine stabilisierende Kraft, die der Menschheit Sinn und Perspektive gibt, aber es liegt keine Wahrheit darin, kein Ziel.«

Der besuchende Mönch antwortet nicht sofort. In der Dunkelheit spürt jeder der beiden Männer nach und nach die physische Präsenz des anderen. Nur ein paar Schritte voneinander getrennt, könnten sie doch nicht weiter voneinander entfernt sein.

»Gott wird dich gewiss durchschauen, Bruder. Und du wirst für alle Ewigkeit seinen Zorn erleiden.«

Der Bruder lacht, was den anderen im Dunkeln schaudern lässt.

»Es gibt keinen Gott, Bruder. Wenn es je einen gegeben hat, hat er uns verlassen. Er hat euch verlassen. Aber im Grunde weiß jeder hier tief in seinem schwarzen erbärmlichen Herzen, dass es nie einen Gott gegeben hat. Es gab nur eine Kirche, geführt von den besten Meinungsmachern der ersten paar Jahrhunderte, und daraus hat sich alles entwickelt. Die moderne Welt, wie sie ist. Es gibt keinen Gott, keinen Glauben, keine Hoffnung. Es gibt nur Regeln. Jeder für sich selbst, Bruder, jeder für sich.«

Der Besucher lacht leise, doch es klingt verräterisch nervös. »Ich dachte schon, dass ich dich erkannt hätte, als du zu uns gekommen bist. Etwas in den Augen oder vielleicht auch um die Nase. Dein Gesicht war eines aus der Vergangenheit. Aber ich kann nicht glauben, dass all das nur wegen der Ereignisse in Two Three Hill passiert. Das war vollkommen irrelevant.«

Die Worte bleiben in der kalten Luft hängen und werden von der Dunkelheit umfangen, der bitteren Kälte und dem Ächzen des Klosters im Sturm.

»Irrelevant? Ganz im Gegenteil, mein Freund. Es war sehr relevant und hatte zahlreiche Konsequenzen, die noch einige Zeit andauern werden.«

Es ist Zeit. Beide wissen, dass etwas geschehen muss. Es bleibt nichts mehr zu sagen. Ein Mörder und jemand, der zufällig seinen Weg gekreuzt hat. Gedanken müssen zu Taten werden.

Bruder Babel schreitet langsam durch die Dunkelheit.

Dieses ganze Angst-Ding

Sie sind länger aufgeblieben, als sie vorhatten, weil keiner den anderen gehen lassen und auch keiner den großen Schritt wagen wollte. Seine Frau mag ihn verlassen haben, aber deswegen hat Mulholland noch nicht gleich einen Gutschein zum schuldfreien Vögeln bekommen, den er an der ersten Autobahntankstelle mit 24-Stunden-Sex-Service einlösen kann. Er ist nach wie vor ein verheirateter Mann. Proudfoot mag sich ihre Gedanken über Mulhollands Ehe machen, obwohl ihr das im Grunde egal ist, doch er ist noch immer ihr Boss, und da muss man vorsichtig sein. Vielleicht wenn er ihr ein paar Zeichen geben würde, obwohl sie ziemlich hoffnungslos in deren Deutung ist. Normalerweise muss ein Mann sich schon ausziehen und sie ins Schlafzimmer schleifen, damit sie sicher ist, dass es zur Sache geht.

»Seaman Stains und Master Bates und die ganze Brut«, sagt er.

»Ein Haufen Mist«, sagt sie.

»Wie meinen Sie das?«

»Dieser ganze Kram, dass Pugwash wegen irgendwelcher doppeldeutigen blöden Namen abgesetzt wurde. Es gab keine Figuren mit diesen Namen.«

»Gab es verdammt noch mal doch!«

»Ach ja. Können Sie sich noch an sie erinnern?«

Er zögert und zuckt mit den Achseln. »Nein, aber das sagen alle. Das weiß jeder. Es ist allgemein bekannt.«

»Mag sein«, sagt Proudfoot, »aber es ist trotzdem Blödsinn. Es ist bloß eine dieser Sachen, die popularisiert werden und irgendwann als Tatsache gelten, obwohl sie gar nicht stimmen. So wie Norman Mailer erfunden hat, dass Bobby Kennedy mit Marilyn

Monroe geschlafen hat; und jetzt ist es eine Tatsache. Der Disney-Film mit den Lemmingen, die sich von der Klippe stürzen, was jetzt jeder glaubt, was aber trotzdem Quark ist. Captain Kirks ›Beam me up, Scotty‹, Humphrey Bogarts ›Play it again, Sam‹. Alles unwahr, bloß Beweise für die Bereitschaft der Menschheit, jedes Gerücht, das ihnen gefällt, leichtgläubig zu schlucken.«

Er trinkt sein letztes Glas Wein aus. Die Flasche ist leer, und er ist entschlossen, nicht noch eine zu bestellen.

»Wenn das stimmt, warum wurde Pugwash dann so lange nicht im Fernsehen gezeigt? Beantworten Sie mir diese Frage.«

»Weil es Scheiße war.«

»Oh.« Er starrt auf den Grund seines Glases. »Nun ja, da könnten Sie Recht haben.«

Sie lächeln sich an. Die Gläser sind geleert, es ist weit nach Mitternacht. Draußen heult der Wind, obwohl sie nicht wissen, ob der Schnee noch immer gegen die Mauern weht.

»Wir sollten ins Bett gehen«, sagt Mulholland.

»Ja.«

Keiner von beiden rührt sich. Beide würden ins Bett des anderen gehen, wenn sich die Gelegenheit böte.

»Wer weiß, welchem Grauen wir morgen begegnen werden? Wie vielen Pensionswirtinnen, bewaffnet mit nuklearen Mengen von Kuchen und Keksen?«, sagt er und steht auf.

Proudfoot folgt seinem Beispiel. Sie gehen zur Treppe und steigen langsam in den ersten Stock. Proudfoot geht hinter ihm und starrt ihn an. Grübelt. Sie gehen den kurzen Korridor hinunter, ein dicker roter Teppich auf quietschenden Dielen, an den Wänden Fotos von Fliegenfischern, gedämpftes Licht, der Geruch von Kaminfeuern, warm, feucht und satt.

Ihr Zimmer kommt als Erstes. Er bleibt stehen, dreht sich um und wartet einen Moment. Sie steckt den Schlüssel ins Schloss, öffnet die Tür, hält inne und starrt ihn an.

Willst du für die Nacht mit reinkommen, denkt sie, doch ihre Stimme bleibt stumm, als sie es sagen soll. Augenpaare schreien auf, doch es kommt nichts. Von keinem von beiden, sodass sie das Schweigen des jeweils anderen als Zurückweisung deuten.

Sie lächelt matt. »Ich hatte einen schönen Abend. Danke«, sagt sie. Ich möchte nicht, dass er schon endet, bleibt unausgesprochen.

»Ja«, sagt er. »Ich auch.«

Ein paar weitere schmerzhafte Sekunden, dann gute Nacht. Sie geht in ihr Zimmer und schließt die Tür, bleibt dahinter stehen und seufzt tief.

Joel Mulholland starrt auf die geschlossene Tür und murmelt: »Ach Scheiße.«

Er tritt den Rückzug an und geht langsam zu seinem Zimmer. Er macht nur deshalb nicht kehrt und geht zurück nach unten, weil er weiß, dass der Barkeeper die Bar schon geschlossen hat. Vielleicht findet er ein wenig Erleichterung im Schlaf, vielleicht wird er bis vier Uhr früh wach liegen und an eine rote Decke starren.

Und in einer Bed & Breakfast-Pension in der Nähe verputzt Sheep Dip ein spätes Abendessen.

Hudibrastisch rauchende Köpfe

»Himmel Herrgott, Mary Strachan, würdest du bitte das Licht ausmachen? Wie spät ist es überhaupt?«

Mary Strachan blickt auf die Nachttisch-Uhr und dann auf die neben ihr liegende massige Gestalt ihres Gatten, der wie üblich mit dem Großteil der vorhandenen Decken kämpft.

»Es ist fast vier«, sagt sie.

James Strachan schlägt die Augen auf und starrt sie an.

»Vier Uhr! Sapperlot, Frau, was machst du um vier Uhr morgens hellwach? Kannst du nicht noch ein kleines bisschen weiterschlafen?«

»Ach, hör dir doch mal den Sturm an. Ich kann nicht schlafen, nicht bei dem Lärm und deinem Geschnarche.«

»Ach, hör doch auf, und steck deinen Kopf in einen Eimer mit Heringen. Wenn ich schnarche, dann weiß ich nicht, wie man das nennt, was du machst. Kannst du dieses grelle Licht nicht ausmachen?«

»Ich lese, jawohl ja. Siehst du das nicht?«

»Himmel Herrgott, was ist es jetzt wieder? Du liest doch nicht noch mehr von diesem Dostojewski-Quatsch, oder? Ich hab dir schon einmal gesagt, dass das bloß ein Haufen Mist ist.«

»Ich lese Molière, wenn du es unbedingt wissen musst.«

»Himmel. Diesen französischen Kack? Wozu liest du den denn? Weißt du mit deiner Zeit nichts Besseres anzufangen? *On ne meurt qu'une fois, et c'est pour si longtemps*, wie? Absoluter Mist ist das, totale Kacke.«

»Ist es nicht, ist es nicht. Wenn du es unbedingt wissen musst, gefällt mir die sub-hudibrastische Tradition seiner Prosa. Ungleich besser als seine schottischen und englischen Zeitgenossen.«

James Strachan richtet sich schließlich doch auf. Er ist hellwach und bemerkt, dass der Wind Schnee gegen die Mauern des Hauses weht, was er jedoch ignoriert.

»Hudibrastisch? Du meinst, er würde burleske achtsilbige Verspaare mit außergewöhnlichen Endreimen verwenden?«

»Ja.«

»Ach, steck deinen Kopf doch in einen Eimer voll Schlamm, Mary Strachan. Molière hat nichts dergleichen getan.«

»Hat er doch!«

»Du weißt ganz genau, dass er das nicht getan hat. Du wolltest bloß ›hudibrastisch‹ sagen.«

»Wollte ich nicht.«

James Strachan schnaubt und lässt sich wieder aufs Bett sinken, murmelt vor sich hin, zieht seiner Frau eine weitere Handbreit Decke weg und wickelt sie um seinen Hals.

»Wenn du nichts dagegen hast, mach doch hudibrastisch das Licht aus, sobald du fertig bist, Mutter.«

Mary Strachan wirft ihm einen Blick zu und ignoriert seine Bemerkung.

»Ich versuche bloß ein bisschen zu schlafen«, fährt er fort. »Das heißt, wenn die Hudibrastizität des Wetters mich nicht wach hält.«

»Das ist nicht witzig, James Strachan.«

»Ja und kaum zu fassen, wie hudibrastomatisch der Wind bläst. Wenn wir Glück haben, hat er sich bis zum Morgen hudibrastisiert, und Hudibrastizität des Schnees weicht einem Wetter von sehr viel hudibrastöser Natur.«

»Keiner lacht, James Strachan. Am allerwenigsten ich.«

Er knurrt, antwortet jedoch nicht.

Mary Strachan beschließt, sich der Nacht zu ergeben. Sie klappt ihr Buch zu und legt es auf den Nachttisch. Dann nimmt sie ihre Brille ab und legt sie auf das Buch. Sie seufzt und schlüpft unter die Decke, bevor sie das Licht löscht. Sie bemüht sich, so viel Decke wie möglich von ihrem Mann zurückzuerobern, als ihr, die Hand schon am Schalter, ein Gedanke kommt. Sie macht das Licht aus und lässt ihren Kopf auf das Kissen sinken.

»Dieser Barney Thomson war heute Abend wieder in den Nachrichten. Nachdem du schlafen gegangen bist.«

James Strachan knurrt etwas.

»Anscheinend wird er als Verdächtiger in einem bewaffneten Raubüberfall in Dumfries gesucht. Ich weiß nicht, aber er könnte dorthin gefahren sein, nachdem er hier war. Aber er hat doch gesagt, dass er für ein Weilchen in dieses Kloster gehen wollte, oder nicht? Vielleicht sollte ich das doch der Polizei erzählen, was meinst du? Wir wollen schließlich nicht, dass man ihn irgendwelcher Verbrechen verdächtigt, die er gar nicht begangen hat.«

James Strachan knurrt ein weiteres Mal, findet jedoch schließlich auch Worte für eine Antwort. »Ich glaube, du schwafelst wieder, Mary Strachan. Kannst du jetzt vielleicht versuchen, einfach ein bisschen zu schlafen?«

Sie beachtet ihn gar nicht. »Oh ja, und noch was. Offenbar war es seine Schuld, dass Stevie Nicol 1986 in Mexiko den Elfer gegen Uruguay verschossen hat, sagen sie.«

James Strachan lässt ein weiteres Knurren vernehmen. »Ah, bestimmt, hört sich hinreißend hudibrastoplastisch an.«

Der Wind weht, und Schnee türmt sich an den Hauswänden, während das alte Paar sich zum Schlafen zurechtlegt. Etwa zwanzig Meilen entfernt heult der Sturm durch eine Schlucht, und Barney Thomson schläft fest, während im Kloster des Heiligen Ordens der Mönche des Heiligen Johannes der dritte Mord in fünf Tagen geschieht.

»Ach, hör doch auf, und steck deinen Kopf in den Bauch eines Schafes, James Strachan.«

Kapitel 17

»Der Baum der Freiheit muss von Zeit zu Zeit mit dem Blut von Patrioten und Tyrannen begossen werden. Das ist sein natürlicher Dünger.«

»Ja, ja, Mary Strachan, das ist ja alles schön und gut. Aber was genau hat dieser Idiot Thomas Jefferson mit der Tatsache zu tun, dass man behauptet, es wäre Barney Thomsons Schuld, dass Jim Leighton 1990 in Italien das Tor gegen Brasilien verkauft hat?«

Woke Up This Morning, *nothing to lose* – und dann kriegt mich der Getriebeschaden-Blues

Klarer blauer Himmel, frischer weißer Schnee bedeckt die Landschaft. Eine leichte Brise weht vom Land Richtung Meer. Das Schneetreiben und die Sturmböen sind über Nacht abgeflaut. Die Temperaturen sind immer noch eisig, doch es ist die Art Kälte, gegen die man sich mit einem guten Mantel schützen kann; Gesichter glänzen, Nasen laufen, Ohren werden rot.

Sie sitzen in dem Land-Rover, die Heizung voll aufgedreht, unterwegs nach Westen. Sheep Dip sitzt auf der Rückbank und isst das dritte von fünf Schinkenbrötchen. Die Schneepflüge sind schon auf den Straßen gewesen, der Schnee türmt sich hoch an den Rändern wie riesige Hecken und versperrt die Aussicht, als ob man durch Devon fahren würde. Sie sind ohne ein bestimmtes Ziel an der äußersten Spitze Schottlands unterwegs. Der Plan lautet nach wie vor, bei jeder Bed & Breakfast-Pension anzuhalten, doch sie wissen, dass dies nicht ihre eigentliche Bestimmung ist. Barney Thomson wird sich nicht irgendwo verschanzt haben, wo er für seine Unterbringung zahlen muss. Außerdem kann er sich nicht automatisch auf die Naivität all seiner Wirte verlassen. Er muss eine andere Zuflucht gefunden haben oder weitergezogen sein. Natürlich hätte er leicht auf die Inseln im Norden übersetzen können, und vielleicht kommen sie auf dem Rückweg hier wieder vorbei. Das müssen sie ohnehin, um die Fahrzeuge zu wechseln. Doch fürs Erste lassen sie Thurso hinter sich.

Gordon wollte ihnen von dem Kloster in Sutherland erzählen, als sie den Land-Rover abgeholt haben, doch irgendwie ist es ihm entfallen. Irgendwann im Laufe des Nachmittags wird es ihm wieder einfallen, und er wird still vor sich hin lächeln, bevor er sich eine weitere Tasse Tee bereitet. Serienmörder geistern nicht in Klöstern herum. Sie bevorzugen Orte wie unterirdische Höhlen und Hütten im Wald. Das weiß er aus Filmen.

Vorbei an Melvich und Strathy weiter Richtung Bettyhill. Sie kommen nur langsam voran und müssen immer wieder anhalten, vor allem bei ihren gelegentlichen Ausflügen auf kleinere Straßen, die der Schneepflug noch nicht geräumt hat. Rutschend, schlitternd, gleitend und froh über den Allrad-Antrieb, obwohl Mulholland nicht viel Erfahrung damit hat. Proudfoot schon, doch sie hält den Mund, weil sie nicht weiß, ob Mulholland damit umgehen könnte, dass eine Frau ihm sagt, was er tun soll. Deshalb beschließt sie, erst etwas zu sagen, wenn sie feststecken. Sheep Dip ist seit seinem siebten Lebensjahr an Fahrzeuge mit Allrad-Antrieb gewöhnt, hat jedoch den Eindruck, dass es ihm nicht zusteht, den Mund aufzumachen. Er genießt die Fahrt, lacht still in sich hinein und knabbert sich durch mehrere Familienpackungen Doritos.

Sie stoßen mehrfach auf leere Blicke und offene Zurückweisung, ein paar Vielleichts, die sich im Nichts verlieren. Die meisten Pensionen so weit im Norden haben den Winter über geschlossen, nur ein paar Hotels und verlorene Gasthäuser sind geöffnet. Manchmal sind die Unterkünfte nur über unbefahrene Straßen erreichbar, sodass sie zu Fuß gehen müssen, wofür nur Sheep Dip angemessen gekleidet ist. Nach den ersten paar Ausflügen sind ihre Füße und Hosen nass, sodass sie Sheep Dip schließlich alleine losschicken.

Nach den ersten mühseligen Stunden des Tages, es ist kurz nach zwölf, bemerkt Mulholland erstmals Probleme mit dem Wagen. Er hat Schwierigkeiten, in den dritten Gang zu schalten, alle anderen Gänge funktionieren einwandfrei. Nach und nach verabschieden sich jedoch auch diese, sodass zuletzt nur noch der zweite zur Verfügung steht, und Mulholland befürchtet, dass auch der jeden Moment den Geist aufgeben wird. Sie schaffen es bis zu einer kleinen Werkstatt in Tongue. Als er abbiegt, fällt ihm auf, dass die Straße in Richtung Westen noch nicht vom Schnee geräumt ist. Er parkt vor der Werkstatt neben einem Schneepflug.

Nachdem auch die voll aufgedrehte Heizung keine erkennbare Wirkung gezeigt hat, sind seine Füße eiskalt und durchgeweicht. Er ist genervt. Es geht nicht voran. Das Auf und Ab der Launen. Proudfoot ergeht es genauso.

Er kuppelt den Gang aus, zum letzten Mal, schaltet den Motor ab und sieht Proudfoot an. »Scheiß drauf«, sagt er. Sheep Dip hat er vollkommen vergessen.

»Wie lange wird es Ihrer Meinung nach dauern, den Wagen zu reparieren?«, fragt sie.

Er schüttelt den Kopf. Er wird langsam wütend auf sie, weil er sie so begehrt und zu beschäftigt mit seiner Ängstlichkeit ist, um irgendetwas zu sagen.

»Woher soll ich das wissen? Wenn ich Auto-Mechaniker wäre, hätte ich das Scheißding längst repariert.«

Er steigt aus dem Wagen und knallt die Tür zu, bleibt stehen und starrt hinunter auf den Schnee vor seinen Füßen. Was macht er? Es ist vollkommen sinnlos, ihr gegenüber die Beherrschung zu verlieren; irgendein Freudsches Kniezucken, bloß weil er zu feige ist zu versuchen, mit ihr zu schlafen.

»Er steht auf Sie«, sagt Sheep Dip von hinten und beißt in einen außergewöhnlich grünen Apfel.

»Tut er nicht«, sagt Proudfoot, steigt aus und sieht Mulholland an, findet jedoch nichts in seinem Blick. Er kann sich auch noch später entschuldigen, denkt er und zuckt mit den Schultern.

Hinter dem Schneepflug taucht ein Mechaniker im gelben Overall auf, der seine Hände an einem dreckigen Lappen abreibt. Warum tun die das immer, denkt Proudfoot.

»Guten Tag«, sagt er und mustert das Polizeifahrzeug misstrauisch. »Ganz schön ungemütlicher Tag, um auf der Straße unterwegs zu sein, was?«

»Die Pflicht ruft«, erwidert Mulholland, nicht zum Plaudern aufgelegt.

»Sie sind wohl nicht von hier«, sagt der Mechaniker. »Aber ich sehe, dass sie Lachlan Gordons Wagen fahren. Sie müssen die Leute aus der Stadt sein, die diesen Serienkiller suchen, hab ich Recht?«

»Brillant, Holmes, wie machen Sie das nur?«, sagt Mulholland.

»Ach, das ist nicht schwierig. Hier oben kennt Sie jeder. Sie fahren mit Ihrem schicken Auto rum und übernachten in den besten Hotels.«

»Tatsächlich?«

»Ja, ja. Und schlaft ihr zwei Turteltäubchen schon miteinander oder was?«

»Verzeihung?«

»Ach, ist auch egal, ist vollkommen egal. Was kann ich für Sie tun?«

Proudfoot blickt zu Boden. Mulholland müht sich, nicht die Beherrschung zu verlieren. Er hat aufgehört, seine feindseligen Gefühle zu analysieren, und ihnen stattdessen nachgegeben und ist entschlossen, es zu genießen. Er will gerade etwas sagen, als die Tür des Land-Rovers aufgeht und Sheep Dip knirschend in den Schnee tritt.

»Hey, hey, hey«, sagt der Mechaniker. »Wenn das nicht der alte Dipmeister persönlich ist. Wie geht's? Schon ein Weilchen her, dass wir Sie hier oben gesehen haben, oder?«

»Ach, wissen Sie, nach dem was mit Big Mary und dem Mäh-«

»Ja, ja, wohl wahr. An manchen Dingen rührt man lieber nicht, vor allem nachdem Donald jetzt von den Falklandinseln zurück ist.«

»Hallo!«, sagt Mulholland. »Können wir weitermachen? Ich habe ein Problem mit dem Getriebe.«

»Nein!«, sagt der Mechaniker.

»Doch.«

»Ach, die verfluchte Kiste. Es gibt in ganz Caithness und Sutherland keinen Mechaniker, der sich nicht schon an Lachlands Getriebe versucht hätte. Und um ehrlich zu sein, sind wir es verdammt Leid.«

»Kommt das häufiger vor?«

»Ja, ja. Dauernd mein Junge, hat er Ihnen das nicht erzählt? Ach, nein, hat er wahrscheinlich nicht.«

»Das heißt, Sie wissen, wie man den Wagen repariert?«

Der Mechaniker stemmt die Hände in die Hüften, schüttelt den Kopf und betrachtet den Land-Rover wie ein Pferd mit gebrochenem Bein.

»Oh, so einfach ist das, fürchte ich, nicht, mein Junge. Es ist schon eine größere Sache, und erst muss ich noch Big Davies Schneepflug reparieren. Der ist zuerst dran, verstehen Sie. Die Straße nach Durness muss bis heute Abend geräumt sein.«

»Hören Sie, dies ist eine dringende Polizeiangelegenheit. Dieser Wagen muss unbedingt so schnell wie möglich repariert werden.«

»Kommen Sie mir nicht mit Ihrem gestochenen Polizeigerede, mein Junge. Wo genau wollen Sie denn hinfahren, solange kein Schneepflug auf den Straßen ist? Erzählen Sie mir das mal, Freundchen? Wer Eile sät, erntet eine Magenverstimmung, Robert Louis Stevenson. Merken Sie sich diese Worte, mein Junge.«

»Ich krieg schon keine Magenverstimmung, solange Sie mit der Reparatur von dem verdammten Land-Rover in die Gänge kommen.«

»Ach ja, aber wenn sie in Agnes' kleinem Laden ein Stück die Straße hinauf zu Mittag essen, während Sie warten, schon.«

Joel Mulholland fährt sich, eine Hand in die Hüfte gestemmt, mit der anderen Hand an die Stirn, massiert seine Schläfen und spürt, dass eine Vene pulsiert. Er tut sich wirklich schwer mit den Menschen aus dem hohen Norden. Außerdem bewältigt er den Stress seiner Eheprobleme nicht besonders gut, von der Jagd auf einen Serienkiller, ungebremstem Testosteron-Schub und einem deprimierenden Getriebe ganz zu schwiegen. Er weiß nicht, was er als Nächstes sagen soll. Er hat Visionen von einem Hubschrauber, mit dem sie herumfliegen, stellt sich jedoch vor, dass McMenemey nicht allzu begeistert sein würde.

»Wie lange wird es denn dauern, Mr. …?«, fragt Proudfoot.

»Oh, Alexander Montgomerie. Nennen Sie mich Sandy.«

»Wie lange«, sagt Mulholland in der monoton abgehackten Manier eines Menschen, der außer sich vor Wut ist, und blickt auf, »wird es dauern, den Schneepflug zu reparieren?«

Sandy Montgomerie dreht sich um, betrachtet das große gelbe Gefährt und streicht sich mit der Hand übers Kinn, vermutlich nachdenklich. »Oh, ich würde sagen, höchstens ein paar Stunden. Es ist ein Problem mit dem Vergaser, wissen Sie, und…«

»Und wie lange brauchen Sie, um anschließend den Land-Rover wieder flottzumachen?«

Er dreht sich wieder um, starrt den Land-Rover an, kratzt sich am Kinn, kneift musternd die Augen zusammen und schürzt die Lippen.

»Also, das ist schwer zu sagen, wissen Sie. Auf jeden Fall eine größere Reparatur. Glaube kaum, dass ich das bis heute Abend fertig kriege.«

»Oh, verdammte Scheiße«, sagt Mulholland, wendet sich ab und starrt auf die weißen Hügel in ihrem Rücken.

»Hören Sie, mein Junge, das tut nun wirklich nicht Not. Ich arbeite, so schnell ich kann.«

Mulholland dreht sich nicht um. Er spürt plötzlich, wie eiskalt seine Füße sind und dass sich die Kälte die Beine hinaufarbeitet. Am liebsten würde er schreien.

»Gibt es irgendeine andere Möglichkeit, noch heute weiterzufahren?«, fragt Proudfoot.

»Sie meinen, ein Bus oder eine Autovermietung oder so was?«, fragt Montgomerie.

»Genau.«

»Nee, so was gibt's hier oben nicht. Und an einem Tag wie heute fährt sowieso kein Bus.«

»Na, großartig«, sagt Mulholland von hinten.

»Und was gibt es hier? Bed & Breakfast-Pensionen, Hotels und dergleichen? Irgendwas?«

Sandy Montgomerie starrt in den blauen Himmel und beobachtet ein paar Möwen, die in der kalten Luft kreisen. Ihre klagenden Schreie zerreißen die Kälte. Sheep Dip beißt in seinen Apfel.

»Wie viele Morgen, kühl von gekräuster Ruh, wird noch der Möwe Flügelpaar sie drehn und, weiße Ringe Lärm verstreuend...«

»Hören Sie verdammt noch mal mit der kack Literatur auf! Ich hab genug von Ihrem scheiß Stevenson!«

»Das war Hart Crane, mein Junge, nicht Stevenson.«

»Es ist mir scheißegal, wer das war, würden Sie einfach die Fragen beantworten?«

»Ja, ja, kein Problem. Nun rasten Sie mal nicht gleich aus, mein Junge.« Er sieht Proudfoot an. »Ich glaube, Sie müssen's ihm besorgen, meine Liebe, so wie er sich aufführt.«

»Gut«, sagt sie und starrt zu Boden.

»Nun, soweit ich weiß, hat zwischen hier und Durness um diese Jahreszeit nichts geöffnet. In Durness gibt es ein paar Hotels, aber wahrscheinlich hat nur eine Privatpension geöffnet. Bei Mrs. Strachan. Vielleicht fragen Sie da mal nach.«

»Und meinen Sie, der Schneepflug würde uns mitnehmen?«, fragt sie.

»Ja, ich wüsste nicht, warum nicht. Big Davie ist ein großer lieber Kerl, ich bin sicher, er nimmt sie gerne mit.«

»Big Davie?«

»Ja, Big Davie Cranachan. Er fährt den Schneepflug wie vor ihm sein Vater und dessen Vater vor ihm und so weiter bis zurück zu den Säuberungen. Ich weiß noch, wie mein alter Vater mir erzählt hat...«

»Wo finden wir ihn?«, fragt Mulholland und dreht sich um.

Sandy Montgomerie blickt die Straße hinab, überlegt und weist mit dem Finger.

»Bestimmt isst er bei Agnes eine Kleinigkeit zu Mittag. Eine ihrer Hühnchen-Pasteten, wenn ich mich nicht irre. Könnte ich jetzt selbst gut gebrauchen, aber ich sollte wohl besser weitermachen.«

»Danke«, sagt Proudfoot. »Wir reden mit ihm.«

»Ja, alles klar, er nimmt Sie bestimmt mit.«

Proudfoot macht sich auf den Weg zu Agnes' Laden. Mulholland sieht Sandy Montgomerie an, nickt und trottet nach wie vor übellaunig Proudfoot hinterher, während Sheep Dip auf ein Schwätzchen zurückbleibt.

»Was ist los mit Ihnen?«, fragt sie, als er sie eingeholt hat.

»Lassen Sie mich«, erwidert er. »Lassen Sie mich einfach.«

»Ja, schon gut«, sagt sie. »Aber glauben Sie nicht, dass ich in dieser Laune mit Ihnen schlafe.«

Noch mehr Scheiß

»Ach, steck deinen Kopf doch in einen Eimer Pudding, Mary Strachan, du schwafelst wieder.«

»Ach, ich schwafele nicht, James Strachan. Wenn einer von uns beiden schwafelt, dann du. Guck dir die hässliche Visage doch an«, sagt sie und zeigt auf den Fernseher. »Das ist er, ich sag's dir. Er hat hier in diesem Haus übernachtet. So sicher, wie die kleine Fiona Menzies verrückt geworden ist, nachdem Hamish sie für die Stripperin aus Inverness verlassen hat.«

James Strachan breitet seine Zeitung aus und taucht erneut hinter der Sportseite des *Scotsman* ab. »Rangers ergattern holländisches Embryo für 80 Millionen Pfund – ›wenn es ein Mädchen wird, spielt es auf dem Flügel‹, erklärt sorgloser Vereinspräsident.«

»Da sieht man mal wieder, wie viel Ahnung du hast, Frau. Es war keine Stripperin, sondern ein Mädchen, das leicht bekleidet aus Geburtstagstorten steigt. Und willst du jetzt endlich den Mund halten mit deinem Barney Thomson? Ich versuche, die Zeitung zu lesen.« »Schottland benennt neun Verteidiger für Freundschaftsspiel gegen Andorra – ›Ihr Rechtsverteidiger spielt in der achten spanischen Liga, und das macht mir Sorgen‹, gesteht Brown.«

»Ach, hör doch auf und röste deine Füße im Ofen, James Strachan. Sobald das Schneetreiben nachlässt, gehe ich zum FBI. Auf jeden Fall.«

»Zum FBI! Zum FBI! Was plapperst du jetzt wieder, Mary Strachan? Ich sag dir, du guckst zu viel von dem Mist im Fernsehen. Deswegen denkst du auch, in Durness hätte ein Serienmörder übernachtet. Aber ich sag dir was: Der einzige Serienmörder, den wir hier hatten, war der Typ, der im Weetabix gesessen hat.«

»Ach, hör doch auf und steck deinen Kopf in ein brennendes Feuer, James Strachan.«

»Ach, geh und steck du deinen Kopf in einen lodernden Kamin, Mary Strachan. Wenn Barney Thomson zu dem Kloster wollte, warum ist er dann nicht nach Tongue gefahren? Es ist genauso weit entfernt und hätte ihm die Mühe erspart, ganz hier raufzukommen.«

»Was? Also ich sag ja nicht, dass er kein Idiot war, aber der Mann war definitiv hier, also geh und steck deinen Kopf in einen aktiven Vulkan, James Strachan.«

»Einen aktiven Vulkan? So ist das also? Nun, geh du und steck deinen Kopf in einen explodierenden Stern, Mary Strachan.«

So geht die Diskussion noch eine Weile weiter, doch die intellektuelle Schärfe der Debatte ist verloren, und der Streit degeneriert zu kleinmütigen Beschimpfungen und Beleidigungen.

Kapitel 18

Die Art Wendepunkt, von der man lieber nichts weiß

Es ist Bruder Frederick, der die jüngste Leiche entdeckt, den letzten ermordeten Mönch. Die Leiche lehnt an einem Baum im Wald, vom immer noch tobenden Schneesturm verweht. Bruder Frederick sollte in seinem Alter nach Ansicht einiger Mönche überhaupt nicht mehr nach draußen gehen, aber er ist noch immer aktiv. Er hat nicht die Absicht, sich leise in sein Bett zu verkriechen, ein Mann, der aufrecht sterben will, hat er immer gedacht. Und nun fragt er sich, ob er, nachdem sie von einem neuen Übel heimgesucht worden sind, durch die Hand eines Mörders sterben wird wie die anderen Mönche des Klosters.

Frederick ist der Einzige, der noch von den Morden von 1927 weiß, als binnen eines guten Monats vierzehn Mönche vergiftet wurden. Damals waren sie sehr viel zahlreicher gewesen, doch vierzehn Tote hatten die Abtei bis ins Mark getroffen. Trotzdem war die Polizei nicht hinzugezogen worden; die Mönche hatten den Mörder selbst ausgemerzt und kurzen Prozess mit ihm gemacht. Gottes Urteil, doch nun fühlt er sich an jene schrecklichen Tage erinnert.

Als das letzte Opfer nicht pünktlich zum Frühstück erschien, hatte dem niemand besondere Beachtung geschenkt. Dieser Mönch war zu den Mahlzeiten wegen seiner Pflichten häufig unabkömmlich und jetzt umso mehr. Ein oder zwei mögen den Verdacht gehegt haben, dass etwas nicht stimmte, doch nur Frederick spürte es. Spürte das Böse, wie er es vor siebzig Jahren gespürt hatte.

Nach dem Frühstück begab er sich in der Kälte auf die Suche. Der Schnee tanzte im heulenden Wind, kleine Flocken in hektischer Anspannung. Er wusste, dass er nicht lange im Freien bleiben durfte, vermutete jedoch, dass das auch der Mörder nicht getan hatte. Er musste die Leiche nicht lange suchen.

Jetzt steht er da, Bruder Frederick mit seinen einhundertundvier Lenzen, vor sich das jüngste Opfer des Kloster-Mörders in gewohnter Position, aufrecht sitzend, die Beine gespreizt, nur dass es diesmal kein Blut gegeben hat, kein Messer, keine Schere in seinem Hals. Das Wetter lädt Greise nicht unbedingt zu einer gründlichen Obduktion ein, doch Bruder Frederick riskiert einen raschen Blick. Die Augen lächeln wie bei den Brüdern Bibliothekaren im Tod, doch diesmal lächelt der Mund nicht mit. Die Lippen sind geöffnet und durch einen Gegenstand im Mund leicht verzerrt. Zögernd zieht Frederick seine gebrechliche alte Hand aus der Kutte und schiebt die Oberlippe ein wenig nach oben. Im Mund klemmt ein Kamm, der die Zunge nach unten gedrückt hat, sodass das Opfer daran erstickt sein muss.

Tod durch den Kamm, ein bitteres Lächeln schleicht sich in das Gesicht des alten Mannes. Er hat in seinem Leben vieles gesehen, viele schreckliche Tode, nie jedoch so etwas.

Er lässt die Lippe los, doch sie verharrt in der Position, in die er sie geschoben hat. Er wirft einen letzten Blick auf die Leiche, bevor er durch den Schnee den Rückzug in Richtung Kloster antritt. Er hat keine Angst davor, dass einer der Männer, die ihn dort erwarten, ein Mörder ist. Er weiß, dass er seinen Tod erahnen wird, wenn die Stunde gekommen ist. Er macht sich Sorgen um seine Brüder, doch hat er in seinen frühen Jahren so viele Leichen gesehen, dass auch achtzig Jahre im Hause des Herrn nichts an seinem zwiespältigen Gefühl gegenüber dem Tod geändert haben. Tod mochte gut oder schlecht sein, vor allem jedoch war er unvermeidlich.

Bruder Frederick kämpft sich, die Lippen über gebleckte Zähne gespannt und blau angelaufen, gegen den eisigen Wind zurück zur Wärme des Klosters. Wie viele jener Morde von 1927 hatte er damals traurigen Herzens melden müssen?

Barney Thomson widmet sich der mittlerweile definitiv ungeliebteren seiner beiden Pflichten. Er wienert Fußböden, schrubbt mit Händen und Knien die kalten Steine. Als Nächstes muss er sie polieren. Gute Pflege ist das Einzige, was diese Gebäude halbwegs intakt erhalten hat, wie man ihm gleich am Anfang erklären wollte.

Die Flure im dritten Stock hat er bereits hinter sich und ist nun bis zur Bibliothek vorgedrungen, wo er zwischen den Regalen wienert, versteckt und unsichtbar, obwohl ohnehin kein Mensch zu sehen ist. Er fragt sich, warum Bruder Herman nicht im Dienst ist, und vermutet, dass er irgendjemandem Daumenschrauben anlegt oder einen Hoden durch eine Heißmangel dreht, um die unbestreitbare Wahrheit zu ergründen.

Er fragt sich, wie weit die Ermittlungen wegen seines Verschwindens gediehen sind und ob die Polizei auf eine der Unterkünfte gestoßen ist, in denen er auf seiner kurzen Reise quer durch die Highlands übernachtet hat. Wie bald kann er das Kloster ungefährdet wieder verlassen? Er ist sich der Moden des modernen Lebens durchaus bewusst, weiß, dass etwas ein paar Wochen lang die Nachrichten beherrschen und dann wieder verschwinden kann, als hätte es nie existiert. Könnte das auch mit dem Mythos des kaltblütigen Serienkillers Barney Thomson geschehen? Natürlich kennt er die Schlagzeile des *Daily Record* vom selben Morgen nicht: ›Mörderischer Frisör verantwortlich für Börsenkrach‹. Manchmal denkt er an Agnes und nimmt an, dass sie gemütlich zu Hause sitzt und ihre grässlichen Seifenopern anschaut. Er fragt sich, wie Allan mit dem Stigma zurechtkommt, einen Bruder zu haben, der von der Polizei gesucht wird, und nimmt zutreffenderweise an, dass er seinen Namen geändert hat.

Doch wohin sollte er aus diesem kalten Gefängnis fliehen? Womit könnte er sein Geld verdienen? Was hat ihm das Leben überhaupt noch zu bieten?

Er weiß, dass er keine Wahl hat. Er muss in dem Kloster des Todes ausharren und hoffen, dass er nicht noch tiefer in die makabren Ereignisse verstrickt wird. Irgendwas könnte sich ergeben, oder er würde im Laufe der Zeit in der Welt draußen immer unsichtbarer werden. Vielleicht gibt es bis zum nächsten Sommer eine neue Hassfigur. Er muss den Kopf eingezogen halten und hoffen, dass die Mönche von der Außenwelt nichts über ihn erfahren. Da kommt der Schneesturm durchaus gelegen, und vielleicht wird bis zum nächsten Kontakt ein anderes armes Schwein die Titelseiten dominieren.

Kopf einziehen, Klappe halten, weiter arbeiten und sich nicht mit Bruder Herman anlegen. Barney Thomson schrubbt ein wenig heftiger.

Etwa eine Minute später hört er Schritte und Stimmen, hört auf zu putzen und hält den Atem an. Er weiß nicht genau, ob die Bibliothek nicht tabu ist. Er hat sich bloß hineingewagt, weil Bruder Herman, den er hätte fragen können, nicht da war. Er kauert sich an ein Regal und erkennt die Stimmen als die des Abtes und des Bruders Adolphus. Eilige Schritte, die stehen bleiben, als sie die Mitte des Raumes erreicht haben.

»Bruder Herman!«, ruft der Abt. Nichts. Barney hört, wie jemand erregt hinter den Schreibtisch des Bibliothekars tritt, und fragt sich, ob er seine Anwesenheit bekannt machen soll, doch irgendetwas hält ihn zurück. Entweder ein sechster Sinn oder jene Gabe, in praktisch jeder schwierigen Situation die falsche Entscheidung zu treffen.

»Du liebe Güte«, sagt der Abt, »wo kann der gute Bruder sein?«

»Wenn du mir den Grund für deine Erregung nennen würdest, Bruder Abt, könnte ich dir vielleicht zur Seite stehen. Du wirkst äußerst betrübt.«

Du wirkst äußerst betrübt, wiederholt Barney still für sich. Schleimer. Er hegt wenig Sympathien für Bruder Adolphus. Nach einer kurzen Pause vernimmt Barney die Antwort des Abtes, und sein Herz schlägt ein wenig schneller.

»Es hat einen weiteren Mord gegeben, Bruder!«

Mit einem erstickten Keuchen fragt Adolphus: »Wer in Gottes Namen ist es diesmal?«

Er erhält nicht sofort eine Antwort. Barney starrt an die kalte dunkle Decke. Ein weiterer Tod in ihrer Mitte. Er überlegt, wer nicht beim Frühstück war, doch das waren einige, weil immer einige von ihnen freiwillig verzichten.

»Es ist der gute Bruder Babel. Bruder Frederick hat seine Leiche vor nicht einmal zehn Minuten am Waldrand gefunden.«

»Bruder Babel!«

Bruder Babel, dreiundfünfzig, von erstaunlich korpulenter Statur, mit schütterem Haar und warmem Herzen. Jedermanns Freund, niemandes Feind. Ein reiner und ehrlicher Mann, einer der wenigen, die aus lauteren Motiven im Kloster sind. War mal ein guter Linksverteidiger, zur falschen Zeit am falschen Ort.

Fürs Erste sagt niemand etwas. Der Abt ringt die Hände, und Bruder Adolphus verdaut die Nachricht. Wenn er nicht schon Bescheid weiß, denkt Barney, denn einer dieser Mönche muss der Mörder sein, und die Alternativen werden von Mal zu Mal weniger. Schon drei Tote, und er selbst war es bestimmt nicht.

»Ich muss Bruder Herman finden. Es ist seine Ermittlung. Es besteht wenig Hoffnung, dass die Polizei den Weg hier hinauf findet oder dass wir zu ihnen vordringen. Nicht bei diesem Schneesturm. Wir sitzen in unserem eigenen Gefängnis, Bruder Adolphus, mit einem frei herumlaufenden Mörder. Ich hätte mich nicht von Herman leiten lassen dürfen. Ich hätte die Polizei schon vor fünf Tagen alarmieren sollen. Dies ist eine schreckliche Geschichte. Einfach schrecklich.«

Bruder Babel. Barney starrt weiter an die Decke. Er hatte noch nie mit dem Mann gesprochen. Ein Bruder-Cadfael-Schnitt, wenngleich verfertigt von der widerspenstigen Hand des Adolphus, außerdem hatte er offensichtlich zu viel gegessen. Was sonst noch? Nichts, überhaupt nichts. Bloß ein weiterer Mann, den er kaum gekannt hat und der jetzt tot ist.

Wie konnte er nur so töricht sein, zu diesem Ort zu kommen? Doch woher hätte er es auch wissen sollen? Er hatte im vergangenen Frühjahr im *Herald* einen Artikel über das einsame, weltabgewandte Leben von Mönchen gelesen. Und als die gesamte westliche Welt nach ihm fahndete, war es ihm wie ein geradezu natürliches Versteck erschienen. Doch sobald er angekommen war …

Könnte es sein, dass er das Böse mitgebracht hatte? Irgendeinen übel meinenden Geist?

»Wie ist er gestorben, Bruder Abt?«, fragt Adolphus. Er war nicht an den vorherigen Ermittlungen beteiligt, hat jedoch wie alle anderen Gerüchte von spitzen Gegenständen gehört.

»Durch einen Kamm«, sagt der Abt.

Barney hört, wie Adolphus die Luft anhält, und kann sein eigenes Entsetzen gerade noch dämpfen.

»Er wurde zu Tode gekämmt?«, fragt Adolphus, der von dergleichen noch nie gehört hat.

»Der Kamm wurde in seinen Mund gestoßen und damit die

Zunge in seinen Rachen gedrückt, sodass er daran erstickt ist. Das glaubt offenbar zumindest der gute Bruder Frederick.«

»Heiliger Himmel, Bruder! Ein Kamm. Aber in unserer Mitte gibt es doch nur einen Bruder, der einen Kamm besitzt.«

»Genau. Bruder Jacob. Oh je, oh je. Ich hätte wirklich nicht darauf bestehen dürfen, dass Herman ihn nach dem Tod Bruder Morgans durch seine Schere so sanft anfasst. Allem Anschein nach passt alles zusammen. Diese Morde haben erst begonnen, nachdem Jacob zu uns gekommen ist, und nach nur kurzer Zeit seiner Anwesenheit sind drei Brüder tot und nun schon der zweite mit einem Werkzeug unter Jacobs Kontrolle. Wir müssen den erbärmlichen Bruder finden, und wir müssen Bruder Herman finden. Gott schütze uns, wenn auch ihm etwas zugestoßen ist.«

»Dies ist fürwahr eine überaus scheußliche Angelegenheit, Bruder. Gibt es denn keine Möglichkeit, wie wir eine Nachricht an die Außenwelt absetzen können?«

»Hör zu«, sagt der Abt, und Bruder Adolphus lauscht, wie der Schneesturm durch die Mauern des Klosters pfeift. »Wir sitzen in der Falle, Bruder, nur wir selbst und der Herr können uns schützen. Ich werde den Mönchen das Anliegen unterbreiten, doch das kann ich wohl kaum von jemandem erwarten.« Weil wir uns auf den Herrn offenbar nicht mehr verlassen können, denkt er, ohne es zu sagen. Er fragt sich, warum sie verlassen wurden und warum dieses Böse über sie hereingebrochen ist. »Komm, Bruder Adolphus, zuerst müssen wir Bruder Herman finden und ihm die überaus traurige Nachricht überbringen. Und dann müssen wir Jacob ergreifen. Außerdem muss die Leiche des guten Babel aus der Kälte geholt werden. Dies ist bei Gott ein schändlicher Tag.«

Die Schritte entfernen sich eilig aus der Bibliothek, die schwere Tür fällt zu, und die Geräusche verstummen hinter dem schweren Eichenholz.

Stille.

Barney Thomson starrt noch immer an die Decke. Wie in Trance. Verdächtigt mehrerer Morde, die er nicht begangen hat. Und wenn doch, grübelt er. Ist er vielleicht schizophren? Verliert er im Schlaf bisweilen die Besinnung? All diese Morde sind nachts geschehen und auch wenn er Probleme mit dem Einschlafen hatte, hat er, wenn er erst einmal weg war, tief und fest geschlafen. Er träumt nicht einmal. Vielleicht ist er ein Schlafwandler. Oder ein Schlafmörder, der die Leichen entsorgt und wieder zwischen die Laken schlüpft. Ahnungslos einen Mord auf dem Gewissen. Er hat gehört, dass so etwas vorkommt.

Und wenn nicht das, könnte jemand versuchen, ihm die Schuld in die Schuhe zu schieben, weil er der neueste Mönch und damit offensichtlich verdächtig ist? Bruder Martin vielleicht? Oder sogar Bruder Herman selbst? Das ist eine Möglichkeit, denkt er, aber er kann nichts dagegen tun. Er kann keine Verteidigung vorbringen, und er ist ein Außenseiter. Es gibt keinen Grund, warum er von diesen Leuten einen fairen Prozess erwarten sollte. Er weiß, wie gefährlich religiöser Fanatismus werden kann. Er hat Bücher gelesen und das Thema bei einem Bier mit Bill Tylor erörtert.

Doch es gibt keinen Ausweg, zurzeit ist eine Flucht aus dem Kloster unmöglich. Sich bei diesem Wetter in die Berge abzusetzen, wäre Wahnsinn, so sicherer Selbstmord, als würde er eine an seinem Kopf ruhende Pistole abdrücken. Er muss ein Versteck innerhalb der Abtei finden, das Ende des Sturms abwarten und bei Wetterbesserung das Weite suchen, bevor die offiziellen Gesetzeshüter hinzugezogen werden können.

Barney Thomson schlägt den Blick von der Decke zu Boden. Es gibt keine Antworten, doch er muss schnell handeln. Keine Zeit für lange Entscheidungen. Seine vorübergehende Zuflucht ist verloren, er ist wieder auf der Flucht. Vielleicht sollte er sich dem Abt offenbaren und sich verteidigen. Seine Flucht wird ihn in den Augen seiner Mitbrüder zweifelsohne noch verdächtiger machen. Doch er kann nicht glauben, dass man gerecht über ihn urteilen wird. Er hat die Worte des Abtes gehört, und sie klangen wie die eines Mannes, der sein Urteil bereits gefällt hat. Deshalb wird er genau wie vor achteinhalb Monaten, als er versehentlich Wullie Henderson getötet hat, die Konfrontation mit den Autoritäten so lange wie möglich vermeiden.

Er stützt sich an dem Bücherregal ab und steht auf. Er fühlt sich matt, doch er weiß, dass er schnell ein Versteck finden muss. Er überlegt, was er über die Gebäude des Klosters weiß und ob es ein Versteck gibt, in dem er nicht erfrieren wird; und fragt sich, ob es auf diesen nördlichen Inseln irgendwo einen Winkel gibt, in dem der Name Barney Thomson nicht als das personifizierte Böse gilt, in dem jemand namens Barney Thomson als freier Mann herumlaufen könnte.

Woher soll er auch wissen, dass die Titelseite des *Scotsman* an diesem Morgen lautet: ›First Minister fordert: Bringt mir den Kopf von Barney Thomson.‹

Kapitel 19

Rosige Aussichten

»Ja, ja, ist lange her, dass wir einen von euch aus Glasgow hier hatten«, sagt Big Davie. Der Schneepflug knirscht grauenhaft langsam Richtung Durness. Mulholland, Sheep Dip und Proudfoot haben sich, die Oberschenkel aneinander gepresst, in das Führerhäuschen gezwängt. Sheep Dip beißt große Stücke von einem kleinen Schokoriegel ab, und Mulholland spürt, wie er sich über jeden Bissen ärgert, als würde er seinen Raum minimal weiter einengen. Ein Doppelgänger seiner Verärgerung darüber, dass nicht er seine Schenkel gegen Proudfoots presst.

»Sie stammen also auch aus Glasgow?«, fragt Proudfoot, die den Akzent überall auf der Welt erkennen würde.

»Jawohl. Meine Mutter und mein Vater haben sich getrennt, als ich noch klein war. Meine Mutter ist mit uns zurück nach Cam'slang gegangen, wissen Sie. Ein Haufen Scheiße. Sobald ich abhauen konnte, ohne dass sie den *Daily Record* alarmiert hat, bin ich wieder hier hoch gekommen. Hab sie seit sechs Jahren nicht mehr gesehen, die dumme Kuh.«

Mulholland starrt benommen auf die verschneite Straße und versucht, ganz abzuschalten, doch es will ihm nicht gelingen.

Big Davie sieht an Mulholland und Sheep Dip vorbei, die seinethalben ebenso gut gar nicht da sein könnten, und zu der reizvollen Proudfoot hinüber.

»Sie sind also eine Frau?«, sagt er.

Proudfoot wendet den Blick nicht vom Schnee. Darauf weiß sie eigentlich keine Antwort. Sie hat schon eine Weile nicht mehr darüber nachgedacht.

»Eine echte Intelligenzbestie, was?«, murmelt Mulholland.

»Klar«, antwortet Big Davie, »so was fällt mir auf, immer doch. Hier oben sieht man nicht oft Polizistinnen, wissen Sie. Ich meine, nicht dass Sie aussehen würden wie eine Polizistin.«

»Oh. Wie sehe ich denn aus?«, fragt sie.

Big Davie wirft Mulholland einen raschen Blick zu und fragt sich, wie dick er mit dem bösen Bullen an seiner Seite auftragen kann. Was soll's, denkt er, wer nicht wagt, der nicht gewinnt.

»Wie eins von diesen Supermodels oder ein Filmstar oder so.«

Lahmer Spruch, aber in den Schmuddelbars von Bettyhill und Scrabster hat er immer funktioniert. Bei der kleinen Alison McVitie, der großen Janice McLeod, Esther »Bett-Tester« Comrie, Phyllis »Froschschenkel« Duncan, Big Effie McFarlane. Die Liste ist lang.

Mulholland lacht. Proudfoot schaltet von Zynismus auf Verärgerung um. Sheep Dip reißt eine Tüte Malteser auf und stopft sich gleich sechs auf einmal in den Mund. Bezüglich Proudfoot hatte er schon die gleichen Gedanken, doch er weiß, was Mrs. Dip dazu sagen würde. Die Geschichte mit Big Mary war so ziemlich der vorletzte Tropfen gewesen.

»Sie sind still«, sagt Proudfoot zu Mulholland.

»Doch«, sagt Big Davie, seine Chance witternd, »ich kann mir Sie auf dem Titelblatt einer Zeitschrift vorstellen. Auf der *Cosmopolitan* oder so.«

»Ja«, sagt Mulholland. »Erin Proudfoot erzählt, warum sie es mit ihrem letzten Big Mac getrieben hat.«

»Würden Sie wohl Ihre Klappe halten?«, zischt sie.

»Ja«, sagt Big Davie, »Polizistinnen sehen oft aus wie richtige

Ungeheuer, wissen Sie. Als ob sie Kanonenkugeln zwischen den Schenkeln zermalmen könnten oder so. Jedenfalls ziemlich derbe. Sie wissen schon, was ich meine«, sagt er zu Mulholland und verpasst ihm einen Stoß in die Rippen.

»Ja«, sagt er und überlegt schon, ob er das Steuer übernehmen und Big Davie in die Schneeverwehungen am Straßenrand schubsen soll. Er riskiert einen kurzen Blick. Big Davie trägt seinen Namen zu Recht. Im Gegensatz zu Big Effie McFarlane.

»Gut aussehende Buletten sieht man normalerweise nur im Fernsehen. Wie in *Drei Engel für Charlie* oder so. Farrah Fawcett zum Beispiel. Ein Gesicht wie ein Beutel Schraubenschlüssel, aber als sie noch jünger war, wär ich mit nackten Füßen drei Meilen über Scherben gelaufen, nur um mir in ihrem Schatten einen runterzuholen. Bloß Arsch und Titten und kein Verstand. Das ist einfach unschlagbar bei einer Schnalle.«

Wie kommt es, fragt sich Mulholland, dass man, wohin man auch kam, immer jemanden aus Glasgow traf, der Mist laberte.

»Und wie lange sind Sie schon bei der Polizei?«, fragt Big Davie und packt den Charmeur aus.

»Zehn Jahre«, sagt Proudfoot, obwohl ihr der Typ auf die Nerven geht. Aber sie hat ihr ganzes Leben mit Idioten wie ihm geredet, sodass sie dabei problemlos abschalten kann. Außerdem ärgert es Mulholland.

»Zehn Jahre? Astrein. Da haben Sie doch bestimmt schon ein paar Verbrecher geschnappt, was?«

»Ja, den einen oder anderen«, antwortet sie.

»Super. Als Frau und so, verstehen Sie. Denn Frauen sind einfach nicht wie wir, hab ich Recht, Chef?«, sagt er und stößt Mulholland erneut in die Rippen.

»Brillante Schlussfolgerung. Haben Sie je daran gedacht, selbst Polizist zu werden?«, sagt Mulholland.

Der Schneepflug kämpft sich vorwärts, langsamer als ein träger verregneter Samstag, an dem die BBC einen vierzig Jahre alten Doris-Day-Film zeigt, während der Sportkanal sich für Motherwell gegen Dundee entschieden hat.

»Was mich immer beschäftigt«, sagt Big Davie, »ist das mit dem aufs Klo gehen.«

Einen Moment lang konzentriert er sich auf eine enge Kurve und lässt sie in gespannter Ungewissheit. Als die Straße wieder geradeaus führt, schweigt er weiter. Unser Davie weiß, wie man ein Publikum in seinen Bann schlägt, weiß um die nationale Fäkalien-Faszination und muss nicht lange warten.

»Nun, sagen Sie schon«, lässt sich Proudfoot vernehmen. »Irgendwann werden Sie es uns sowieso erklären, also können Sie es ebenso gut gleich hinter sich bringen.«

Sheep Dip legt den Kopf in den Nacken und schüttet sich die Reste aus der Malteser-Tüte in den Mund.

»Denkt mal nach«, sagt Big Davie und hebt einen Finger. »Sie wissen bestimmt, worauf ich hinaus will, Chef. Wie oft haben Sie schon in der Kneipe gesessen oder irgendwo unter Leuten, ein paar Mädels, ein paar Typen, und eine der Frauen sagt: ›Ich muss mal pinkeln.‹ Sofort sagt garantiert eine von den anderen Schnallen: ›Kein Problem. Ich muss auch mal. Ich komm mit.‹ Und ab geht's zum Scheißhaus. Na, wie oft haben Sie das schon erlebt?«

»Kann ich gar nicht mehr zählen«, brummt Mulholland.

»Hunderte Male«, sagt Sheep Dip mit Schokolade zwischen den Zähnen.

»Genau. Also, was ich wissen will, ist, was machen sie, wenn sie da sind? Ich meine, kein Mensch behauptet, sie wären lesbisch oder so. Aber was machen sie? Ich meine, wenn man so da sitzt, und ein Typ würde zu einem sagen: ›Ich geh pinkeln, willst du mitkommen?‹ Was würde man denn da denken? Man würde denken, der Typ ist eine verdammte Schwuchtel, und ich schlag ihm die Fresse ein. Also, zwei Typen würden einfach nicht zusammen aufs Klo gehen, es sei denn, sie sind stock-, na Sie wissen schon, was ich meine. Aber bei Frauen ist das anders. Die segeln glücklich Arm in Arm zum Klo, drängeln sich in eine Kabine und vergleichen noch ihre Slips.«

Seine Ausführungen bleiben unkommentiert. Proudfoot überlegt, wann sie zuletzt in Begleitung auf einer Toilette war, und muss zugeben, dass es noch nicht lange her ist, während Mulholland im Geiste mit den Fingern auf eine Tischplatte trommelt.

»Aber wenn ich eine Frau wär«, sagt Big Davie, »würde ich wahrscheinlich auch Hilfe beim Pinkeln brauchen. Ich meine, schließlich haben sie nichts, woran sie sich festhalten können. Wer weiß?«

Er bekommt wieder keine Antwort. Der Schneepflug ist Durness weitere fünfzig Meter näher gekommen. Und Big Davie ist noch nicht fertig.

»Oh ja, da gab es doch noch diese andere gut aussehende Polizisten-Schnalle. Wie hieß sie noch? Die Kleine aus *Cagney und Lacey*. Die Blonde. Wirklich verdammt attraktives Geschoss. Scheiß-Serie, aber sie war okay. Ich meine, damals. Heute ist sie nichts Besonderes mehr, aber vor zehn Jahren hätte ich mich mit rohem Fleisch eingerieben und wäre durch ein haiverseuchtes Gewässer geschwommen, um einmal an ihrem Muff zu schnuppern.«

»Das habe ich auch oft gedacht«, sagt Mulholland und fragt sich, ob er Big Davie verhaften kann. Wegen des Redens von Unsinn bei widriger Witterung.

»Aber ich glaube, das wär's auch so ziemlich. Was meinen Sie, Chef?«

Mulholland antwortet nicht. Wie wär's mit Fahren eines Schneepflugs unter Einfluss von Dummheit, denkt er.

»Sehen Sie, das ist es, was ich meine, Kleines«, sagt Big Davie und widmet seine Aufmerksamkeit wieder Proudfoot. Gut aussehende Frauen gehen normalerweise nicht zur Polizei. Aber da sitzen Sie, mitten drin, ein Traum in Uniform, ein Babe in Blau, eine Mieze mit Macht. Das ist unschlagbar. Also, was geht?«

Eines der physikalischen Grundgesetze, denkt sie. Proudfoot, Regel Nummer einhundertfünfundachtzig: Wenn du mit zwei Typen in einem Schneepflug sitzt (Sheep Dip ignoriert sie, Sheep Dip, das ist so, als hätte man einen Hund dabei), von denen du einen mit Eiscreme einschmieren möchtest, während du den anderen nicht einmal mit einem Stock von der Länge des Erdumfangs anfassen würdest, wird garantiert der Prä-Humanoide die Anmache starten.

»Ich weiß nicht genau, Sie kleiner Charmeur«, sagt sie, was der Wahrheit entspricht. »Im Fernsehen fand ich es immer klasse, nehme ich an. Ich wollte schon immer zur Polizei.«

»Schon in Ordnung«, sagt Big Davie. »Nichts für ungut, Kleines. Manchmal kommt es einem einfach so vor, als würde einen das Leben irgendwohin treiben, und man kann nichts dagegen machen. Man treibt ohne Paddel den Fluss hinunter, und die Bäume des Waldes gleiten vorbei wie Scheiße von einem Stock.«

»Ja«, sagt sie. »So in etwa.«

»Sehr existenzialistisch«, sagt Mulholland. Ihm reicht's.

»Existenzialistisch, Chef?«, fragt Big Davie.

»Was auch immer.«

»Haben Sie gerade existenzialistisch gesagt?«

»Ja«, erwidert Mulholland. »Na und?«

»Wissen Sie eigentlich, was existenzialistisch bedeutet?«

Mulholland antwortet nicht.

»Wollen Sie etwa sagen, dass ein Leben, in dem man ohne

Grund oder Rhythmus von einer Handlung zur nächsten treibt, ohne Kontrolle über irgendwelche Eventualitäten, eine existenzialistische Existenz darstellt? Sie haben offensichtlich keine Ahnung, wovon Sie reden. Das existenzialistische Ideal umfasst einen Haufen Lehren, es leugnet etwa objektive universelle Werte und behauptet, dass man sich seine Werte durch Handlungen selber schaffen muss. Und dadurch, dass man jeden Moment ganz auskostet. Carpe diem und so. Was hat das damit zu tun, dass man ziellos durchs Leben treibt und nimmt, was kommt, wie Ihre umwerfende Assistentin hier?«

»Mein Leben ist nicht ziellos«, sagt Proudfoot.

»Nicht mehr, nachdem Sie mich getroffen haben?«, fragt er.

Mulholland zieht eine Braue hoch und wäre lieber an jedem beliebigen anderen Ort des Planeten. Seinetwegen im Bereitschaftsdienst bei einem Heimspiel von Partick Thistle. Egal.

»Auf der Suche nach einem Date für heute Abend, Davie?«, fragt sie.

»Soll das eine Einladung sein?«, fragt Big Davie.

»Davie, wenn ich die Wahl zwischen einem Abend mit dir und drei Stunden Kopfschmerzen und einem Neun-Tonnen-Schaufelbagger in der Nase hätte, würde ich zu meinem Schmerzmittel greifen und mich für die Baumaschine entscheiden.«

»Oh«, sagt er und fegt gewaltig um eine enge Kurve. »Das heißt, Sex kommt nicht in Frage?«

»Genau.«

»In Ordnung«, sagt er. Mit Zurückweisungen hat er kein Problem. Big Davies Balzregel: Wenn du einhundert Frauen anmachst und neunundneunzig Mal zurückgewiesen wirst, kriegst du immer noch einen Fick.

Zeit, weiterzugehen. Oder auch zurück.

»Ach ja«, sagt er erinnerungsselig. »Ich hab diese Wie-hießsie – noch aus der Krimiserie vergessen. Wie war noch ihr Name? Ein echter Superschuss und so. Jetzt ist sie zugegeben ein bisschen angeranzt, aber als sie noch jünger war, hätte ich meine Eier gehäutet und durch fünf Meilen Salzwüste geschleift, nur um über ihren Schoß zu sabbern.«

Der Schneepflug klappert geräuschvoll über die Straße Richtung Rhiconich und weiter zur Laxford-Brücke, wo er den Kollegen aus Ullapool treffen wird. Proudfoot, Mulholland und Sheep Dip sehen ihm eine Weile nach, froh, der Maschine entronnen zu sein, bevor sie die Auffahrt zu Mr. und Mrs. Strachans Bed & Breakfast-Pension hinaufstapfen.

Diese Pension, dann noch zwei Hotels und dann weitersehen. Sie wissen nicht genau, wo die nächsten Hotels auf ihrer Route liegen oder wie sie dort hinkommen sollen. Jeder denkt für sich, dass sie an das Ende ihrer Reise gelangt sind. Bei all den offensichtlichen Spuren und unzähligen Indizien könnte Barney sich ebenso gut in Luft aufgelöst haben. Sie können noch eine sinnlose Nacht in Durness verbringen, und was dann? Umkehren, nach Glasgow zurückfahren und noch ein paar Tage darauf warten, bis McMenemy sie beide von dem Fall entbindet und irgendein neues dummes Opfer findet, dem er die Chose aufhalsen kann. Rosige Aussichten.

Und so gehen sie über den Pfad durch den Garten der letzten Pension, in der Barney Thomson vor seinem Rückzug in das Kloster übernachtet hat, ohne zu wissen, dass ihr unmittelbares Schicksal davon abhängt, ob Mary oder James Strachan die Tür öffnet. Es ist kalt, und alle tragen sie eine kleine Tasche über der Schulter.

Mulholland klingelt und wartet.

»Alles in Ordnung?«, fragt Proudfoot und ärgert sich darüber, dass sie sich seinetwegen Sorgen macht.

Mulholland grunzt.

»Ich fühle mich, als hätte ich meine Eier gerade drei Meilen über Scherben geschleift«, sagt er.

»Ah ja. Und in wessen Schatten wollen Sie sich einen runterholen?«

Ihre Stimme klingt mit einem Mal angespannt, und Mulholland dreht sich um und spürt, wie sein Mund ganz trocken wird. Die Tür geht auf, und Sheep Dip starrt in die nicht allzu fernen Berge, aus denen der Sturm langsam in ihre Richtung zieht.

»Ein bisschen kalt, um draußen unterwegs zu sein, finden Sie nicht?«, fragt James Strachan.

Der Augenblick ist verstrichen. Sie sehen ihn an, und Mulholland präsentiert seinen Ausweis.

»Guten Tag, Sir, Chief Inspector Mulholland, Sergeants Proudfoot und Dipmeister. Wir drehen nur ein paar Runden in der Gegend. Wir wüssten gern, ob dieser Mann in den letzten paar Wochen bei Ihnen übernachtet hat«, sagt Mulholland und reicht ihm das Foto.

James Strachan schnalzt vernehmlich mit der Zunge und schüttelt den Kopf.

»Das ist wohl der Schwachkopf, der den Zusammenstoß zwischen Alan Hansen und Wullie Miller gegen Russland 1982 in Spanien verursacht hat?«

»Man sollte nicht alles glauben, was in der Zeitung steht«, sagt Mulholland.

»Schön und gut, aber man sollte auch nichts ausschließen.«

»Wie dem auch sei, das ist eigentlich nicht unser Problem. War er bei Ihnen zu Gast, oder haben Sie vielleicht gehört, dass er in einer anderen Unterkunft in der Stadt übernachtet hat?«

James Strachan schnalzt erneut laut und missbilligend. »Ach, hören Sie doch auf, junger Mann, wir sind hier in Durness, und dies ist ein ehrwürdiges Etablissement. Serienmörder wohnen in Häusern mit vernagelten Fenstern und dergleichen.«

»Nun, das ist aber eine ziemlich kühne Annahme, Mr. ...?«

»Strachan, James Strachan, das bin ich.«

»Nun, Mr. Strachan, man kann nie wissen. Sie sind absolut sicher, dass niemand, der diesem Foto entfernt ähnelt, unter Ihrem Dach übernachtet hat? Vielleicht unter einem anderen Namen oder mit leicht verändertem Aussehen?«

James Strachan zögert und fragt sich, ob er den Verdacht seiner Frau äußern soll, denkt dann aber, was weiß die dumme alte Gans schon.

»Ach, nein, mein Junge, niemand. Warum versuchen Sie es nicht in einer heruntergekommenen Gegend wie Glasgow oder dergleichen?«

»Wir wissen, dass er sich in dieser Gegend aufgehalten hat.«

»Ach, tatsächlich?«

»Ja.«

»Also wirklich. Trotzdem, bei uns war er nicht. Warum probieren Sie es nicht im Cape-Wrath-Hotel ein Stück die Straße hinunter? Ein großes Haus. Die hätten im Keller garantiert Platz für ein oder zwei Serienmörder.«

»Ah ja, gut«, sagt Mulholland.

James Strachan starrt sie noch ein paar Sekunden an und zuckt dann mit den Achseln. Ihm ist kalt.

»Vielen Dank für Ihre Hilfe«, sagt Mulholland, als eine weitere Tür vor seiner Nase zuschlägt.

Das ist sinnlos, denkt er. Proudfoot denkt dasselbe, auch wenn keiner ein Wort sagt. Diese Pension war ein Abbild praktisch jeder Pension, die sie aufgesucht haben. Die Mehrheit hat Barney Thomson nicht gesehen; eine Minderheit hat ihn gesehen, ist aber trotzdem nicht die geringste Hilfe.

Aus dem Nichts strecken sich allmählich die langen Finger des heraufziehenden Sturms aus, und es beginnt in spärlichen tanzenden weißen Flocken zu schneien. Sie machen kehrt und beginnen die Straße hinunterzulaufen. Verfroren, entmutigt, unglücklich, die schlechte Laune und allgemeine Sinnlosigkeit ihrer momentanen Beschäftigung hat sogar Sheep Dip erfasst. Sie fühlen sich nutzlos, und sie wissen noch nicht, dass das Cape-Wrath-Hotel noch eineinhalb Meilen entfernt ist.

Kapitel 20

Kleine Spinne kam gekrabbelt

»Psst!«

Es ist dunkel und still bis auf das gedämpfte Geheul des Windes draußen; später Abend oder früher Morgen, Barney Thomson weiß es nicht. Er hat jedes Zeitgefühl verloren, weiß nur, dass es seit vielen Stunden dunkel ist und die Mönche schon lange im Bett liegen. Einen Tag hat er in seinem Versteck im Speicher über der Bibliothek zugebracht, nachdem er seinen Eimer und seinen Schrubber weggeräumt hat, damit man keinerlei Indizien für seinen Aufenthaltsort finden würde.

Es ist kalt hier oben, kalt, feucht und einsam. Nur die Spinnen leisten ihm Gesellschaft, unsichtbare Wesen, die sein Gesicht streifen. Barney hört raschelnde Geräusche in der Nähe, doch die Dunkelheit ist undurchdringlich, keine Zeit der Welt würde reichen, um seine Augen daran zu gewöhnen. All das fürchtet Barney Thomson nicht, Phobien sind ihm unbekannt, er ist ein einfacher Mann. Doch er weiß, dass er nicht auf ewig im kalten und feuchten Speicher des Klosters hausen kann. Ein wenig Wärme steigt aus den Stockwerken unter ihm nach oben, doch nicht viel. Irgendwann wird er an Unterkühlung sterben. Nach einer Weile hat er begriffen, dass er gefahrlos in die unteren Stockwerke zurückkehren kann, wenn alle Mönche im Bett liegen. Er kann im Schatten lauern und die Küche plündern. Er hat sich schon mit Brot und kaltem Braten versorgt und auch einen Vorrat für später unter seiner Kutte verborgen, für morgen, denn er sieht keine Alternative zu einem weiteren Tag in seinem Versteck.

Einsam im Dunkeln verbrachte Stunden lassen einem Zeit zum Nachdenken, und Barney Thomson hat viel nachgedacht. Über Dinge, die er bedauert, Fehler, die er gemacht hat, und das, was die Zukunft bringen mag.

An diesem Ort fühlt er sich wie ein Fisch an Land, wie ein Priester in Ibrox Park, wie Wullie immer zu sagen pflegte. Und Wullie gelten auch seine weiteren Gedanken, was er seltsam findet. Denn in all den Monaten zwischen März und November hat er, nachdem die erste Gefahr erst einmal vorüber war, kaum einen Gedanken an ihn verschwendet. Wullie war weg, und das war das, und er hätte wahrscheinlich nie wieder an ihn gedacht, hätte man nicht die Leiche von Chris Porter gefunden.

Ist sein Bedauern über seine Aktionen im März deshalb nur die Konsequenz dieser Entdeckung? Hätte Barney seine Taten nach dem Mord an Wullie Henderson nicht bereut, wenn Porters Leiche nie gefunden und Barney Thomson nicht unvermittelt von einer ganzen Nation zum Bösewicht gemacht worden wäre?

Nie im Leben.

»Psst!«

Und ist seine Reue deswegen schlechter? Weil er nur seine Handlungen nach der Ermordung Wullies bereut, nicht jedoch dessen Tod selbst? Es mag ein Unfall gewesen sein, doch er hat trotzdem einen Menschen getötet. Frierend in seinem erbärmlichen Versteck, hat er gedacht, dass dies seine Buße ist, sein Härenhemd. Was nutzte es ihm, einer Entdeckung zu entgehen, wenn er sich unter Bedingungen verstecken muss, die schlimmer sind als alles, was ihm in einem Gefängnis blühen würde. Der

Schneesturm würde nicht ewig dauern, doch möglicherweise lang genug für seine Entdeckung. Er hat einen Teil seines Tages im Dunkeln darüber gegrübelt, ob eine höhere Macht am Werk sein könnte. Am Ende doch ein Gott, der Rache nahm.

»Psst!«

Beim dritten Versuch rührt sich etwas vor ihm. Ein Körper bewegt sich unter der Decke, eine Hand tastet, eine Stimme murmelt etwas davon, dass Sarah nicht genug Sahne benutzt hat.

Sarah? Alle Brüder haben Geheimnisse, so viel ist Barney Thomson inzwischen klar.

»Psst! Bruder Steven!«, flüstert er gepresst. Er hält sich schon seit einigen Minuten in dem Zimmer auf und hat seine eigene Decke sowie herumliegende Kleidung an sich genommen.

Schließlich hebt der Bruder den Kopf, stützt sich auf dem Kissen ab und blinzelt in die apokalyptische Dunkelheit.

»Wer ist da?«, fragt er, aus tiefstem Schlaf gerissen. Er kann sich immer noch nicht erinnern, wo er ist. Es könnte jedes von den hundert Betten sein, in denen er in seinem ganzen Leben aufgewacht ist.

»Bruder Steven! Ich bin's. Jacob. Bruder Jacob«, fügt er hinzu, um jede Verwechslung auszuschließen. Er ist froh, dass Bruder Steven kein Opfer des mörderischen Wütens geworden ist, wie er vermutet hatte.

Steven hält vernehmlich die Luft an, schlägt die Laken beiseite und setzt sich auf. Er fährt sich mit der Hand übers Gesicht und schüttelt den Kopf.

»Bruder Jacob? Alle suchen dich, Mann. Wo bist du gewesen? Wir dachten schon, dass du in den Schneesturm geflohen bist.«

»Versteckt«, sagt Barney. »Pass auf, Bruder, ich weiß, was alle denken, aber ich war es nicht. Ich habe nichts mit den Morden zu tun.«

»Nicht?«

»Nein, wirklich nicht. So ein Typ bin ich nicht.«

»Nun, warum bist du dann weggerannt, Bruder? Alle halten dich für schuldig. Das hätten sie vielleicht sonst nicht getan, weil wir hier keine Vorurteile haben, aber nachdem du verschwunden bist...«

»Ich musste. Ich weiß, was alle denken. Die Morde haben nach meiner Ankunft begonnen, und sie wurden mit meinem Frisörwerkzeug begangen. Ich bin schließlich nicht blöd.«

»Und wo bist du gewesen, Bruder?«

Barney zögert. Er hat beschlossen, sich Bruder Steven anzuvertrauen, um herauszufinden, was eigentlich vor sich geht, aber er wird ihm nicht grenzenlos trauen.

»Spielt keine Rolle. Eben versteckt. Ich muss ein paar Sachen wissen. Gibt es keine anderen Verdächtigen? Ist dieser Mistkerl Herman nur hinter mir her? Denn wenn du mich fragst, hat er was mit der Sache zu tun. Und was ist mit all den anderen, die sich verdächtig benommen haben, wie Martin, Goodfellow, Ash oder Brunswick? Alles Heimlichtuer.«

Er erhält nicht sofort eine Antwort, spürt jedoch, dass Bruder Steven auf seinem Bett ein Stück nach vorne rückt.

»Ist das dein Ernst, Bruder?«

»Ja. Wieso?«

Eine weitere Pause. Selbst in dieser gruftartigen Finsternis spürt Barney Bruder Stevens Blick auf sich.

»Bruder Ash ist ebenfalls tot.«

»Was?«

»Sie haben ihn im Wald gefunden, in der Nähe von Bruder Babels Leiche. Mit eingeschlagenem Kopf.«

»Verdammte Scheiße.«

»Ja, fürwahr, Bruder«, sagt Steven. »Keine Feinheiten mehr mit einem Messer im Hals. Unser Mörderfreund hat seine Vorgehensweise komplett geändert. Was möglich ist, kommt vor und so. Ich weiß noch, dass der alte Ash einmal gesagt hat, er würde ewig leben, ohne an Horaz' ewige Weisheit zu denken: *Pallida Mors aequo pulsat pede pauperum tabernas regumque tues.* So ist es, dem kann man nicht wiedersprechen.«

»Äh, genau«, sagt Barney und fügt hinzu: »Verdammte Scheiße, und jetzt will man mir alle vier Morde in die Schuhe schieben?«

»Ich fürchte ja, Bruder. Der Abt hat Bruder David bereits auf eine Mission nach Durness geschickt, um die Polizei zu alarmieren. Ich weiß ehrlich gesagt nicht, ob du dir seinetwegen Sorgen machen musst, denn der Junge ist so gut wie tot. Keine Chance, dass er es bei dem Wetter schafft. Der arme Abt muss wirklich verzweifelt sein. Ich glaube nicht, dass Herman besonders begeistert war, aber das liegt an seinem Autoritätskomplex.«

»Oh Scheiße, das hat mir gerade noch gefehlt. Die verdammten Bullen werden hier aufkreuzen.«

»So ist es, Bruder. Hast du vielleicht Probleme mit der Polizei?«

Barney Thomson, eiskalt im Moment der Krise. »Ich? Gesucht von der Polizei? Machst du Witze? Weshalb sollte ich denn von der Polizei gesucht werden? Ich meine, ich? Was denkst du denn? Sehe ich aus wie der Typ, der die Leute umbringt, mit denen er zusammenarbeitet? Die Polizei? Keine Chance.«

»Schon gut, Bruder. Dann hast du ja nichts zu befürchten, wenn du unsere Brüder nicht getötet hast.«

»Aber sie denken, ich hätte es getan. Ich kenne die menschliche Natur. Ich kann keine Verteidigung vorbringen, ich habe kein Bein, auf dem ich stehen kann.«

Er sieht Bruder Steven im Dunkeln nicken.

»Schon kapiert, Bruder. Es ist dieses ganze Schuld-Unschuld-Ding. Wie Francis Bacon gesagt hat: ›Was der Mensch für wahr halten möchte, glaubt er bereitwilliger.‹ Ich nehme an, es ist für uns alle einfach bequemer zu glauben, dass der Neuling der Schuldige ist und nicht einer aus unserer Mitte, den wir im Laufe der Jahre lieben gelernt haben.«

»Du glaubst also auch, ich wäre schuldig und so?«

»Schuld, Unschuld, die ganze Chose – weißt du, Jacob, ich hab keine Ahnung, Mann. Ich kenn dich noch nicht lange, aber wir verstehen uns ganz gut, oder? Nun, ich halte dich wahrlich nicht gleich als Mörder auf dem Zettel, aber ich weiß auch nicht, wen ich sonst verdächtigen soll. Ich finde, dass eigentlich keiner der Brüder ein massenmörderisches Flackern im Blick hat. Wenn ich sage, du warst es bestimmt nicht, muss ich einen anderen beschuldigen. Ich weiß einfach nicht, Mann. Ich versuche ja, immer auf der Höhe der Ereignisse zu sein, aber es ist verdammt hart.«

Barney zögert, bevor er seine brennende Frage stellt. »Du wirst mich doch nicht verraten, Bruder, oder? Ich muss warten, bis man den wahren Mörder gefunden hat.«

»Keine Sorge, ich verrate niemanden. Jetzt heißt es da draußen: Jeder für sich. Aber man sucht nach niemand anderem, Bruder, und wenn noch jemand stirbt, wird man annehmen, dass du es warst, weil niemand weiß, wo du bist. Du hast einen langen Weg vor dir, mein Freund.«

Sie starren sich an, einer kann den anderen in der biblischen Dunkelheit kaum erkennen. Das gilt an diesem blutigen Ort als Freundschaft, denkt Bruder Steven. Aber was weiß Barney Thomson schon von Freunden. Sie nicken einander zu, eine Geste, die die finstere Nacht durchdringt, und dann ist Barney wieder in der schauerromantischen Finsternis des langen Korridors verschwunden. Und erneut beginnt er durch die Flure des Verhängnisses zu wandern, ein Flüchtling aus der Realität aller anderen.

Bruder Steven zieht das raue Wolllaken über seinen Körper und starrt an die Decke. Er denkt an Bruder Jacob, den die Flucht vor irgendetwas in dieses Kloster geführt hat und der nun innerhalb seiner Gemäuer wieder auf der Flucht ist. Eine gequälte Seele. Es ist, wie Catull gesagt hat, denkt er. *Und nun wandelt er auf der finsteren Straße, hin von wo, wie man sagt, niemand zurückkehrt.* So sah es in etwa aus für Bruder Jacob.

Er schließt die Augen, spürt, wie die Müdigkeit ihn übermannt, und sinkt schon bald wieder in die Arme von Sarah Conolly an einem warmen Sommernachmittag.

Barney Thomson kauert in einer Ecke seines Speichers – mit zusätzlicher Kleidung und einem vollen Magen, gestärkt für den Rest der Nacht und einen weiteren bitteren Tag vor sich, an dem er außer Sichtweite der anderen Mönche bleiben muss. Er ist froh, dass er Steven nichts von seinem Unterschlupf erzählt, aber auch, dass er ihn besucht hat. Er hat das Gefühl, zumindest einen Freund auf der Welt zu haben.

Bruder Ash ist also auch tot. Vier Tote, bleiben achtundzwanzig. Er fragt sich, ob der Mörder vorhat, die komplette Besatzung des Klosters einen nach dem anderen umzubringen, bis nur noch sie beide übrig sind, um beide alles zu leugnen.

In einem hat Bruder Steven jedoch Recht. Alle weiteren Todesfälle werden ihm angehängt werden. Wenn das Wetter seine Flucht von diesem Ort weiterhin unmöglich macht, bleibt ihm nur noch die Möglichkeit, den Mörder selbst aufzuspüren. Nur dann wird er möglicherweise Gnade finden und verhindern, dass die Polizei in Hundertschaften auftaucht. Barney Thomson – ein Mann mit einer Mission. Er kennt das volle Ausmaß der Beschuldigung gegen ihn nicht, sondern weiß nur, dass er alles Machbare unternehmen muss, um seinen Namen rein zu waschen. Keiner der Kloster-Morde geht auf sein Konto, also muss er seine Unschuld beweisen, was er nur kann, indem er den wahren Mörder ergreift, dessen Identität er zunächst herausfinden muss. Dann kann er ihn an den Abt und die Polizei aushändigen und sich gleichzeitig stellen – seine jüngste Entscheidung nach weiterem Grübel in der Finsternis. Er kann sich für die Verbrechen seiner Vergangenheit vor Gericht verantworten, denn eine weitere Stunde einsamen Sinnierens hat ihm neue Hoffnung gegeben. Er hat sich überzeugt und seine Zweifel bezüglich seiner früheren Taten im Stile eines gewieften PR-Profis besänftigt.

Er wird sich der Polizei stellen und sich einen guten Anwalt besorgen. Wessen genau hat er sich eigentlich schuldig gemacht? Mord natürlich, aber nur versehentlich. Eigentlich eher Totschlag und das nicht einmal grob fahrlässig. Wullie war in eine Schere gefallen, die er in der Hand gehalten hatte; Chris war gestürzt und hatte sich während eines kleineren Gerangels, das er selbst angezettelt hatte, den Kopf aufgeschlagen. Die Leichen wegzuschaffen, anstatt die Polizei zu alarmieren, war offensichtlich ein Fehler gewesen, aber vielleicht ein lässlicher. Die Entsorgung der Leichen der Opfer seiner Mutter würde jedes Geschworenengericht bestimmt verstehen. Könnte es irgendein Mensch ertragen, seine Mutter als metzelnde Serienmörderin verunglimpft zu sehen? Praktisch all seine Handlungen waren die Taten eines verzweifelten und panischen Mannes. Möglicherweise schrecklich, aber auch verzeihlich.

Davon hat er sich selbst überzeugt. Und er hat einen Plan: den Kloster-Mörder finden und dem Abt übergeben, sodass er sich, wenn die Polizei eintrifft, wenigstens mit der Referenz von einem Mann Gottes stellen kann. Es gibt in seiner Vorstellung praktisch nichts mehr, worin er seine Unschuld nicht beweisen könnte.

Natürlich hat er die Schlagzeilen in der Zeitung vom nächsten Tag nicht gesehen: *Sun:* ›Horror-Woche: Thomson vergewaltigt 98 Frauen‹; *Times:* ›Saddat-Attentat – Thomson unter Verdacht‹; *Star:* ›Mörderfrisör auf Entführungs-Tour‹; *Guardian:* ›Barney Thomson verlässt die Torys‹; *Daily Record:* ›Wie der blutige Barbier dafür sorgte, dass Goram 1993 gegen Portugal fünf Treffer kassierte‹; *Scotsman:* ›Aufruhr: Eierköpfe wollen Killer-Coiffeur klonen‹; *Herald:* ›Unheimliche FKK-Banküberfälle: Die Spur führt zu Thomson‹; *Express:* ›Thomson tötet 18 weitere Opfer‹; *Mirror:* ›Tiefkühl-Killer: Rätsel um heimliche Einladung in die Downing Street‹; *Mail:* ›Empörte Mutter: Barney Thomson trug die Haut meiner Tochter‹; *Aberdeen Press and Journal:* ›Der Mann aus dem Nordosten geht zum Zahnarzt‹.

Er muss schnell und diskret vorgehen und die Summe all seiner investigativen Talente und Intuition aufbringen. Er muss eine Schneise durch den Dschungel aus Verwirrung, Täuschung und Verleugnung schlagen. Er wird all das werden müssen, wovor er auf der Flucht ist, die Beute mutiert zum Jäger. Er muss ein Leopard werden, auf dem Sprung, das verwundete Wild der Wahrheit zu erlegen; ein Löwe, der die Zähne der Enthüllung in das noch warme Fleisch der Aufrichtigkeit schlägt; ein Panter, der auf der Schwelle des Verrats lauert; die ausgehungerte und ausgemergelte Hyäne, die sich erbärmlich an der Beute der Integrität weidet; ein Ungetüm, das über dem Grab der Unvermeidlichkeit schwebt; die grausamen Fänge der Rechtschaffenheit und Korrektheit; ein brutaler Hexenjäger auf der Spur der verleumderischen Schande der Ungerechtigkeit; ein Wolf, der über dem Grabstein der Lehenstreue geifert und seine rachsüchtigen, reißenden Zähne brutal in das geschwärzte, ausgezehrte Herz des Rotkäppchens der schmähenden Verunglimpfung schlägt. Er muss wild sein, gerissen, scharfsinnig und klug. Er muss die Hinterhältigkeit eines Machiavelli mit der Listigkeit eines Sherlock Holmes verbinden, die Stärke Samsons mit der

Raffinesse Ronaldos. Er muss die Höhenzüge des Intellekts streifen und gleichzeitig in den Abgründen der Arglist schürfen. Dies muss Barney Thomsons größte Stunde werden.

»Du meine Fresse«, murmelt er still für sich.

Er schließt die Augen, lässt seinen Kopf in einer beinahe bequemen Stellung auf die Brust sinken und bald entführt ihn der Schlaf in eine Welt, die noch dunkler und kälter ist, eine Welt, die ausschließlich von Mördern und ihren Opfern bewohnt wird.

Kapitel 21

Knülle

Im Kyle von Durness ist die Flut aufgelaufen, auf dem langen Strand brechen sich schäumend die Wogen der aufgewühlten See, die unter den niedrigen Wolken matt, kalt und grau erscheint. Mulholland lässt seinen Blick aus seinem Zimmer im Cape-Wrath-Hotel von der See zu den dunklen Umrissen der Hügel schweifen. Ein weiterer sinnloser Tag ist vorbei, seine schlechte Laune ist Resignation und dem Eingeständnis ihres wahrscheinlichen Scheiterns gewichen. Es war von Anfang an ein Hoffen auf den Zufall gewesen, die weite Reise bis nach Sutherland in der Erwartung zu unternehmen, dem berüchtigten Mörderfrisör unvermittelt Auge in Auge gegenüberzustehen. Er denkt daran, die Suche einfach aufzugeben. Es hat keinen Sinn, nach Aberdeen weiterzufahren, denn der Mann war offensichtlich in Richtung Norden unterwegs. Vielleicht nach Shetland und Orkney, doch er ist sich nicht sicher und zu entmutigt, eine Entscheidung zu fällen. Schon gar nicht nach eineinhalb Flaschen Wein. Er wird morgen früh mit klarerem Kopf entscheiden.

Die Badezimmertür geht auf, und Proudfoot kommt heraus. Er dreht sich nicht um, sondern starrt weiter hinaus in die dunkle, schwarze Nacht. Sie tritt zu ihm ans Fenster und stellt sich neben ihn, ohne ihn zu berühren. Ein entspannter Abend, weit weg von Streitereien und endlosen Diskussionen über Motive und Geisteszustand von Barney Thomson. Ein gestörtes kriminelles Superhirn oder ein vertrottelter Pechvogel? Drei Stunden haben sie ziellos über das Leben und all seine schändlichen Ungerechtigkeiten geplaudert: Mulhollands Ehe, Proudfoots Liebesbeziehungen und dergleichen, Rangers, Celtic und die große Kluft, die die Stadt trennt; über eine Liste von siebenundzwanzig guten Gründen, nicht bei der Polizei zu sein, gegenüber zweien, bei der Truppe zu bleiben; über Zartbitter- oder Milchschokolade, Stallone oder Schwarzenegger, die Beatles oder die Stones und unter dem Einfluss des Weines dann über Meryl Streep oder die Wombles oder warum Zucker ein schwacher Ersatz für Farbe ist; darüber wie Schottland Holland in Argentinien mit drei Toren Unterschied hätte schlagen können, wenn Alan Rough keine Dauerwelle gehabt und Graeme Souness in der ersten Minute mit einem Baseballschläger John Cruyffs Kniescheibe zertrümmert hätte, und über die Effektivität der Mollweidschen Kartennetz-Projektion bei der Darstellung einer Kugel. Drei Flaschen australischen Sauvignon blanc, gebackener Camembert, Hühnchen in Honig und Weißweinsauce, Himbeerstreusel mit Eis, eine große Käseauswahl, Kaffee.

Sie betrachten das Meer und lauschen dem Rauschen der Brandung gegen die einhundert Meter entfernte felsige Küste. Weiße Gischt spritzt in die Nacht und verschwindet. Sie können die Kälte draußen sehen und die Wärme des Hotels und des Abends spüren. Ihre Schultern berühren sich. Mulholland ist endlich entspannt, schließlich niedergerungen von seiner Melancholie.

Sie wissen, dass der Zeitpunkt endlich stimmt. Es bedarf keiner Annäherungsversuche, keiner muss eine Zurückweisung riskieren. Sie werden einander besitzen und am nächsten Tag noch genug Zeit haben, über die Konsequenzen nachzudenken. Sex nach dem Essen, ein himmlisches Vergnügen.

»Und«, sagt sie und lässt das Wort in der Luft hängen. Draußen geistern Gischt, Schneeflocken und ein paar Möwen durch die eiskalte Nacht.

Er dreht sich um und sieht sie an. Ihre Augen tanzen. Er spürt sie auf seinem ganzen Körper, doch er zögert, um den Moment auszukosten. Wie lange ist es her, dass er eine andere Frau als Melanie hatte? An sie darf er jetzt nicht denken. Lieber an Proudfoot, ungeschminkt und mit weichen Lippen, ein Körper, den man fesseln und mit etwas Süßem bedecken möchte.

»Und«, sagt sie noch einmal, »bumsen wir jetzt oder was?«

Er lächelt und reckt seinen Hals ein wenig in ihre Richtung. Seine Lippen schweben über ihr.

Es klopft an der Tür.

Sie verharren im Schwebezustand, ihre Lippen Millimeter voneinander entfernt, und wollen sich nicht in die Wirklichkeit zurückreißen lassen. Könnte auch gar nichts sein, aber wann war es im Leben eines Polizisten je gar nichts? Es klopft erneut, und der Augenblick ist zerbrochen wie ein zierlicher Knochen. Er löst sich von ihr. Es wird andere Augenblicke geben. In etwa zehn Sekunden.

»Hast du noch eine Flasche Wein bestellt?«, fragt er.

Sie lacht. »Dasselbe wollte ich dich auch gerade fragen.«

Sie blickt wieder aus dem Fenster, während Mulholland zu der weißen Kiefernholztür geht, sie öffnet und die alte Frau mustert, die davor wartet. Lockenwickler im Haar, eine alte Strickjacke eng um die üppigen Brüste gezogen. Sie starren einander an.

»Kann ich Ihnen helfen?«, fragt er.

»Mag sein, mein Junge«, sagt sie, »aber ich glaube, dass ich wohl eher Ihnen helfen kann, wenn Sie verstehen, was ich meine.«

»Wie das? Verkaufen Sie Kondome und so?«

Die Strickjacke wird noch ein wenig enger um ihre Brust gezogen.

»Also wirklich, ich werde nichts dergleichen tun. Wollen Sie jetzt meine Hilfe oder nicht?«

Mulholland lehnt sich entspannt an den Türrahmen. Dies ist vielleicht eine sinnlose Störung, aber wenigstens ist es nicht Sheep Dip mit irgendeiner brandheißen Neuigkeit, die sein Handeln erforderlich macht. Man soll für die kleinen Gefälligkeiten dankbar sein...

»Verzeihung, Ma'am«, sagt er. »Aber wie genau meinen Sie, mir helfen zu können?«

»Sie sind doch der junge Bursche von der Polizei aus Glasgow, über den alle reden, oder nicht?«, fragt sie.

»Der bin ich.«

»Nun, ich will Sie nicht stören oder dergleichen. Ich vermute, Sie haben da drinnen die junge Dame bei sich. Haben Sie übrigens schon mit ihr geschlafen, weil Mrs. Donnelly von gegenüber sich das neulich gefragt hat?«

»Wie wollten Sie mir noch gleich helfen?«, fragt Mulholland.

»Ein paar praktische Tipps zu den sieben erogenen Zonen?«

»Sieben. Heiliger Strohsack, in meiner Jugend waren es doppelt so viele. Wir wussten damals noch, was man mit den Arschbacken und einem drei Wochen alten Bückling anstellen kann.«

»Danke, das will ich wirklich nicht wissen.«

»Das heißt, Sie brauchen meine Hilfe nicht?«

»Kommt darauf an«, sagt er. Das ist blöd. Warum war das Leben immer doof, wenn man sich gerade mal amüsieren wollte? »Betrifft Ihr Hilfsangebot Bücklinge und Arschbacken oder hat es irgendeinen Bezug zu der Ermittlung gegen Barney Thomson?«

»Verflixt und zugenäht, mein Junge, Sie sind aber ein ganz

Sarkastischer, was? Es geht natürlich um diesen Barney Thomson. Er hat in unserer Pension übernachtet, wenn Sie es genau wissen wollen.«

Auf ein Neues. Hat vor vier Wochen auf der Durchreise kurz Station gemacht, um eine Tasse Tee und Gebäck zu sich zu nehmen.

»Tatsächlich? Und was hat er zum Frühstück gegessen?«

»Zum Frühstück? Wozu wollen Sie das jetzt wissen? Stellen Sie eins dieser Verbrecher-Profile zusammen, von denen die im Fernsehen immer reden? Ist die Wahrscheinlichkeit, dass ein Mann, der Würstchen verputzt, ein Mörder ist, größer als bei einem, der Speck nimmt?«

Mulholland schüttelt den Kopf. Das dauert alles zu lange. Bis er wieder im Zimmer ist, ist Proudfoot längst eingeschlafen.

»Hören Sie, ich weiß zwar nicht, wer Sie sind, aber würden Sie bitte aufhören, Unsinn zu reden? Wir werden das ganz fix hinter uns bringen, und dann können Sie nach Hause in Ihr Bett gehen, was Sie bestimmt schon längst hätten tun sollen. Also, wann hat Barney Thomson bei Ihnen übernachtet?«

Sie zerrt erneut an ihrer Strickjacke, ohne zu beachten, dass sie an den Schultern spannt.

»Vor eineinhalb Wochen«, sagt sie.

Mulholland schüttelt den Kopf. Natürlich war es vor eineinhalb Wochen. Was sonst? Das ist hier oben die übliche Reaktionszeit. Eineinhalb Wochen, bevor man zur Polizei geht. Er fragt sich, ob sie auch erst nach eineinhalb Wochen zum Lebensmittelhändler laufen, wenn ihnen die Milch ausgeht, oder aufs Klo, wenn sie wirklich dringend müssen.

»Und Sie sind sicher, dass es Barney Thomson war?«

»Oh ja, ja, kein Zweifel. Mr. Strachan hat zwar gedacht, er wäre es nicht, aber ich war mir von Anfang an sicher. Keine Frage, gar keine Frage. Er war es. Ich meine, der kleine Bursche ist so oft im Fernsehen gewesen. Stimmt es übrigens, dass es seine Schuld war, dass Tommy Boyd in Paris gegen Brasilien den Ball mit der Schulter ins eigene Netz bugsiert hat?«

»Ja, das war definitiv seine Schuld. Plus die drei Tore, die wir gegen Marokko kassiert haben. Warum haben Sie die Polizei nicht gleich verständigt?«

»Ach Sie wissen doch, wie das ist. Mr. Strachan hat geglaubt, er wäre es nicht, und dann habe ich es irgendwie immer wieder aufgeschoben, muss ich zugeben. Saumseligkeit stiehlt uns die Zeit, ja, ja, so ist es. Aber trotz alledem bin ich jetzt hier, um Ihnen zu sagen, was ich zu sagen habe.«

Mulholland lehnt sich etwas schwerer gegen den Türrahmen.

»Haben Sie mit Mr. Strachan gewettet, dass Sie mich bis Mitte nächster Woche hier festquatschen können?«

»Nun, wenn Sie nicht wissen wollen, wohin Barney Thomson wollte, nachdem er uns verlassen hat, ist das Ihre Angelegenheit.«

Das ist natürlich etwas anderes, denkt er, eine Nachsende-Adresse. Thomson musste unvorsichtig geworden sein, oder er wollte sie noch dreister verarschen.

»Also gut, Mrs. Strachan. Ich nehme doch an, dass Sie Mrs. Strachan sind. Wohin wollte Barney Thomson, nachdem er Ihr Haus verlassen hat?«

»Nun...«, sagt sie, kommt jedoch nicht weiter, weil sie von den schweren Schritten eines großen Mannes abgelenkt wird, der über den Flur auf sie zustapft. Sheep Dip.

»Chief Inspector?«, sagt er mit lauter Stimme, ohne die späte Stunde zu beachten.

»Sergeant Dip«, sagt Mulholland. »Gerade rechtzeitig.«

»Ich glaube, Sie kommen besser mit nach unten, Sir. Dort ist jemand, mit dem Sie reden sollten.«

Mulholland starrt erst Sheep Dip und dann Mrs. Strachan an.

Mit der vernichtenden Wirkung einer Fünfzig-Tonnen-Bombe, die in ein Bordell einschlägt, geht der spaßige Teil des Abends endgültig und unwiderruflich zu Ende. Zeit auszunüchtern, Zeit anzufangen, alles ernst zu nehmen. Zeit, ein weiteres Mal in die miese Scheißlaune einzutauchen, die seit Tagen auf ihm lastet.

»Nicht zufälligerweise Barney Thomson, der gekommen ist, um sich zu stellen?«

»Nein, Sir, es ist ein Mönch.«

Mulholland stößt einen langen Seufzer aus. »Warum sollten Sie auch nur eine Sekunde lang glauben, dass ich mit einem Mönch sprechen möchte«, fragt er, blickt auf seine Uhr und fügt hinzu: »Um halb eins in der Frühe?«

»Es geht um Mord. Ernsthaften Mord. Morde, die den Barney Thomson-Fall aussehen lassen wie Hiroschima.«

»Ich glaube, da bringen Sie was durcheinander. Kann sich die örtliche Polizei nicht darum kümmern?«

»Bei dem Wetter, Sir? Wahrscheinlich gibt es im Umkreis von fünfzig Meilen keinen anderen Polizisten.«

Mulholland schließt die Augen. So war das Leben, nicht wahr? Egal wie schlimm es kam, egal durch welche Talsohlen der Depression und Verzweiflung es einen geschleift, in welche stinkende Gosse es einen nackt geworfen hatte, egal wie beschissen, elend, kacke, scheiße, schäbig, schmutzig, widerwärtig, beklagens- und bedauernswert es wurde, egal wie viel faulige Pampe es auf deinen Teller kotzte, egal wie viel Dung einem ins Bett geschaufelt wurde, bevor man überhaupt aufgestanden war – schlimmer geht es immer.

Mit geschlossenen Augen spürt er förmlich die Wirkung des Weines. Eineinhalb Flaschen? Konnte er früher nicht drei Flaschen von dem Zeug trinken und hatte trotzdem noch alles im Griff? Jetzt hat er das Gefühl, immer schneller und mit brodelndem Magen in einen schwarzen Tunnel zu stürzen. Eine Weile verliert er sich darin, dann schlägt er plötzlich die Augen auf und hebt den Blick. Er hat keine Ahnung, wie lange er weggetreten war. Sheep Dip starrt ihn an. Proudfoot ist an seiner Seite aufgetaucht. Mary Strachan ist verschwunden.

Mulholland starrt in den leeren Flur und macht eine zittrige Handbewegung.

»Wo ist sie?«, fragt er.

Sheep Dip zuckt die Achseln. »Sie meinte irgendwas von wegen, wenn Sie Wichtigeres zu tun hätten als den Barney-Thomson-Fall, würde sie ins Bett gehen. Ich hab ihr gesagt, das soll sie man ruhig machen.«

Mulholland starrt ihn eine Weile an, bevor er sich umdreht und Proudfoot einen Blick zuwirft. Er ist knülle. Total knülle. Von eineinhalb Flaschen Wein. Was für ein Volltrottel ist er bloß?

Langsam, elegant und beinahe grazil lehnt er sich wieder an die Wand, seine Knie geben nach, und er gleitet langsam zu Boden.

Kapitel 22

Kalte Fleischpastete

»Mein Gott, ich komm mir vor wie im *Herr der Ringe* oder in irgendso einem Mist. Der Aufbruch zu einer verdammten Expedition in das Herz der Dunkelheit.«

Eine Schneewüste erstreckt sich vor ihnen. Bruder David und Sheep Dip schreiten Seite an Seite voran in die beißende Kälte des frühen Morgens. Mulholland und Proudfoot trotten mit ein paar Schritten Abstand hinterher. Der Himmel ist grau, aber hell, der Wind bitter, der Schnee frisch. Ansonsten kein Zeichen von Leben, kein Wild, keine Vögel, keine Schafe, keine Rinder. Jede andere Kreatur hat sich vor dem ärgsten Wüten des Winters verkrochen, ohne zu ahnen, wie lange der Frühling noch auf sich warten lassen wird. Es hat in der Nacht erneut geschneit, sodass die Straßen wieder unpassierbar sind und sie den ganzen Weg zu Fuß zurücklegen müssen.

»Ach ja, du siehst dich wohl als Aragon, was? Oder einer dieser kleinen, teiggesichtigen Burschen mit den behaarten Füßen?«

Mulholland schnieft und spürt die Feuchtigkeit bis in die Zehenspitzen, jede eisige Böe schneidet durch ihn hindurch. »Ich glaube nicht. Ich bin der Typ, der kürzlich von seiner Frau verlassen wurde, total verkorkst ist, gerade jemanden vögeln wollte und als Allerletztes einen Haufen präpubertärer, psychopathischer Mönche gebrauchen kann, die nicht auf sich selbst aufpassen können.«

»Oh«, sagt Proudfoot. Sie gehen weiter. »An die Figur kann ich mich gar nicht erinnern«, fügt sie nach einer Weile hinzu.

Sie trotten weiter durch den Schnee und vorwärts in den weißen Morgen. Mulholland und Proudfoot fallen immer weiter zurück und verlieren irgendwann die Orientierung, bis sie sich vorkommen wie in einem endlosen weißen Ödland; Hügel und Täler verschwimmen ebenso wie Himmel und Horizont. Die beiden Gestalten vor ihnen entfernen sich immer weiter. Proudfoot bricht mit einem Fuß durch eine dünne Schneedecke und steht knietief in einem Fluss. Wenig später passiert Mulholland das Gleiche.

Erleichterung – vorübergehender Natur – kommt zur Mittagszeit. Sie sehen, dass die beiden entfernten Gestalten vor ihnen stehen geblieben sind und ein paar Felsen vom Schnee säubern. Deshalb dauern die nächsten zwanzig Minuten auch nur zehn, weil allein der Gedanke an warme Suppe und eine Tasse Kaffee ihnen zusätzliche Kraft verleiht. Aber ihnen ist kalt, kalt wie ein kaltes Bier, als sie die beiden anderen einholen.

Sheep Dip sitzt auf einem Felsen, eine Plastikplane unter sich ausgebreitet, ein Sandwich wandert zwischen seiner Hand und seinem Mund hin und her. Bruder David steht ein paar Meter abseits, lauscht in den Hügel und betrachtet das Wetter. Vielleicht erwartet er auch, dass auf der Kuppe des Hügels ein verirrter Apachen-Stamm auftaucht. Mulholland und Proudfoot kämpfen sich schwerfällig bis zu den beiden anderen vor, ihr keuchender Atem geht unisono wie ein knatternder Auspuff an einem kalten Morgen. Proudfoot denkt an ein Bad und stellt sich vor, wie sie langsam ins warme Wasser gleitet und die Kälte sich Zentimeter für Zentimeter zurückzieht. Mulholland denkt an Melanie und vermutet, dass sie irgendwo im Warmen sitzt, vermutlich glücklicher als er. Deshalb malt er sich aus, wie er ins Schlafzimmer platzt, sie mit einem anderen Mann erwischt, den Baseball-Schläger, den er in seinen Gewaltfantasien immer mit sich trägt, hebt und ihn wiederholt auf den Kopf des Mannes niedersausen lässt, der ihm Hörner aufgesetzt hat. Heißes Blut segelt in seltsamen Kurven durch die Luft. Das ist die Wärme, die er spürt.

»Wir sollten nicht zu lange hier verweilen«, sagt Bruder David, den Blick himmelwärts gewandt, als würde er göttliche Anweisungen erhalten. »Der Sturm kommt zurück. Bevor es dunkel ist, schneit es wieder.«

»Hipphipphurra«, sagt Mulholland. »Ein bisschen mehr Schnee können wir gut gebrauchen. Ich hatte schon Sorgen, dass der hier schmelzen könnte.«

»Oh nein«, sagt Bruder David, »wir können uns glücklich schätzen, wenn dieser Schnee bis zum Frühling schmilzt. Bruder Malcolm sagt, es erinnert ihn an den Winter von '38.«

Mulholland nimmt von Sheep Dip ein Sandwich an. »Oh ja«, sagt er, »helfen Sie mir auf die Sprünge. Was war noch gleich im Winter '38?«

David sieht Mulholland an, wie er Polizisten immer angesehen hat, bevor er vom Kloster gefangen wurde. »Es hat viel geschneit«, sagt er. »Was haben Sie denn gedacht? Dass es Malcolm an '38 erinnert, weil Dundee gegen den Abstieg kämpft?«

Sheep Dip stößt ein bellendes Lachen aus und verschlingt den Rest seines fünften Sandwiches. Er ist froh, dass er das Hotelpersonal bewegen konnte, die von Mulholland georderte Ration an Lunchpaketen zu verdoppeln.

Er sieht Mulholland als den klassischen Nihilisten aus den Lowlands, wild entschlossen zur Selbstbeobachtung und der Leugnung alles Stofflichen, so ichbezogen, dass er in seinem eigenen Hintern zu verschwinden scheint und deshalb auch null

Appetit hat – auf Essen, Verbrechen und das Leben. Er mag ihn trotzdem, obwohl er noch nicht herausgefunden hat, warum. Vielleicht spricht die innere Angst des Mannes irgendein unterdrücktes Gefühl in ihm selbst an. Oder der Mann tut ihm einfach nur Leid.

»Anscheinend war es ein Winter wie kein anderer«, sagt Bruder David. »Die Wege unpassierbar, das Wetter schneidend, die Tage kurz, die Sonne weitestmöglich entfernt *in solstitio brumali*, tiefste Winternacht.«

»Das reicht schon!«, sagt Mulholland und klingt wie ein Schwachkopf. David fährt unbeirrt fort.

»In jenem Jahr sollten viele Mönche sterben«, sagt er.

»Also so ähnlich wie dieses Jahr«, sagt Mulholland und bedauert es sofort. Er hat schlechte Laune und sollte lieber den Mund halten.

»Woran sind sie gestorben?«, fragt Proudfoot in dem Bemühen, die letzte Bemerkung vergessen zu machen. Die grenzenlose Sensibilität der Glasgower Polizei.

»Sie sind erfroren«, sagt David. »Erfroren und verhungert. Das Kloster war mehr als ein halbes Jahr von der Außenwelt abgeschnitten. Der Winter dauerte ewig. Man sagt«, spricht er weiter und sieht sich nervös um, »dass die Mönche sich zum Überleben am Fleisch der Verstorbenen gütlich tun mussten.« Der Wind weht Schnee von der Spitze eines Felsens, sodass es aussieht wie Sand in der Wüste. »Das sollte ich Ihnen eigentlich gar nicht erzählen«, fügt er zweifelnd hinzu.

»Sie haben sie gegessen«, fragt Mulholland und zögert, bevor er erneut in sein Sandwich mit Räucherschinken beißt. Er starrt das Fleisch an und lässt seine Hand sinken. »Das haben Sie sich ausgedacht, oder?«

David blickt erneut nervös über seine Schulter, doch die Gelegenheit ist einfach zu günstig, um sie zu verpassen. Sie bekommen nicht häufig die Chance, mit Menschen von außerhalb der Klostermauern zu reden. Und praktisch nie mit einer Frau. Proudfoot wäre es schon wert, sein Gelübde zu brechen, denkt Bruder David. Also senkt er die Stimme, bis sie scheinbar eins wird mit dem leisen Summen des Windes und der Stille des Schnees, sodass die anderen sich vorbeugen müssen, um ihn zu verstehen.

»Es war fürwahr ein schrecklicher Winter. Monatelang tobten Schneestürme, und das Kloster hatte keinen Kontakt zur Außenwelt. In jener langen endlosen dunklen Winternacht sind zu verschiedenen Zeitpunkten insgesamt zehn Mönche aufgebrochen, um Hilfe zu holen, doch keiner von ihnen kam je wieder. Als es endlich Frühling wurde und die Tiere und Vögel zurückkehrten, der Schnee schmolz und die Blumen sprossen, fand man neun Leichen, alle in einem Umkreis von fünf Meilen um die Klostermauern. Ihre Gesichtszüge waren vom Frost konserviert worden, ihr Antlitz noch von den Schrecken und Qualen des Todes gezeichnet.«

»Was war mit dem Zehnten?«, fragt Sheep Dip und beißt in einen Apfel. Er liebt so etwas.

»Oh«, sagt David, »das wird Bruder Dorian gewesen sein. Er hat es unversehrt nach draußen geschafft, ist dann aber in Durness in schlechte Gesellschaft geraten. Bis er wieder nüchtern genug war, jemandem zu erzählen, was los war, war es Hochsommer.«

»Ah.«

»Die übrigen Mönche waren auf sich gestellt«, sagt David, mit der Geschichte fortfahrend, nachdem der unselige Fall von Bruder Dorian erörtert ist. »Im Laufe der Wochen brauchten sie nach und nach ihre Vorräte an Nahrung und Brennholz auf. Zunächst noch zu schnell, doch bald begriffen sie, dass es ein Winter wie kein Zweiter werden sollte; ein Winter, in dem Männer zu Königen, Könige zu Göttern und Götter zu tiefgefrorenen Nabelschnüren skrupellosen Lebenselixiers wurden...«

»Hören Sie auf, solchen Unsinn zu reden, und fahren Sie mit der Geschichte fort. Ich möchte wissen, ob ich dieses Sandwich zu Ende essen kann.«

»Am Weihnachtstag, dem Tag der Tage, jenem erhabenen Zeugnis zum großen Glück der Menschheit und der Wunder Gottes, starb der erste Mönch im Kloster. Danach, so erzählt man sich, sind sie in regelmäßigen Abständen gestorben. Anfang März war einschließlich der Brüder, die aufgebrochen waren, um Hilfe zu holen, die Hälfte der Mönche tot. Zu diesem Zeitpunkt gab es kaum noch genug Nahrung, um einen Mann eine Woche zu ernähren; es gab nichts zum Heizen, es gab überhaupt nichts mehr. Und die Verbliebenen standen vor einer schweren Wahl.«

»Selbst zum großen Kühlschrank im Himmel auffahren«, sagt Sheep Dip, »oder aus den Kollegen Koteletts machen.«

»Genau«, sagt David mit unerwartetem Entzücken. Die verstohlenen Blicke über die Schulter sind ungebrochener Begeisterung gewichen. »Sie steckten in einem Dilemma, denn es waren, nicht zu vergessen, Männer Gottes. Der Streit tobte Tag und Nacht. Männer, die sonst kaum noch Kraft für etwas hatten, sahen sich bis in die frühen Morgenstunden in eine verhängnisvolle Debatte verstrickt. Es ging um mehr als um Leben und Tod; es ging um das Wesen des Seins, die normative Kraft des Faktischen gegenüber dem Abgrund der Glaubens und natürlich vor allem um die Frage des Fleisches als des Leibs Christi.«

»Natürlich«, sagt Proudfoot. »Abendmahl und so. Das Ding mit dem Verzehren von Jesus' Fleisch.«

»Genau – das war exakt das Argument, das die Kannibalisten vorbrachten. Der Streit war erbittert, und bald brach ein verheerender Krieg aus. Im Kloster herrschte das blanke Chaos. Die

Fraktionen teilten sich. Die Humanisten bewachten die Leichen, während die Kannibalisten mitten in der Nacht Ausfälle wagten, um ein wenig gefrorenes Fleisch zu erbeuten. Es war ein verbissener und auch blutiger Kampf. Selbst innerhalb der beiden Fraktionen gab es heftige Auseinandersetzungen. Ein Bruder wurde bei einem Streit über die beste Art, Arme zuzubereiten, erstochen. Es war grauenvoll.«

»Gütiger Gott«, sagt Proudfoot. »Was ist passiert?«

David hält inne und starrt in den Schnee. Allein der Gedanke lässt ihn erschauern. »Ich glaube, es wurde entschieden, dass sie gegrillt besser sind als gekocht«, sagt er schließlich. »Aber das gilt ja für so ziemlich alles.«

»Nicht für Arme, Sie Idiot«, sagt Mulholland, der es aufgegeben hat, auf das Ende der Geschichte zu warten, und an seinem Rauchschinken-Sandwich kaut.

David wendet sich ab und blickt wehmütig über die kargen Schneefelder, Weiß in Weiß, meilenweit.

»Das weiß niemand. Schließlich ist alles vergänglich, und auch der Schneesturm zog irgendwann ab. Die meisten Humanisten waren tot, der Großteil der Kannibalisten überlebte. Vielleicht war es ein Triumph des Willens über die Vorsehung, vielleicht haben sie sich aber auch über ein paar ihrer armen verstorbenen Brüder hergemacht. Dieser Teil der Geschichte wurde nie dokumentiert.«

»Ich vermute, sechzig Jahre ist eine zu lange Zeit, als dass noch eine dieser Gestalten leben könnte?«, fragt Mulholland.

»Oh nein«, sagt David, ohne zu überlegen. »Drei sind noch da. Bruder Frederick, Bruder Malcolm und Bruder Hack.«

»Bruder Hack?«, fragt Proudfoot.

»Ich glaube, der Spitzname stammt aus jener Zeit, obwohl niemand weiß, wie er ihn bekommen hat.«

»Also gut«, sagt Mulholland, als der Schneefall mit neuer Heftigkeit einsetzt und die Ausläufer eines neuen Blizzards aufziehen. »Selbst wenn wir Ihren Mörder nicht finden, verhaften wir vielleicht einfach diese Drei.«

David reißt die Augen auf, und seine Wangen werden noch ein wenig blasser. Der Ausdruck Heiliger Bimbam schießt ihm durch den Kopf? Was hat er getan?

»Oh je«, sagt er. »Oh je. Das wollte ich nicht. Ich meine...«

»Kommt«, sagt Sheep Dip. »Das Schneetreiben wird wieder dichter. Wir sollten aufbrechen. Wir haben schließlich noch ein paar Meilen vor uns, oder nicht?«

Mulholland betrachtet den Rest seines Sandwiches, Proudfoot ihre kaum angerührte Tasse Tee. Um sie herum fällt der Schnee kaskadenartig zu Boden, und der Wind beißt durch ihre dünne Kleidung erneut auf ihrer Haut. Und unwillkürlich kommt auch ihnen der Ausdruck Heiliger Bimbam in den Sinn.

Die schottische Inquisition

Der Abt erwartet sie mit Bruder Herman an seiner Seite. Dies ist ein trüber Tag in den Annalen des Klosters. Vertreter des Gesetzes kommen von außerhalb, um in einem Mordfall zu ermitteln. Und nachdem sie nun einmal hier sind, wird sich die Geschichte ohne Zweifel im ganzen Land verbreiten, in Zeitungen erscheinen, in Talk-Shows diskutiert und Teil einer PR-Kampagne auf der Rückseite von Corn-Flakes-Packungen werden. Die Schleusen werden geöffnet werden. Die Presse wird über Berge und Täler kommen, und der Friede des Klosters wird für immer verloren sein. Dieser Tag könnte sehr wohl das Ende des Klosters bedeuten, so wie sie es kennen. Es ist bereits dunkel, der Abend schon fortgeschritten; und vielleicht wird die Sonne nie wieder auf sie scheinen.

Was kann sie jetzt noch retten, wenn nicht der Wille Gottes? Und Gottes Wille war ihnen in den vergangenen Tagen nicht eben wohl gesonnen. Wenn es lange genug schneit, hält das die Presse vielleicht ab, und die Geschichte langweilt sie bereits, wenn das Wetter aufklart. Doch dieser Gedanke erinnert den Abt an den Winter '38, und das deprimiert ihn noch mehr. Gott behüte, dass die Polizei je davon erfährt.

Mulholland, Sheep Dip und Proudfoot werden hereingeführt. Aufgewärmt mit einer Suppe, trunken vor Erleichterung darüber, dass sie die Sicherheit und relative Wärme der Klostermauern erreicht haben.

»Willkommen«, sagt der Abt mit der Stimme eines klassischen Leidensmannes.

Mulholland tritt vor. »Chief Inspector Mulholland, Sergeants Proudfoot und MacPherson.«

Der Abt schüttelt den Kopf. »Ich hätte nie gedacht, dass Sie zu so vielen kommen.«

»Viele?«, fragt Mulholland. »Nach dem, was hier geschehen ist, wären wir in Hundertschaften gekommen, wenn das Wetter nicht wäre. Und das werden wir auch, wenn das Schneetreiben nachlässt.«

Der Abt schüttelt erneut den Kopf und starrt traurig auf den Schreibtisch, jenseits dessen seine Autorität endet. »Dann sollten wir vielleicht dankbar sein für das Geschenk der widrigen Witterung«, sagt er. »Ich hoffe, Ihre Reise war nicht zu beschwerlich.«

»Ich hätte locker noch zwanzig Meilen laufen können«, sagt Mulholland.

»Da draußen ist die Kacke so richtig am Dampfen«, sagt Dip. »Absolut biblisch.« Und tatsächlich können sie hören, wie der

Sturm von Stunde zu Stunde heftiger wird. »Ohne Bruder David hätten wir es nie geschafft.«

»Ein guter Mann«, sagt der Abt, doch seine Stimme erstirbt. Und wenn schon, denkt er. Kann er selbst noch viel länger immun bleiben gegen das Messer, die Schere oder den Kamm des Mörders? Ist es ihm nicht bestimmt, dasselbe Schicksal zu erleiden wie all die anderen?

Zeit fürs Geschäft. Mulholland würde es gerne so schnell wie möglich hinter sich bringen, andererseits erfüllt ihn der Gedanke, wieder durch den Sturm zurückzuwandern, durch den er eben gekommen ist, mit der gleichen Vorfreude, die ihn vor Besuchen bei Oliver & Söhne, der freundlichen Praxis für all Ihre Zahnnöte, befällt. Er sitzt hier fest, bis ein Land-Rover oder ein Hubschrauber durchkommt.

»Es hat drei Morde gegeben?«, fragt er.

Mord, blutiger Mord, wohin er auch geht. Er kann sich an eine Zeit erinnern, als er fast vier Jahre lang in keinem einzigen Mordfall ermitteln musste. Das ist lange her. In einer weit entfernten Galaxie.

»Fünf«, sagt der Abt, ohne den Kopf zu heben.

»Fünf?«

»Ja. Heute Morgen haben wir Bruder Ash entdeckt. Man hat ihm siebzehn Mal in den Hals gestochen. Und Bruder Festus haben wir hier im Kloster gefunden, den Kopf von der Nase eines Wasserspeiers durchbohrt.«

»Mein Gott!«, sagt Proudfoot von hinten.

Der Abt starrt zu Boden und zieht nicht einmal eine Braue hoch, was dieser Ausruf unter normalen Umständen unbedingt verdient hätte. Fürwahr: Mein Gott!

»Und warum haben Sie uns nicht früher benachrichtigt?«

Der Abt blickt rasch auf. Eine unangenehme Frage. Was soll er darauf antworten? Das Kloster und alle seine Bewohner haben schon genug Probleme. Wie kann er sagen, dass sie das Ganze ursprünglich behandeln wollten, als wäre es bloß eine kleine örtliche Unpässlichkeit?

»Wegen des Wetters«, sagt Herman hinter ihm. »In diesem Tal ist es immer schlimmer als in der Umgebung. Der Mörder hat den Moment seines Zuschlagens so gewählt, dass wir nicht in der Lage waren, Hilfe zu holen.«

Mulholland wittert die Lüge, belässt es jedoch für den Augenblick dabei. »Und Sie haben keine Ahnung, wer der Täter ist?«, fragt er.

Der Abt sieht erneut Bruder Herman an. Vielleicht sollte er ihn das Gespräch weiterführen lassen. Das ist zu viel für ihn, und obwohl er nichts zu verbergen hat, würde er dazu neigen, etwas Belastendes zu sagen. »Wir wissen genau, wer der Mörder ist«, übernimmt Herman. »Es ist Bruder Jacob. Der Mann ist die Brut des Satans persönlich. Er wurde durch den Teufel geboren und hat die Sitten und Taten des Teufels unter uns gebracht. Dies ist ein Haus Gottes, und er hat es in ein Haus der Finsternis verwandelt. Er hat den stinkenden Atem des Bösen über uns verbreitet. Sind Sie je dem wahren Bösen begegnet?«

Mulholland läuft ein Schauer über den Rücken, er spürt die Kälte, den Zug durch die dürftigen Fensterläden vor dem Fenster im Rücken des Abtes. Das Böse? Begegnet ihm an seinen endlos langweiligen Tagen das Böse? Wahrscheinlich nicht. Dummheit und Gewalttätigkeit waren für die meisten der Vergehen verantwortlich, mit denen er sich herumschlagen musste, aber nicht das Böse. Barney Thomson vielleicht, aber auch das erscheint ihm zunehmend unwahrscheinlich. Barney Thomson ist einfach ein dummer kleiner Spinner. Sie haben sich auf die Fährte eines Serienmörders begeben und unterwegs erkannt, dass er in der Welt des Verbrechens ein Gelegenheitsunschuldiger ist. Doch wohin hat sie das geführt?

»Wo ist er jetzt?«, fragt er.

»Wir wissen es nicht«, erwidert Herman. »Dieser Mann ist vor etwas mehr als einer Woche zu uns gekommen. Eine verlorene Seele, dachten wir, jemand, der in unserer Mitte ein Leben mit Gott lernen und eines Tages von den Dämonen befreit werden könnte, die ihn quälen. Der erste Mord, der an Bruder Saturday, ereignete sich exakt fünf Tage später.«

»Zufall?«

»Möglicherweise«, sagt Herman. Von wegen Zufall, denkt er. »Doch wir haben Grund, Bruder Jacob mit mindestens zwei der Mordwaffen in Verbindung zu bringen, und nachdem unser Argwohn geweckt war, ist er verschwunden.«

»Woher wissen Sie, dass er nicht selbst ermordet wurde?«

Bruder Herman zögert. Seine Augen werden schmal, bevor sie sich wieder zu normaler Größe weiten. »Einer der Brüder hat ihn im Schatten lauern sehen. Dies ist ein altes Gebäude, es wurde für eine sehr viel größere Zahl von Mönchen gebaut, als wir jetzt hier haben, selbst bevor Bruder Jacob sein übles Werk begonnen hat. Es gibt zahlreiche unbenutzte Räume, in denen ein Mann sich verstecken könnte, und auch Geheimgänge. Und es gibt hier nur wenige Brüder, die den Mut haben, diesem Menschen nachzuspüren.«

»Sie ziehen es vor, nichts zu tun und darauf zu warten, dass sie abgeschlachtet werden?«, fragt Mulholland.

»Wir sind Männer Gottes!«, sagt der Abt scharf und hebt den Kopf. »Wir sind für die Jagd auf geistesgestörte Mörder nicht ausgerüstet.«

Mulholland nickt verständnisvoll. Auch er hat seine Dämonen, mit denen er kämpfen muss, Dämonen, die ihn dazu treiben, alle anderen mit Verachtung zu behandeln. Diese Männer, unter die er gekommen ist, sind offensichtlich verzweifelt und haben Probleme, die sehr viel größer sind, als seine je sein werden. Sie werden einzeln nacheinander abgemurkst. Obwohl seine Probleme, nachdem er nun wegen des Wetters in der Falle sitzt, die gleichen sind wie ihre. Er sollte sie jedenfalls ganz bestimmt nicht mit Verachtung behandeln. Außerdem sorgt er sich um die Sicherheit von Proudfoot, gefolgt von den Befürchtungen, dass Sheep Dip sich als besserer Beschützer erweisen könnte als er selbst.

»Was können Sie uns über die Opfer sagen? Gab es irgendeine Verbindung zwischen ihnen? Einen Hinweis auf weitere potenzielle Opfer?«

»Anfangs dachten wir, es hätte etwas mit der Bibliothek zu tun«, sagt Herman. »Das erste Opfer, Bruder Saturday, war der Bibliothekar, das nächste, Bruder Morgan, sein Assistent. Doch die letzten drei haben keinerlei Verbindung zu diesem Ort der Gelehrsamkeit.«

»Welche Aufgaben hatten sie?«, fragt Proudfoot. Sheep Dip steht schweigend daneben und versucht einen Brotkrümel aus seinen Zähnen zu fummeln.

»Bruder Babel war einer der Gärtner, Bruder Festus hat in der Küche gearbeitet. Bruder Ash...« Herman zögert. »Bruder Ash war der Pförtner. Keinerlei Zusammenhang, und auch sonst waren sie innerhalb des Klosters in keiner Weise verbunden.«

»Wie lange waren sie schon hier?«, fragt Proudfoot.

»Eine lange Zeit«, sagt der Abt und lässt den Kopf wieder sinken. »Eine sehr lange Zeit.«

»Wie lange genau?«, fragt Mulholland. »Sind sie alle gemeinsam angekommen? War da vielleicht irgendwas zwischen ihnen, bevor sie hierher gekommen sind?«

Der Abt schüttelt leeren Blickes den Kopf. Hier ist ein Mann, dessen Glaube einer Prüfung bis an seine Grenzen und darüber hinaus unterzogen wird. Der Abt hat immer gesagt, dass man im Auge jedes Menschen ein klein wenig vom Lichte Gottes erkennen kann. Und nun sitzt er da und führt seine eigene Theorie ad absurdum. Oder er ist die Ausnahme von der Regel.

»Das kann ich nicht glauben, es ist schon so lange her.«

»Man kann nie wissen.«

»Das mag sein, aber leider stehen sie uns zu einer Befragung nicht mehr zur Verfügung. Ich kann Ihnen jedoch mit Gewissheit sagen, dass sie nicht alle zur selben Zeit gekommen sind. Sie leben schon seit vielen Jahren hier, im Falle von Bruder Ash sogar schon seit mehr als fünfunddreißig.«

Jessesmaria, denkt Mulholland, fünfunddreißig Jahre an diesem gottverlassenen Ort, und fragt sich, ob man das über ein Kloster sagen kann. Vielleicht über dieses.

»Eine lange Zeit«, sagt er. »Seltsam, dass sie alle schon so lange hier waren.«

»Eigentlich nicht«, schaltet sich Herman wieder ein. »Die meisten unserer Mönche sind seit etlichen Jahren hier. Es war stets ein fröhlicher Ort.« Nicht im Winter '38, denkt Mulholland, aber das kann er sich für später aufheben. Dabei ahnt er noch nicht, dass er nie dazu kommen wird, weil es vollkommen bedeutungslos geworden sein wird.

»Und wie viele sind Sie zurzeit genau?«, fragt er, während sein Verstand frontal gegen eine Mauer von Ungläubigkeit prallt. Was für ein Mensch würde an einen Ort wie diesen kommen? Kalt, öde, entlegen und verzweifelt. Und dabei entkam man nicht einmal dem Leben und allem, was dazu gehörte, weil man seine Zeit mit den übrigen Unglücklichen verbringen musste. Wer wusste schon, was für Gründe Männer an einen Ort wie diesen trieben, welche Geheimnisse sie verbargen, welche Leichen in ihren Kellern lagen.

»Es waren zweiunddreißig«, sagt Herman. »Bleiben noch siebenundzwanzig. Ohne Bruder Jacob, natürlich. Ihn können wir nicht einen der unseren nennen.«

Verdammt. Zweiunddreißig arme Schweine, die im entlegensten Winkel von Schottland festsaßen, wohin sich nicht einmal holländische Touristen verirrten.

»Und Bruder Jacob?«, schaltet Sheep Dip sich von hinten schließlich in die Befragung ein. »Was können Sie uns über ihn berichten?«

»Der Mann ist eine absolute Drecksau«, sagt Bruder Herman.

»Bruder!«

Herman kocht vor nur mühsam verborgenem Hass und Verachtung; er hat Bruder Jacob von Anfang an im Verdacht gehabt, noch bevor überhaupt ein Mord geschehen war. Er ist schon lange der Ansicht, dass die traurigen Fälle, die um Aufnahme bitten, gründlicher durchleuchtet werden sollten. Im Augenblick gibt es nichts dergleichen. Jeder, der vorbeikommt, wird mit offenen Armen empfangen. Es könnte jeder sein mit jedem beliebigen Motiv. Sie hätten ein Prüfverfahren einführen sollen, denn so ist das nun mal in diesen schwierigen Zeiten. Jetzt sind sie für ihre Vertrauensseligkeit bestraft worden.

»Der Mann war erkennbar aus einem zwielichtigen Grund hier. Es war ganz offensichtlich. Er war kein Mann Gottes, und nichts an ihm deutete darauf hin, dass er bereit war, die Lehren Jesu zu lernen.«

Das kann man ihm nicht verübeln, denkt Mulholland, sagt jedoch: »Hat er sich in seiner Zeit hier mit irgendjemandem angefreundet? Gibt es irgendwen, der vielleicht weiß, wo er sich versteckt, irgendwen, der die Gründe für seine Morde kennt, wenn er denn welche begangen hat?«

»Oh, es steht außer Frage, dass der Mann ein Killer ist. Vielleicht unterhalten Sie sich am besten mit Bruder Steven. Da besteht offensichtlich eine Verbindung, und sei es nur, weil die beiden eine Zelle geteilt haben.«

Mulholland nickt. Bruder dies, Bruder das. Verrückt, die ganze Sache ist verrückt.

»Hat nie einer von euch daran gedacht, ein Leben zu führen, das den Namen auch verdient?«, fragt er beinahe, bremst sich jedoch gerade noch und fragt stattdessen: »Und wo können wir Bruder Steven jetzt finden?«

»Er sollte beim Gebet sein«, sagt der Abt. »Wie wir alle.«

»Ich weiß nicht, ob Gebete viel weiterhelfen werden, Bruder«, erwidert Mulholland.

Der Abt lächelt zum ersten Mal. Um seine Augen bilden sich kleine Fältchen, und sein Gesicht sieht sanft und alt und wundervoll aus, und dann ist der Ausdruck wieder verschwunden. »Unsere Gebete haben Sie zu uns geführt«, sagt er.

Mulholland lacht und schüttelt den Kopf. Die komischste scheiß Gottesgabe, die ihr je kriegen werdet, denkt er, spürt das Gewicht der Verantwortung und sagt: »Ah, Bruder, ich fürchte, da müssen Sie sich auf eine Enttäuschung gefasst machen.«

»Ich bin sicher, dass Sie uns nicht im Stich lassen werden.«

Proudfoot fängt einen Blick von Bruder Herman auf, und sofort erstirbt der Ausdruck von Trotz in dessen Gesicht. Seine Augen werden ruhig, die Anspannung weicht wie unter Zwang aus seiner Miene, bis sie Proudfoots Blick willkommen heißt.

»Wir sollten anfangen«, sagt Mulholland. »Ich weiß, dass Sie hier ein großes Kloster haben, aber wir sind zu dritt, und weit kann Bruder Jacob nicht gekommen sein. Nicht bei dem Wetter. Wenn Sie uns sonst noch etwas über ihn sagen können, wäre das bestimmt hilfreich.«

Der Abt schüttelt den Kopf. »Ich fürchte, er wirkte sehr zurückgezogen. Ich hatte ihn ein paar Mal hier bei mir, doch er hat nichts von dem offenbart, was ihn bewogen hat, hierher zu kommen. Er war offensichtlich vor irgendetwas auf der Flucht, aber sind wir das nicht alle?«

»Da bin ich überfragt«, sagt Mulholland. Vor irgendetwas auf der Flucht? Endlich fällt der Groschen. Er hat denselben Gedanken, den Sheep Dip in der vergangenen Nacht hegte, als Bruder David in dem Hotel aufgekreuzt war, und Proudfoot vor etwa zwanzig Minuten. Könnte es Barney Thomson sei? War er tatsächlich ein Serienmörder? Mittlerweile waren sie fast zu der Überzeugung gekommen, dass er lediglich in die Machenschaften seiner Mutter verwickelt worden, selbst jedoch kein Killer war. Ein bequemer Mann, dieser Barney Thomson, und selbst auf der Flucht würde man wohl kaum hier landen.

»Nun«, sagt der Abt, »vielleicht kann Bruder Steven ein wenig mehr Licht in die Rätsel um den Mann bringen. Wir haben auch mit Steven unsere Probleme; trotzdem ist er ein Bruder von einiger Einsicht und Gelehrsamkeit. Er sieht Dinge, für die andere blind sind.«

Mulholland nickt, dreht sich zu Proudfoot und Sheep Dip um und zieht die Brauen hoch.

»Also gut«, sagt er. »Dann legen wir wohl mal besser los.«

»Bruder Herman wird Sie herumführen«, sagt der Abt. »Ach ja, eine Sache wird Sie vielleicht noch interessieren.« Unwillkürlich tastet er mit der Hand nach seinem Nacken. Diese Schere, diese Klinge, sie war so dicht an seiner eigenen kalten Haut gewesen. »Bruder Jacob ist ein wirklich wunderbarer Frisör.«

»Ein Frisör?«

»In der Tat. Der Mann könnte die Haare des Herrn schneiden.«

Kapitel 23

Der Mönch,
der aus der Kälte kam

Irgendwo zwischen Tod und Dämmerung, zwischen Himmel und Hölle; zwischen Schmerz und bittersüßer Befriedigung, zwischen der kalten und feuchten Hand der Zurückweisung und der überschäumend platzenden Dose Guinness der Freiheit; irgendwo zwischen vierzehn Jahren in einem Autokino, in dem in einer Endlosschleife *Ishtar* läuft und einer Ewigkeit von mit Schokolade bedeckten nackten Frauen, die Pusteball mit deinen Eiern spielen; irgendwo zwischen einem klebrigen Berg verkohlter Leichen, der auf dem Frühstückstisch zusammenbricht, und dem kleinen Luxus von vier Toasts mit Marmelade; irgendwo zwischen schlecht und gut, falsch und richtig, Yang und Yin, Queen of the South und Juventus; irgendwo zwischen all dem, zwischen dem großen überschäumenden Gestank, der mit den Urtierchen des Schicksals kollidiert, der Endlosigkeit von Zeit und Raum, den Erzfeinden des Deliriums – irgendwo zwischen all dem liegt ein Mann. Und dieser Mann ist Barney Thomson. Und er friert erbärmlich.

Seine Zähne klappern, steppen einen eigenartigen, beinahe karibischen Rhythmus. Unwillkürliche Schauer erschüttern seinen Körper. Gänsehaut und aufgerichtete Härchen galoppieren über seinen Körper wie eine geistesgestörte Mongolenhorde über die asiatischen Steppen und tun ihr Bestes, gegen die Kälte anzukämpfen, jedoch ohne Erfolg. Alle natürlichen Abwehrmechanismen seines Körpers laufen auf Hochtouren und scheitern kläglich.

Draußen tobt der Sturm, an jeder nur erdenklichen Schwachstelle des Gebäudes scheint die Kälte einzudringen. Barney hat den ganzen Tag auf den Beinen verbracht, ständig auf der Suche nach Wärme. Doch jedes Mal, wenn er es sich bequem gemacht oder gerade zu finden gehofft hatte, wonach er suchte, war er gezwungen worden, sich erneut in den Schatten zurückzuziehen. Durch die Mauern hat er vage Gerüchte über den Winter '38 und die Notwendigkeit gehört, so viele Vorräte wie möglich zu sparen. Deshalb wird auch nur ein karges Minimum der Räume beheizt, und Barney findet keinen Ort, wo er die Kälte aus seinen Knochen vertreiben könnte.

Seine Wanderungen durch das Kloster, das Lauern im Schatten, sie haben ihn vieles gelehrt; er hat einige jener dunklen Geheimnisse erfahren, die die Mönche so eng an ihrer Brust verbergen. Nicht die Identität des Mörders, aber er weiß jetzt, warum Bruder Sincerity und Bruder Malcolm so freundlich sind und warum Adolphus so viel Zeit in der Bibliothek verbringt. Außerdem weiß er, dass die Polizei eingetroffen ist und nach ihm suchen wird. Er ist sich nicht sicher, ob sie Bruder Jacob oder Barney Thomson suchen oder ob sie sich bereits zusammengereimt haben, dass die beiden ein und dieselbe Person sind.

Doch die Kälte sperrt ihn in diesen Mauern ein, und all die mutige Entschlossenheit, den Mörder zu finden und ihn an die Behörden zu übergeben, ist im Laufe eines Tages bei gnadenlos eisigen Temperaturen geschwunden. Es könnte Tage, vielleicht sogar Wochen dauern, bis er die Identität des Mörders herausgefunden hat, während ihm de facto, so viel ist ihm mittlerweile klar, nur noch ein paar Nächte bleiben, bevor er vor dieser gefrorenen Hölle kapituliert.

So viel zum Thema Barney Thomson, der Meisterdetektiv. Doch würde er eher Barney Thomson sein, der Typ, der sich aufgibt, damit ihm der Arsch nicht abfriert.

Er hat beschlossen, zunächst einmal prüfend einen dicken Zeh ins Wasser zu halten, bevor er sich ganz in den See eines Geständnisses stürzt. Vor ein paar Stunden hat er aus einem seiner Schlupflöcher über der Toilette eine Nachricht durch einen Schlitz geschoben, mit der er Sheep Dip zu einem Treffen eingeladen hat. Er hat beschlossen, dass er sich eher der Polizei aus den Highlands als den beiden aus Glasgow anvertrauen will. Der Glasgower Polizei traut er schon aus Erfahrung nicht mehr.

Und so sitzt Barney Thomson und friert, eine Stunde vor der Zeit für seine Verabredung mit dem Hüter von Recht und Ordnung, und fragt sich mit lautstark klappernden Zähnen, was vor ihm liegt.

Sie hocken um einen Kamin in der Ecke eines großen dunklen Raumes. In ihrem Rücken sammeln sich wahllos Schatten, sodass sie sich immer wieder zwanghaft umdrehen, als würden sie erwarten, in der Dunkelheit einen Geist zu erblicken, jenen Geist, der diese Mönche ermordet.

Mulholland und Proudfoot sitzen unter breiten Decken, warme Becher zwischen ihren zitternden Händen. Wenn man ihnen Stift und Papier geben würde, könnten beide eine Liste von etwa drei- bis vierhundert Millionen anderen Orten erstellen, an denen sie jetzt lieber wären. So gehen sie einige dieser Orte zitternd und mit langsam ersterbender Begeisterung mündlich durch.

»Firhill.« »Die Bahamas.« »Ibrox.« »Die Seychellen.« »Parkhead.« »Muss ja schlimm sein. Die Malediven.« »Wo sind denn die Malediven?« »Einen Arschtritt über den Indischen Ozean von den Seychellen entfernt.« »Ach ja, richtig. Hab ich schon von gehört. Haben in der WM-Qualifikation 7:0 oder so gegen

Iran verloren. Rugby Park.« »Das oberste Stockwerk des Paris-Hilton, während man den Schnee auf den Eiffelturm fallen sieht, Champagner trinkt und stinkigen Käse isst.« »Meine sind wenigstens realistisch. Ich frier mir an meinen Orten zumindest auch den Arsch ab.« »Wir träumen, Herrgott noch mal. Du kannst dir aussuchen, was du willst.« »Ah, also gut. Das Macarana-Stadion.«

Und so geht es weiter, während Sheep Dip, gut eingepackt gegen die Kälte, ein wenig abseits sitzt, das Feuer am Brennen hält und in seinem Kopf ganz andere Träume wälzt. Hin und wieder tastet er nach der Nachricht, die ihm in den Schoß gefallen ist, als er auf der kalten Toilette saß. Die Nachricht von Barney Thomson. Er weiß, dass er Mulholland davon erzählen sollte, überzeugt sich jedoch davon, das Richtige zu tun, wenn er es lässt. Er will nicht, dass noch weitere Mönche ermordet werden. Aber eigentlich geht es vor allem darum, dass er seine Chance auf Ruhm wittert, sein Name im Rampenlicht. Die Gelegenheit, auf die Titelseite der *Press & Journal* zu kommen, die Aussicht auf freie Auswahl unter den billigen Fischer-Miezen in den heruntergekommenen Underground-Kifferkneipen in Peterhead Fraserburg. Ein bisschen Prominenz, und er wird sein Abendessen ein Jahrzehnt lang jede Nacht vom Bauch einer anderen Frau schlecken. Und natürlich die Beförderung, die der Ergreifung von Barney Thomson zwangsläufig folgen wird, ein bisschen Extra-Knete – vielleicht ein paar Jobs fürs Fernsehen, hin und wieder eine Buchung als Model –, und er wäre ein gemachter Mann.

Er könnte ein oder zwei Kilo Koks aus der Asservatenkammer in Inverness klauen, zu den Bermudas abdüsen und auf einem sonnenüberfluteten Strand liegen, umringt von Hunderten von Frauen, die sich alle sorgfältig seinem nackten Körper widmen.

»Die Bermudas«, sagt er, und Mulholland und Proudfoot unterbrechen ihr Gespräch und denken, dass die Bermudas keine schlechte Wahl wären.

Natürlich könnte die Tatsache, dass Barney Thomson all diese Mönche wahrscheinlich gar nicht umgebracht hat, ein Problem darstellen, denkt MacPherson müßig weiter. Aber offenbar gehen alle Mönche davon aus wie allem Anschein nach Mulholland, und wenn das so ist, kann er ebenso gut auch mitspielen. Es ist bloß absolut ausgeschlossen, dass Thomson irgendwen getötet hat, dafür ist er eine viel zu große Memme. Doch seine Ergreifung verspricht mehr Ruhm als die Verhaftung eines Mannes, der einen Haufen Mönche ermordet hat. »Mönch-Mörder gefasst.« Wen würde das schon groß kümmern? Die anderen Mönche vielleicht, aber sonst wohl kaum jemanden. »Mönch-Mörder in die Falle gelockt, während die Dons nach packendem Kampf 0:1 gegen Motherwell verlieren.« Viel mehr wäre nicht.

Trotzdem, wenn Thomson kein Killer ist, wäre es sogar noch besser, beide zu schnappen. Vielleicht will Thomson ihm Informationen über den wahren Mörder übermitteln, um sich selbst reinzuwaschen. Er blickt auf seine Uhr. Es ist fast so weit. Er wirft noch ein paar kleine Scheite ins Feuer, steht auf und räkelt sich. Es ist spät in der Nacht, die perfekte Zeit, zur letzten Waschung zu schreiten.

»Ich geh kurz scheißen«, sagt er und zieht seine Jacke enger um den Körper.

»Danke, das ist mehr, als wir wissen mussten.«

»Na ja, es wird ein Weilchen dauern, müssen Sie wissen, nur damit Sie sich nicht in Ihre Glasgower Höschen machen, wenn ich nicht nach dreißig Sekunden zurück bin.«

»Ich werde mir alle Mühe geben«, sagt Mulholland, und Sheep Dip geht zur Tür.

»Jersey«, hört er Proudfoot noch sagen, bevor er die Tür hinter sich zuzieht. »Bergerac schlurfen.«

»Das ist nicht dein Ernst?«

Sie haben alle ihre Geheimnisse, diese Mönche, dunkel und düster, grün und blau, die Geheimnisse des Teufels. Bruder Ash – der Mann, der sich nie verzeihen konnte, dass er mit der Frau seines Bruders geschlafen hatte, und nun nichts mehr bereuen muss. Bruder Malcolm – Homosexualität und Drogen; er flirtet mit Bruder Sincerity, um dem ersten Laster zu frönen, und kann das zweite nie vergessen, sodass keine einzige Nacht vergeht, in der er nicht die Nadel spürt, die in seine Haut sticht, den ersten hinhaltenden Widerstand, bevor der kalte Stahl glatt eindringt. Bruder Sledge – ein komplexes Gewirr um eine Betrugsgeschichte auf einer Lachs-Zucht Anfang der siebziger Jahre, die einen Selbstmord und eine zerstörte Ehe gefordert hat. Bruder Pondlife – eine Reihe kaputter Elternhäuser und demolierter Dessous-Läden. Und Bruder Satan – ein Mann mit Geheimnissen ohne Ende.

Doch von ihnen allen ist nur Bruder Herman in das Kloster gekommen, weil er tatsächlich auf der Flucht vor der Polizei war. Ein Mörder auf der Flucht. Deshalb war er sich sicher, es in Bruder Jacob gesehen zu haben, denn er kann seinesgleichen erkennen. Jemand wie er. Er sieht es an ihren Augen.

Aber am Ende kann er all ihre Geheimnisse sowieso immer ergründen. Er braucht nur ein paar Tage, bis er weiß, warum jeder der Brüder hierher gekommen ist. Und konnte man es auch für offensichtlich erachten, als Bruder Jacob aufgekreuzt war, blutendes Herz und blutbefleckte Hände, offensichtlich für jeden, der Augen hat, zu sehen. Oder zumindest für ihn. Denn Bruder Herman weiß, wie das ist. Er weiß, wie das ist, wenn man Zorn und Verletzung, Wut, Verlegenheit und Demütigung empfindet. Er weiß, wie das ist, wenn man beschließt, einen anderen Menschen zu töten, ihm mit einem Messer zu folgen, ihm aufzulauern, ihn in die Ecke zu treiben, seine Furcht zu genießen, seine Panik einzuatmen, sich in seiner Angst zu suhlen, zu wissen, wie es sein wird, ein Messer bis zum Knauf in einen Körper zu stoßen und das warme Blut auf den Händen zu spüren.

Das ist lange her für Bruder Herman, aber so was vergisst man nie. Deshalb...

Er ist überrascht, als er den Mörder trifft, ja regelrecht geschockt, obwohl er gedacht hätte, dass er zu abgehärtet wäre, um noch einen Schock zu empfinden.

Es passierte mitten in der Nacht, wie Bruder Herman es vorausgesehen hat. Das Ganze hat etwas Unvermeidliches, seit fünf Tagen hat er sich diese Begegnung bereits ausgemalt. Er weiß, was er sagen wird, wie er den Angreifer abwehren, ihm ein Geständnis entlocken und dann tun wird, was immer sonst noch getan werden muss. Und er hat keine Angst. Gott wird sein Richter und Beschützer sein. Und wenn etwas schief geht, dann, weil es Gottes Wille ist. Obwohl er Gottes Wille in dieser Angelegenheit nicht allzu viel Mitspracherecht einräumen will.

Der älteste Trick überhaupt oder einer der ältesten. Ein Kissen unter der rauen Bettdecke soll einen schlafenden Körper vortäuschen, denn Bruder Herman weiß, dass der Angreifer kommen wird, und in dieser dritten Nacht seiner Wache passiert es.

Als die Tür leise quietscht, schnellt Hermans Kopf hoch, obwohl er nicht wirklich tief geschlafen hat. Von draußen fällt ein Lichtstreifen in den Raum, in dem Herman die dunklen Umrisse des Eindringlings ausmachen kann, bevor die Tür wieder geschlossen und der Raum erneut in tiefes Dunkel getaucht wird. Man hört nur die leisen Schritte nackter Füße auf dem Steinboden. Ein kurzes Zögern, bevor unvermittelt und wütend ein

Messer in das aufgepolsterte Bett gestoßen wird. Ein Ausbruch zorniger Wut, dann ist es vorbei, und der Mörder tastet im Dunkeln nach dem Opfer seiner Rache und stößt einen leisen Fluch aus, als ihm dämmert, was geschehen ist.

Würde Bruder Herman jetzt zuschlagen, würde er sich von hinten an den Mörder anschleichen und das Messer in seinen Hals stoßen, würde er kraftvoll, unangekündigt und unerwartet von hinten zuschlagen, könnte der Sieg seiner sein, und Herman könnte noch viele Jahre leben. Doch dies war nie seine Absicht. Arglist ist nicht seine Art. Vor allem jetzt nicht, da er in dem Lichtschimmer aus dem Flur erkannt hat, wer der Mörder ist. Dieser Mann darf nicht sterben und seine Geheimnisse mit sich nehmen.

»Bruder?«, sagt Herman und zündet mit einem Streichholz die kleine Kerze auf dem Tisch neben sich an.

Der Mörder dreht sich um. »Herman«, sagt er. »Du hast mich erwartet?«

Herman erhebt sich, sodass die beiden Männer sich im tanzenden Schatten der flackernden Kerze gegenüberstehen. »Nicht dich, muss ich gestehen, aber jemanden.«

Der Mörder macht zwei Schritte auf ihn zu und bleibt stehen, das Messer nach wie vor leicht und bequem gepackt. Herman verbirgt seine Waffe unter seiner Kutte.

»Warum, Bruder?«, fragt Herman. »Bevor wir das hier zu Ende bringen, musst du mir sagen, warum.«

Der Mörder starrt in die Dunkelheit, ihre Blicke treffen sich. Schweißperlen auf gefurchter Stirn, eine Zunge, die über die Lippen fährt. Spaghetti-Western haben zahlreiche halbstündige Sequenzen aus solchen Begegnungen gemacht.

»Two Three Hill«, sagt er schließlich.

Herman starrt ihn verwirrt an. Two Three Hill? Er weiß von dem Ort, nicht allzu weit vom Kloster entfernt. Früher haben sich die Mönche dort öfter aufgehalten, aber diese Tage sind lange vorüber.

»Wie meinst du das?«, fragt Herman. »Es ist Jahre her, seit wir dort gewesen sind. Nicht seit...« Seine Stimme erstirbt, als ihn die bittere Erinnerung überfällt, die mit Two Three Hill verbunden ist. »Aber das war lange, bevor du zu uns gekommen bist, Bruder«, sagt er.

»Mein Vater war dort«, sagt der Mörder mit toter Stimme.

»Dein Vater? Aber wie kann das sein?« Herman ist in der Defensive. Er hasst es, in der Defensive zu sein, doch er ist zu verwirrt und zu fasziniert, um etwas dagegen zu tun. Der Mörder zögert. Was wissen diese Idioten schon? Warum verschwendet er überhaupt seine Zeit mit Erklärungen? Schließlich ist er kein billiger kleiner Ganove in einem James-Bond-Film, der möchte, dass alle Welt seine Motive kennt. Er will nur, dass diese Männer für ihre Verbrechen bezahlen und, sollte es eine Hölle geben, eine Ewigkeit Zeit haben, ihre Taten zu bereuen.

»Bruder Cafferty«, sagt der Mörder. »Mein Vater war Bruder Cafferty.«

Herman hält den Atem an. Cafferty, ein Name, den er seit Jahren nicht gehört hat, und seine Gedanken rasen zurück zu den Ereignissen jenes schicksalhaften Tages auf Two Three Hill. Cafferty hatte im Mittelpunkt von all dem gestanden. In gewisser Weise war Cafferty das Opfer gewesen, aber es war eigentlich nichts.

»Das ist nicht dein Ernst«, sagt er fassungslos.

Der Mörder macht einen weiteren Schritt nach vorn, das Messer ruht sicher in seiner geballten Faust.

»Du nimmst Rache?«, fragt Herman. »Du nimmst das Leben all dieser guten Männer Gottes wegen der Geschehnisse jenes Tages? Das ist vollkommen absurd.«

»Hast du vergessen, dass mein Vater aus dem Kloster verstoßen wurde?«, fragt der Mörder mit bitterer Galle in der Stimme. Jahre des Hasses kochen über wie eine absurd überladene Reispfanne. »Er war danach nie mehr derselbe Mann, wovon allein meine Existenz zeugt.«

Herman steht verblüfft da. Er klappt den Mund, er reißt die Augen auf, und im schwachen Kerzenlicht kann der Mörder den Speichel auf seiner Zungenspitze erkennen und das schwarze Loch des Rachens dahinter.

»Aber Two Three Hill?«, sagt Herman. »Es war nichts. Bruder Cafferty hätte in ein anderes Kloster gehen können. Wir hätten nichts gesagt. Dieser blasse Makel wäre ihm nie gefolgt.«

»Aber er wollte nicht in ein anderes Kloster gehen, oder? Ihr habt ihn ruiniert. Fürwahr ein blasser Makel, ihr Schweine! Ihr habt ihn fürs Leben gezeichnet und in den Farbtopf der Schande und Demütigung getaucht. Er hat sich dem Alkohol, den Drogen und dem Glücksspiel zugewandt. Der Mann, den ich als meinen Vater kennen gelernt habe, war ein gebrochener Mann. Er war einmal anständig und ehrlich, bis ihr ihn getötet habt. Ihr«, wiederholte er, »habt ihn getötet.«

Herman klappt den Mund zu, die Härte kehrt in seine Züge zurück. Dies ist in gewisser Weise das Albernste, was er je gehört hat. Noch alberner als Bruder Adolphus' Erklärung, warum er einen Dessous-Katalog unter seinem Bett aufbewahrt hat. Es wäre lachhaft, wenn es nicht so ernst wäre.

»Das ist absurd, Bruder«, sagt er, und diesmal ist er es, der einen Schritt nach vorn macht, das Messer fest in der rechten Hand, verborgen im Dunkel unter den weiten Falten seiner Kutte. »Du kannst diese Morde unmöglich wegen der Ereignisse in Two Three Hill begehen. Das wäre das Dümmste, was je irgendjemand in seinem ganzen Leben gehört hat.«

Der Mörder ist gekränkt; er runzelt die Stirn und kneift die Augen zusammen. »Was soll das heißen?«, sagt er.

»Dies«, sagt Herman und deutet mit einer Geste der linken Hand alle bisher geschehenen Morde an. »Wer würde bei gesundem Verstand deswegen all diese Grausamkeiten begehen? Es wäre die sinnloseste Geste, die man sich vorstellen kann. Two Three Hill war nichts, ein unbedeutendes Ereignis an einem unbedeutenden Tag. Gott im Himmel, das muss jetzt bald dreißig Jahre her sein.«

»Siebenundzwanzig«, sagt der Mörder. »Siebenundzwanzig.«

»Ha!«, bellt Herman und geht zum Angriff über. Er plant, den Mann zu provozieren und ihn dann zu erledigen, wenn er so wütend ist, dass seine Schlagkraft eingeschränkt ist.

»Du trauriger kleiner Kretin«, sagt Herman. »Meinst du, dass sich noch irgendwer an den Tag erinnert? Glaubst du, dass es irgendwen kümmert? Was nutzt dir deine Rache, Bruder, wenn niemand weiß, warum du es tust? Was nutzt die Rache, wenn der Anlass so mittelmäßig ist, dass er vollkommen in Bedeutungslosigkeit versinkt.«

»Mittelmäßig? Sagtest du mittelmäßig?«

»Ja, Bruder«, sagt Herman. »So ist es.«

»Verflucht sei die Mittelmäßigkeit!«, sagt der Mörder mit angespannter Stimme, der man beinahe ein leises Flehen anhören kann.

»All dies für nichts! Du erbärmlicher kleiner Wurm!«

Eine letzte Provokation, und Bruder Herman wird eines Besseren belehrt. Die Schlagkräftigkeit des Mörders ist durch dessen Zorn nicht geschwächt worden. Er ist jünger, er ist kräftiger, und er ist schneller, während Hermans Messer sich in dem üppigen, wallenden Stoff seiner Kutte verheddert.

Das Messer des Mörders stößt kraftvoll in Bruder Hermans Hals, er taumelt zurück, seine Finger tasten nach dem warmen Blutschwall. Er prallt heftig gegen die Wand und starrt den Mörder mit wildem Blick an. Als er langsam in sich zusammensackt, kann er seine Hand endlich aus seiner Kutte befreien, doch das Messer fällt nutzlos zu Boden.

Herman hockt da und starrt zu dem Mann hoch, von dem er vor zwei Minuten noch geglaubt hatte, dass er es locker mit ihm aufnehmen könnte. Er war in die Defensive geraten, das war das Problem gewesen. Und von Gott verlassen, aber vielleicht war ihm das vorherbestimmt gewesen. Und dann noch das: Man weiß selbst einfach nie, wann man alt wird. Das ist sein letzter Gedanke.

Ihre Blicke treffen sich zu einem letzten Duell, was Herman auch jetzt noch gewinnt. Er öffnet den Mund, als der Mörder den Blick senkt, und Herman spricht seine letzten Worte auf Gottes Erde.

»Er hat dich angelogen, mein Sohn. Dein Vater muss dich belogen haben.«

Er spürt noch das Blut in seinen Adern pulsieren. Ein wahnwitziges fließendes Rauschen – er spürt, wie es sich schmerzhaft durch beengte Räume presst. Sein Herz rast, seine Brust pocht, sein Kopf schmerzt, sein Mund ist trocken, seine Haare stehen zu Berge, zuckender Schmerz jagt durch seinen Körper – der bisher größte Rausch nach einem Mord. Bruder Herman. Einer der Anführer, die seinen Vater zu einem Leben in Ruin verurteilt hatten. Bruder Herman, das größte Schwein in diesem Schweinestall. Er hat alles verdient, was er bekommen hat. Die anderen Mönche würden wahrscheinlich eine spontane Party organisieren, wenn sie hörten, dass er tot war.

Im Hochgefühl seines mörderischen Deliriums wäre der Mörder beinahe über Barney Thomson gestolpert, wenn Barney seine unregelmäßigen Schritte nicht gehört und sich in letzter Minute hinter einer Säule versteckt hätte.

Doch der Mörder spürt ihn, als er die kleine Halle betritt, an der sich vier Korridore kreuzen. Dies ist der Ort, den Barney Thomson für sein Stelldichein mit Dip gewählt hat. Ein seltsamer Platz für ein geheimes Rendezvous, doch Barney Thomson ist nicht der geborene Verschwörer.

Der Mönch stutzt, wird langsamer und tastet nach seinem inzwischen in den Falten seiner Kutte verborgenen, aber immer noch von warmem Blut roten Messer. Blut, das er schmecken kann; und er wittert auch die Anwesenheit eines weiteren menschlichen Wesens. Seine Nase zuckt. Jemand beobachtet ihn, er spürt es, jemand lauert im Schatten. Man ist ihm nicht gefolgt, dessen ist er sich relativ sicher, sodass sein Verfolger, wer immer es sein mochte, noch nichts von Bruder Hermans traurigem Schicksal weiß.

»Hallo«, sagt er zu dem leeren Raum. »Wer ist da?«

Er erhält keine Antwort und beginnt langsam, die kleine Halle zu umkreisen. Bis auf das blasse Licht eines glimmenden Feuers, das selbst nur Minuten vom Erlöschen entfernt ist, ist es vollkommen dunkel.

Barney Thomson versteckt sich hinter einer Säule und wartet. Er beobachtet den Mann vor sich und will sich offenbaren. Einigen der Mönche kann er vertrauen, anderen nicht. Er hat bereits zwei Listen im Kopf. Dieser Mann ist auf der A-Liste. Dieser Mann, so glaubt er, würde ihn nie verraten.

Doch irgendwas hält ihn zurück, während sein Herz die ganze Zeit laut pocht, Schweißperlen über sein Gesicht rinnen und er die Zähne fest zusammenbeißt, damit sie nicht klappern. Davon hatte er im letzten Jahr echt zu viel, und dies wird auch nicht das letzte Mal bleiben, denkt er. Andererseits vielleicht doch.

»Hallo?«, sagt der Mörder, und sein Blick schweift vorbei an der Säule, hinter der Barney sich versteckt. Barney spürt, wie seine Eingeweide sich kurz entkrampfen, doch der Jäger kreist weiter, und Barney wird immer unbehaglicher zu Mute. Irgendetwas an der Art, wie der Mann sich bewegt, legt eine sofortige Streichung von der A-Liste nahe. Könnte das der Mörder sein, fragt er sich. Wer außer ihm sollte sonst um diese Zeit durch die Flure geistern? Dies ist kein Teil des Klosters, den die Mönche nachts betreten müssen, deshalb hat er ihn ausgewählt.

Der Mönch kreist, Barney zittert.

»Hallo?«

»Hallo«, kommt die Antwort.

Barney zuckt so heftig zusammen, dass sein Kopf lautlos von der steinernen Säule zurückprallt. Er schafft es gerade noch, einen Schrei zu unterdrücken. Während seine Hand nach der Beule tastet, riskiert er einen Blick um die Säule herum. Die Polizei. Natürlich.

Der Mörder starrt in das Dunkel, selbst überrascht. Sheep Dip ist wie aus dem Nichts hervorgetreten, und der Mörder nimmt sofort an, dass dies der Mann ist, der ihn in den letzten paar Minuten beobachtet hat.

»Guten Abend«, sagt er, nachdem er seine Fassung wieder gewonnen hat, die Hand noch immer am klebrigen Knauf des Messers.

»Sie sind nicht Barney Thomson«, sagt Sheep Dip und ärgert sich im selben Moment darüber, den Namen erwähnt zu haben.

»Barney Thomson?«, fragt der Mönch. »Nie gehört. Jedenfalls ist er keiner der Brüder«, fügt er misstrauisch hinzu.

»Nein«, sagt Sheep Dip und denkt, dass er das Gespräch vorantreiben muss. »So spät noch auf den Beinen, Bruder?«

Der Mönch zuckt die Achseln. »Ich konnte nicht schlafen. Es passiert einfach zu viel, verstehen Sie?«

Seine Gedanken rasen und prüfen sämtliche Optionen. Mit der Hand hält er das Messer gepackt, was nach wie vor seine liebste Alternative ist, vor allem, wo sein Blut noch von dem letzten Mord brodelt. Doch es gilt, Vor- und Nachteile abzuwägen. Der Mann, der vor ihm steht, ist kein Bruder Herman, nicht dumm und langsam. Er ist ein wacher Polizist, ein kräftiger Mann, der schneller sein wird, als er aussieht.

»Halten Sie es für klug, hier durch die Flure zu geistern, solange ein Irrer unterwegs ist?«

Der Mönch kneift die Augen zusammen. Barney Thomson? Bruder Jacob. Das ergibt Sinn. Es muss sich um einen Verbrecher auf der Flucht handeln, und sie haben seine Spur bis zu diesem Kloster verfolgt. Sie glauben, dass er der Mörder ist, denkt er und kann sich nur mit Mühe ein Lächeln verkneifen.

»Gott wird mich schützen«, sagt der Mönch.

So blöd können sie doch nicht sein, oder, denkt er. Das Einzige, was Bruder Jacob töten könnte, wäre ein geistreiches Gespräch.

»Ihre Brüder hat Gott jedenfalls nicht besonders gut geschützt«, sagt Sheep Dip und starrt den Mönch in der Dunkelheit an. Irgendetwas fehlt, und er weiß es nicht. Sein Instinkt hat ihn verlassen; er steht vor einem mit Blut besudelten Mörder und sieht es nicht. Sheep Dip hatte immer einen guten Instinkt, der jedoch im Haus Gottes verschüttet worden ist.

»Dieser Barney Thomson«, sagt der Mönch. »Glauben Sie, dass er all diese schrecklichen Dinge tut?«

»Barney Thomson?«, sagt Sheep Dip. »Nee, der bestimmt nicht. Er ist bloß ein idiotischer Schwächling. Ich bezweifle, dass der Mann sich selbst die Schuhe zubinden kann. Leute wie Barney Thomson sind das, was Gott noch über hatte, nachdem er den Schnodder erschaffen hat.«

Barney Thomson ist außer sich und hätte in jeder anderen Situation ernsthaft daran gedacht, etwas zu tun.

»Und wen verdächtigen Sie dann, Sergeant?«, fragt der Mönch.

Sein Tonfall lässt bei Sheep Dip den Groschen fallen. Der Mörder steht vor ihm. So sicher, wie Eier Eier sind und der Tag zu Ende gehen wird, ist dies der Mann, den sie suchen. Was ist bloß mit seinem Radar los, dass er zwei Minuten gebraucht hat, es zu begreifen?

Der Mönch sieht ihm die dämmernde Erkenntnis an. Sheep Dip ist zu überrascht, um sie zu verbergen, und sofort hat der Mönch seine mörderische Hand befreit und stürzt auf sein Gegenüber zu.

Sheep Dip weicht taumelnd aus. Sein Verstand ist vor Überarbeitung ganz verwirrt. Er tastet unbeholfen nach der Pistole, die er im Rücken in den Gürtel gesteckt hat, und würde sich am liebsten selbst in den Arsch treten. Nachdem er der ersten Attacke ausweichen konnte, rappelt er sich wieder hoch und stürzt, die Hand am Griff der Waffe, nach vorn. Doch der Mörder ahnt, was kommt, und weiß, dass er eine letzte Anstrengung unternehmen muss, bevor ihn die Waffe erledigt.

Sein Messer saust in weitem Bogen durch die Luft, die Klinge matt von verklebtem Blut, schwarzrot im fast verloschenen Licht des Feuers. Der Mörder-Mönch keucht vor Anstrengung, sein Kopf will schier bersten vor immenser Kampfeslust.

Kapitel 24

Wenigstens einmal im Leben muss jeder Polizist eine Herrentoilette durchsuchen

»Ich weiß, dass ihr Typen komisch seid und so, aber es dauert doch bestimmt keine halbe Stunde, aufs Klo zu gehen?«

Die Liste der traumhaften Alternativorte ist lange versiegt – es ist schlicht schmerzhaft, daran zu denken –, und sie sitzen schweigend beieinander. Mulholland starrt in das Feuer, das langsam heruntergebrannt ist, und hat schon darüber nachgedacht, dass er Holz nachlegen müsste, wobei ihm dann aufgefallen ist, dass Sheep Dip schon sehr lange weg ist, eine Einsicht, die er nach Kräften ignoriert.

»Es dauert unterschiedlich lang«, sagt er. »Das hast du doch bestimmt schon in einem *Blitz!*-Artikel gelesen. ›Warum Männer zum Scheißen eine Ewigkeit brauchen.‹ Oder: ›Erkennen Sie die Länge seines Schwanzes daran, wie lange er auf der Toilette braucht.‹ Oder: ›Männer und Scheiße – Was wirklich passiert.‹«

»Sehr witzig. Du glaubst also nicht, dass ihm etwas zugestoßen sein könnte?«

»Sheep Dip? Dem Dipmeister? Mr. Dippidy Trottelgesicht? Ich bezweifle es«, sagt Mulholland, während er bereits davon ausgeht, dass Sheep Dip mit aufgeschlitzter Kehle tot in seinem eigenen Blut liegt. Er hat ein schlechtes Gewissen, weil er so gefühllos ist. »Bei den Mengen, die der Typ isst, könnte es durchaus eine halbe Stunde dauern.«

»Wir sollten ihn suchen gehen«, sagt Proudfoot, ohne seine Übellaunigkeit zu beachten, an die sie sich mittlerweile fast gewöhnt hat.

»Wie genau meinst du das?«

»Was denkst du denn, wie ich das meine? Wir sollten ihn suchen gehen. Es könnte ihm etwas zugestoßen sein.«

»Auf den Fluren da draußen ist es eiskalt, hier drinnen ist es schön warm. Wahrscheinlich hat er sich bloß auf die Suche nach mehr Essbarem begeben, und wenn nicht, ist er wahrscheinlich schon tot. Und dann können wir jetzt auch nichts mehr für ihn tun, oder? Bist du vielleicht Arzt oder was?«

»Bitte?«

Mulholland reibt sich mit der Hand übers Gesicht und blickt ein weiteres Mal sehnsuchtsvoll ins Feuer.

»Himmel Herrgott, also gut, du hast vermutlich Recht. Aber wenn wir ihn mit einem Pornoheft auf dem Scheißhaus antreffen, bin ich sauer.«

Mulholland kommt, eine Kerze in der Hand, von der Toilette zurück. Die tanzenden Schatten von seiner Kerze vermischen sich mit denen von Proudfoots.

»Und?«, fragt sie.

»Jetzt weiß ich, wie George Michael sich fühlt«, sagt er. »Der Schrank war jedenfalls leer. Kein nackter Arsch in Sicht, weder Sheep Dips noch sonst einer.«

»Und was denken Sie?«

»Ich denke, er hat gelogen, als er gesagt hat, dass er auf die Toilette wollte. Ich glaube, er hatte etwas anderes vor. Eine Spur, die er verfolgen wollte, ohne uns davon zu erzählen; irgendein anderes Geschäft mit einem der Insassen, wer weiß?«

»Also suchen wir ihn jetzt?«

Mulholland starrt ins Halbdunkel. Proudfoot ist eine attraktive Frau und wirkt in diesem Licht geradezu hinreißend, umwerfend, sexy, verführerisch. Seine schlechte Laune, seine Ungeduld, seine schreiende Apathie verbünden sich und machen, dass er sie noch mehr begehrt. Gleich hier und jetzt in einem dunklen, feuchten Korridor in einem eiskalten Kloster am Arsch der Welt, wo im Dunkel ein flüchtiger Mörder lauert.

»Einen Scheiß machen wir«, sagt er. Was immer man empfindet, eine dermaßen schlechte Laune lässt sich nicht kaschieren.

»Wir müssen ihn suchen. Seine Motive spielen keine Rolle. Wenn er sich so viel Zeit hätte nehmen wollen, hätte er sich eine andere Ausrede ausgedacht. Ihm muss irgendwas zugestoßen sein.«

»Das ist mir egal, Erin«, sagt Mulholland, den Namen beinahe ausspuckend. Als sie ihn ihren Namen aussprechen hört, läuft ihr ein Schauer über den Rücken, und sie weicht einen Schritt zurück. »Wenn er ein verdammter Idiot sein will und mitten in der Nacht mutterseelenallein in diesem beschissenen Kloster des Todes herumspazieren will, soll er doch. Er hat den Tod verdient.«

Mulholland beginnt, die brennende Kerze vor sich haltend, den Flur hinunterzugehen. Doch Proudfoot weicht nicht von der Stelle. »Sei nicht so ein egoistisches Arschloch«, ruft sie ihm nach.

Und er bleibt stehen. Er hat die Schultern vor Kälte hochgezogen. Der matte Schein der Kerze fällt auf Löcher und Nischen in der Wand, in denen Spinnen leben und kleine Insekten zu Tode kommen. Und die Schatten bewegen sich mit ihm, als er sich langsam umdreht.

»Was haben Sie gerade gesagt?«, fragt er gereizt, doch sie hat die Nase voll und ist kein bisschen eingeschüchtert.

»Ich habe gesagt, dass du ein Arschloch bist. Du bist nicht der Einzige, der in diesem gottverdammten Loch festsitzt, weißt du.

Du bist nicht der Erste, der sich von seiner Frau getrennt hat, nicht der Erste, der seinen Job hasst, und nicht der Erste, der die Nacht an einem eiskalten Ort verbringen muss, an dem er als Allerletztes sein will. Reiß dich verdammt noch mal zusammen. Und spar dir den ›Sergeant‹-Scheiß, weil ich dir das eh nicht abkaufe. Irgendwo in diesem Gebäude ist ein Kollege von uns, der höchstwahrscheinlich Hilfe braucht. Und jetzt komm!«

Proudfoot marschiert in die entgegengesetzte Richtung los, tiefer in die Eingeweide des Klosters. Auf jenen Raum zu, in dem Sheep Dip auf dem Boden liegt, auf kaltem Stein, gewärmt vom Blut eines Polizisten.

Mulholland atmet tief durch. Vielleicht hat sie Recht, doch er kommt nicht einmal dazu, den Gedanken auch nur zu denken. Trotzdem zieht er seinen Mantel enger um seinen Körper und folgt ihr mit einigen Schritten Abstand in die bittere Kälte, ohne sich anzustrengen, sie einzuholen.

»Wenn wir in den Raum zurückkommen und der fette Sack sitzt friedlich da, sind Sie tot«, murmelt er in die Dunkelheit zwischen ihnen, und sollte sie ihn gehört haben, lässt sie sich nichts anmerken.

Barney Thomson zittert nicht mehr, er bebt vor Kälte und Angst am ganzen Körper. Er hat so viel Tod gesehen, mehr als in einem Haufen Bond-Filme, und doch war dieser schlimmer als alle anderen.

Er hat dem Mörder aus nicht einmal fünf Metern Entfernung bei der Arbeit zugesehen. Er hat gesehen, wie er, überwältigt von einer Raserei teuflischer Lust, wiederholt mit einem Messer zugestochen hat. Er hat ihn vom Becher des Bösen trinken und Fleisch vom Kalb der Abscheulichkeit essen sehen. Dies war ein Mann, der sein Werk genossen hat, mitgerissen von einer brutalen Glückseligkeit. Und es ist ein Mann, den er kennt, ein

Mann, dessen Haar er geschnitten hat, an dessen Haut er seine Schere gelegt hat.

Wenn er diese Schere nur in sein Fleisch gestoßen hätte.

Was nun, fragt sich Barney bebend. Der Mörder-Mönch ist vom Tatort geflohen und hat Barney mit der Leiche von Sheep Dip MacPherson allein gelassen. Mindestens neun oder zehn tiefe Stichwunden, wo auch eine gereicht hätte. Blut ist gespritzt, wenngleich man es im Dunkel kaum sehen kann. Und Barney ist mit lautlosen Schritten in die entgegengesetzte Richtung geflohen.

Bis beinahe zurück zu seinem Versteck, doch dann hatte er plötzlich das Gefühl, verfolgt zu werden; jedes Mal, wenn er stehen geblieben war, meinte er hinter sich eine Bewegung gehört zu haben. Einen leisen Atem, einen lautlosen Schritt, eine Kutte, die an einer Mauer entlangstreift. Und so kommt es, dass er sich, in wessen Gesellschaft auch immer auf seinem Speicher hockend, zum ersten Mal seit seiner Ankunft an diesem Ort richtig fürchtet. Zum ersten Mal seit vielen, vielen Jahren.

Er lehnt an einer kalten Wand und bringt keinen einzigen zusammenhängenden Gedanken zu Stande. Er kann sich am Morgen stellen – wenn er solange überlebt – und der Polizei sagen, wer der wahre Mörder ist. Aber wer würde ihm jetzt noch glauben? Jetzt, wo der Sergeant tot ist, eine Nachricht von Barney am Körper trägt, auf der jener ihn zu einem Treffen bittet – und mit Mord droht, falls er nicht allein kommen sollte.

Erst zwei Flure vor seinem Versteck auf dem Speicher war Barney der Gedanke gekommen, umzukehren und Sheep Dips Kleidung auf die Notiz zu durchsuchen, doch nichts, was ihm einfällt, könnte seinen Körper dazu bewegen, kehrt zu machen und an den Ort des Todes zurückzugehen, zurück zu den Dämonen, die jeden seiner Schritte verfolgt haben.

Und so sitzt er und zittert und fragt sich, ob er sich der Polizei stellen soll. Doch draußen tobt weiter der Sturm, sodass er trotzdem nicht von hier fortkommen würde. Man würde ihn in einer kleinen Zelle gefangen halten, als dankbares Opfer für den Mörder. Oder würden sich Polizei und Mönche vielleicht einfach an Ort und Stelle an ihm rächen – ein Femegericht –, in der Annahme, dass er der Schuldige war?

Barney zittert und bebt am ganzen Körper.

Knapp sechzig Minuten später finden sie Sheep Dips Leiche. Nach fast einstündiger Suche, unterbrochen von einer kurzen Rückkehr zu ihrem Zimmer, um sicherzugehen, dass Sheep Dip dort nicht Schokoriegel mampfend, Bier trinkend die Februar-Ausgabe von *Blitz!* studiert.

Sie sind durch endlose Flure gewandert, ohne dass die Geräusche des Sturms draußen nachgelassen hätten, egal wie tief sie in das Innere des Klosters vorgedrungen waren. Als sie ihn schließlich finden, spüren sie, dass etwas nicht stimmt, bevor sie es sehen. Mittlerweile geht Mulholland voran – seine Reizbarkeit ist einer gewissen Beklommenheit gewichen –, sie werden langsamer, halten die Kerzen ein wenig weiter vor sich gestreckt und starren noch intensiver in die Dunkelheit. Sie sind im Begriff, dem Tod zu begegnen, das spüren sie. Eine Gänsehaut jagt über ihre Körper, von einem zum anderen.

»Bist du noch hinter mir?«, fragt Mulholland, weil er irgendein Geräusch hören muss, das diese grausame Stille zerreißt.

»Ich wollte eigentlich eine Kaffeepause einlegen, aber ich habe es mir anders überlegt«, sagt Proudfoot.

»Das können wir ja später noch machen. Das und...«

Der Witz verhallt in der Stille, als er die Leiche entdeckt. Seine langsamen Schritte werden noch langsamer. Als Proudfoot die Leiche sieht, stöhnt sie kaum hörbar auf. Groß, hässlich und zerknittert liegt sie da, und als sie näher kommen, können sie auch das verspritzte Blut erkennen.

Detective Sergeant Gordon MacPherson. Sheep Dip. The Dip. Der Dipmeister. Diporama. The Big Dipper. General Dipenhower. The Dipster.

Tot.

»Scheiße«, sagt Mulholland, als sie neben der Leiche stehen bleiben. Proudfoot schlägt sich die Hand vor den Mund und schluckt. Mulholland bückt sich, tunkt den Finger in das Blut auf dem Boden und tastet nach Sheep Dips verstümmeltem Körper.

»Kalt«, sagt er. »Aber hier ist es natürlich kalt, also kann ich nicht sagen, wie lange er schon tot ist. Vielleicht zehn Minuten, vielleicht auch schon eine Stunde.«

Er richtet sich wieder auf, und sie starren sich an. Die Schatten tanzen ein wenig lebhafter, weil Proudfoots Hand zittert. Mulholland vergisst seinen Ärger von vor einer Stunde, und Proudfoot vergisst, dass sie wütend auf ihn sein wollte, wenn Sheep Dip etwas zugestoßen war.

»Erstochen?«, fragt sie.

»Ja. Und zwar mehrfach, so wie es aussieht.«

»Barney Thomson?«

Mulholland schüttelt den Kopf und starrt in den Schatten. Seltsam, dass sie über diesem niedergemetzelten Kollegen stehen und doch nicht um ihr eigenes Leben fürchten, keine Angst haben, dass der Mörder noch in der Nähe lauern könnte. Eine Art sechster Sinn, ein Wissen, dass dies nicht ihre Stunde ist.

»Es kommt mir irgendwas seltsam vor. Wir haben es mit einem Typ zu tun, der kreuz und quer durch die Highlands zieht und für billiges Geld Haare schneidet. Wir haben kein einziges schlechtes Wort über ihn gehört. Das einzig wirklich Negative, was sie zu Hause über ihn sagen konnten, war, dass er langweilig war. Aber das macht ihn ja noch nicht zu einem durchgeknallten Spinner.«

»Willst du ihn durchsuchen?«, fragt Proudfoot, und Mulholland betrachtet die blutige Sauerei.

»Ja, das sollte ich wohl. Wir müssen es dem Abt sagen, aber sobald die Mönche davon erfahren, wollen sie die Leiche bestimmt sofort beiseite schaffen, damit sie bei Gott ist oder so.«

»Er ist keiner von ihnen. Wir können sie aufhalten.«

Mulholland beugt sich vor und beginnt durch das kalte Blut zu waten. »Wir können es versuchen, Sergeant. Aber weiß der Himmel, wie lange wir hier oben festsitzen. Es gibt keine Verstärkung. Die sind paarunddreißig gegen uns zwei. Im Moment können die so ziemlich machen, was sie wollen.«

Proudfoot wendet sich ab und sieht sich in dem kleinen Raum um, in dem Sheep Dip seinen letzten Atemzug getan hat. Sie bekommt erneut eine Gänsehaut, als die Schatten sich wie in einem Terpsichoreischen Albtraum verschieben und sie in Ecken und Nischen plötzlich Gestalten und Bewegungen wahrnimmt. Vielleicht hat sie doch Angst. Der Tod könnte näher sein, als ihre Instinkte sie glauben machen.

Mulholland fördert aus den Taschen von Sheep Dips zerfetzter Kleidung diverse Papierschnipsel zu Tage, die er vorsichtig abtrocknet und ins Licht der Kerze hält.

Eine Liste mit Telefonnummern von Frauen – hauptsächlich Stripperinnen aus Thurso, aber das kann Mulholland nicht wissen; ein Visacard-Beleg von einem Dessous-Laden in Inverness; eine Quittung für ein Sandwich; ein Notizbuch mit allgemeinen Beobachtungen zu dem Fall, das Mulholland in seine Tasche schiebt; ein Foto von einem Schaf mit den handgeschriebenen Worten »Mabeline, Frühling 96« auf der Rückseite; ein Kassenbon über 21,62 Pfund von einem Lebensmittelladen in Huntly. All das und – eine Nachricht von Barney Thomson, mit der er

Sheep Dip zu dem Treffen in dem Raum einlädt, in dem er jetzt tot liegt, um Mitternacht. Kommen Sie allein, oder es werden noch mehr Menschen sterben.

Mulholland steht da und betrachtet die Nachricht. Er lässt die anderen Zettel wieder auf den Boden fallen und hält Proudfoot die Kerze hin, damit sie die Nachricht lesen kann.

Sie atmen beide tief durch und sehen sich in der dunklen Kammer um. Sie spüren die Kälte, und es ist nicht nur die Kälte der Nacht.

»Okay«, sagt Mulholland schließlich. »Von jetzt an bleiben wir beide zusammen. Nicht mal eine Sekunde, ja, Sergeant?«

Proudfoot nickt lautlos stumm.

»Wir sollten den Abt suchen. Und diesen Herman – er scheint so ziemlich der Einzige zu sein, der weiß, was los ist.«

Mulholland steckt Barney Thomsons Botschaft ein und geht voran. Entschlossen, das Schlafzimmer des Abtes zu finden, entscheidet er sich wahllos für einen Korridor, von dem er nicht weiß, ob er in die richtige Richtung führt. Und so lassen sie Sheep Dips verstümmelte Leiche zurück, ohne zu bemerken, dass seine Waffe fehlt, weil sie gar nicht wissen, dass er überhaupt eine gehabt hat.

Kapitel 25

Es schneit wie verrückt

Sie treffen zu zweit oder zu dritt ein, alleine kommt keiner. Die Gerüchte haben sich im Kloster verbreitet wie eine ansteckende Krankheit, eine Art Syphilis des Gehirns. Es hat in der Nacht weitere Morde gegeben, dessen sind sich alle Mönche sicher, und jeder, der nicht beim Frühstück war, gilt als potenzielles Opfer. Alle haben ihre Theorien darüber, wer tot sein, wer als Nächster dran sein und wer diese Verbrechen gegen Gott begehen könnte.

Bruder Hack hat das Frühstück wegen einer Kombination aus pochenden Kopfschmerzen und großer Leibesfülle ausgelassen, und einige haben bereits das Schlimmste befürchtet. Auch Bruder Malcolm fehlte, und wieder wurden Vermutungen laut – doch nur von denen, die vergessen hatten, dass Bruder Malcolm nie zum Frühstück kam. Doch obwohl Herman beim Frühstück abwesend war, ging in diesem Fall seltsamerweise niemand vom Ärgsten aus. Niemand nahm auch nur eine Sekunde lang an, dass Herman etwas zugestoßen sein könnte. Er mag ein Dreckskerl sein, doch er ist auch der Fels, auf dem sich Integrität und Stärke des Klosters gründen. Herman konnte nichts passieren, denn was würde das für die Chancen der Übrigen bedeuten. Das ist etwas, worüber sie lieber nicht nachdenken möchten.

Und so versammeln sie sich im Refektorium, wo zwei Feuer

gegen die Kälte brennen. Was vormals eine Versammlung von zweiunddreißig war, hat sich nun auf sechsundzwanzig reduziert. Gedämpfte Gespräche, gedämpftes Entsetzen; sie nehmen an, dass Herman oder der Abt das Wort an sie richten werden. Ein paar Augenbrauen schnellen hoch, als Herman nicht an der Seite des Abtes auftritt, doch sie argwöhnen noch immer nichts. Sie vermuten, das Herman damit beschäftigt ist, diese Mischung aus Sherlock Holmes und Spanischer Inquisition zu geben, auf die er sich so gut versteht.

Ein vernehmliches überraschtes Ausatmen, als der legendäre Bruder Hack auftaucht, da sich das Gerücht seines Ablebens rasch verbreitet hat; einige Köpfe nicken selbstkritisch, als Bruder Malcolm eintrifft.

Sie sind alle da und sitzen zur gewünschten Zeit auf den Bänken, nur der Abt und zwei der drei Polizisten stehen an der Stirnseite des Raumes. Doch es ist nicht der Abt, der das Wort ergreift, mit einem schlichten Kopfnicken überträgt er die Verantwortung für das Kloster und die Situation an Mulholland und setzt sich zu den anderen Mönchen auf die Bank.

Ein leises Murmeln erhebt sich. Hat der Abt die Kontrolle abgetreten?

Mulholland mustert die besorgten, erwartungsvollen Gesichter. Welche Worte erwarten sie von ihm? Er schluckt, senkt den Blick und verdrängt das Heulen des Windes. Der Sturm tobt so heftig wie seit Tagen. Und es schneit wie verrückt.

»Meine Herren, es gibt viel zu sagen, und der Abt hielt es für das Beste, dass ich zu Ihnen spreche.«

Einige Augenpaare werden schmal, und er weiß, dass sie sich fragen, ob er dem Abt keine Wahl gelassen hat. Es war überall dasselbe; die Grundlage einer Organisation konnte Religion, Sport, Trinken, Spielen, Sex oder Backgammon sein, letztendlich ging es immer um Politik und Interessen, darum, dass Menschen ihre Schäfchen ins Trockene bringen und anderen diktieren wollten, was sie zu tun hatten.

»Wie einige von Ihnen möglicherweise bereits gehört haben, hat es in der Nacht zwei weitere Morde gegeben.« Schweigen. Zwei? Verstohlene Blicke huschen durch den Raum. »Ich fürchte, eines der Opfer war Bruder Herman.« Wieder Schweigen, dieses Mal benommen, einige Sekunden lang, bevor sich im ganzen Raum diverse Reaktionen vernehmen lassen. Das Übliche, inklusive Tränen von Bruder Sincerity. Mulholland lässt ihnen eine Weile Zeit, weil er weiß, dass das nächste Opfer, das er zu melden hat, keine ähnliche Wirkung hervorrufen wird. »Das andere Opfer war einer meiner Männer, Sergeant MacPherson.«

»Der Dipmeister!«, ertönt ein gequälter Schrei aus den hinteren Reihen.

Mulholland nickt. »Ich fürchte ja«, sagt er. »Soweit wir das sagen können, wurden beide mit demselben Messer getötet.«

Wieder lässt er ihnen Zeit, die Neuigkeit zu verdauen, wobei er nicht ahnt, dass viele Mönche von Sheep Dips Tod noch betroffener sind. Denn wenn nicht einmal die Polizei sicher ist...

»Meine Herren, Sergeant Proudfoot und ich sind natürlich von der Glasgower Polizei, doch wir sind ursprünglich nicht hierher in den Norden gekommen, um in diesen Mordfällen zu ermitteln. Bis Samstagabend wussten wir nicht einmal davon. Wir waren in Durness auf der Spur eines Mannes, der in Glasgow im Zusammenhang mit diversen Todesfällen im vergangenen Winter und Frühjahr gesucht wird. Mittlerweile haben wir kaum noch Zweifel, dass der Mann, den wir suchen, sich auf Grund eines seltsamen Zufalls...« Bei der Polizeiarbeit gibt es keinen Zufall, denkt Proudfoot; in der Religion gibt es keinen Zufall, denkt der Abt; ich frage mich, ob ich Hermans Sammlung von italienischen Lithografien aus dem 13. Jahrhundert haben kann, denkt Bruder Adolphus. »...unter dem Namen Bruder Jacob hier in diesem Kloster versteckt hat.«

Das Publikum hält den Atem an, Rufe wie »Ich wusste, dass das Schwein ein Serienmörder war« werden laut.

»Sein Name ist Barney Thomson, und selbst wenn wir auch nach der Entdeckung, dass er sich hier aufhält, noch Zweifel hatten, ob er tatsächlich ein Mörder ist, sieht es nun so aus, als stünde es so gut wie zweifelsfrei fest, dass er der Mann ist, den wir suchen. Unseres Wissens ist er seit sechsunddreißig Stunden nicht mehr gesehen worden, doch er hält sich offensichtlich irgendwo in diesem Kloster auf.« Bruder Steven starrt zu Boden und fragt sich, ob er sein Wissen für sich behalten soll oder nicht. »Bei dem Wetter wird er wohl auch kaum irgendwohin gehen. Deshalb müssen wir alle extrem wachsam sein. Sechs aus Ihren Reihen und einer von uns sind bereits gestorben, deshalb müssen wir alles in unserer Macht Stehende tun, um zu verhindern, dass es noch mehr werden.«

Er hält inne und schaut in ihre besorgten Gesichter. Die armen Schweine, denkt er, doch dann ist der Gedanke verflogen. Wenn man so blöd ist, an einem Ort wie diesem zu leben, musste einem irgendeine Scheiße passieren. Andererseits war die Scheiße, die ihnen passierte, ein Produkt der Außenwelt.

Denkt Mulholland.

»Deshalb, meine Herren, gehen wir überall nur noch zu zweit hin. Sie werden Paare bilden, bevor Sie diesen Raum verlassen, und Ihren Partner nie aus den Augen lassen, bis das Wetter aufklart und wir Verstärkung bekommen. Und es ist mir vollkommen egal, ob es Dinge gibt, die Sie lieber privat erledigen. Sie lassen Ihren Partner nicht aus den Augen, bis wir dieses Gebäude evakuiert und die Bedrohung durch Barney Thomson eliminiert haben.«

Er sieht sich erneut um, blickt von Gesicht zu Gesicht und

versucht, überzeugend zu wirken, dabei ist er sich nicht einmal sicher, dass zwei ausreichen. Vielleicht sollten sie in Achtundzwanziger-Gruppen zusammenbleiben.

»Hey, es ist das alte Mörderspiel«, sagt Bruder Steven aus der Mitte der Mönche. »Erbschaft um Mitternacht, Zehn kleine Negerlein und der ganze Mist. Einer nach dem anderen ausgelöscht. Irgendwie gruselig, aber auch irgendwie aufregend. Aber wegen dieser Immer-zusammenbleiben-Regel, was sollen wir tun, wenn die Dunkelheit kommt? ›Mir war's, als rief' es: Schlaft nicht mehr, Macbeth mordet den Schlaf! Ihn, den unschuld'gen Schlaf; Schlaf, der des Grams verworrn Gespinnst entwirrt, den Tod von jedem Lebenstag, das Bad der wunden Müh', den Balsam kranker Seelen, den zweiten Gang im Gastmahl der Natur.‹«

»Genau«, sagt Bruder Edward und nickt heftig.

Mulholland atmet tief durch und fixiert Bruder Steven mit seinem besten Hör-auf-solchen-Unsinn-zu-reden-Blick. »Sehr gut, Bruder«, sagt er, »wenn Sie so weiterreden, kommt der Typ vielleicht vor lauter Langeweile aus seinem Versteck.«

Steven lächelt reuevoll und zieht sich hinter seine Kutte zurück.

»Ich wiederhole«, sagt Mulholland und fragt sich, ob irgendjemand in den Highlands nicht in Zitaten redet, »wir tun nichts alleine. Nicht Beten, nicht Essen, nicht Scheißen, nicht Umziehen, nicht Wichsen, falls ihr so was zum Abbau von Spannungen macht. Nichts von all dem allein. Kleben Sie aneinander wie Napfschnecken, meine Herren, wie Napfschnecken. Und wenn Sie die Zahl der aufgesuchten Räume und Örtlichkeiten innerhalb des Klosters reduzieren können, tun Sie das. Diejenigen, die in den Zimmern am anderen Ende des Flures schlafen, werden nach dieser Zusammenkunft ihre Sachen holen und in einen Raum in der Nähe ziehen. Keine Nachlässigkeit, meine

Herren – es ist ungemein wichtig, dass jeder von Ihnen diese Regeln befolgt. Wenn Sie irgendeinen Kontakt mit Barney Thomson oder Bruder Jacob, oder wie immer Sie ihn nennen wollen, haben, melden Sie sich sofort. Egal wie unbedeutend, egal was auch immer, wenn Sie etwas zu sagen haben, sagen Sie es bitte. Kooperation ist der einzige Schutz und mit etwas Glück vielleicht auch die einzige Chance, den Burschen in einem Gebäude wie diesem zu erwischen.«

Er macht eine Pause und sieht sich erneut in dem Raum um. Dabei fragt er sich, wie viele von ihnen noch sterben werden, bevor der gnadenlose Schneesturm nachlässt. Er zweifelt jedoch nicht daran, dass er überleben wird. Ein derart mieses Leben geht garantiert noch lange weiter.

»Das wär's. Sie können jetzt gehen, aber nicht zu weit. Ich möchte Ihnen nicht befehlen, den Rest des Tages hier zu verbringen, aber es wäre vielleicht das Beste. Deshalb schlage ich höflich vor, dass Sie, wenn es irgendetwas gibt, was Sie haben möchten, es jetzt holen und dann den Rest des Tages hier bleiben. Gibt es irgendwelche Fragen?«

»Warum tut er es?«, ertönt eine angespannte Stimme. Bruder Martin. Ein Mann, der durchaus ein paar Worte mit Bruder Jacob gewechselt hat, ihn jedoch in den vergangenen zwei Tagen nicht mehr gesehen hat.

»Um ehrlich zu sein, wir wissen es nicht«, antwortet Mulholland. »Und ich weiß, offen gestanden, auch nicht, warum das eine Rolle spielt. Bei der Auswahl seiner Opfer scheint es kein Muster zu geben, sodass wir nur davon ausgehen können, dass er es auf alle abgesehen hat. Niemand ist sicher. Niemand kann es sich leisten, selbstgefällig zu sein. Ich weiß, dass das keine Antwort ist, aber bis wir weitere Ermittlungen angestellt haben, ist das alles, was ich Ihnen sagen kann. Wir werden im Laufe des Tages mit jedem von Ihnen sprechen, für den Fall, dass einer von

Ihnen etwas weiß, dessen Bedeutung er vielleicht gar nicht erkennt. Sonst noch was?«

Sie haben alle Fragen, doch keiner sagt etwas. Vielleicht sollten sie ihre Fragen in dieser Zeit lieber an Gott richten, denn er ist es, der sie scheinbar alle verlassen hat.

Mulholland bewegt sich aus der Schusslinie und setzt sich an einen einsamen Tisch, wo sich Proudfoot zu ihm gesellt. Langsam breitet sich ein Murmeln in der Menge aus, das allmählich zu seinem leisen Höhepunkt anschwillt. Nach und nach und unter großen Eifersüchteleien tun sich die Mönche zu Paaren zusammen und versuchen zu entscheiden, wie sie ihre Zeit am besten herumbringen, bis der Schneesturm abflaut, Barney Thomson gefasst wird oder sie sein nächstes Opfer werden. Und viele von ihnen durchleuchten ihre Seele und fragen sich, ob sie hier je wieder sicher schlafen können, selbst wenn das Monster ergriffen wird; ob sie je wieder auf Gott vertrauen werden, und ob dies das Ende des Klosters ist, so wie sie es kennen.

Und inmitten all dessen kennt ein Mann alle Antworten. Und in der vergangenen Nacht hat er viele Entscheidungen getroffen; er weiß, dass keiner der Mönche diesen Ort lebend verlassen und dass dieses Haus Gottes als ein Friedhof der Hölle zurückbleiben wird. Eine Nekropole seiner Rache, ein Mausoleum für das Unrecht, das die Selbstgerechten einem einfachen Mann angetan haben, ein Gottesacker für alles Schlechte in diesem Haus des Guten, ein Mahnmal für das perfide Wesen dieser Truppe von Judas-Jüngern.

Kapitel 26

Frankenstein

Mulholland und Proudfoot stehen an einem Fenster im ersten Stock und blicken in das Tal, so weit die Sicht reicht, also etwa zwanzig Meter. Der Schneefall hat im Laufe des Tages schließlich nachgelassen, doch tief hängende Wolken am Himmel versprechen weiteren Niederschlag. Die Landschaft ist weiß eingefärbt, die weich gezeichneten Umrisse der Bäume sind gerade noch zu erkennen, der Himmel verschwimmt übergangslos mit der Erde, ohne dass irgendetwas klare Konturen hätte. Der Wind heult um die Mauern des Klosters, weht jedoch in die Richtung, in die sie blicken, sodass durch die offenen Läden keine Sturmböen, sondern nur die Kälte des Tages dringt.

»Vielleicht hätte einer von uns heute Morgen den Durchbruch wagen sollen«, sagt Proudfoot. »Vielleicht hätte man sich Bruder David nehmen und versuchen sollen, nach Durness zu kommen.«

Mulholland betrachtet Schnee, Wind und die Landschaft draußen. Keine Chance. Er hat selbst gründlich darüber nachgedacht, aber sie hatten es ja kaum bis zu dem Kloster geschafft; am Ende hatte sogar Sheep Dip trotz all seines Harter-Bursche-aus-dem-Norden-Getues gelitten. Mittlerweile liegt der Schnee mehr als einen Meter höher, der Wind ist aufgefrischt, der

Schneesturm noch heftiger, woher sollen sie wissen, ob ihre vorübergehende Zuflucht nicht mehr als das werden wird?

»Es ist zwecklos. Und was wäre, wenn es einer von uns nach Durness geschafft hätte? Es ist schwer vorstellbar, dass die Straßen nach Westen oder Süden frei sind.«

»Wir hätten mit einigen Leuten aus Durness zurückkommen können.«

»Was, wie in einem Frankenstein-Film? Eine wütende Horde Dorfbewohner mit seltsamer Barttracht, die mit Fackeln in der Hand und Wut im Herzen das Schloss stürmen?«

»So in der Richtung.«

Mulholland schüttelt den Kopf. »Bei dem Wetter wären die Fackeln sowieso ausgegangen«, sagt er, und Proudfoot lächelt.

Das Heulen des Windes lässt für einen Moment nach, und zum ersten Mal seit zehn Minuten bewegt sich etwas: Eine einzelne Schneeflocke tanzt auf sie zu. Ein Vorbote weiterer Schneemassen, denn obwohl sie es nicht wissen und es auch kaum einen Unterschied macht, ist der nun drohende Schneesturm schlimmer als der, der über Sutherland nach Caithness weitergezogen ist.

»Es ist wunderschön«, sagt Proudfoot in die Stille. »Auf Fotos habe ich schon so viel Schnee gesehen, aber noch nie im wirklichen Leben. Es ist traumhaft. Wenn man sich die sieben Morde und den dämonischen Serienkiller wegdenkt, könnte es fast romantisch sein.«

»Du hast Fotos gesehen? Das heißt, du liest noch etwas anderes als *Blitz!? National Geographic* oder einen Winter-Reisekatalog?«

Proudfoot lacht. »Der erste Tipp war schon richtig. ›Wie Sie verhindern, dass sein Schwanz im Schnee schrumpft‹, hieß der Artikel, glaube ich.«

»Stimmt. Ich glaube, den habe ich auch gelesen. Ein Haufen

Blödsinn. In ›Warum es Gretchen Schumacher gern mit einem Strudel in einem Skilift treibt‹ waren viel bessere Schneeszenen.«

Proudfoot lacht erneut und fängt an zu vergessen, warum sie hier sind und was los ist. Es ist wirklich romantisch, die verschneite Landschaft, das jüngste Objekt ihrer Zuneigung an ihrer Seite und zum ersten Mal, seit sie sich in Durness betrunken haben, gut gelaunt.

»Findest du? Ich fand den Artikel, wo sie am Lake Tahoe demonstriert hat, wie man mit einem Vanille-Eis mit Schokoglasur auf den Brustwarzen fünfzig Orgasmen pro Sekunde erleben kann, besser.«

»Siehst du, jetzt weiß ich nicht mal, ob du einen Witz gemacht hast.«

»Doch, ja, habe ich, aber das tun sie auch. Sie machen sich bloß lustig.«

»Oh.«

Ihre Arme berühren sich, als sie sich aus dem Fenster in die Kälte hinausbeugen, keiner weicht zurück oder lehnt sich enger an den anderen.

Hinter ihnen liegt ein langer Tag sinnloser Befragungen. Wo immer Barney Thomson sich in dem alten Gemäuer versteckt, er versteckt sich gut. Nicht einer der sechsundzwanzig konnte ihnen irgendetwas Hilfreiches berichten. Viele äußerten zwar einen Verdacht, wo er sich aufhalten könnte, doch es gibt so viele Schlupflöcher, dass es sich kaum lohnt, sie alle zu kennen. Die ebenfalls aufgekommenen Ideen – einen Suchtrupp loszuschicken oder sich in Vierergruppen im ganzen Kloster zu verteilen, bis man Barney Thomson aus seinem Versteck gescheucht hätte – hat Mulholland ebenfalls verworfen. Er hat es schließlich nicht mit sechsundzwanzig Polizisten zu tun, sondern mit sechsundzwanzig verängstigten Mönchen. Und auch wenn er

Barney Thomson bisher für einen schwächlichen Trottel gehalten hat, würde Mulholland, nach der Art, wie jener unter dieser engelhaften Horde gewütet hat, nun sein Geld darauf setzen, dass Thomson es jederzeit mit vier Mönchen aufnehmen konnte. Er hat sich mit Proudfoot in dem Kloster umgesehen, doch es ist so riesig, seine Hallen und Flure so labyrinthisch, dass es praktisch ausgeschlossen scheint, ihn zufällig aufzustöbern. Sie brauchen mehr Leute als sie beide, doch ein Suchtrupp kommt nicht in Frage. Die Armee zu Hilfe rufen auch nicht. Er hat ein Handy, mit dem er bei diesem Wetter jedoch nicht von einer Seite der Küche zur anderen telefonieren könnte. Sie sind gestrandet, ein leichtes Ziel für den berüchtigtsten Serienmörder in der schottischen Geschichte. Sie können nur warten.

Diese Gedanken drängen sich erneut in den Vordergrund, und der Moment ist verpasst. Jener ersten Schneeflocke gesellt sich mit einiger Verspätung eine zweite hinzu, und schon bald beginnen sie wieder dichter zu fallen. Das Heulen des Windes hebt wieder an, und Proudfoot spürt die Kälte und Mulhollands neuerliche Distanz. Die Mauern gehen wieder hoch wie jedes Mal bei diesem Mann.

»Komm«, sagt er, »wir sollten zurück nach unten gehen und herausfinden, wie viele von ihnen er in der letzten halben Stunde erwischt hat.«

»Wir sitzen also bloß rum und warten, oder was?«

Er zuckt die Achseln und geht zur Tür. »Ich weiß, dass das Mist ist, und wenn du eine bessere Idee hast, höre ich sie mir gerne an. Wenn wir so weit wie möglich zusammenbleiben, sollten wir einigermaßen sicher sein. Ich habe keinen Zweifel, dass der Typ auch mehr als einen der Brüder auf einmal erledigen kann, aber bis jetzt hat er das noch nicht getan. Ich hoffe, dass er sich auch weiter daran hält, denn dann sind wir gewappnet. Keiner geht allein irgendwohin, dann sollten alle sicher sein.

Und dann wird morgen oder so hoffentlich das Wetter besser, und wir können nach Westen aufbrechen. Zurück zu irgendeiner Form von Zivilisation.«

»Und wenn es nicht besser wird?«, fragt sie auf dem Weg zurück durch den kalten dunklen Flur zur Haupthalle. »Was dann?«

Mulholland geht vor, die brennende Kerze hoch erhoben. Dann sind wir erledigt, denkt er, und Barney Thomson wird einen Weg finden, uns alle nacheinander auszulöschen.

»Es wird schon besser, Sergeant«, sagt er. »Das wird das Wetter immer.«

Der böse Barney Thomson sitzt auf dem Speicher. Er hat sich an diesem Tag nur kurz aus seinem Versteck gewagt und ein paar weitere Decken gestohlen, sodass ihm zum ersten Mal seit seinem Verschwinden beinahe warm ist. Einmal hat er gemerkt, wie irgendjemand auf den Speicher gekommen ist, vermutlich auf der Suche nach ihm, doch mittlerweile weiß er, wo er sich verstecken muss. Solange nicht zwei Männer mit Suchscheinwerfern aufkreuzen, kann er einer Entdeckung leicht entgehen. Es hatte geklungen, als wären sie tatsächlich zu zweit, aber lediglich mit Kerzen ausgerüstet. Wahrscheinlich die Polizei. Sein Herz hatte zu rasen begonnen, doch es war schließlich nicht das erste Mal, dass Barney Thomson in eine derartige Situation geraten ist. Langsam wird er zum alten Hasen.

Und so hat er den Großteil des Tages recht bequem gesessen und nur an seinen Hunger und daran gedacht, wie er den Mönch-Mörder ausliefern und sich gleichzeitig selbst reinwaschen kann. Ihm ist mittlerweile klar, dass die Drohung an Sheep Dip ein Fehler war, obwohl es sich eigentlich ganz gut angehört hatte, doch da hatte er auch noch erwartet, Sheep Dip von seiner Unschuld überzeugen zu können. Dass der große Kerl ermordet und mit seiner Nachricht am Leib aufgefunden werden könnte, was vermutlich mittlerweile geschehen war, hatte er nicht geglaubt.

Dank seiner eigenen Dummheit gibt es nun Indizien, die ihn mit den Morden in Verbindung bringen, und wenn man ihn schon vorher geschmäht hat, war das nichts im Vergleich zu dem, was jetzt kommen würde.

Doch wie üblich irrt Barney Thomson, und woher soll er auch die Schlagzeilen der Morgenzeitungen von diesem Tag kennen. *Sun*: »Blair: Der blutige Barbier ist unschuldig«; *Guardian*: »Thomson ist ›langweilig‹, aber kein Mörder, sagt Clinton«; *Times*: »Barney Thomson; Jede Menge Alibis«; *Independent*: »Thomson hat während der Morde ›geschlafen‹«; *Express*: »Thomson im Camilla-Skandal von Porno-König gelinkt«; *Daily Record*: »Die Engländer waren es!«; *Mirror*: »Der Typ konnte nicht mal seine Schuhe zubinden, sagt Saddam«; *Press & Journal*: »Dons: Torloser Krimi gegen Forfar – ›Wir brauchen Thomson auf dem Flügel‹, sagt der Boss.«

Die Strömungen und der Strudel der öffentlichen Meinung, diktiert von einer fiebrigen Presse, die stets auf der Suche nach einer neuen Perspektive ist.

Doch Barney weiß, wie gesagt, nichts von all dem, und es spielt auch keine Rolle. Die Außenwelt mag zwanzig Meter durch eine dicke Steinmauer entfernt sein, die nächste Stadt nur zwanzig Meilen über ein Schneefeld, Glasgow dreihundert Meilen Luftlinie, doch nichts von alledem spielt eine Rolle. Er sitzt in einem Kloster mit sechsundzwanzig Mönchen und zwei Polizisten in der Falle, die ihn für einen siebenfachen Mörder halten; und einer der Mönche ist der wahrhaft Schuldige und würde Barney wahrscheinlich nur zu gerne erledigen, so sich die Gelegenheit bietet.

Er lauscht dem wütenden Grummeln seines Bauches und

denkt an sein Schicksal. Es ist unmöglich, sich einen Ausgang des Ganzen auszumalen, den er begrüßen würde. Er wird Agnes nie wieder sehen, genauso wenig wie seinen Bruder Allan und dessen hinreißende Frau Barbara; er wird nie wieder in einem Frisörsalon in Glasgow arbeiten, Haareschneiden und Unsinn reden; er wird sich nie wieder unter seinesgleichen mischen und einfach einer aus der Menge sein.

Aber was sonst noch? Wird er dieses Gefängnis je wieder verlassen? Wird er bis zum Sommer überleben und noch einmal die Sonne auf seinem Rücken spüren? Wird er je wieder in einem stillen Pub bei einem frisch gezapften Bier und einer Partie Domino sitzen?

Wenn er irgendwas davon tun möchte, wenn er etwas so Köstliches wie das Bier der Freiheit schmecken will, muss er so entschlossen sein, wie er erst vor zwei Tagen zu sein beschlossen hat. Und nun hockt er da, hungrig, ängstlich und gebrochen. Der Mann, von dem Mulholland denkt, er könnte es mit vier Mönchen aufnehmen und gewinnen.

Wie viele weitere Morde werden geschehen?, fragt Barney sich, als er in einen unbequemen Schlaf dämmert. Wie vieler Verbrechen wird man ihn noch fälschlicherweise bezichtigen? In wie vielen Fällen wird er noch seine Unschuld beweisen müssen?

Und so gleitet er unglücklich hinüber ins Land der Träume, und wenn er aufwacht, wird er die Antwort auf diese Fragen bekommen.

Noch viele. Noch viele, viele mehr…

Kapitel 27

Ein großer Haufen Steine

Du wusstest, dass du dich um elf Leute kümmern musstest. Was soll die Umschreibung: Du musstest elf Leute töten. Elf Mönche. Bisher hast du vier von ihnen erledigt. Und die Identität dieser vier war dir schon vorher bekannt. Damit bleiben noch sieben. Das Problem ist nur, dass du nicht weißt, wer sie sind. Im Kloster leben noch sechsundzwanzig Mönche, von denen fünfzehn vor siebenundzwanzig Jahren in Two Three Hill dabei gewesen sein könnten. Über diesen Tag gibt es jedoch keine Unterlagen in der Bibliothek, wie du schon vermutet hattest. Das weißt du, weil du nachgesehen hast – und dabei zwei Bibliothekare töten musstest. Einer stand allerdings sowieso auf der Liste.

Die Quiz-Frage lautet also: Was machst du?

Antwort: Du radierst sie alle aus.

Die bewährte Vorgehensweise ist schon aus dem Fenster, weil du dich von der Euphorie des Mordens hast mitreißen lassen. Wie dem auch sei, wenn du ein Serienmörder in der modernen Welt werden willst, musst du an deinen Aufgaben wachsen und dich Situationen anpassen. Man kann nicht in der Vergangenheit leben. Es würde eine Ewigkeit dauern, sich schrittweise durch das Kloster zu morden und jeden der Mönche zu erstechen; außerdem besteht die Gefahr, dass du irgendwann zum Opfer deiner Arbeit wirst und auf einen Mönch triffst, der sich nicht so leicht überwältigen lässt. Oder auf einen Polizisten. Die Begegnung mit Sheep Dip in der vergangenen Nacht war schon verdammt knapp gewesen. Jemand könnte sich wehren, der Jäger zum Gejagten werden und der ganze Kram.

Deshalb wird es Zeit, auf Distanz zu gehen und mit breiter Streuung zu arbeiten, doch irgendetwas hält dich zurück, das Gift in das Mahl dieses Abends zu geben und die komplette Besatzung in einem Streich auszulöschen. Das Bedürfnis, Blut an deinen Händen zu spüren. Stattdessen entscheidest du dich, das Gift in eine Karaffe Wein zu schütten, die wahrscheinlich zwischen vier oder fünf Brüdern herumgereicht werden wird. Eine nette Runde, die die Zahl deiner Opfer beinahe verdoppelt. Du kannst abseits sitzen und dir merken, wer in der Nacht an dem langsam wirkenden Gift sterben wird, und dich dann nach Gutdünken um die anderen kümmern. Vielleicht siehst du die Vergifteten nicht direkt sterben, aber allein der Gedanke ist ein reizvoller Kitzel.

Curciceam perdicium – ein seltsam geformtes Insekt aus dem Regenwald Borneos, dessen Blut sich zu einem tödlichen, langsam wirkenden Gift zersetzt. Sieben Stunden nach der Verdauung setzen die grauenhaften Wirkungen in sieben Stufen ein. 1. Das Opfer bricht in kalten Schweiß aus. Nicht allzu grauenhaft oder beunruhigend, aber unangenehm. 2. Nach dieser sanften Eröffnung wird der Körper von fast drei Minuten andauernden Krämpfen geschüttelt. 3. Es folgt eine Phase intensiven Schmerzes, vergleichbar den Geburtswehen, jedoch auf einen schmalen Bereich in der Nierengegend konzentriert. 4. Es kommt zu Kurzatmigkeit, einem Austrocknen der Lungen und dem intensiven Wunsch, nackt unter Wasser zu schwimmen. 5. Die Körpertemperatur steigt an, und das Opfer leidet unter Halluzinationen von großen Insekten und Spinnen, die über seinen Leib krabbeln, während es an Händen und Füßen gefesselt ist. 6. Das

Opfer leidet unter dem ununterdrückbaren Drang, die zweite Strophe von »Fernando« zu singen, während seltsame Flüssigkeiten aus seinem Kopf quellen. 7. Unter Krämpfen schießt ein Schmerz bis in jede Zelle des Körpers, dem Opfer tritt Schaum aus dem Mund, und die Dämonen der Hölle werden mit boshafter Wucht auf jede Sinneswahrnehmung losgelassen. Das Opfer hat eigenartige Visionen in der Dunkelheit, während der Schmerz schlagartig nachlässt, sodass das Opfer sich in einem Moment der Epiphanie der Erlösung nahe wähnt, bevor es stirbt und in seine eigene kleine Gehenna kommt.

Oder schlimmer.

Du weißt nicht genau, wie viele du in einer glorreichen Nacht teuflischer Rache erledigen kannst, aber der Erste wird dein idiotischer Partner sein müssen, und auf den folgen so viele wie möglich, damit die Polizisten, wenn du die nicht ebenfalls erwischst, keinen Verdacht wegen des plötzlichen Ablebens deines Partners schöpfen.

Das Ganze wird beim Abendessen langsam beginnen, wenn sie in Paaren aus ihren Gemächern kommen und du den Spaß hast zu beobachten, wer den vergifteten Wein trinkt. Diese Mönche werden langsam sterben, und während sie in qualvoller Agonie liegen, wirst du deine Runde im Kloster drehen und so viele andere wie möglich kaltmachen.

Ein einfacher Plan, aber warum nicht. Die besten Pläne sind immer die einfachen.

»Das ist bloß ein großer Haufen Steine.«

»Steine? Es ist mehr als das, Bruder.«

»Ach, hör doch auf. Diese ganzen Steinkreise sind alle gleich. Mag sein, dass sie ohne schweres Gerät errichtet wurden, mag sein, dass sie genau auf die Sonne ausgerichtet sind, mag sein, dass sie ein Kanal zu irgendeiner mystischen höheren Macht sind. Vielleicht waren sie sogar das Westminster Abbey oder Parkhead ihrer Zeit, aber bei Licht betrachtet, ist es bloß ein großer Haufen Steine.«

»Wahrscheinlich denkst du auch, dass die Pyramiden bloß ein Haufen Felsbrocken auf der Basis eines Vielecks sind und der Regenwald am Amazonas bloß ein Haufen Blumen? Du irrst, Bruder, du irrst ganz gewaltig. Möglicherweise wurde Stonehenge zu Ehren irgendeines heidnischen Gottes errichtet, mit dem wir nichts mehr zu tun haben, vielleicht auch nicht. Doch die Schönheit und Komplexität dieser Steine lässt sich in keinem Falle leugnen. Sie sind ein Wunder der schöpferischen Erfindungsgabe, ein flüchtiger Blick in das große Delirium der Träume prähistorischer Priester, eine schicksalhafte Apokalypse wahnsinniger Anhäufung, ein majestätischer Koloss ätherischer Inspiration, die in der Träumerei göttlichen Lichts und im ewigen Kampf mit dem Albdruck der Prädestination erstrahlen; sie transzendieren die Gedanken der Menschen, erheben sich über die sporophyte Anmaßung der Launen des Schicksals; sie erfassen das strahlende Leuchten des Eifers, gestalten es jedoch durch die miasmatische Verderbtheit schändlicher Indolenz.«

Bruder Pondlife schreitet langsam den letzten Treppenabsatz zum Speisesaal hinunter, gefolgt vom kopfschüttelnden Bruder Jerusalem.

»Manchmal redest du wirklich einen Haufen Blödsinn, Bruder«, sagt er. »Es ist einfach ein großer Haufen Steine. Und weißt du, was das Unglaublichste ist? Die verlangen fünf Pfund Eintritt. Und dann stehen die Leute rum, wohlgemerkt nachdem sie fünf Pfund Eintritt gezahlt haben, zeigen mit dem Finger drauf und sagen: ›Das ist aber ein großer Stein da.‹ ›Ja, stimmt, und da ist noch einer.‹ Ein Haufen Mist.«

Bruder Pondlife und Bruder Jerusalem betreten das Refektorium und setzen sich fatalerweise zu den Brüdern Sledge, Brunswick und Columbane an den Tisch; von denen die Letztgenannten den Wein bereits probiert und für ausgezeichnet befunden haben.

Der Mörder ist fasziniert, obwohl er weiß, dass, solange er zusieht, nichts geschehen wird. Er wird den besten Teil verpassen, aber er hat noch ein paar andere Eisen im Feuer. Und während die Brüder Jerusalem und Pondlife den ersten Schluck von dem Wein kosten, der sie töten wird, trinkt der Serienmörder Wasser und denkt an die bevorstehende Nacht. Denn sie hat begonnen...

Die Nacht der langen Messer

Bruder Joseph ist der Erste, der Partner des Mörders. Schlicht und einfach im Schlaf erwürgt, was dem Mörder großes Vergnügen bereitet, weil er Joseph noch nie leiden konnte. Er fand seine Marotte, jedes Gespräch auf die Frage zu lenken, warum Fernseher keine Räder haben, ermüdend langweilig. Ein alter Mann, der mit tollpatschiger Eile schreiender Senilität entgegenhastete, außerdem jemand, der nach dem sicheren Gefühl des Mörders in Two Three Hill dabei gewesen sein muss.

Deshalb zieht er seinen Tod in die Länge, lässt es zu, dass er aufwacht und den Mörder erkennt, erlaubt ihm fünf Minuten lang immer wieder verzweifelte Atemzüge, zu denen er nutzlos mit den Armen rudert. Und dann macht er der Sache in zehn Sekunden beißenden Hasses brutal ein Ende, der Strick schneidet sich durch Josephs alten, gebrechlichen Hals, sein Wimmern wird zu einem Krächzen, und er stirbt, ohne zu wissen, warum. Dafür entdeckt er, dass Fernseher im Himmel auch Räder haben können, wenn man will.

Als Nächstes folgen Bruder Salomon und Bruder Hesekiel,

die die Angewohnheit haben, nach dem Essen in den Keller zu schleichen und sich noch eine oder zwei Flaschen des Klosterweines zu teilen. Sie wissen sehr wohl, dass sie das heute Nacht tunlichst lassen sollten, solange der berüchtigte Barney Thomson sein Unwesen treibt – ›Thomson unschuldig bis auf Bodys Eigentor‹, heißt es an jenem Tag in der *Evening Times* –, doch sie trinken gerne ein Gläschen, und im Keller gibt es einen guten Roten, den Bruder Luke einfach nie zum Essen serviert. Entweder das oder sie sind fatalistisch und denken, dass sie, da sie ohnehin sterben werden, auch betrunken abtreten können. Vielleicht glauben sie auch, dass ihnen schon nichts passieren wird.

Über ihnen fällt die schwere Kellertür zu und schließt sie in einer Nacht wie dieser in ihr Verhängnis ein. Die Tür ist zu, die Mauern sind dick, niemand wird ihre Schreie hören. Bei der strengen Kälte reicht das schon: Ungeachtet ihrer Bemühungen, ihre Körperwärme zu teilen, werden sie den Anbruch des neuen Tages nicht mehr erleben.

Bruder Hack und Bruder Joshua steigen zitternd eine dunkle Treppe hinab, auf einer Seite die Wand, auf der anderen ein steiler Abgrund. Sie leben in ständiger Angst vor einer Begegnung mit Barney Thomson samt Pferdefuß, Schwanz und allem, sodass sie den wahren Mörder, als er auf sie zutritt, nicht als solchen erkennen. Sie wünschen einen angenehmen Abend und werden für diese Freundlichkeit gemeinsam in den Tod geschickt. Obwohl er heftig mit den Armen rudert, prallt Bruder Hack mit dem Kopf zuerst auf den Steinfußboden. Bruder Joshua landet auf ihm, sein Sturz wird jäh unter-, sein Hals gebrochen.

Des Weiteren wird die Bibliothek angezündet und die Tür verriegelt. Wieder wird der natürliche Schallschutz des Raumes die Schreie der Brüder Adolphus, David und James dämmen, Männer, die glauben, dass Gott sie bestraft, weil sie sich kurz vor ihrem Tod um die illegale Sammlung von 19. Jahrhundert-Vatikan-Retro-Pornos der Bibliothek versammelt hatten. Die Seiten sind gründlich abgegriffen und an einer Stelle sogar befleckt, Ergebnis eines peinlichen Zwischenfalls mit Bruder Edward nach einem Tag besonders harter Buße und drei Karaffen Wein.

Bei den Brüdern Luke, Malcolm und Narcissus wählt er eine leicht abgeänderte Methode. Genauer gesagt wird er von den eigenen mörderischen Plänen mitgerissen. Er trifft sie zufällig in einem Zustand akuter Panik an, weil sie zusehen müssen, wie Bruder Sledge an den Folgen des langsam wirkenden Giftes vor ihren Augen qualvoll stirbt. Sie bitten ihren dämonischen Bruder um Hilfe, und einen kurzen Moment lang spielt er die Rolle. Doch dann übermannt ihn unvermittelt die hedonistische Lust daran, die Wirkung des Giftes zu beobachten; er bläht die Nüstern und Backen, bevor er ganz die Kontrolle über sich verliert, als würde eine höhere Macht die Befehlsgewalt über seinen Körper übernehmen. Sein ganzer Leib kribbelt, als er sich, das Messer in der Hand, taumelnd und tanzend bald hierhin, bald dorthin wendet und wie wild auf die verzweifelten Mönche um ihn herum einsticht, bis alle tot sind. Es ist, als würde er auf Wolken gehen, ein Luftballett. Ein Rausch, den keine Droge der Welt hervorrufen könnte.

Die Brüder Sincerity und Goodfellow erwischt er in einer bestimmten Stellung. Furcht und Kälte haben sie zueinander geführt, um sich Trost und Wärme zu spenden. Sie liegen im Bett, ihre nackten Leiber aneinander gepresst; zunächst zittern sie noch vor Nervosität, Beklommenheit und Kälte, doch schließlich entspannen sie sich so weit, dass sie sich nach Jahren uneingestandenen Verlangens zum ersten Mal küssen, lang, warm und feucht.

Fatalerweise glauben beide, der andere hätte die Tür verriegelt.

Sie öffnet sich nicht lautlos, doch die leise Bewegung des schweren Holzes wird vom Tosen des Sturmes verschluckt; außerdem kriegen die beiden, verloren in der Ekstase der Liebe, ohnehin nichts mit.

Der Mörder ist angenehm überrascht: zwei auf einen Streich. Die Situation verlangt nach etwas Passendem, etwas, das dem schändlichen Verbrechen, das die beiden vor seinen Augen begehen, einigermaßen entspricht, vorzugsweise etwas Einfaches.

Er hat eine dicke Rolle Klebeband bei sich, Grundausstattung im Reiseset jedes Serienmörders. Er hatte ursprünglich vor, es an den beiden einzeln zu verwenden, weil er nicht zu hoffen gewagt hatte, sie in engster Umklammerung vorzufinden. Er muss schnell handeln, also wickelt er das Band eilig ab, schiebt es mit der Behändigkeit, die ihm in der Schule den Spitznamen Gepard eingebracht hat, unter dem Hals von Bruder Sincerity hindurch – der unten liegt und den unterwürfigen Part gibt – und wickelt es anschließend um den Hals von Bruder Goodfellow, sodass die beiden, als sie in Panik geraten, bereits am Hals gefesselt sind.

In den nächsten Sekunden kommt es zu hektischem Gezappel von Armen, Beinen und anderen Gliedern, doch Sincerity und Goodfellow sind überrascht worden und spontan verwirrt; sie sind nackt und haben eine Erektion. Kein Mann kann kämpfen, wenn er eine Erektion hat. Bald sind sie gefesselt; gefesselt, doch nicht geknebelt.

Wenn sie sich küssen wollen, sollen sie sich küssen, denkt der Mörder. Sie beobachten, wie er ihre Gliedmaßen fesselt. Sie wissen, wer er ist, doch das ist ihm egal, denn sie werden es niemandem mehr erzählen können.

Klebeband vor die bebenden Nüstern, sodass sie im Kampf gegen das Unvermeidliche durch den Mund atmen müssen. Es wäre verdammt unangenehm, das Band wieder von den Haaren zu ziehen, sollten sie die Gelegenheit bekommen. Doch das werden sie nicht.

Er stellt sicher, dass die einzige Luft, die sie einatmen, aus den leeren Lungenflügeln des anderen kommt, und entschuldigt sich dann höflich, um sich seinen Geschäften zu widmen. Vielleicht gibt es irgendwo einen Spalt, durch den sie die benötigte Luft saugen können, genug, um ihr Leben für eine oder zwei Minuten zu verlängern. Der Gedanke an diese in die Länge gezogene Qual lässt ihn lächeln, als er die Tür hinter sich zuzieht und mit wildem Blick in den Flur starrt, während er sich fragt, um wen er sich als Nächstes kümmern soll. Bevor sie ihre letzten unzureichenden Atemzüge tun und abtreten, schafft es Bruder Sincerity, aus den Tiefen seines Rachens und dem Grunde seines Seins seine letzten Worte zu krächzen.

»Ich liebe dich, Goodfellow«, versucht er zu sagen, und Goodfellow spürt die Worte mehr, als dass er sie wirklich hört. Und so rafft auch er sich zu einer letzten monumentalen Kraftanstrengung auf, um sein eigenes Vermächtnis darzulegen, Worte, die er aus irgendeiner Grube der Verzweiflung hervorgezerrt hat.

»Scheißegal«, versucht er zu sagen. »Kannst du nicht dieses verdammte Klebeband lösen?«

Und Bruder Sincerity fühlt die Worte mehr, als dass er sie wirklich hören würde, und stellt sein fieberhaftes Bemühen zu atmen ein, und schon bald ist seine Lunge voll von gebrauchter Luft, er wird bewusstlos und stirbt. Und wegen all seiner unvergebenen Sünden wird er sich seinen verdammten Mitbrüdern in ihrer ewigen Hölle zugesellen.

Goodfellow wehrt sich energischer, kann sich jedoch nicht befreien und genug Luft bekommen; und bald ist auch er tot und stürzt in den Abgrund des ewigen Purgatoriums.

Doch die Nacht ist noch nicht vorüber. Der Mörder ist wie im

Fieber, sein Blut pulsiert, die berauschende Ekstase des Genozids lässt sein Herz rasen. Doch er ist auch müde und denkt, dass er die anderen vielleicht auf morgen früh verschieben soll. Wacher wird er es bestimmt mehr genießen. Er kann ein paar entspannte Stunden damit verbringen, durch das Kloster zu trödeln und unterwegs ein paar Mönche zu morden.

Doch es ist wie mit einer Schachtel Pralinen, er kann sie einfach nicht gleich wieder wegstellen. Ein weiteres Pärchen, denkt er, dann kann er Klebeband, Streichhölzer und Messer fürs Erste wieder einpacken. Nach ein paar Stunden Erholung kann er sein Werk am Morgen aufs Neue beginnen. Schließlich besteht nicht die Gefahr, dass er vergessen könnte, sie zu erledigen.

Bruder Frederick und Bruder Satan teilen ein Zimmer, eine seltsame Kombination, aber sie verstehen sich offenbar gut. Er weiß, dass keiner von beiden in Two Three Hill verwickelt war. Satan war damals noch gar nicht hier, und Frederick war für solche Geschichten schon zu alt. Ein fleißiger Mann, ein Schriftgelehrter, schon immer gewesen – sagen alle.

Doch in dieser Nacht müssen beide sterben. Er versucht, die Tür aufzustemmen, doch sie ist verschlossen. Zumindest haben die beiden ein wenig mehr Verstand als die Idioten Goodfellow und Sincerity, denkt er. Er klopft leise an und wartet auf eine Antwort. Zu leise, oder sitzen sie vielleicht zitternd vor Angst in ihrer Kammer? Er klopft ein wenig lauter.

»Wer ist da?«, fragt eine angespannte Stimme. Bruder Satan. Nomen ist nicht immer omen, denkt der Mörder. (Die dunklen Geheimnisse, die Bruder Satan verbirgt, wird er nie erfahren, und es würde ihn auch kaum kümmern. Eine dunkle Vergangenheit – das Blut vieler Menschen klebt an seinen Händen, so viel Leid, für das er verantwortlich war. Dies ist nicht irgendein Bruder Satan.)

»Ich bin's«, sagt der Mörder.

»Oh, Bruder, gibt es ein Problem?«, fragt Satan.

Mach einfach die Tür auf, du blöder idiotischer Schwachkopf, denkt der Mörder.

»Ich fürchte, ja, Bruder. Bruder Joseph ist verschwunden. Ich bin aus unruhigem Schlaf aufgewacht, und er war nicht mehr da.«

Ein kurzes Zögern auf der anderen Seite, doch dann gleitet ein Lächeln über das Gesicht des Mörders, als er hört, wie der Riegel zurückgeschoben und die schwere Tür langsam geöffnet wird. Ein Kopf lugt in den Flur.

»Komm rein. Schnell, Bruder, man weiß nie, wer sich draußen rumtreibt.«

Der Mörder betritt das Zimmer, das Frederick und Satan sich teilen. Eine kleine, fast abgebrannte Kerze flackert auf Fredericks Nachttisch. Der alte Mann sieht den Mörder an und nickt. Offensichtlich hat keiner der beiden geschlafen.

»Du sagst, Bruder Joseph wäre verschwunden?«, fragt Satan.

»So ist es«, sagt der Mörder und blickt Satan ins Auge.

In vergangenen Zeiten hätte Satan das Gesicht des Mörders lesen können wie ein religiöses Traktat. Kinderspiel. Ein Blick, und er hätte gewusst, dass der Typ ein eiskaltes Mörderschwein ist, und ihn für seine eigene Terrortruppe rekrutiert. Doch die Jahre der Buße und des ehrlichen Lebens haben seine Instinkte verdorben. Wenn er sein Schicksal erkennt, wird es bereits zu spät sein.

Der Mörder denkt fieberhaft nach. Er ist ohne jede Vorüberlegung, wie er Satan und Frederick erledigen soll, in das Zimmer gestürmt. Natürlich muss Satan als Erster dran glauben, denn selbst wenn Frederick zusieht, wird er nichts dagegen tun können.

»Wir hatten verabredet, dass wir den Raum nur verlassen würden, um dem Ruf des Herrn zu folgen, und auch das nur, nachdem wir den anderen geweckt haben, damit er uns begleitet. Doch als ich vor mehr als einer Stunde aufgewacht bin, war Joseph nicht da. Seither habe ich seiner Rückkehr geharrt, doch er ist nicht gekommen.«

Beim Reden bewegt sich der Mörder Schritt für Schritt in Reichweite seiner potenziellen Opfer. Er ist müde und der exotischen Ausschmückungen überdrüssig. Er wird mit seinem Messer zuschlagen und die Sache mit Bruder Satan hinter sich bringen; danach kann er Frederick ermorden, wenn der sich von seinem Bett hochrappelt und einen erbärmlichen Fluchtversuch unternimmt.

Und dann fällt es Bruder Satan mit einem Mal wie Schuppen von den Augen. Josephs Zimmer ist überhaupt nicht in der Nähe. Warum sollte jemand den ganzen Flur hinunterlaufen, wenn es Zellen gab, die sehr viel näher lagen? Und all seine alte Teuflischkeit kommt zurück, und er weiß es. Die schändlichen Taten innerhalb des Klosters sind nicht das Werk von Bruder Jacob – dem verzweifelten Barney Thomson –, sie sind das Werk des Mannes vor ihm. Und er weiß instinktiv, dass nicht er Bruder Festus getötet hat, und er weiß auch, warum er es tut, er weiß alles, und er ist der Einzige, der es versteht. Und in diesem Moment der Offenbarung wird Bruder Satan vom Messer getroffen, das in seinen Adamsapfel gestoßen und wieder herausgerissen wird, sodass Satan mit zuckendem Körper und hilflos rudernden Armen zusammenbricht, während er verzweifelt nach einem letzten Atemzug ringt und die Kräfte zu mobilisieren sucht, denen er abgeschworen hat. Vergeblich.

Satan liegt tot am Boden. Der Mörder wendet sich Bruder Frederick zu, der sich die ganze Zeit nicht bewegt hat.

»Warum?«, fragt die alte Stimme, denn er weiß, dass es an der Zeit ist zu sterben, was für ihn kein großes Trauma bedeutet, weil er schon 83 Jahre zuvor in den Schützengräben von Passchendaele damit gerechnet hat. Er hatte so viel mehr vom Leben als viele seiner Freunde.

»Two Three Hill«, sagt der Mörder und geht langsam vorwärts.

Frederick hebt den Kopf und sieht den Mann neugierig an. Selbst im blassen Schein seiner letzten, langsam ersterbenden Kerze kann er es erkennen. Die Ähnlichkeit in den Augen.

»Du musst Caffertys Sohn sein«, sagt er.

»Ja«, sagt der Mörder, der jetzt über ihm steht.

»Und all das aus Rache für das, was an jenem Tag passiert ist?«

»Ja.« Das Messer ist erhoben und bereit, in das weiche Fleisch eines weiteren Opfers zu stoßen.

Frederick schüttelt den Kopf. »Das muss das Dümmste sein, was ich in meinem ganzen Leben gehört habe«, sagt er.

Und das Messer stößt aus der Höhe in Fredericks Stirn, spaltet seinen Schädel und schneidet durch menschliches Hirn.

Als würde man in einen Apfelstreusel schneiden, der so lange im Ofen gelassen wurde, dass er oben ganz hart und krustig ist.

Kapitel 28

Guten Tag, Sonnenschein

Tageslicht dringt in den Raum und fällt auf Mulhollands Gesicht. Er ist tief in einen Traum versunken, zwei Opfer hat das Messer in seiner Hand schon gefordert, sie liegen tot zu seinen Füßen, während ein drittes sich weigert zu sterben, sodass er wiederholt auf dessen Kopf einsticht und ihm schließlich den Hals durchsäbeln muss. Erst als die Augen seines Opfers aufhören zu rollen, reißt ihn der helle Strahl auf seinem Gesicht langsam aus dem Schlaf.

Er öffnet die Augen und ist spontan erleichtert, dass sein Traum nur ein Traum war. Doch das üble Gefühl hängt ihm nach, bis es von den noch sehr viel übleren Gefühlen, die ihn erwarten, überwältigt und verdrängt wird.

Ein paar Sekunden, um sich an den Tag zu gewöhnen – wo ist er, warum ist er dort, und was ist vorher passiert, dann stützt er sich auf den Ellenbogen und sieht sich im Zimmer um. Proudfoot liegt auf der anderen Seite des Raumes noch im Dunkeln und schläft fest. Er beobachtet sie eine Zeit lang, um sich zu vergewissern, dass sie noch atmet, bevor er seinen Kopf auf das Kissen zurücksinken lässt. Er blickt auf seine Uhr: Sie haben fast acht Stunden geschlafen. Zumindest sind sie wieder aufgewacht, und die Tatsache, dass in der Nacht niemand geklopft hat, um von einem neuen Opfer zu berichten, ist ein weiterer Pluspunkt.

Denkt er jedenfalls, weil er noch nicht weiß, dass praktisch niemand mehr übrig ist, der sie hätte alarmieren können. Seine Gedanken driften ins Reich der Fantasie ab, vielleicht hat Barney Thomson beschlossen, trotz des Schnees die Flucht zu wagen, und das Kloster verlassen, denkt er.

Die Vorstellung, dass irgendwer sich in den Sturm hinausgewagt haben könnte, lässt ihn auf den Wind horchen, und zum ersten Mal fällt ihm die Stille auf. Kein Wind, kein Sturm, kein Ächzen und Stöhnen der alten Gemäuer. Alles ist ruhig.

Er wappnet sich gegen die Kälte, schlüpft aus dem Bett und der schützenden Wärme von einhundert Decken. Er tritt ans Fenster und stößt die Läden auf. Zum zwanzigsten Mal fragt er sich, wie man so verrückt sein kann, im Kloster keine Fensterscheiben zu haben, wo die Kapelle doch voller Buntglas ist. Aber an diesem Ort ergibt nichts einen Sinn.

Die Fensterläden schwingen auf und kommen quietschend zum Stehen, bevor sie gegen die Mauer schlagen. Tiefblauer Himmel und strahlend weißer Schnee bis zum blauen Horizont. Es ist windstill, der Tag knackig, kalt und klar, ein Tag, an dem man den Winter genießen könnte.

Er spürt es bis in seine Zehen. Erleichterung, Freude, irgendein prähistorisches Gefühl tief in ihm, das sich über einen solchen Tag noch begeistern kann. Vielleicht schaffen sie es hier raus, denkt er. Vielleicht können sie wie eine riesige, ungewöhnlich lebhafte Trapp-Familie durch den Schnee nach Durness stapfen, wo Schneepflüge mittlerweile eine Straße nach Süden geräumt haben würden, damit er den Rest der Mönche in Sicherheit bringen kann. Er fragt sich, wie lange der Sturm schon abgeflaut ist und ob Barney Thomson tatsächlich einen Ausfall in die Freiheit gewagt hat. Er lässt seinen Blick über die verschneiten Felder streifen und denkt, dass auf diesem Boden selbst er eine Spur verfolgen könnte.

Seine Gedanken wenden sich wieder der Freiheit zu. Sie sind erst seit zwei Nächten in diesem Kloster, doch es kommt ihm schon vor wie ein Monat. Das liegt am Eingesperrtsein. Minuten werden zu Stunden, Stunden zu Tagen und so weiter. Nachdem sich ihnen nun die Chance der Flucht bietet, sollten sie sie ergreifen, bevor der Schneesturm zurückkehrt. Auch wenn der Boden mit hohem Schnee bedeckt ist, müsste Bruder David oder ein anderer der Insassen den Weg zurück in die Zivilisation kennen. Er schmeckt schon das Steak im Cape-Wrath-Hotel; dabei lässt er geflissentlich außer Acht, dass noch Millionen Jahre Arbeit vor ihm liegen und er für das bereits Geschehene – den Tod von Sheep Dip – schweren Tadel wird einstecken müssen.

Keine Zeit, müßig herumzustehen – sie müssen die Gelegenheit ergreifen, solange sie sich ihnen bietet.

»Hey, Proudfoot«, sagt er, und im Bett rührt sich stöhnend etwas. »Proudfoot, wach auf!«

Es gibt die übliche morgendliche Verzögerung von zehn Sekunden, bevor sie ihren Kopf vom Kissen hebt und in das Sonnenlicht blinzelt, das mittlerweile bis zu ihrem Bett gewandert ist.

»Komm schon«, sagt er. »Es hat sich aufgeklärt. Wir sollten aufbrechen.«

»Was?«, ist alles, was sie hervorbringt.

»Das Wetter. Es ist aufgeklärt. Wir sollten zusehen, dass wir hier wegkommen.«

Sie dreht sich um, lässt die Stirn auf das Kissen sinken und schüttelt den Kopf, um ihn frei zu bekommen. Sie ist aus einem komplizierten Traum Freudscher Konstruktion erwacht, in dem Schuhe, Corn-Flakes, Mulholland und ihre Mutter vorkamen.

»Okay«, sagt sie schließlich. »Gut. Kann ich mich vorher noch waschen?«

»Gute Idee. Du siehst aus wie die Borg-Queen.«

»Danke.«

Er dreht sich um, sieht wieder aus dem Fenster, atmet die kalte Luft ein – als ob man Eis trinken würde – und spürt, wie sein Albtraum und die Strapazen der letzten Tage von ihm abfallen. Alles ist frisch, sauber und weiß. Ein neuer Anfang, eine leere Seite, auf der man ein neues und möglicherweise letztes Kapitel der Suche nach Barney Thomson schreiben kann und vielleicht auch ein neues Kapitel in seinem beschissenen Leben.

Er verliert sich in abstrakten Gedanken über die Vor- und Nachteile von Schnee. Schnee ist schrecklich, wenn man eingeschlossen ist und nicht weiß, wann er aufhören wird, aber wunderschön, wenn das Schlimmste vorüber ist. Es gibt kein Fleckchen Erde, das unter einer Schneedecke nicht gut aussieht.

Proudfoot tritt neben ihn und blickt auf die weiße Kulisse. Etliche Minuten bleiben sie wie gebannt stehen, während sie immer näher aneinander rücken. Schnee und Stille, der lange Sommer eines kalten Wintertages.

»Wir sollten hier nicht zu lange rumstehen«, sagt Mulholland irgendwann, ohne Anstalten zu machen, sich zu bewegen.

»Hm«, sagt sie.

»Wir müssen diese Typen nach Durness oder Tongue bringen. Von da aus können wir uns dann um den ganzen Schlamassel kümmern. Wie viele sind es noch?«

»Ungefähr sechsundzwanzig oder so. Siebenundzwanzig, wenn man Barney Thomson mitzählt.«

»Oh ja, klar. Wir bringen ihn sicher zurück in die Zivilisation, geben ihm, sagen wir, zehn Minuten Vorsprung, und dann nehmen wir die Jagd wieder auf.«

»Genau das habe ich auch gedacht. Vielleicht können wir ihm einen Wagen stellen.«

»Einen Wagen? Ich hatte an einen Hubschrauber gedacht.«

Das ziellose Wortgeplänkel verliert sich im Nichts, und wieder werden sie vom Anblick der Landschaft überwältigt. Doch Proudfoot bleibt nicht lange überwältigt.

»Meinst du, die werden hier weitermachen? Glaubst du, sie werden nach all dem zurückkommen und so weiterleben, als wäre nichts passiert?«

Erneut spürt Mulholland die Kälte, diesmal die steife Brise der Wirklichkeit. Die schneebedeckte Landschaft ist nur eine Illusion, bald wird sie von einem weiteren Sturm verdunkelt oder durch einen winzigen Temperaturanstieg ganz getilgt werden. Nichts Perfektes ist von Dauer, nicht in diesem Leben. Und er denkt an Sheep Dip und fragt sich, was für eine Familie der Mann hinterlassen hat.

»Wer weiß? Ich vermute nicht, aber sechsundzwanzig der traurigen Truppe reichen wahrscheinlich aus, falls sie weitermachen wollten. Und bei der Publicity, die sie kriegen werden, wenn die ganze Geschichte rauskommt, stehen irgendwelche Sonderlinge und Lebensversager wahrscheinlich Schlange, um hier Mitglied zu werden.«

Es klopft hektisch an der Tür, draußen steht ein verzweifelter Mann, das können sie schon am Klopfen erkennen. Sie spüren es beide sofort; es ist da, obwohl sie seine Abwesenheit noch dankbar registriert haben, als sie beim Aufwachen feststellten, dass es schon Morgen war. Jetzt ist es eingetroffen wie ein Schuss in die Brust, und beide sind vor Sorge förmlich niedergedrückt.

»Scheiße«, sagt Mulholland und geht zur Tür. Am liebsten würde er sie nicht öffnen und die dahinter wartenden Dämonen nicht entfesseln, obwohl seine Vorstellungskraft kaum reichen würde, sich die Dinge auszumalen, die ihm in Kürze offenbart werden. Nicht einmal annähernd.

Die Tür geht auf. Im Flur steht Bruder Steven, unrasiert,

die Hand rot vom Klopfen, doch ansonsten durchaus mönchisch.

»Bruder?«, fragt Mulholland.

»Es haben sich schlimme Dinge ereignet«, sagt Bruder Steven. »Wirklich, wirklich schlimm.«

Mulholland antwortet nicht sofort, sondern zieht eine Augenbraue hoch.

»Das ist alles? Nicht irgendwelche schlimmen Dinge wie bei Aristoteles oder so?«

»Kommen Sie mit«, sagt Steven. »Verglichen damit hatte Aristoteles keine Ahnung.«

Wenn man versuchen würde, das Gefühl zu beschreiben, müsste man scheitern. Als ob einem die Eingeweide herausgerissen würden, kommt der Sache vielleicht noch am nächsten, aber das trifft es nicht wirklich. Wenn man die Eingeweide herausgerissen bekommt, tut es einfach nur verdammt weh, und dann stirbt man. Dies hier ist anders.

Sie haben die Leichen an Ort und Stelle gelassen, und mittlerweile ist der Verbleib aller Brüder geklärt. Es hat eine Weile gedauert, bis sie Bruder Salomon und Bruder Hesekiel gefunden haben, doch letztendlich sind alle dort, wo sie sein sollten. Nicht allzu weit vom Refektorium entfernt, aber trotzdem tot. Die Identifizierung der Mönche in der Bibliothek ist verdammt schwierig gewesen, doch am Ende ist es ihnen per Ausschlussverfahren gelungen.

Irgendwann auf ihrer Kloster-Tour des Todes hat Proudfoot sich übergeben. Die verkohlten, gequälten Körper in der Bibliothek waren natürlich grausam grotesk gewesen, aber das war es eigentlich gar nicht. Es war der Gesamteffekt, die Erkenntnis des Geschehenen. Mord über Mord, ein blutiger Tod nach dem anderen, hinter jeder Ecke, um die sie gekommen sind, hinter jeder Tür, die sie geöffnet haben, eine neue Leiche. So viel Tod, während sie geschlafen haben. Die Polizei, vermeintlicher Beschützer all dieser Menschen. Der Abt war über ihre Ankunft entzückt gewesen, hatte sie als von Gott gesandt begrüßt. Und was hatten sie getan, während all das geschah? Das denkt sie, und dadurch wird das Ganze noch schlimmer als die Summe der grausamen Einzelheiten, die schon schlimm genug gewesen wären.

In der Bibliothek hatte auch Mulholland gewürgt und gespürt, wie alles, was er am Tag zuvor gegessen hatte, ins Freie drängte, obwohl nichts gekommen war, als hätte sein Magen auf diesen Genozid keine Antwort.

Unterwegs hatten sie auch den einen oder anderen lebenden Mönch in seiner Kammer angetroffen, ängstlich und ahnungslos über das Schicksal seines Partners. Die Männer, die an der Seite des anderen bleiben sollten, bis die Kavallerie eintraf.

Es sind noch fünf Mönche übrig. Der Abt, Bruder Steven, Bruder Edward, Bruder Martin und Bruder Raphael. Einer von ihnen hatte entgegen ausdrücklichem Befehl alleine geschlafen, drei waren aufgewacht, weil ihre Partner unter schrecklichen Schmerzen litten, Opfer der vergifteten Karaffe Wein, und einer hatte Bruder Joseph als Zimmergenossen gehabt.

Es sind allesamt Männer, die einen vorschriftsmäßigen Bruder-Cadfael-, *Name der Rose-* oder *Robin Hood*-Haarschnitt von Barney Thomson bekommen haben, allesamt Männer, die den kalten Stahl seiner Schere noch im Nacken spüren und sich fragen, warum sie verschont geblieben sind; Männer, die in den Abgrund der Hölle starren, der sie zweifelsohne erwartet, und die sich mit der verzweifelten Tatsache konfrontiert sehen, dass ihre Zeit mit Riesenschritten naht. Alle bis auf einen, den Einen, der weiß, dass man sich vor Barney Thomson nicht fürchten muss.

Edward und Steven packen wahllos Küchenvorräte in Rucksäcke, die auf den Marsch in die Sicherheit mitgenommen werden sollen; denn nun bleibt ihnen keine andere Wahl, als den Ausfall durch die Schneewüste zu wagen. Jede Nahrung wird recht sein, sodass sie die Rucksäcke gedankenlos voll stopfen. Brot, Käse, Schinken, Doritos, Lakritz, Beluga-Kaviar, geräuchertes Wild und drei Tüten von Bruder Hacks revolutionären Schoki-Käse-Waffeln.

Gut drei Stunden nachdem er an diesem Tag zum ersten Mal hinausgeblickt hat, starrt Mulholland aus dem Fenster im Flur. Es ist schon fast elf, und sie müssen bald aufbrechen. Es ist bereits zu spät, um die Zivilisation noch vor Anbruch der Dunkelheit zu erreichen, völlig aussichtslos in dieser Jahreszeit und bei dem Wetter. Das heißt, sie müssen auch Ausrüstung zum Übernachten mitnehmen und hoffen, dass der Schneesturm nicht über Nacht zurückkommt.

Und natürlich können sie davon ausgehen, dass man ihre Spur die ganze Zeit verfolgen und sie einen nach dem anderen erledigen kann, wenn sie nicht vorsichtig sind. Denn Barney Thomson wird gewiss nicht bleiben, wo er ist. Er muss weitermachen, bis alle tot sind, wenn er der Schuld entrinnen will.

Falls Barney Thomson der Mann ist, der hinter diesen Taten steckt.

»Das ist doch bescheuert«, sagt Mulholland zu Proudfoot.

»Was?«

»Das hier. Vor Barney Thomson wegzulaufen.«

»Und was wäre die Alternative? Wir bleiben hier und warten auf unseren Tod?«

Er schüttelt den Kopf und beobachtet, wie Schnee von den Ästen eines Baumes zur Erde fällt. Er fragt sich, ob es schon taut oder ob sich ein wildes Tier im Geäst verbirgt. Vielleicht ist er auch dort oben im Wald.

»Es ist bloß Barney Thomson, Himmel noch mal. Scheiß Barney Thomson. Bevor wir hierher gekommen sind, hätte ich schwören können, dass der Typ nichts damit zu tun hat. Ich kann immer noch nicht glauben, dass er es ist. Sanftmütig und langweilig, viel mehr aber auch nicht.«

»Sanftmütig und langweilig, außerdem hat er mindestens einen, möglicherweise auch zwei Arbeitskollegen getötet und entweder persönlich sechs Leichen zerstückelt oder sie zumindest munter entsorgt. Sanftmütig vielleicht, aber auch ultra verschroben. Selbst wenn er vorher normal war und nur seine Mutter gedeckt hat, muss das doch irgendwas mit seinem Kopf gemacht haben.«

»Ja, aber warum sollte er hierher kommen und anfangen, die ganzen Mönche zu ermorden? Wenn er nach seiner Ankunft einfach den Kopf eingezogen, die Klappe gehalten, fleißig gebetet, sich selbst kasteit und den ganzen anderen Mönchkram gemacht hätte, hätten wir ihn vielleicht nie gefunden.«

Proudfoot sieht sich um und spürt, wie es ihr kalt den Rücken herunterläuft. »Aber was ist mit der Nachricht?«

»Tja, die Nachricht«, sagt Mulholland. »Das ist es, nicht wahr? Die Nachricht in Barney Thomsons Handschrift, die wir bei Sheep Dips Leiche gefunden haben, so belastend wie nur irgend denkbar. Sie weist direkt mit dem Finger auf ihn, Starschnitt, Polizisten-Killer des Monats. Aber irgendwas stört mich daran.«

»Was willst du damit sagen? Dass sich irgendwer in den Kulissen verbirgt? Oder glaubst du, einer dieser Clowns wäre ein Mörder? Ich kann mir nicht vorstellen, dass einer von denen einer Fliege etwas zu Leide tun könnte.«

Mulholland schüttelt erneut den Kopf und starrt auf die Bäume.

»Aber man kann nie wissen, oder? Was führt einen Menschen

an einen Ort wie diesen? Klar, im Moment ist es grauenhaft, aber meinst du, im Sommer würde es innerhalb dieser Mauern wärmer? Was für eine Vergangenheit muss jemand haben, damit er sich wünscht, an einen Ort wie diesen zu kommen? Diese Männer müssen der abgedrehteste Haufen von Megabekloppten sein, den ich je getroffen habe. Und ich traue jedem von ihnen zu, sich als absoluter Oberschizo zu entpuppen.«

Proudfoot sieht sich erneut verstohlen um. Edward und Steven kümmern sich um das Essen, Martin und Raphael unterhalten sich leise, der Abt sitzt alleine, ein gebrochener Mann, ein Mann, der nun alles verloren hat, denn wo war Gott, als sie ihn am dringendsten gebraucht hatten?

»Und welcher von ihnen?«

Mulholland schüttelt den Kopf. Darüber hat er selbst schon lange gegrübelt. »Das frage ich mich schon die ganze Zeit. Welcher von ihnen? Ich habe absolut keine Ahnung. Trotz allem, was ich gerade gesagt habe, kommt einem die Truppe vor wie ein ganz normaler Haufen trauriger Menschen ohne ein Leben. Sie machen sich alle vor Angst in die Hose. Ich weiß, dass wir nicht erwarten dürfen, dass alle Serienmörder Hockey-Masken tragen, aber keiner von denen hat irgendein hervorstechendes Merkmal. Wenn es einer von ihnen ist, könnten wir nur raten. Eigentlich müssten wir uns ein paar Stunden Zeit nehmen und jeden einzeln befragen, aber dafür haben wir keine Zeit.«

»Du meinst, in dieser Irrenanstalt könnte noch jemand herumgeistern?«

»Durchaus möglich, Sergeant, durchaus möglich. Aber vielleicht ist Barney Thomson doch unser Mann.«

»Solange uns keine bessere Erklärung für die Nachricht einfällt, die wir bei Sheep Dip gefunden haben, müssen wir doch davon ausgehen, dass er es war, oder?«

Er zögert, überlegt, doch sein Verstand funktioniert nicht richtig.

»Ja, ja, vermutlich hast du Recht.« Er dreht sich um und betrachtet die Bande unglücklicher Diebe, die in der großen Halle hin und her trippeln. »Das wäre mal eine Situation, in der wir einen anständigen, relevanten *Blitz!*-Artikel gebrauchen könnten. ›Wie man einen Serienmörder an der Länge seines Penis erkennt.‹«

»Ich weiß, wie ich an ein Exemplar der Ausgabe komme, in der Gretchen Schumacher erklärt, ›Warum ich mit meinem letzten Detective geschlafen habe‹.«

»Gretchen Schumacher hat also ihren letzten Detective gebumst?«, sagt Mulholland und tritt den kurzen Gang zu dem menschlichen Elend an. »Und ich hatte gedacht, ich hätte vielleicht noch eine Chance.«

»Sie ist zu dünn«, sagt Proudfoot.

Ihre Blicke treffen sich, und sie wissen, was der andere denkt. Keiner sagt etwas, denn dies ist nicht der Moment.

»Gut«, sagt Mulholland und wendet sich an die wenigen Gequälten und Schwachsinnigen. »Wir sollten uns beeilen. Wir müssen vor Anbruch der Dunkelheit so weit wie möglich kommen.«

Sie sehen ihn wenig begeistert an. Sogar Bruder Steven, der Philosoph und Barde, zeigt keine Gefühlsregung. Er hat nichts zu sagen, obwohl in seinem Unterbewusstsein behaglich ein passendes John-Wilkes-Booth-Zitat schlummert.

»Wo ist die Campingausrüstung, von der Sie gesprochen haben, Bruder?«, fragt Mulholland den Abt, doch der starrt nur traurig zu Boden; wenn er die Worte gehört hat, ignoriert er sie, denn es gibt auch andere, die diese Frage beantworten können. Seine Zeit zu reden ist vorüber.

»Im ganzen Gebäude verstreut«, sagt Steven. »Einiges ist in

Hermans Zimmer im zweiten Stock, einiges im Keller bei Bruder Hesekiel und Salomon.«

»Alles klar.«

Mulholland blickt zu Boden. Wie sollen sie das regeln? Sollen sie zu siebt durch das Kloster marschieren und den Abt, den armen Teufel, hinter sich herschleifen? Das könnte Stunden dauern. Es wird schon schwierig genug werden, den Typ dazu anzuhalten, schnell genug zu laufen, um Durness noch vor Weihnachten zu erreichen.

Deshalb entscheidet er, die Gruppe zu teilen, und weiteres Blut wird vergossen werden.

»Hören Sie, wir müssen uns beeilen. Wir klären, was wo ist, und holen das Zeug.« Er zögert und sieht sich um. Ohne es zu wissen, entscheidet er, wer noch weiterspielen darf und für wen das Match zu Ende ist. »Also gut, Proudfoot und ich gehen in den Keller. Edward, Raphael und Martin gehen in Hermans Zimmer, und Steven kann hier bleiben und auf den Abt aufpassen.« Noch während er das sagt, ist ihm bewusst, dass er und Proudfoot sich trennen sollten, obwohl er nicht weiß, ob das nach dem, was Sheep Dip passiert ist, noch einen Unterschied machen würde. Barney Thomson oder wer auch immer hat offenbar wenig Respekt vor der Polizei. Außerdem will er sie auf keinen Fall aus den Augen lassen. Nicht jetzt.

»Alle glücklich und zufrieden?«, sagt er und bedauert es noch im selben Moment. Die Mönche nicken und erheben ihre müden, besorgten, erbärmlichen Leiber von den kalten Steinbänken. Alle bis auf den Abt, der bleibt, wo er ist, und sich in seinem Schmerz suhlt.

»Wenn es geht, nicht länger als zehn Minuten, ihr drei, ja?«

Edward nickt. Raphael und Martin trotten hinter ihm her.

Mulholland überlegt, ob er etwas zu dem Abt sagen soll, doch es gibt nichts zu sagen. Und wenn er hundert Jahre darüber nachdenken würde, würden ihm die Worte fehlen.

»Pass gut auf ihn auf«, sagt er zu Steven.

Steven blinzelt.

Das wird sich schon alles klären

»Ein schlimmer Tag, was, Bruder?«

Keine Antwort. Wenn man mit dem falschen Fuß aufsteht, auf dem Weg zur Arbeit eine Autopanne hat und der eigene Lieblingsverein von irgendeiner Truppe aus Lettland aus dem Europapokal gekickt worden ist – das ist ein schlimmer Tag. Aber dies? Dafür gibt es keinen Ausdruck.

Denkt der Abt und antwortet Bruder Steven nicht. Steven trommelt mit den Fingern auf die Tischplatte und beobachtet den Abt. Eine klägliche Gestalt in Braun, den Kopf gesenkt und im Erbrochenen seines Selbstmitleides versinkend.

»Ich habe ein Gerücht gehört«, sagt Steven, und ein Lächeln schleicht sich auf seine Lippen, verharrt eine Weile dort und ist ebenso plötzlich wieder verschwunden. Sein Blick verdüstert sich. Der Abt antwortet nicht. Steven stellt das Getrommel seiner Finger ein.

»Du interessierst dich nicht für Gerüchte, Bruder? Manchmal sollte man auf sie hören.«

Der Abt hebt langsam den Kopf, mehr wegen Stevens Tonfall, denn er hat seine Worte nicht wirklich gehört.

»Bruder?«, fragt er. Der Abt konnte nie viel mit Steven anfangen.

»Ich sagte, ich habe ein Gerücht gehört«, wiederholt Steven.

»Ein Gerücht?«

»Ja. Wie ein Fluch der Götter.«

»Der Götter, Bruder?«, sagt der Abt. »Ich dachte, wir hätten bloß einen, obwohl ich mittlerweile auch seinetwegen schwere Zweifel bekommen habe.«

»Oh, es gibt jede Menge Götter, Bruder Abt. Tuschelnde Götter, geflüsterte Gerüchte.«

Der Abt blickt Steven tief in die Augen, ohne dort etwas zu sehen. Vielleicht hätte er das früher einmal gekonnt, doch wie schon Bruder Satan hat er die Fähigkeit verloren, den Menschen ins Herz zu sehen.

»Und was ist das für ein Gerücht?«

Das Lächeln kehrt in Stevens Gesicht zurück. Er hebt einen Finger und bewegt ihn im Rhythmus seiner Worte hin und her.

»Es heißt, all diese Morde würden nur aus Rache geschehen.«

»Aus Rache? Rache für was?«

Steven macht eine dramatische Pause, die jedoch an sein Publikum verschwendet ist, das schlicht zu verwirrt dreinschaut, um beeindruckt zu sein.

»Two Three Hill«, sagt er und erwartet eine Reaktion.

Der Abt schüttelt den Kopf. »Two Three Hill? Was soll das heißen?«

»Two Three Hill, Bruder Abt. Wo der verstorbene Bruder Cafferty entehrt und aus dem Heiligen Orden der Mönche des heiligen Johannes vertrieben wurde. Für immer verdammt, auf den Straßen gewöhnlicher Menschen zu wandeln, auf ewig getrennt von seinem geliebten Gott.«

Jetzt ist der Abt noch verwirrter. Verzweifelt versucht er, sich an Two Three Hill zu erinnern, und ein verschwommenes Bild tritt ihm vor Augen.

»Der kleine Hügel am Fuße des Ben Hope«, sagt er.

»Genau«, bestätigt Steven.

Der Abt wartet auf weitere Hinweise, doch Steven starrt ihn nur wütend aus zusammengekniffenen Augen an.

»Ich verstehe nicht, Bruder«, sagt der Abt.

»Es ist nicht irgendein Hügel, Bruder Abt«, sagt Steven, den Titel förmlich ausspuckend. »Es ist der letzte Hügel von allen, ein veritables Golgatha des Nordens, wo ein Mann sein Schicksal treffen kann.«

Der Abt starrt ihn an und reißt die Augen auf. Er versucht sich zu erinnern, wann sie zum letzten Mal dort waren, aber das ist Urzeiten her. Langsam jedoch dämmert es ihm, die Erinnerung tritt aus dem Nebel hervor. Ein hässlicher Zwischenfall, ein einsamer Mann, der aus ihrer Mitte verstoßen wurde, ein ruinierter Mann...

Der Abt schüttelt noch immer den Kopf und sieht Steven fragend und ratlos an.

»Willst du sagen, dass Bruder Cafferty wieder unter uns weilt und Rache nimmt? Das ist doch absurd. Cafferty ist tot. Er hat in Edinburgh ein unglückliches Leben geführt mit einer Frau, die er nie geliebt hat, und einem Sohn, aus dem nichts...«

Die Erkenntnis dämmert. Endlich bemerkt er die Augen, endlich fällt ihm die Ähnlichkeit auf. Denn trotz der langen Zeit, die vergangen ist, sieht er Caffertys Gesicht immer noch vor sich, den Schmerz und die Verzweiflung. Und in den Augen von Bruder Steven sieht er Bruder Cafferty, Stevens Vater.

Der Abt klappt den Mund auf. »Aber, Bruder, das kann nicht dein Ernst sein.«

Steven steht auf, zieht dabei langsam das Messer aus seiner Kutte und sticht mit der Spitze in seinen Finger, sodass ein paar Blutstropfen sickern.

»Das kann durchaus mein Ernst sein, Bruder, und das ist auch mein Ernst. Ihr habt sein Leben zerstört. Es ist an der Zeit, dass mein Vater gerächt wird.«

»Du hast sie alle getötet? Du, Bruder? Du hast die sanften Saturday und Morgan ermordet? Ash und Herman, Adolphus und Hesekiel. Den gutmütigen Bruder Satan? Und Bruder Festus...«

»Oh nein, Festus nicht«, sagt Steven, froh über die Gelegenheit, den Abt zu unterbrechen, auch wenn die Liste recht eindrucksvoll klingt.

»Das verstehe ich nicht.«

»Ich weiß es nicht genau, aber ich glaube, um den Dicken hat Gott sich selbst gekümmert. Der Mann war schließlich pervers. Erzähl mir nicht, er hätte dich nie mit einer seiner Drei-Busenvoll-Kokain-Fantasien unterhalten? Gott hasst so was.«

»Aber, Bruder?«, sagt der Abt zutiefst erstaunt und ungläubig. Er erhebt sich langsam von der Bank, um das Messer, das ihn erwartet, besser empfangen zu können.

»Das ergibt überhaupt keinen Sinn, mein Sohn«, sagt der Abt.

Steven knirscht mit den Zähnen und macht einen Schritt nach vorn.

»Nenn mich nicht so, du mieses Schwein. Du musst doch dabei gewesen sein. Du hast dazugehört. Er wurde von einem Kollektiv von Heuchlern zu Unrecht bestraft. Seine Einwände waren mehr als gerechtfertigt, aber ihr habt ihn dafür aus dem Kloster vertrieben. Der Mann war danach nie mehr derselbe.«

Der Abt breitet die Hände aus, beinahe als wollte er an einen Schiedsrichter appellieren.

»Aber, Bruder, es war nichts. Es hat niemanden ernsthaft gekümmert. Dein Vater hat einen Fehler gemacht. Wenn er ihn eingesehen hätte, wäre er zehn Sekunden später vergessen gewesen. Doch stattdessen hat er sich mit dem Abt Gracelands vom Kloster Burncleuth angelegt. Er hat den Mann geschlagen, Himmel noch mal. Ihn geschlagen, Bruder. Es war eine echte Abscheulichkeit. Wir hatten keine andere Wahl.«

Steven schüttelt den Kopf und bleibt mit gezücktem Messer

vor dem Abt stehen. Sein Zorn gegen den Mann ist verraucht. Die Rede, die er seit Jahren für diesen Moment vorbereitet hat, erscheint ihm mit einem Mal wertlos und unbedeutend. Sie werden alle sterben, und nun ist es bald vorüber. Sie verdienen, was sie bekommen, jeder Einzelne.

»Wahl? Weiß wird nicht Schwarz aufheben, noch das Gute das Schlechte im Menschen, auf dass er reingewaschen sei: Denn just diese schreckliche Wahl ist das Geschäft des Lebens«, sagt Steven.

»Himmel Herrgott noch mal, Bruder«, sagt der Abt, »willst du wohl aufhören, ständig diesen Unsinn zu zitieren! Kannst du nicht einmal etwas mit eigenen Worten sagen? Ich kann das einfach nicht glauben.«

Der Griff des Messers zuckt in Stevens Hand, ein weiteres Opfer naht, und er kann sich nicht allzu viel Zeit lassen, denn die Polizei wird bald zurück sein. Und die will er fürs Erste noch nicht erledigen. Außerdem hat er mit dem guten Bruder Abt nach dessen Ableben noch etwas vor.

»Es kommt darauf an, wie man es betrachtet, nicht wahr, Bruder? Es sind alles bloß Worte, mein Freund, die entweder etwas bedeuten oder eben nichts. Wie in der Bibel oder den Apokryphen, wie alle Worte, die je geschrieben oder gesagt worden sind. Wir denken sie, wir schreiben sie, wir sprechen sie, aber sie sind nichts. Worte sind nicht nur billig, sie sind niedrig. Sie sind nichts. Auf die Taten kommt es an, Bruder, Taten sind es, mit denen das ganze kaputte Ding seinen Kopf aus dem Mutterleib steckt, sich von der Nabelschnur der Habgier und der Eifersucht losstrampelt und die gute saubere Luft der Wahrheit zu atmen beginnt.«

»Mein Gott, Bruder, geht das schon wieder los? Wenn du die Worte so verachtest, warum quatschst du dann so viel dummes Zeug?« Der Abt ist nun wahrhaft außer sich. »Das ist das Absurdeste, was ich in meinem ganzen Leben gehört habe. Wegen einer Lüge hast du beinahe dreißig Morde begangen, denn das ist es, was dein Vater dir erzählt haben muss. Eine Lüge!«

»Es war keine Lüge!«

»Bruder, lieber Bruder, das war es verdammt noch mal doch. Ich war dabei. Recht wurde gesprochen. Dein Vater konnte rein gar nichts zu seiner Verteidigung vorbringen. Er hat wegen einer Bagatelle die Beherrschung verloren. Es war eine tragische Überreaktion, die eine ernsthafte Ermahnung verdient hatte.«

»Ha!«, sagt Steven, der das alles schon einmal gehört hat – von seinem Vater, Bruder Cafferty. »Ich weiß, worum es in Wahrheit ging. Es ging damals um Klosterpolitik. Es gab einen Machtkampf, und einige von euch haben nach einer Möglichkeit gesucht, Bruder Cafferty loszuwerden. Ich weiß, dass das die Wahrheit ist!«

Den letzten Satz schreit Bruder Steven förmlich heraus. Je unsicherer er wird, desto nachdrücklicher tritt er auf, und er ist sich längst nicht mehr so sicher. Mittlerweile haben es genügend Leute gesagt, vielleicht hat sein Vater wirklich einen Fehler gemacht. Vielleicht hätte er nicht sechsundzwanzig von ihnen umbringen sollen, siebenundzwanzig inklusive des Dipmonsters, obwohl der Typ es ohnehin verdient hatte. Vielleicht war diese ganze Mordserie bloß eine sinnlose Zeitverschwendung, ein großer Spaß, aber reine Zeitverschwendung.

Doch der Abt zögert, und alles kommt wieder hoch. Bruder Steven hat Recht. Dies ist genau der Grund, warum sie Bruder Cafferty aus dem Kloster vertrieben haben: Politik. Der Mann war zu liberal gewesen, hatte sich gegen Härenhemden ausgesprochen, Selbstkasteiung abgelehnt und Anstoß an dem Konzept genommen, seine Hoden zur Reinigung der Gedanken mit Schleifpapier zu bearbeiten. Natürlich waren die Caffertyschen Positionen im Laufe der Zeit in Mode gekommen, aber damals war es einfach nicht richtig gewesen. Er musste zum Schweigen gebracht werden.

Und Steven erkennt das Zögern, sieht den Ausdruck in den Augen des Abtes, und er zögert nicht. Er stößt mit dem Messer zu, das der Abt bereitwillig empfängt, nachdem er nichts mehr hat, wofür es sich zu leben lohnt. Und Sekunden später liegt er blutend am Boden, dem unweigerlich folgenden Tod schon sehr nahe.

Und Steven steht über der Leiche, ein Lächeln im Gesicht, während das Adrenalin wild seine Adern durchpumpt und er jenen gewaltigen Rausch erlebt, der mit dem Morden kommt. Er beobachtet, wie der Abt die Augen schließt, und weiß, dass er tot ist.

Doch er hält das Messer weiter in der Hand, beugt sich über den Abt und zupft den Ärmel seiner Kutte aus dem Weg. Und dann bohrt sich das Messer erneut in die Haut, langsam abkühlendes Blut fließt, und die gequälte Seele des Abtes kann nur zuschauen.

Denn mit dieser Leiche ist Steven noch nicht fertig.

Kapitel 29

Karneval des Todes

Um die Wahrheit zu sagen, wird Barney Thomson ein bisschen verrückt. Nicht schreiend wahnsinnig, für immer in der Finsternis des Irrsinns versunken, total durchgeknallt, aber er gleitet langsam, wenn auch nicht unaufhaltsam, Richtung geistiger Verwirrung. Wenn nicht bald, sehr bald, etwas geschieht.

Am frühen Morgen war er aus einem seligen Traum erwacht – da stand er wieder hinter seinem Stuhl, seine magischen Finger erschufen ein großartiges Bill Clinton post-Monica-Petting – letzter Schrei der Millennium-Mode –, und führte mit weltgewandtem Charme eine müßige Diskussion über das Original des Turiner Grabtuchs – *Fachleute haben jetzt festgestellt, dass es erstmals von einem der Bay City Rollers auf ihrer Italien-Tournee 1975 getragen wurde* –, während eine Reihe von Kunden geduldig darauf warteten, dass sich seine goldenen Hände ihrer annahmen –, als er voller Angst in der Welt des lebendigen Horrors bruchlandete.

Noch mehr Tod, noch mehr Mord, noch mehr Blutvergießen und verschmutzte Fußböden. Wenn er je seinen Job als Putzmann zurückbekommt, wird es der reinste Albtraum werden. Und so kommt es, dass er nach all den Monaten, in denen er lässig mit pfundweise tiefgefrorenem Menschenfleisch herumhantiert hat, schließlich über den Rand gestoßen wird. Nicht den

Rand einer steilen Klippe, wo der Abgrund weit entfernt und doch schnell erreicht ist. Es ist eher, als würde er langsam eine grasbewachsene Böschung hinunterrutschen. Doch am Ende erwartet ihn nichtsdestoweniger eine Jauchegrube.

Barney ist verrückt. Er verbringt den Morgen mit seinen trostlosen Wanderungen, späht durch Löcher und beobachtet, was vor sich geht, die Augen aufgerissen und im Dunkeln doch immer wieder gegen Mauern und Säulen stoßend. Er sieht nicht den ganzen Karneval des Todes, aber doch das meiste. Ein bisschen so wie mit der Bibel, denkt er irgendwann. Ziemlich viel, aber man muss nicht alles lesen, um sich ein Bild zu machen.

Schließlich versinkt er in einem Tagtraum. Er steht knapp zwei Meter von einer Wand entfernt und stellt sich vor, dass vor ihm ein imaginärer Kunde vor einem imaginären Spiegel sitzt. Instinktiv nehmen seine Hände ihre Arbeit auf, die vermeintliche Schere klickt in der Dunkelheit und schneidet einen Harry Houdini. Elegant, aber leicht zerzaust, schnittig, aber irgendwie keck.

Zehn Minuten steht er so da, versunken in dieser Scheinwelt. So ist es nach dem jüngsten Totenkatalog um seinen Geisteszustand bestellt, nach diesem Morden biblischen Ausmaßes. Morde, auf die Gott, früher bekannt als Jahwe, stolz gewesen wäre. Barney ist verrückt.

Er weiß nicht, was ihn aus einer Trance reißt, doch er entkommt ihr und geht weiter seinen Geschäften nach, manchmal konzentriert, manchmal eher geistesabwesend.

Bis zu diesem Moment.

Jetzt liegt er auf dem Boden über dem großen Saal und beobachtet durch ein Loch, wie Bruder Steven Bruder Copernicus, den Abt, in den Bauch sticht. Er kann nicht verstehen, was gesagt wird, denn ihre Stimmen sind leise und gedämpft, doch er sieht alles. Wie Steven wiederholt auf den Abt einsticht und, als der Abt tot und blutüberströmt auf dem Boden liegt, dessen Ärmel hochschiebt und fix dessen linke Hand vom Unterarm trennt und sie auf dem Tisch liegen lässt.

Das ist neu. Barney blinzelt durch das Loch und versucht, noch ein wenig genauer hinzusehen. Bis jetzt hat es keine Verstümmelungen gegeben. Das erinnert ihn an seine Mutter. Einer dieser seltsamen Gedanken flackert in seinem Kopf auf, und er fragt sich, ob Bruder Steven und seine Mutter möglicherweise unter einer Decke stecken. Aber so verrückt, dass er ihn nicht gleich wieder verwirft, ist Barney nun auch wieder nicht. Und dann...

Bruder Steven schiebt den anderen Ärmel des Abtes hoch, sägt flink und sauber auch die rechte Hand ab und legt sie neben die linke auf den Tisch. Es ist eine Riesensauerei, Steven ist selbst blutbesudelt. Jetzt kann er sich nicht mehr verstellen, denkt Barney und fragt sich, was Steven als Nächstes tun wird. Er sieht, wie der mörderische Mönch die Leiche des Abtes aus dem Saal schleift, die blutigen Stümpfe und den blutenden Bauch sorgfältig in dessen Kutte wickelt, sodass keine Blutspur zurückbleibt.

Barney blickt verwundert nach unten. Zwei Hände in weniger als einer Minute – ob seine Mutter auch so effizient war? Und er rührt sich nicht. Keine Sekunde lang kommt ihm der Gedanke, dass Steven seine Anwesenheit bemerkt haben könnte, und er hat Recht. Also betrachtet er mit ehrfürchtigem Entsetzen die beiden Hände auf dem Tisch.

Langsam beginnen Barney Thomsons Augen und Verstand wieder synchron zu arbeiten. Die Hände nehmen Kontur an: Finger, Härchen, Daumen, Nägel, Falten und Altersflecken, das Blut und die zerfetzte Haut, wo die Gliedmaßen mit dem Messer brutal vom Körper getrennt worden sind, bei näherer Betrachtung doch kein so sauberer Schnitt.

Ein Paar Hände. Sie liegen stumm da, wie Hände das so tun. Vor allem, wenn es zwei linke Hände sind. Das ist komisch, denkt Barney.

Heilige Scheiße!

Er presst sein Auge ein wenig dichter an das Loch und begutachtet die abgetrennten Gliedmaßen noch konzentrierter. Zwei linke Hände! Himmel, Arsch und Zwirn, das sind verdammt noch mal zwei linke Hände. Und er hat gesehen, wie sie beide von den Armen des Abtes abgetrennt worden sind. Kein Wunder, dass der alte Heimlichtuer seine rechte Hand nie öffentlich gezeigt hat. Sie war verkehrt herum. Und er hatte sie alle glauben lassen, er hätte sie in Arnheim verloren.

Barney richtet sich auf. Zwei linke Hände. Wie bindet man sich damit wohl die Schuhe zu, wie hakt man einen BH auf, wie hält man einen Golfschläger, wie schneidet man einen Jack Lemmon? Und Barney hat eine flüchtige Einsicht in die Gründe, die den Abt in den Heiligen Orden der Mönche von St. John getrieben haben. Doch die interessieren ihn nicht, sodass seine Gedanken flink weiterwandern.

Allerdings auch nicht so flink. Er ist schließlich Barney Thomson und nicht Sherlock Holmes. Er könnte einem auf Wunsch einen Holmes-Schnitt verpassen – prä und auch post Reichenberg –, aber er wird gar nicht erst so tun, als könnte er denken wie Holmes. Und so sitzt er und wartet, weil er weiß, dass die anderen bald zurückkommen werden.

Als sie auftauchen, kann er ihre Stimmen deutlicher hören, weil niemand im Flüsterton eines Verschwörers sprechen muss. Er vernimmt ihre Schritte, bevor sie in sein Blickfeld treten, stellt sich vor, wie sie auf den Tisch starren, und hört den unterdrückten Schrei der Frau.

Dann kommt Mulholland ins Bild, geht zu dem Tisch und betrachtet die abgetrennten Hände. Er starrt sie ein oder zwei

Minuten an, ohne etwas zu sagen. Die anderen drei Mönche kommen zurück und bleiben in der Tür stehen. Sie scheinen sofort zu spüren, dass irgendetwas nicht stimmt, obwohl Barney ihre Gesichter nicht sehen kann.

»Zwei linke Hände«, sagt Mulholland.

»Meinst du, dass sie vielleicht noch leben?«, hört Barney die Frau fragen und sieht, wie Mulholland den Kopf schüttelt.

»Nein, das glaube ich nicht.«

Mulholland dreht sich um und bemerkt die anderen drei, bevor er sich wieder dem menschlichen Abfall auf dem Tisch zuwendet.

»Aber warum?«, fragt die Frau. »Warum hat er die Leichen nicht einfach in der Halle liegen lassen.«

Mulholland schüttelt erneut den Kopf. »Weiß nicht. Mein Gott.«

In seiner angespannten, verwirrten, leicht unbequemen Lage kann Barney sogar seinen langen leisen Seufzer hören.

»Und was heißt das?«, hört Barney Proudfoot sagen.

Beinahe eine Minute späte ist die Stille umfassend, obwohl irgendwo im Kloster Bruder Steven die Leiche des Abtes geräuschvoll über einen kalten Steinboden zerren muss.

»Was das heißt? Das heißt, dass dieser Irre, dieser Barney Thomson den Raum in dem Moment betreten hat, in dem wir ihn verlassen haben. Das heißt, er hat uns beobachtet und jedes unserer Worte belauscht, und dann ist er hier reingekommen, hat den Abt und Bruder Steven getötet und ihnen aus irgendeinem Grund, den wahrscheinlich nur er in seinem verdrehten Kopf kennt, jeweils die linke Hand abgeschnitten und als Visitenkarte hinterlassen. Das heißt das, genau das, was er oder seine Mutter im letzten Frühjahr auch schon getan hat.«

Ungläubig betrachtet Barney die Szene. Natürlich mussten sie denken, dass er es war, doch er hat es trotzdem nicht erwartet. Sein holperiger Gedankenfluss holt endlich den von Bruder Steven ein. Eine wirklich brillante Finte. Er musste die ganze Zeit von der Behinderung des Abtes gewusst haben, von dessen Absonderlichkeit. Der erstaunliche Junge mit den zwei linken Händen, hatten sie ihn im Zirkus wahrscheinlich genannt, und irgendwie hatte Steven all das gewusst. Und damit der Plan auch funktioniert, musste er sich sicher gewesen sein, dass Edward, Martin und Raphael es nicht wussten.

Ich war es nicht, möchte er durch das Loch schreien, doch das tut er nicht. Er liegt im Dunkeln, ohne zu bemerken, was um ihn herum vor sich geht. Und er liegt zufällig in dem Raum, in dem Steven die Leiche des Abtes verstecken will und dabei auf Barney stößt. Doch der kriegt gar nichts mit. Nichts, bis das Messer in seinen Rücken stößt. Er kullert nur ein paar weitere Meter den Abhang zum Wahnsinn hinunter. Er beobachtet, wie Proudfoot neben Mulholland tritt und beide die Hände betrachten.

»Und was ist mit der Theorie, dass ein Unbekannter im Kloster herumgeistert?«, fragt sie.

Mulholland schüttelt weiter den Kopf. Es ist schon fast zu einer langlebigen Marotte geworden. Schließlich gibt es alle möglichen Gründe, den Kopf zu schütteln.

»Glaube ich nicht. Ich hatte gedacht, dass es einer aus unserer Mitte war, wenn es nicht Thomson gewesen ist. Aber das ist der Beweis: Diese beiden Idioten sind tot, und die drei anderen sind die ganze Zeit zusammengeblieben.«

»Vielleicht waren es alle drei«, sagt Proudfoot, doch das hört Barney nicht mehr. Die beiden Polizisten senken die Stimmen, sodass Barney auch Mulhollands negative Antwort nicht mehr mitbekommt.

Außerdem hat seine Konzentration nachgelassen. Er stellt sich vor, wie man mit zwei linken Händen Haare schneidet. Es wäre ziemlich kompliziert, aber vielleicht ganz okay, wenn man sich erst einmal daran gewöhnt hat. Vielleicht, denkt er, tiefer und tiefer in seiner Fantasie versinkend, in der er sich selbst schon hinter dem Stuhl mit zwei linken Händen bei der Arbeit sieht. Er würde dadurch sogar noch besser werden. Es wäre auf jeden Fall etwas Besonderes. Neben seinen Ehrfurcht gebietenden Fertigkeiten ein weiterer Grund für die Massen, in seinen Laden zu strömen.

Barney verliert sich in seinen Träumen, und ein zufriedenes Lächeln breitet sich über sein Gesicht. Er hat den dunklen Raum und den Tatort des grausamen Mordes vergessen. Eine Fantasie ist natürlich nie so gut wie die entsprechende Wirklichkeit, aber sie kommt ihr durchaus nahe. Wenn es sich wirklich anfühlt, ist es auch wirklich. Denkt der verrückte Barney Thomson.

So gefangen ist er in der Fantasmagorie seiner Einbildung, dass er nicht hört, wie die Tür hinter ihm ein Stück geöffnet wird; auch den Lichtstrahl, der in den dunklen Raum fällt, sieht er nicht. Er hört weder Bruder Stevens schweren Atem noch das leise Geräusch der über den Boden schleifenden Leiche von Bruder Copernicus. Er sieht und hört gar nichts, während seine Gedanken in die Ferne schweifen und er die Atmosphäre eines Frisör-Salons riechen und fühlen kann.

Barney ist ein bisschen verrückt.

Kapitel 30

Barney Thomson muss sterben

»Was nun?«

Mulholland sieht sie an. All das Sterben hat ihn so sehr erschüttert, dass ihm nicht einmal eine sarkastische Bemerkung einfällt. Was nun? Nichts hat sich geändert. Sie sind im Aufbruch begriffen, um so schnell wie möglich in Sicherheit zu gelangen. Doch nun spürt er das Gespenst des Todes zum ersten Mal hinter sich lauern. Er ist nicht hierher gekommen, um zu sterben, und egal wie mies er sich gefühlt haben mag, wollte er es bestimmt auch nicht. Doch das Blutbad fängt schließlich an, auch ihm zuzusetzen. Seltsam, dass es so viele Tote gegeben hat, ohne dass ihm auch nur der Gedanke gekommen wäre, dass es auch ihn treffen könnte. Doch als er jetzt auf den Tisch mit den beiden blutigen Händen starrt, begreift er plötzlich, dass er und Proudfoot genau wie alle anderen an diesem Ort ebenfalls auf der Liste stehen. Und von den Mönchen sind nur noch drei übrig. Er zittert, spürt das Gewicht seiner Vorahnung, die ihn dazu treibt, sich argwöhnisch umzudrehen, und ihn wünschen lässt, an allen Seiten des Kopfes Augen zu haben.

»Was nun? Nun, um das Ende keines Filmes zu zitieren, wir sehen zu, dass wir schleunigst aus Dodge rauskommen. Sattel die Pferde, sag den drei Cowboys, sie sollen in die Gänge kommen, und auf geht's.«

Barney Thomson beobachtet sie von oben, doch er achtet gar nicht mehr richtig auf sie, vor allem nachdem Mulholland und Proudfoot aus seinem Blickfeld verschwinden und anfangen, den drei beklagenswerten überlebenden Mönchen Befehle zu erteilen. Stattdessen zucken seine Finger in einem Wachtraum.

Und im Gegensatz zu Mulholland spürt er auch das Gespenst des Todes in seinem Rücken nicht, obwohl der Tod in seinem Fall in Fleisch und Blut zugegen ist und die Leiche von Bruder Copernicus in den kaum benutzten Lagerraum zerrt. Der Tod schließt leise die Tür und schleift die Leiche weiter in den Raum. Er zündet weder eine Kerze an noch versucht er, die Fensterläden zu öffnen. Der Tod hat in der Regel keine Angst vor der Dunkelheit. Der Tod ist ein harter Bursche, keine Frage.

Hätte Barney bloß geträumt, hätte er ihn inzwischen vielleicht trotzdem gehört. Doch seine Halluzinationen gehen weit über einen gewöhnlichen Traum hinaus. Er gleitet jenen Hügel hinab, der Irrsinn lockt mit all seiner glorreichen Ungewissheit. Im Wahn kann alles so sein, wie man es haben will, ohne je einen Menschen zu töten und ohne je des Massenmordes verdächtigt zu werden, kein Problem: Man kann jederzeit dort sein und für immer bleiben. Am Ende des Tages muss man nicht zu seiner Frau nach Hause gehen, man kann zu jeder beliebigen Frau gehen, und solange diese Fantasie sich noch nicht totgelaufen hat, wird Barney zu Barbara gehen, der erotischsten Schwägerin auf diesem Planeten; und er muss sich nicht einmal einen Platz für seinen Bruder ausdenken, denn in dieser perfekten Traumwelt würde es seinen Bruder gar nicht geben.

Barney schließt die Augen, doch der Schlaf ist weit entfernt. Warum schlafen, wenn man alles haben kann, was man will? Und die ganze Zeit geht der Tod in seinem Rücken seinem Tagwerk nach, öffnet eine Schranktür und bugsiert die bleischwere Leiche des Abtes hinein. Er schließt die Tür mit einem leisen

Quietschen, das Barney unter anderen Umständen auch gehört hätte.

Bruder Steven vergewissert sich, dass die Tür richtig zu ist, obwohl es eine ganze Weile dauern kann, bevor irgendwer hier nachsehen wird. Der Adrenalinschub lässt nach, und er genießt jenes wunderbare Nachglimmen des Mordens, nach dem er regelrecht süchtig geworden ist.

Seine Augen gewöhnen sich an die Dunkelheit.

Und er bemerkt Barney.

Er überlegt. Eine Leiche auf dem Boden ohne mein Zutun? Er betrachtet sie neugierig. Es ist zu dunkel, um zu erkennen, wer es ist, also macht er ein paar zögerliche Schritte nach vorn und bückt sich, um den Verdächtigen besser identifizieren zu können.

»Heiliger Strohsack!«, sagt er, als er ihn erkennt, und das ist unvermeidlich. »Barney Thomson, der große Mörder persönlich!«

Er spricht die Worte leise, aber nicht so leise, dass Barney sie nicht hört. Aber Barney ist verrückt – im Moment jedenfalls. Also kniet der Tod nieder und betrachtet Barney Thomsons Gesicht aus größter Nähe. Er hat die Augen geschlossen und atmet gleichmäßig.

Bruder Steven tastet nach dem Messer, das er wieder in den Tiefen seiner weiten Kutte verstaut hat. Das könnte der einfachste Mord von allen werden. Einmal ausholen, und das Messer steckt in Barney Rücken.

Er ist fasziniert. Bruder Jacob. Scheinbar sanftmütig und unschuldig. Und doch hat es im Kloster seit der Enthüllung seiner wahren Identität kein anderes Thema mehr gegeben. Den großen Serienmörder von Glasgow nannten sie ihn. Bruder Jacob könnte keiner Fliege etwas zu Leide tun.

Bruder Steven hat sich gelegentlich gefragt, ob man sich an

seine Heldentaten erinnern wird. Werden die Leute für Generationen davon sprechen, wenn das Ganze erst einmal bekannt geworden ist? Manchmal faszinieren diese Geschichten Presse und Öffentlichkeit und manchmal nicht. Das große Vorbild bleibt Jack the Ripper. Fünf Opfer, saubere medizinische Arbeit, literweise Blut, eine Stadt in Angst, jede Menge Filme und eine Folge bei *Raumschiff Enterprise*, aber in der Welt der Serienmörder eine kleine Nummer. Es gab andere, die sehr viel mehr für ihre Kunst getan und nur ein Zehntel der Anerkennung geerntet haben. Jack the Ripper hatte einfach irgendwas.

Und wie wird es bei ihm sein? Wird er die Art Ruhm erringen, die jetzt Barney Thomson genießt? Wie viele waren es noch gleich? Sieben oder acht Tote? Da hat er mittlerweile das Vierfache vorzuweisen. Und von den beiden ist er auf jeden Fall der viel größere Spinner. Von diesen beiden Prinzen im Mörderspiel der Serienkiller ist er der Mann, der König werden sollte.

Zu Beginn hatte er noch nicht so gedacht. Natürlich hatte er anfangs geplant, Bruder Jacob die Schuld für seine Taten in die Schuhe zu schieben. Aber das war damals, als seine Pläne noch klein waren. Irgendwann zwischendrin haben das Blut und die Erregung begonnen, seinen Verstand zu infizieren, die Ausmaße des Ganzen und die Größe seiner Leistung haben ihn überwältigt. Und nun kommt ihm zum ersten Mal ein Gedanke; erst jetzt, wo Barney Thomson vor ihm liegt, verweben sich alle Fäden zu einer Wollmütze des Unbehagens.

Wird man, wenn all diese großartigen Ereignisse im Kloster des Heiligen Ordens der Mönche bekannt geworden sind, wenn die glorreiche Rache für Two Three Hill enthüllt, populär gemacht und in Hollywood mit Anthony Hopkins und Sean Connery verfilmt ist, nicht allenthalben glauben, dass Barney Thomson der Mörder ist? Und wie soll Two Three Hill überhaupt bekannt werden? Presse und Öffentlichkeit, die in Misstrauen und Ahnungslosigkeit schwelgen, werden es für eine Fortsetzung der Glasgower Mordorgie halten. Werden sie je die Wahrheit erfahren?

Barney hält die Augen geschlossen, sein Gesicht ruht nach wie vor über dem Loch zu der Welt unter ihm. Er ist mittlerweile mit einem Madonna-Schnitt (»Like a Prayer«) beschäftigt, für einen Mann eigentlich eine recht seltsame Frisur, doch in seinem Kopf wirken seine Hände ihre gewohnten Wunder, und der Föhn bläst den heißen Atem einer von der Sonne geküssten Mittelmeerinsel.

Das Schwein, denkt Bruder Steven. Er wird meinen Ruhm, meinen Namen, meine Niederträchtigkeit stehlen. Dieses Schwein wird mir meinen Platz in der Geschichte streitig machen.

Steven atmet tief durch, ein wütendes Grinsen verzerrt seine Lippen. Mit einem Mal hasst er Barney Thomson so sehr, wie er all die Schwachköpfe gehasst hat, die seinen Vater vom wahren Pfad seines Lebens vertrieben haben. Es ist schon schlimm genug, den Besitz oder die Frau eines Mannes zu stehlen; vielleicht war es sogar richtig schlimm, einem Mann das Leben zu nehmen, es gab vieles, was man einem Mann nehmen konnte, doch nichts war so schlimm, wie ihm seinen Namen und seinen Ruf zu rauben, ihn um die Ehre seiner großen Taten zu betrügen. Von Alexander dem Großen, der vorgab, dass er und nicht sein Halbbruder Maurice die damals bekannte Welt erobert hatte, bis zu Milli Vanilli, die mit frühen Studio-Aufnahmen von Pavarotti berühmt geworden waren, wimmelte es in der Geschichte von Unholden, die von den Taten anderer gelebt hatten.

Das darf er, Bruder Steven Cafferty, nicht zulassen. Bevor er fertig ist, wird die Welt wissen, wer er ist und was er erreicht hat. Die Menschen werden sich vor ihm verbeugen, Präsidenten werden vom giftigen Kelch seiner Vision kosten, Könige und

Königinnen werden sich in Anerkennung seiner Größe verneigen, Gott selbst wird ihm zur Feier seiner Hochherzigkeit die Ehre erweisen. Doch vor allem anderen, bevor er sonst irgendetwas tut, bevor er irgendeine andere Straße hinunterschreitet, seine außergewöhnliche Reise durch die Welt der Rache fortsetzt und seine Zähne in den Apfel der Vergeltung schlägt, muss Barney Thomson sterben.

Das Messer schwebt über Barneys Rücken. Steven hält es locker, aber sicher gepackt, er spürt das Blut, das träge durch Barneys Adern mäandert, er riecht und schmeckt es, und es hat das Aroma von Honig. Dieser Tod wird süßer sein als die Ermordung Hermans, süßer auch noch als die Exekution des Abtes. Er wird süßer sein als Windbeutel mit Schokoeis-Füllung, Schokoguss und Schokoladensauce, süßer als eine Mousse au chocolat auf einem Nest aus Schokolade mit einer dicken Glasur aus Chocolate Chips und Schokoladen-Marshmallows mit Schokoladenstreuseln – dazu ein teurer Sauternes und ein Becher dampfend heißer Kakao mit einer extra Portion Schokolade.

Er kann es riechen, während Barney sich nicht rührt. Und so beginnt das Messer seinen schneidenden Fall auf das wartende Rückgrat von Barney Thomson.

Kapitel 31

Eine Wanderung durch die Hügel

Sie brechen vom Kloster des Heiligen Ordens der Mönche vom heiligen Johannes nach Durness auf. Zwanzig Meilen über tief verschneite Felder, Berge und Täler. An manchen Stellen müssen sie waten, an anderen müssen sie sich durch knapp eineinhalb Meter hohe Schneeverwehungen kämpfen; der Schnee ist überall mindestens sechzig Zentimeter hoch, und sie kommen nur extrem langsam voran. Proudfoot bildet die Nachhut und folgt dem von den anderen geebneten Weg. Dies ist fürwahr eine unglaubliche Reise, und niemand würde sich über Seeungeheuer, Löwen und Schlangen wundern.

Mulholland, Proudfoot, Bruder Martin, Bruder Raphael und Bruder Edward. Die Mönche haben ihre Kutten abgelegt, sodass sie aussehen wie eine ganz normale Truppe ernsthaft geistesgestörter Wanderer, die bei jedem Wetter auf Tour gehen. Die Art Leute, die am besten schon vorher die Bergwacht alarmieren.

Wenn sie gut sind, schaffen sie vor Anbruch der Dunkelheit ein Drittel der Strecke, zumal Bruder Raphael den Aufbruch durch sein Beharren auf ein vorheriges Gebet weiter verzögert hat. Am Ende hatte er das Kloster nur widerwillig verlassen, weil er nur allzu bereit ist, zu sterben und vor seinen Schöpfer zu treten. *Gott wird uns schützen*, hatte er gesagt. Bis jetzt hat er seine

Sache nicht gerade großartig gemacht, hatte Mulholland gedacht, jedoch den Mund gehalten.

Martin geht voran. Er hat zusammen mit Raphael gebetet, weil er seinen Bruder nicht aufregen wollte, doch das war das letzte Mal. Wenn er in die Zivilisation zurückkehrt, falls er in die Zivilisation zurückkehrt, hat er vor, die Fesseln der Soutane für immer abzuwerfen. Wenn er das hier überlebt, wird er sich als Erstes mit einem Boulevard-Blatt in Verbindung setzen und seine Geschichte erzählen – »Ich war zu cool zu sterben, sagt der gut aussehende Gottesmann« –, bevor er eine Weltreise startet, große Mengen von Drogen und Alkohol konsumiert und was es auf diesem Planeten sonst noch gibt, um die eigene Sinneswahrnehmung zu betäuben oder zu pervertieren, während er gleichzeitig mit allem schläft – männlich, weiblich, tierisch, aufblasbar oder aus Pappe –, was er zwischen die Finger kriegt. Eigenartig, noch vor einer Woche war ihm selbst der Gedanke gekommen, Bruder Herman zu ermorden, denn der Mann war ein brutaler Tyrann, der verdiente, was er bekommen hatte. Er hatte daran gedacht, Barney Thomsons Schere zu benutzen, ohne zu ahnen, dass Barney genau dasselbe vorhatte. Dumm war nur, dass er ihn aufgesucht und bedroht hatte, damit er den Mund hielt. Ironie des Schicksals.

Schon komisch, wie das Leben sich entwickelt, denkt Martin, während er durch die verschneiten Felder voranstapft.

Raphael trottet hinter ihm her. Ein Mann, dessen Glaube an Gott unerschütterlich ist. Als offensichtlich wurde, dass der Terminplan des Killers die Ermordung jedes einzelnen Klosterbewohners vorsah, hatte er als Einziger keine Angst gehabt. Dies ist die Prüfung des wahren Glaubens. Fürchtet man sich vor dem, was danach kommt, wenn der Tod nahe oder unvermeidlich ist, wo ein wahrhaft gläubiger Mensch doch an sich keine Angst haben muss? Es ist der ultimative Test, den alle anderen

Brüder angesichts der Verwüstung, die dieser Dämon unter der Belegschaft des Klosters angerichtet hatte, nicht bestanden haben, nicht einmal Bruder Copernicus. Alle haben sie versagt bis auf Bruder Raphael. Sein Glaube ist unnachgiebig. Er sieht dem Tod mit Gewissheit ins Auge und weiß, dass er, sollte er diese bizarre Tortur überleben, eines Tages in das Kloster zurückkehren und neu anfangen wird.

All das heißt natürlich nicht, dass er nicht beschlossen hätte, seine Geschichte an die Zeitungen zu verkaufen, egal an welche, *Haus und Garten*, wenn es sein muss. Er kann das Geld benutzen, um den Neubeginn der Abtei zu finanzieren. Und so macht er beim Gehen Pläne für seine Zukunft, ohne zu wissen, dass die lediglich darin besteht, noch wenig mehr als fünf Stunden durch den Schnee zu stapfen. Ein renoviertes Kloster, spartanisch, aber behaglich. Sie werden Touristen anlocken, die bei ihnen besichtigen können, wie das Leben in schlichteren Zeiten gewesen ist. Darauf fallen die Leute immer rein, denkt er. Eine brillante Idee. Das wollen bestimmt jede Menge Touristen sehen. Zunächst einmal Prinz Charles, und danach werden die Amerikaner scharenweise kommen. Auch Frauen – und sie könnten sie aufnehmen. Jede Menge skandinavische Superbräute würden zu Besuch kommen wie die Mädels von Abba, nur mit vernünftigen Frisuren. Sie könnten eine gemischte Sauna eröffnen, die über Lautsprecher mit gregorianischen Gesängen, Werbung und wer weiß, was sonst noch, beschallt wird. Die Investitionsmöglichkeiten sind endlos, denn warum sollte man Geld und Religion nicht vermischen? Der Vatikan machte das schon seit Jahrhunderten. Sie könnten Produktionsfirmen einladen, Filme und dergleichen zu drehen. Sie könnten Cadfael von seinem jetzigen Aufenthaltsort weglocken und eine Fortsetzung von *Der Name der Rose* drehen, vielleicht sogar einen vollkommen neuen Mönch-Detektiv-Stoff entwickeln. Dann würde es natürlich eine Verfilmung von Barney Thomsons Leben mit Billy Connolly geben. Und wenn es ganz schlimm kam, konnten sie immer noch ihre alten nordischen Beziehungen spielen lassen und schmuddelige skandinavische Billig-Pornos mit Titeln wie *Mannstolle Schweden-Nonnen entdecken den Sex!* und *Die harten Spiele der lesbischen Kloster-Huren* drehen. Und so kommt es, dass Bruder Raphael vom Mammon verführt wird, je weiter er sich – in mehr als einer Beziehung – von dem Kloster entfernt.

Bruder Edward sinniert über die Unvermeidlichkeit der Zukunft. Diese ganze Geschichte hat ihm lediglich bestätigt, was er bereits weiß – dass das Klosterleben nichts für ihn ist. Er muss in die wirkliche Welt zurückkehren und sich den Dämonen stellen, die ihn erwarten. Und wenn das bedeutet, dass er mit Hunderten von Frauen schlafen und sie achtlos beiseite werfen muss wie die Spreu im Wind des Schicksals, dann soll es so sein. Wenn sein Leben ein langes Inferno aus endlosem Sex und bitterer Reue aus Telefonzellen sein soll, dann muss es geschehen. Vielleicht kann er damit sogar seinen Lebensunterhalt bestreiten. Ed, der Gigolo, auf Pirsch in den Ferienorten Südfrankreichs, der die Alten und Kranken in Restaurants und Casinos begleitet und, solange die Nacht noch jung ist, wieder aus ihren Betten schlüpft, während sie schnarchend daliegen. Der vielleicht sogar ihren Schmuck mitgehen lässt – obwohl das ein vollkommen anderes Metier ist –, um gegen zwei Uhr morgens bei irgendeiner jungen mediterranen Schlampe zu landen, knietief in Schamhaaren und Sangria. Es ist eine finstere Zukunft, die schwer auf seinen Schultern lastet, doch er weiß, dass es kein Entrinnen geben wird.

Mulholland ist immer noch vage benommen. Er wäre gern von der Entschlossenheit erfüllt, sie alle in Sicherheit zu bringen und Barney Thomson seiner gerechten Strafe zuzuführen, doch sein Enthusiasmus ist bis zum Punkt der Kapitulation erschöpft. Er möchte, dass Proudfoot entkommt, die anderen drei sind ihm mittlerweile egal. Sein Pflichtgefühl wird ihn schon antreiben, sie zu beschützen, aber was kümmern sie ihn jetzt? Denn beim Gehen schweift sein Blick über den Kriegsschauplatz seiner Zukunft, und es ist karg und öde, sein Leben eine einzige Schlacht um Flandern.

Melanie ist weg, wer weiß für wie lange, möglicherweise für immer, und es könnte ihm kaum gleichgültiger sein, ob sie wiederkommt oder nicht. Er versucht, sie sich in den Armen irgendeines Typen aus Devon vorzustellen, doch das Bild löst nichts in ihm aus. Keine Wut, keine Eifersucht, keinen Schmerz. Und was ist mit seinem Job? Wie wird seine Zukunft bei der Polizei wohl aussehen, wenn bekannt geworden ist, dass circa dreihundert Mönche vor seiner Nase ermordet worden sind? Er war losgeschickt worden, Barney Thomson zu ergreifen, und stattdessen stürzt sich der Mann in eine Orgie des Massenmords, während Mulholland friedlich schläft.

Und so kehren seine Gedanken zurück zu der Frage, was er noch hätte tun können, um die Sicherheit dieser traurigen Truppe zu gewährleisten. Hätte er sie sofort nach seiner Ankunft in dem Saal zusammentrommeln und nicht mehr aus den Augen lassen sollen? Hätte er dafür sorgen müssen, dass sie nur zu sechst oder siebt auf die Toilette gehen? Was hätte sie sonst schützen können? Jedenfalls nicht die von ihm vorgeschlagenen Zweiergrüppchen. Und trotzdem hatte er diese Torheit heute Morgen mit dem Abt und Bruder Steven wiederholt.

Er hatte keinen Ruhm erwartet, als er zu dieser Ermittlung aufgebrochen war, er hatte sich eigentlich überhaupt nicht viel vorgestellt. Aber dass es dazu kommen musste: Künftig wird man seinen Namen auf Polizeischulen lernen als perfektes Beispiel einer missglückten Fahndung. Wie man in einem Mordfall nicht ermittelt. Wie man den Schutz der Öffentlichkeit nicht gewährleistet. Wie man einen Serienmörder nicht über Land verfolgt. Von nun an würde man von jedem Beamten, der etwas verbockt hatte, sagen, er hätte einen Mulholland gebaut. *Hast du gehört, dass Jonesy das falsche Haus überwacht und die Tochter des Chief Super verhaftet hat? Junge, Junge, der Idiot hat einen echten Mulholland gebaut.*

Auf ihre Weise denken alle Mönche an Frauen, während Proudfoot so benommen ist wie Mulholland. Seit *Stirb Langsam 2* hat sie nicht mehr so viele Tote gesehen, und auch wenn das ein durchaus kreatives Stück Filmkunst sein mag, hat es sie einfach nicht auf zwei auf dem Tisch liegende, noch warme und blutüberströmte linke Hände vorbereitet. Das und alles, was vorher geschehen ist.

Deshalb denkt Proudfoot beim Gehen nicht an die Zukunft. Ihre Gedanken konzentrieren sich auf die beiden linken Hände auf dem Tisch. Und während sie sie so im Geiste betrachtet, liegen die Hände die meiste Zeit still, aber manchmal zucken die Finger auch, manchmal ist da gar kein Blut, und manchmal quillt das Blut noch pulsierend aus ihren Adern; manchmal sehen sie leblos und vollkommen unmenschlich aus, als hätten sie nie gelebt, und manchmal bewegen sie sich, laufen auf Fingern, tanzen, tollen ausgelassen herum oder kämpfen miteinander. Es ist nicht das Schlimmste, was sie in den vergangenen zwei Tagen erlebt hat, doch es hat ihre Fantasie in Bann geschlagen und gefangen genommen, sodass ihr Verstand auf diese Vision fixiert ist. Sie sieht nur zwei amputierte Hände. Unterwegs rutscht sie mit dem Fuß zweimal in eiskalte Bäche, zweimal schlägt sie mit dem Knie gegen einen Fels, doch nichts erschüttert sie. Der Marsch durch den Schnee ist langsam und quälend, doch sie bemerkt es kaum. Proudfoots Gedanken sind bei diesen beiden Händen. Hin und wieder entkommt sie dem Bild, allerdings nur, um sich auf distanzierte Weise zu fragen – so als wäre sie gar nicht sie selbst –, warum es ihren Verstand derart fesselt und warum Barney Thomson etwas derart Bizarres getan hatte; denn bizarr ist es. Jeder, der mordet, hat seine Gründe, aber warum zwei linke Hände? Überaus exzentrisches Verhalten. Und so sinniert sie über die kriminelle Geisteshaltung als solche, allerdings nur kurz, bevor ihre Gedanken unweigerlich zu den beiden Händen auf dem Esstisch zurückkehren. Sie sieht sie vor sich liegen, manchmal reglos, manchmal bewegt, manchmal ins Gespräch miteinander vertieft: »*Hey Billy, pack mal mit an, Kumpel.*« »*Wenn du noch einmal diesen blöden ›Witz‹ machst, schlag ich dir die Fresse ein.*«

Auf ihre Weise wird auch Proudfoot leicht verrückt, allerdings nicht so verrückt wie Barney und mit einer sehr viel größeren Genesungschance. Sie ist die Letzte in der Kolonne; manchmal dreht Mulholland sich um, um sich nach ihrem Wohlbefinden zu erkundigen, und sie antwortet ihm irgendwas, ohne die Kälte, den Schnee und die anbrechende Dunkelheit zu bemerken.

Sie kommen nur langsam voran, doch erst, als es schon fast dunkel ist, machen sie Halt. Sie haben kaum mehr als ein Drittel der Strecke zurückgelegt. Martin bleibt etwa fünfzig Meter vor den anderen stehen und wartet, bis sie ihn eingeholt haben. Er steht in einer kleinen ebenen Lichtung, auf der der Schnee gut einen halben Meter hoch liegt. Als sie näher kommen, hören die anderen irgendwo unter sich das leise Plätschern eines Baches und halten sich ängstlich an Martins Spur. Der Himmel ist grau und wird von Minute zu Minute dunkler. Ohne den leuchtend weißen Schnee wäre es längst vollkommen finster.

Die vier kommen beinahe gleichzeitig an, und keiner wirkt besonders glücklich. Raphaels Fantasien sind der Müdigkeit und Kälte gewichen; Edward ist geistig und körperlich taub, genau wie Mulholland, der jedoch einen Anschein von Autorität zu wahren sucht. Auch Proudfoot ist mental und physisch abgestumpft, vor Augen zwei tote Hände. Es ist ein trauriger Haufen, der da zu Martin aufschließt, und deshalb verschwendet dieser auch nicht viel Zeit.

»Ich denke, wir sollten im Dunkeln nicht viel weiter gehen. Wer weiß, wo wir landen? Wenn wir die Lichtung vom Schnee räumen, ist sie wahrscheinlich eben genug, um ein Zelt zu errichten.« Und mit diesen Worten nimmt er einen Spaten aus seinem Rucksack, als würde er ein Gewehr aus dem Halfter ziehen, und macht sich in der Mitte der Lichtung unverzüglich an die Arbeit.

Die Truppe verfügt über zwei weitere Spaten, die Mulholland und Edward ergreifen. Raphael zieht es vor zu beten, während Proudfoot an zwei abgetrennte Hände denkt, die ihre Brust hinaufkrabbeln und sich um ihren Hals schließen.

Bruder Steven beobachtet sie – im Schnee liegend und passenderweise weiß gewandet, sodass er mit seiner Umgebung verschmilzt – aus kurzer Entfernung. Es ist dunkel geworden, und erneut sind Wolken aufgezogen. Man spürt einen Hauch von Schnee in der Luft, und die ersten zögerlichen Flocken fallen, doch es ist windstill, heute Nacht wird es keinen Schneesturm geben. Keine Verwehungen, kein wirbelndes weißes Chaos, nur wenige Zentimeter Neuschnee auf einer hart gefrorenen Decke alter Niederschläge.

Zunächst hat er von dem Schnee profitiert, jetzt leidet er darunter. Der Herr hat's gegeben, und der Herr hat's genommen und der ganze Kram. Der Sturm hatte die verzweifelte Horde davon abgehalten, aus dem Kloster zu fliehen, doch jetzt hindert ihn der Schnee daran, sich an das Zelt heranzupirschen und die beiden zusammengesunkenen Gestalten zu überraschen, die am

Feuer Wache halten. Sie haben ihre Position und ihren Lagerplatz gut gewählt. Es wird schwierig werden, sich ungesehen zu nähern, jedenfalls solange nicht einer von ihnen einschläft.

Nachdem er nun im Besitz von Sheep Dips Waffe ist, könnte er sie natürlich auch einfach erschießen, aber das ist nur seine letzte Möglichkeit. Pistolen sind so unnötig vulgär. Wie ihn die wertvolle Lektion des Giftes gelehrt hat, gehört zum Morden direkter Körperkontakt, damit es Spaß macht. Das Gefühl des warmen und köstlichen Blutes eines Opfers an den Händen, die plötzliche Erschlaffung der Muskeln im Moment des Todes, der letzte Atemzug, der so ungleich reicher, tiefer und voller ist als alle anderen. Wie ein 29-er Chateau Laffitte.

Deshalb ist die Pistole nur seine letzte Option. Wenn die Polizei nach Durness vorzudringen droht, wird er tun, was er tun muss. Ansonsten bleibt die Waffe eingepackt.

Bruder Steven liegt auf der Lauer. Es muss heute Nacht passieren, denn wenn sie morgen früh genug aufbrechen, werden sie Durness vor Anbruch der Dunkelheit erreichen. Es ist noch nicht einmal Mitternacht, noch liegen viele Stunden Dunkelheit vor ihnen. Steven gräbt sich tiefer in den Schnee, kneift die Augen zusammen und wartet.

Es ist kalt, und die beiden Gestalten rücken noch näher ans Feuer, wenn auch nicht enger zusammen. Erin Proudfoot und Bruder Edward, eine explosive Kombination, zumindest in Bruder Edwards Augen. Denn er ist jetzt ein allein stehender Mann, von den Fesseln der Soutane und seinen Gelübden gegenüber Gott befreit, ein Mann alleine mit einer Frau, eine mögliche erste Bewerberin für seine Flussfahrt des Misstrauens.

Proudfoot starrt in die Flammen und versucht deren Wärme in ihre Knochen zu saugen, während sie die ganze Zeit an zwei Hände denkt, die auf dem Tisch tanzen wie Fred Astaire und

Gene Kelly. Für Bruder Edward hat sie im Gegensatz zu seinen Hoffnungen keinen Gedanken übrig. Wenn sie den Blick vom Feuer wendet, dann nur, um über das verschneite Feld zu blicken, in dessen Mitte sie hocken, obwohl sie weiß, dass ihre Position einen Überraschungsangriff schwierig macht. Ihre Hauptsorge ist, dass sie wach bleibt, und das ist im Augenblick kein Problem. Dafür sorgen schon Fred und Gene.

»Sie sind also bei der Polizei, ja?«, fragt Edward, das Schweigen brechend. Beinahe eine Stunde hat er gebraucht, um sich für eine Eröffnung zu entscheiden, und wie üblich hat er die genommen, die ihm als Erstes eingefallen ist. Natürlich ist es uninspiriert, aber immer noch besser als »Was macht denn ein Superweib wie Sie bei der Polizei?« oder »Wenn wir uns beeilen, könnten wir wahrscheinlich eine schnelle Nummer schieben, bevor dieser Thomson überhaupt weiß, was los ist.«

»Was?«, sagt sie gut eine halbe Minute später; Edward hatte schon angefangen zu glauben, er würde die gleiche Reaktion ernten wie damals im ersten Semester von der kleinen Betty Barstool.

»Die Polizei«, sagt er. »Sie sind bei der Polizei.«

Sie nickt, nach wie vor abwesend, denn sie kann gleichzeitig reden und an Fred und Gene denken.

»Ja«, sagt sie. Warum musste jeder einzelne Typ auf diesem Planeten seiner Überraschung über ihre Beschäftigung bei der Polizei Ausdruck verleihen, wenn er sie anbaggerte?

»Klar«, sagt er und denkt, ganz schön einsilbig, das könnte kompliziert werden, aber er hat schon härtere Brocken weich gekocht oder so. »Muss ganz schön schwer sein, eine gut aussehende Braut wie Sie. Ich meine, es muss doch manchmal ziemlich schwierig sein mit den Verbrechern und so.«

»Wie meinen Sie das?«

»Na ja, wissen Sie, ein scharfer Feger wie Sie, da muss es doch schwer sein, von den Verbrechern respektiert zu werden und so. Die sehen in Ihnen wahrscheinlich bloß eine schnuckelige Sahnetorte.«

Fred und Gene verschwinden für einen Moment, und sie konzentriert sich auf Bruder Edward. Sie ist auf eigenartige Weise fasziniert, dass jemand in einem Augenblick wie diesem eine Anmache startet. Doch nur zu bald wirbeln die beiden tanzenden Zwillinge mit einem Walzer wieder in ihr Blickfeld.

»Wenn du auf eine schnelle Nummer aus bist, vergiss es, du Schleimer«, sagt sie und verschwindet erneut in ihrem Vakuum.

»Oh«, sagt Edward und denkt, die hat es aber verdammt nötig.

Hinter ihnen bewegt sich etwas, und sie drehen sich beide schlagartig um, spontaner Adrenalinausstoß und nackte Angst. Mulholland tritt aus dem Zelt, und sie entspannen sich wieder. Proudfoot verliert sich erneut in ihren Fantasien, Edward akzeptiert seine Niederlage.

»Ich kann nicht schlafen«, sagt Mulholland. »Wenn einer von euch sich hinlegen will, nur zu.«

Edward wartet höflich ein paar Sekunden und steht, als er von Proudfoot keinen Mucks hört, auf, um das Angebot anzunehmen. Mulholland nimmt seinen Platz am Feuer ein, und Edward verschwindet im Zelt. Wenn der Idiot nicht aufgetaucht wäre, hätte er sie rumgekriegt, denkt er, und beschließt, sie trotzdem auf seine Liste zu setzen. Es war schließlich knapp genug.

»Alles in Ordnung?«, fragt Mulholland, nachdem er etliche Minuten die graue Landschaft betrachtet hat.

»Ich weiß nicht«, sagt sie. »Ich kriege das Bild von diesen beiden Händen einfach nicht aus dem Kopf. Ziemlich bescheuert, nehme ich an.«

»Es ist nicht bescheuert.«

»Ich meine, es war längst nicht das Schlimmste, was wir in

den letzten Tagen gesehen haben, aber sie verfolgen mich. Ich habe ihnen sogar schon Namen gegeben.«

Er wendet den Kopf und sieht sie an. Das kalte Gesicht mit den vollen warmen Lippen, die ihn einsaugen.

»Namen?«, fragt er. »Mr. Links und Mr. Rechts?«

»Fred und Gene«, sagt sie.

»Oh.« Er sieht sie weiter an, während sie ins Leere starrt. Rote Wangen, die Lippen herrlich dunkelrot, fast violett, die strahlende Aura der Verletzlichkeit und die Gelegenheit, sie zu beschützen. Ich lasse sie nie wieder aus den Augen, denkt er.

Einen Vorsatz, den er schon fünf Minuten später brechen muss.

»Fred West und Jean... was weiß ich, irgendwas Verrücktes?«

»Astaire und Kelly.«

»Alles klar. Ich glaube, das will ich nicht weiter erklärt haben.«

»Ich weiß nicht«, sagt sie, »vielleicht ist das irgendein seltsames übersinnliches Phänomen. Vielleicht will es mir etwas über diese beiden Hände sagen. Vielleicht stimmt mit ihnen irgendwas nicht.«

»Was? Du meinst zwei blutige linke Hände auf einem Tisch wären vielleicht ein wenig seltsam? Da hast du verdammt Recht. Es ist megaseltsam.«

»Das habe ich nicht gemeint.«

»Du meinst, Fred und Gene würden aus irgendeinem Grund dein Unterbewusstsein belagern? Der Detektiv in dir versucht dir etwas zu sagen?«

»Ja, ich glaube schon.«

»Ich fürchte, das kaufe ich dir nicht ab. In diesem Job weiß man, was man weiß, Sergeant. Wenn man anfängt, sich auf irgendeinen verrückten sechsten Sinn zu verlassen, ist man in der Regel verzweifelt.«

Sie wendet sich ihm zum ersten Mal seit Beginn ihres Gespräches zu, eine Art ironisches Lächeln umspielt ihre Lippen. »Natürlich. Und im Moment sind wir noch nicht einmal annähernd verzweifelt. Es sind ja noch jede Menge potenzielle Opfer übrig. In Panik geraten müssen wir erst, wenn es noch zehn weitere Tote gibt.«

»Du weißt, was ich meine.«

»Und, was ist dann der Instinkt? Bis zu einem gewissen Grad verlassen wir uns alle auf unseren Instinkt.«

Mulholland starrt auf die weiße Landschaft und fragt sich, wo Barney Thomson sich versteckt hält. Er fragt sich, ob er überhaupt hier draußen ist. Und dann fragt er sich noch, ob vielleicht irgendeine innere Stimme ihm die Antwort auf all ihre Probleme zuflüstern sollte. Doch er hat keinerlei Inspirationen, sondern stellt nur fest, dass er durch neuen auf alten Schnee starrt. Große weiße Flocken fallen gerade zu Boden und werden immer zahlreicher. Weihnachtsschnee von der Art, der eigentlich von Bing Crosby und Frank Sinatra, klingenden Schlittenglocken und singenden Kindern begleitet werden sollte, von Rentieren, Nat King Cole, Geschenken, Maronen in einem offenen Feuer, bimmelnden Glöckchen und dem Duft von Weihnachtsbaum, Truthahnbraten, Mistelzweigen und Glühwein.

»Scheiße.«

»Ja«, sagt Proudfoot. »Fred und Gene scheint das allerdings nicht zu stören. Sie tanzen munter weiter.«

»Oh, sie tanzen?«

Ein weiteres Geräusch aus dem Zelt hinter ihnen, und der ehemalige Bruder Edward kommt wieder heraus und zieht sich geräuschvoll zitternd eine Jacke über. Mulholland dreht sich um, Proudfoot spart sich die Mühe.

»Tut mir Leid, ich muss tierisch dringend mal pinkeln«, sagt er. »Ich lauf kurz da rüber.«

»Gehen Sie nicht zu weit«, sagt Mulholland und denkt, dass er ihn eigentlich begleiten sollte. Doch er hat nicht die Absicht, Proudfoot auch nur eine halbe Minute lang allein zu lassen. Das könnte alles sein, was ein Killer wie Barney Thomson braucht.

Aus kurzer Entfernung bemerkt der weiß gekleidete Bruder Steven Edwards Erscheinen. Das könnte die Ablenkung sein, auf die er gewartet hat, seine Chance. Sofort beginnt sein Blut zu kochen und sein Herz zu pochen, Hormone ziehen triumphierend durch seinen Körper. Er robbt sich, den Hauch eines Lächelns im Gesicht, unbemerkt näher an das Lagerfeuer und kann das verspritzte Blut schon auf der Zunge schmecken.

»Einer von uns sollte mit ihm gehen«, sagt Proudfoot.

Mulholland sieht Edward nach, der sich etwa zwanzig Meter entfernt nach einem geeigneten Pinkelplatz umschaut wie ein Hund.

»Wir können ihn auch von hier aus sehen«, sagt Mulholland, obwohl er weiß, dass sie Recht hat. Aber das Ganze stellt eben auch ein unlösbares Rätsel dar. »Wenn einer von uns mit ihm geht, heißt das, dass einer allein beim Feuer zurückbleibt.«

»Ich kann sehr gut auf mich selbst aufpassen. Und ich bin sicher, du auch.«

»Genauso, wie du dir sicher warst, dass Sheep Dip es konnte.«

»Mir wird schon nichts passieren, aber wenn ich ihm folge, denkt er, dass ich mit ihm vögeln will. Geh du ruhig.«

Mulholland sieht sie an und hat seine Zweifel. Noch vor wenigen Minuten wollte er sie nie wieder aus den Augen lassen. Er sieht sich nach Edward um, der sich mittlerweile für eine Stelle entschieden hat und jetzt versucht, seine Genitalien aus fünfzehn Schichten Kleidung zu befreien. Mulholland überlegt und kennt seine Pflicht, doch er weiß auch, dass jede Entscheidung, die er seit ihrem Aufbruch aus Glasgow getroffen hat, falsch war.

»Also gut«, sagt er schließlich. »Aber beim ersten Anzeichen von irgendwas fängst du aus Leibeskräften an zu schreien. Verstanden?«

Sie nickt, ohne ihn anzusehen. Irgendwo in ihrer Verwirrung ahnt sie die Motive seiner Sorge, doch nachdem das Gespräch beendet ist, wendet sie sich wieder der Betrachtung der Tänzer zu.

Eine weitere falsche Entscheidung auf dem Gewissen, geht Mulholland entschlossen und eilig zu der Stelle, wo Edward mit dem Rücken zum Lagerfeuer steht und seine Marke setzt.

Bruder Steven sieht seine Chance. Die Umstände sind ihm hold, denn Edward ist nicht in seine Richtung gegangen, sondern hat sich auf der gegenüberliegenden Seite vom Feuer entfernt. Andernfalls wäre es praktisch unmöglich gewesen, in diesem Schnee unbemerkt bis dorthin vorzudringen. Doch nun ist sein Weg bis in die Mitte des Lagers frei, wo Proudfoot alleine, in Gedanken versunken, sitzt, leichte Beute für einen Mörder.

Proudfoot starrt ins Feuer und stochert hin und wieder mit einem Stock darin herum, dass die Funken fliegen. Sie sieht sich nicht zu den beiden Männern rechts hinter ihr um. Der eine pinkelt einen ganzen Gletscherstrom zusammen, während der andere sich alle Mühe gibt, ihn zu beobachten, ohne es zu beachten.

Bruder Steven robbt sich näher heran. Wie eine Eidechse gleitet er, die Nase voran, das Messer wie bei einem Kommandoeinsatz zwischen den Zähnen, mit erstaunlicher Geschwindigkeit durch den Schnee und ist auf dem weißen Boden und in dem dichter werdenden Schneetreiben doch kaum auszumachen. Proudfoot guckt sowieso in die andere Richtung; Mulhollands Blick schweift auf der Suche nach einem plötzlichen Angreifer unablässig hin und her, doch inmitten des fallenden weißen Schnees vor weißem Hintergrund sieht er die weiße Gestalt nicht, die sich dem Feuer nähert.

Proudfoots Instinkt wird vom Bild der beiden Hände überlagert. Kein sechster Sinn sagt ihr, dass von hinten ein Mörder naht. Keine Warnung, keine Alarmglocken künden davon, dass der kalte Stahl des Todes droht, ihren Hals aufzuschlitzen.

Mulholland sieht sich erneut prüfend um, während Edward damit beschäftigt ist, alles wieder dorthin zu packen, wohin es gehört. Sein Blick schweift in einem knappen Kreis um das Lager, doch es ist ein Blick, der darauf trainiert ist, einen Dealer in einem Nachtclub zu entdecken, nicht einen weiß gekleideten Mann im Schnee; und so übersieht er die robbende Gestalt Bruder Stevens auf ihren letzten Metern zu Proudfoot.

Steven nimmt das Messer in die rechte Hand, seine Augen funkeln im matten Licht, sein ganzer Körper bebt, als er sich über die Schneelinie erhebt. Er kann Proudfoots Blut bereits schmecken und wünscht sich, dass er mit seinem ersten weiblichen Opfer mehr Zeit hätte, doch er muss schnell handeln. Schließlich will er kein Teekränzchen mit den anderen vieren eröffnen.

Aus zehn Metern werden fünf, der Schnee gleitet vorbei wie im Flug. Als Proudfoot die Gefahr hinter sich plötzlich spürt, ist es schon zu spät. Mulholland betrachtet die verschneite Landschaft und denkt abwesend an Fußballspiele mit orangefarbenen Bällen.

Mit einer weiteren Bewegung im Dunkeln hat sich Steven auf Proudfoot gestürzt, während im selben Augenblick Bruder Raphael ahnungslos und schlaftrunken aus dem Zelt taumelt, um dem dringenden Ruf des Herrn zu folgen. Als Steven über Proudfoot schwebt und gerade das Messer in ihren Nacken stoßen will, schweift sein Blick ab und trifft auf Bruder Raphael.

Dessen Augen leuchten auf, und Steven trifft eine Entscheidung.

Ein Huschen im Schnee. Proudfoot fährt herum, springt auf und schreit, wodurch Mulholland endlich alarmiert wird. Steven stößt das Messer heftig durch die hilflos zum Schutz erhobenen Arme Raphaels in dessen Gesicht. Ein weiterer Stoß, das Messer bleibt stecken, und Raphael fällt zu Boden.

Steven starrt auf sein jüngstes Opfer, bis er den heranstürmenden Mulholland bemerkt. Edward stolpert ihm durch den Schnee hinterher. Steven spürt, dass Proudfoot von hinten zuschlagen will, dreht sich jedoch nicht um, weil er bestimmt nicht vorhat, es mit allen auf einmal aufzunehmen. Mord sollte maßvoll sein, immer schön langsam. Stattdessen taucht er echsenhaft wieder in den Schnee. Proudfoot läuft ihm nach und hätte ihn auch um ein Haar eingeholt, doch ausgebildet, Einbrecher durch geschäftige Straßen zu verfolgen, rutscht sie aus und versinkt mit dem Kopf im Schnee. Als sie ihn wieder hebt, steht Mulholland neben ihr, während Bruder Steven hinter der weißen Wand verschwunden ist, die auf sie herabfällt.

»Alles in Ordnung?«, fragt Mulholland, atemlos neben ihr kniend. Dass Raphael ein Messer im Kopf hat, ist ihm egal.

Sie antwortet nicht, sondern starrt in den Schnee, wo Bruder Steven oder, wie sie annimmt, Barney Thomson verschwunden ist. Sie nickt mit einiger Verzögerung. »Ja, mir geht es gut, aber bei dem armen Kerl da drüben bin ich mir nicht so sicher«, sagt sie und weist mit dem Kopf auf den unglücklichen Raphael.

Sie drehen sich beide zu ihm um und beobachten, wie das Blut auf seinem Gesicht gefriert. Edward erreicht keuchend und verängstigt das Lager und sieht das Messer im Gesicht seines Bruders.

»Heilige Scheiße«, ist alles, was er hervorbringt, doch es kommt von Herzen.

Im Zelt rührt sich etwas, und wenig später steckt Martin seinen Kopf in die Kälte hinaus.

»Würdet ihr aufhören, so einen verdammten Lärm zu machen«, sagt der Mönch. »Einige von uns versuchen zu schlafen.«

Kapitel 32

Ruhmeshalle

Bruder Steven – denn er sieht sich weiter als Bruder Steven und möchte, wenn das alles vorbei ist, vielleicht ein anderes Kloster mit seiner Anwesenheit beehren, wobei er die Schwierigkeiten außer Acht lässt, die sich aus seinem anderen Wunsch nach Serienmörder-Ruhm ergeben könnten – liegt wartend auf der Lauer. Sein Herz pocht noch immer, obwohl mittlerweile drei Stunden vergangen sind, seit er Bruder Raphael die rote Karte gezeigt und ihn auf den Weg nach oben zur großen Umkleidekabine im Himmel geschickt hat. Oder nach unten – wo Bruder Raphael seiner Ansicht nach gelandet ist, weil diese ganze Betbruder-Tour nur Tarnung war.

Die verbleibenden designierten Opfer sitzen um das Lagerfeuer. Nachdem sie alles, was sie finden konnten, in die Flammen geworfen haben – einschließlich der Kleidung vom Leib des jammervollen Raphael und des Zeltes, weil Mulholland befohlen hat, dass keiner der vier mehr unter seinem Dach Schutz suchen oder den Blick auch nur für eine Sekunde von den anderen wenden soll –, brennen die Flammen langsam nieder. Bis zum Tagesanbruch bleiben noch gut fünf Stunden, und Steven ist nach wie vor hellwach, überaus angeregt von diesem Fest des Todes.

Und während er sie die ganze Zeit beobachtet, kommen ihm immer neue Gedanken. Er hat nach wie vor nicht die Absicht, einen von ihnen nach Durness durchkommen zu lassen, aber der eine oder andere Tote bei Tageslicht könnte durchaus spaßig sein. Jeder zieht das Licht der Dunkelheit vor, und wir Serienmörder sind da nicht anders, denkt er. Er hat angefangen darüber nachzudenken, vielleicht doch die Pistole zu benutzen. Das dürfte seinem Ruhm keinen Abbruch tun. Er kann sich einfach nicht vorstellen, dass Bundy in der Hölle zu Dahmer sagt: »Was für ein Weichei, er hat eine Pistole benutzt.« Nicht nach diesem Gemetzel.

Außerdem kann er sich die Qualen vorstellen, die sie im Moment durchmachen. Die Kälte, die Angst und das Warten. Das wird für sie das Schlimmste sein, nicht zu wissen, wann er das nächste Mal zuschlägt. Sie müssen ständig in höchster Anspannung verharren, Adrenalin ausschütten, Sekunde um Sekunde, Minute auf Minute, stundenlang, die ganze Nacht hindurch, die Dämmerung scheinbar Ewigkeiten entfernt. Und der Gedanke bereitet ihm ein ähnliches Vergnügen wie die Tatsache, dass sie alle irgendwann durch seine Hand sterben werden. Es gibt Killer und Super-Killer. Aber er, Steven Cafferty, ist der erste Mega-Knaller-Super-Deluxe-Serienkiller, dreißig Opfer für den Preis von einem, auf dem Weg zu Madame Tussaud auf einem Schlachthof des Begehrens, keine Frage, ein Mörder für die Ruhmeshalle.

Und dieser Teil, das Endspiel, ist bisher das Beste von allem gewesen. Wie ein hungriger Wolf, denkt er und korrigiert sich dann: Wie ein gesättigter Wolf, der nur noch zum Spaß mordet. Und er ist entschlossen, die nächsten Stunden mit einem Lächeln auf den Lippen zu verbringen. Er wird nur lächeln und nirgendwohin gehen.

»Ich kann nicht glauben, dass Sie das Zelt verbrannt haben. Es ist drei Uhr in der Frühe, verdammt noch mal, bis es hell wird, dauert es noch ein paar Billionen Jahre, es ist arschkalt, und wir haben keinen Schutz, weil Sie das beschissene Zelt verbrennen mussten.«

Mulholland starrt in das ersterbende Feuer. Er hat sich schon eine ganze Weile gefragt, wie wirkungsvoll es wäre, wenn sie Raphaels Leiche in die Flammen werfen würden, weiß jedoch, dass das keine ernsthafte Option ist. Wenn er nur dadurch überleben kann, will er es lieber nicht. Barney Thomson mochte die Entsprechung der halben Bevölkerung Belgiens getötet haben, aber wenn er, Mulholland, eine Leiche ins Feuer warf, würden sich die Nachrichten nur noch um ihn drehen.

»Ich dachte, Sie wären ein Mönch«, sagt er, endlich aufblickend.

»Scheiß doch auf den ganzen Mönch-Kram«, sagt Martin.

»Ich will darüber reden, dass Sie das beschissene Zelt verbrannt haben. Was haben Sie sich dabei gedacht, verdammt noch mal? Es schneit wie Sau.«

»Ich kann mich nicht erinnern, dass Sie dagegen protestiert hätten«, gibt Mulholland zurück.

»Ich habe gedacht, Sie wüssten, was Sie tun, weil Sie Polizist sind und so, aber es ist scheiß offensichtlich, dass Sie keinen Schimmer haben. Es schneit wie Hölle, unser einziger Schutz ist das Zelt, was sollen wir machen? Ich weiß! Lass uns das verdammte Ding verbrennen. Mein Gott.«

Mulholland dreht sich mit schmerzenden, kalten, erschöpften Gliedern zu Martin um. Das Ganze würde es neben Zahnschmerzen, Hämorriden und japanischer Enzephalitis problemlos auf eine spontane Liste von zehn Dingen schaffen, auf die er im Moment echt gut verzichten könnte.

»Und was denken Sie, Sie Spinner? Dass wir uns einfach alle in das Zelt hätten verkriechen sollen? Ohne Wache, damit Barney Thomson kommen und uns einfach alle zusammen abfackeln kann? Er hätte uns sehen können, ohne dass wir ihn sehen können.«

»Ach, und das unterscheidet sich natürlich gravierend von unserer augenblicklichen Situation? Und nennen Sie mich nicht Spinner, Sie blöder Idiot. Sehen Sie Barney Thomson im Moment vielleicht? Na, was ist? Nun, ich sag Ihnen was, Kumpel; das Schwein kann uns garantiert sehen.«

»Wenn wir im Zelt sitzen würden, würden wir ihn nicht mal kommen sehen.«

»Beim letzten Mal haben Sie ihn doch auch nicht kommen sehen, Sie neunmalkluger Wichser. Bruder Raphael hat ihn nicht kommen sehen!«

»Das lag daran, dass dieser Idiot mal pissen musste.«

»Lassen Sie mich da raus«, murmelt Edward, von den lauten Stimmen aus kaltem Schlaf gerissen. »Hätte ich mir stattdessen vielleicht in die Hosen machen sollen?«

»Ach, haltet die Klappe, alle miteinander«, sagt Mulholland. »Es schneit, das heißt, wir haben eine Wolkendecke, und es ist nicht so kalt, wie es sein könnte. Wir sind alle gut eingepackt, und es gibt keinen Grund, warum wir vier es morgen nicht nach Durness schaffen sollten.«

»Gibt es doch«, sagt Martin. »Es gibt einen verdammt guten Grund, warum wir es morgen nicht nach Durness schaffen.«

»Nicht, wenn wir gut aufpassen, uns nicht aus den Augen lassen und aufhören, rumzustreiten, verdammt noch mal.«

»Was? Glauben Sie, ich würde Ihnen vertrauen? Ihnen würde ich nicht mal die Titten meiner Schwester anvertrauen.«

»Himmel Herrgott noch mal!«, sagt Proudfoot und mischt sich schließlich doch in das Wortgemenge ein. »Könnt ihr bitte alle miteinander den Mund halten. Wie weit entfernt auch immer, Barney Thomson beobachtet uns bestimmt und lacht sich wahrscheinlich halb tot über euch. Er hat uns total verarscht.

Also warum halten wir nicht einfach alle das Maul, bleiben wach und halten Ausschau nach huschenden Bewegungen knapp oberhalb der Schneekante?«

Der eine oder andere atmet tief durch, doch niemand sagt etwas. Martin hat die Worte »Sie können mich mal« auf der Zunge, doch hier geht es um Leben und Tod und nicht um einen sinnlosen Kneipenstreit nach einem langen Saufabend.

Stille senkt sich über die Lichtung.

Doch Proudfoot irrt auf ihre Weise. Barney Thomson beobachtet sie nicht und lacht sich dabei auch nicht halb tot. Er liegt keine zwanzig Meter entfernt hinter einer kleinen Bodenwelle. Er hört jedes Wort, hat jedoch bisher noch nicht versucht, zu ihnen herüberzusehen, weil er weiß, dass sie vor Tagesanbruch ohnehin nirgendwohin gehen werden. Er hat das Drama um Bruder Raphael mit angesehen und die lauten Stimmen gehört, auch wenn ihm die leiseren Töne entgangen sind. Er weiß nichts über den Aufenthaltsort von Bruder Steven und ahnt auch nicht, dass dessen Messer nur wenige Zentimeter über seinem Rücken geschwebt hat, bevor der Mörder in letzter Sekunde entschieden hatte, ihn am Leben zu lassen; doch er weiß, dass Bruder Steven das Gleiche tut wie er: Er beobachtet die kleine Gruppe um das niederbrennende Feuer. Deshalb hat Barney ständig das Gefühl, dass sich jemand von hinten anschleicht.

Seit sie das Kloster im Abstand von fünfzehn Minuten verlassen haben, hat Barney Steven gelegentlich gesehen, er ist ihm gefolgt, während Steven den anderen folgte, doch seit Anbruch der Dunkelheit und dem neuen Schneefall hat er ihn aus den Augen verloren. Die ganze Zeit hindurch hat er auf irgendetwas gewartet. Auf dasselbe, was sein Schicksal vor all diesen Monaten so wundersam gewendet hat.

Er hat auf eine Eingebung gewartet, eine brillante Idee. Er hat es einmal hingekriegt, also sollte er es auch noch einmal hinkriegen, denkt er. Ein bisschen wie Jim Bett, ein gutes Spiel – obwohl sich kein Mensch mehr erinnern kann, gegen wen eigentlich –, und alle haben darauf gewartet, dass er diese Leistung wiederholt. Es ist bloß nie passiert. Barney hat noch nie von Jim Bett gehört und kann deshalb keine Analogie erkennen, doch auch er glaubt fest, er könnte einen weiteren genialen Plan aushecken.

Er weiß, dass er nicht einfach in die kleine Runde platzen, alles enthüllen und erwarten kann, dass ihm jeder glaubt. Die Lynch-Mentalität würde vermutlich die Oberhand gewinnen. Über Barney Thomson ist schon zu viel gesagt worden, als dass jeder bereitwillig alles glauben könnte, was er selbst sagt. Oder auch nur irgendwas, was er sagt. Ehrlich, der Abt hatte zwei linke Hände...hoffnungslos. Wenn er sich nicht einen brillanten und spektakulären Plan ausdenkt, ist er geliefert, zu ewiger Flucht verurteilt. Natürlich war er auch schon vor seiner Ankunft im Kloster auf der Flucht, aber das war etwas anderes. Dafür brauchte er einen komplett eigenen Plan.

Die Gruppe verstummt für eine Weile, dann hört Barney erneut leise Stimmen. Diesmal ist es kein Streit, sodass er die einzelnen Worte nicht verstehen kann. Er legt sich auf die Seite, zieht seinen Mantel enger um seinen Körper und entspannt sich. Er ist müde, doch es besteht wenig Hoffnung auf Schlaf. Zu viele Dinge gehen ihm im Kopf herum. Oder auch nur eins, aber ein großes.

Ein genialer Plan. Barney braucht einen genialen Plan. Und wenn er nicht zwischendurch immer wieder verrückt werden und sich einbilden würde, in einem Frisörsalon zu stehen, würde er vielleicht besser vorankommen.

»Was ist mit dem Mönch in Ihnen passiert?«, fragt Proudfoot. Es schneit, und sie spürt, dass sie der Müdigkeit, der Kälte und der Verzweiflung nachzugeben droht.

Sowohl Edward als auch Martin blicken auf. Edward lässt den Kopf rasch wieder sinken, als er erkennt, dass sie nicht ihn gemeint hat. Ich bin auch kein großer Mönch, will er sagen.

»Welchen Sinn hat es?«, sagt Martin. »Der Abt, Herman, Saturday, Steven, all die Typen mit ihrem Gott. Viel geholfen hat er ihnen ja nicht. Schauen Sie sich den armen Raphael an. Was hat er für seinen Glauben an Gott bekommen? Ein Messer in den Kopf. Ein Halleluja, wohl kaum.«

»Irgendwann müssen Sie doch daran geglaubt haben, sonst wären Sie nicht ins Kloster gegangen«, sagt Mulholland. Trotz ihres Streits und obwohl er »Wichser« genannt worden ist, ohne das Schandmaul entweder verhaften oder zusammenschlagen zu können, sehnt er sich genauso nach einem Gespräch wie die anderen.

Martin grunzt. Er hätte freundlicher reagiert, wenn Proudfoot die Frage gestellt hätte. Er wittert die Chance auf seine erste nachklösterliche Eroberung, weiß jedoch, dass er in Edward harte Konkurrenz hat.

»Ich weiß nicht. Aber jeder, der dorthin geht, muss einen Grund haben, nehme ich an. Wenn man nicht schon vorher irgendwie schwer durcheinander ist, kapselt man sich nicht von der Welt und ihren Versuchungen ab.«

»Ha, ha«, sagt Edward. »Der Mann ist auf Draht. Man muss sich die traurige Versammlung doch bloß angucken, ein Haufen Sonderlinge, die irgendwelche Geheimnisse haben. Natürlich hatten wir alle etwas zu verbergen, aber am Ende ist doch alles rausgekommen.«

»Ja«, sagt Martin, der beginnt, Sympathien für Edward zu entwickeln, einen Bruder, mit dem er in der Vergangenheit kaum gesprochen hat. »Herman ist ein großartiges Beispiel. Von wegen der strenge, tief religiöse Mönch und so. Alles Quark. Der Typ hat irgendwann einmal einen Mann umgebracht, müssen Sie wissen. Er hat einen Mord begangen und ist auf der Flucht in dem Kloster gelandet. Ich nehme an, er hatte das Gefühl, eine Weile dort bleiben zu müssen, und irgendwann hat er sich daran gewöhnt. Es war seine wahre Heimat, Spinner und Geheimniskrämer wie sich selbst zu drangsalieren und einzuschüchtern.«

»Adolphus wurde von allen verspottet und aus seiner Heimatstadt vertrieben, weil er gerne in fremde Kleider schlüpfte.«

»Das ist heutzutage doch absolut üblich«, sagt Proudfoot.

»Meinen Sie? Er hat seine Klamotten mit einem Esel getauscht und ist um zwei Uhr nachts, nur mit Halfter und Futterbeutel bekleidet, durch die Innenstadt gelaufen.«

»Aber es geht nicht nur um die Eigenheiten«, wendet Bruder Martin ein, »sondern auch um die Menschen, die sie pflegen. Klar gibt es Typen, die sich mit dreißig gerne windeln, ausziehen und säugen lassen, wie Bruder Jerusalem zum Beispiel, aber einige Leute kommen damit einfach nicht klar. Wegen der Scham oder so. Es macht sie verrückt, und deshalb landen sie am Ende im Kloster.«

»Sie wollen also sagen, dass jeder dort auf seine Art absolut pervers war?«, fragt Mulholland und ist durchaus bereit, es zu glauben.

»Nein, nein«, sagt Edward. »Das nun auch wieder nicht. Damit würde man einigen von ihnen Unrecht tun. Bruder Frederick ist seit dem Ersten Weltkrieg hier, der arme Kerl, das Opfer einer Kriegsneurose. Eine ganze Reihe von uns sind auf die eine oder andere Weise wegen der Frauen dort gelandet, was ja auch nicht anstößig ist. Festus ist gekommen, weil er nirgendwo sonst akzeptiert wurde. Ein bisschen eigenartig, verstehen Sie; vielleicht sind wir nicht alle pervers oder so, aber wir hatten alle ernste psychische Probleme. Unsere Art zu denken hat uns aus der Gesellschaft vertrieben, verstehen Sie?«

»Der Kerl redet einen Haufen Quark«, widerspricht Martin. »Sicher waren nicht alle pervers, aber eine größere Versammlung von gesellschaftlichen Krüppeln würde man wohl kaum finden.«

»Und was war Ihr Ding?«, fragt Mulholland, zugegebenermaßen ein wenig sadistisch, denn er hofft, dass es den Mann immer noch aufregen wird.

»Das spielt keine Rolle«, erwidert Martin, was auf jeden Fall richtig ist. »Das ist lange her. Aber es war eine Frau, eine verdammte Frau. Nichts für ungut, Miss.«

»Kein Problem«, sagt Proudfoot.

»Und was war mit dem Abt?«, fragt Mulholland. »Bis kurz vor dem Ende hat er einen halbwegs normalen Eindruck gemacht.«

Ein Blick wechselt zwischen Edward und Martin und verliert sich im Schnee.

»Das wusste keiner so genau«, sagt Martin. »Er war ein Typ, dessen Geheimnisse keiner enthüllen konnte. Es gab natürlich alle möglichen Gerüchte und so, aber nichts wirklich Greifbares.«

»Möglicherweise hatte es etwas mit seiner rechten Hand zu tun«, ergänzt Edward.

»Ja«, bestätigt Martin. »Das war es vor allem, das war das große Gerücht.«

»Wie meinen Sie das?«, fragt Mulholland. »Was war mit seiner rechten Hand? Mir ist nichts Besonderes daran aufgefallen.«

»Das lag daran, dass Sie sie nicht gesehen haben. Ich dachte, die Polizei wäre immer so aufmerksam.«

»Was soll das heißen, ich habe sie nicht gesehen?«

»Überlegen Sie mal«, sagt Edward, und Proudfoot kommt

noch vor Mulholland darauf, obwohl er ihr dicht auf den Fersen ist.

»Stimmt«, sagt sie. »Er hat sie die ganze Zeit unter seiner Kutte verborgen. Ich dachte, es wäre wegen der Kälte.«

»Stimmt«, sagt jetzt auch Mulholland. Auch ihm war es aufgefallen, doch die Beobachtung war in eine Kammer des Gehirns abgeschoben worden, aus der Gedanken nur selten wieder hervorgekramt werden.

»Keiner von uns wusste, was genau damit war. Es gab Hunderte von Vermutungen, doch niemand kannte die Antwort. Gekreuzte Finger, eine Klaue, eine Kralle...«

»Genau«, sagt Martin. »Wer weiß? Der Typ hätte alles unter seiner Kutte verbergen können. Vielleicht war es ein Stumpf, auf den man Bohrer, Rasierer, elektrische Zahnbürsten und dergleichen schrauben konnte. Aber was immer es war, es war verdammt eigenartig, und deshalb war er auch im Kloster.«

Fred und Gene, die mit dem Beinahe-Mordanschlag verschwunden waren, tanzen plötzlich erneut in Proudfoots Blickfeld, doch bevor sie sie festnageln und fragen kann, warum sie zurückgekehrt sind, sind sie auch schon wieder verschwunden.

»Deshalb vermute ich, dass dieser Barney Thomson mit uns spielen wollte«, sagt Edward.

»Wie das?«, fragt Mulholland. Blöde Frage, denkt er. Mit der Polizei spielt Barney Thomson schon seit seiner ersten Befragung durch MacPherson und Holdall.

»Die Sache mit den Händen. Er wusste, dass jeder von uns unbedingt wissen wollte, wie die rechte Hand des Abtes aussah. Und was macht er? Er verspottet uns. Er schneidet dem Typ die linke Hand ab und lässt sie auf dem Tisch liegen.«

»Irgendein seltsames Freudsches Ding«, meint Martin.

»Nein«, widerspricht Edward. »Da bin ich mir nicht so sicher.

Ich denke, es ging mehr um eine Art subtile Ironie, und die war Freud fremd.«

»Ach, hör doch auf!«

»Ja, ja, schon gut. Vielleicht war es Sigmund Freud, vielleicht war es Ziggy Stardust. Was auch immer, der Typ wollte uns verspotten. Er wollte uns zusätzlich verwirren. Und dabei dieses intellektuelle Vergnügen, dieser schiere Genuss an der Barbarei. In gewisser Weise echt cool, allerdings nicht, wenn es uns treffen könnte.«

»Cool?«, fragt Mulholland.

»Na ja, schon irgendwie cool«, sagt Edward.

»Ihr Leute seid ja noch verdrehter im Kopf, als ich dachte.«

»Aber Sie verstehen doch, was er meint«, schaltet sich Martin ein, dem Edward trotz des unbedeutenden Disputs über Freud weiter ans Herz wächst. »Er tötet allenthalben und in einem Mördertempo Mönche und hinterlässt die Leichen als für jedermann sichtbare Indizien. Aneinander gefesselt, an einen Baum gelehnt, verkohlt, was auch immer. Doch plötzlich ändert er seine Vorgehensweise. Anstatt zwei Leichen herumliegen zu lassen, lässt er aus keinem erkennbaren Grund nur die Hände zurück. Zwei linke Hände. Wir wissen, dass sie beide tot sind, doch ihre Leichen sind verschwunden. Und dazu doch der Symbolismus der linken Hand, wo er genau weiß, dass Ed, Raphael und ich liebend gern die rechte sehen würden. Wenn das nicht cool ist, was dann?«

Mulholland starrt ihn mit leicht geöffnetem Mund an, und eine Schneeflocke landet auf seiner Unterlippe. Er blinzelt nicht, sondern dreht sich langsam zu Proudfoot um, die seinen Blick mit dem gleichen Gesichtsausdruck erwidert. Endlich und erstmals, seit sie aufgebrochen sind, um Barney Thomson zu finden, fangen sie an zu denken wie Kriminalisten. Irgendwas stimmt nicht, irgendwas verlangt eine Erklärung, und es springt sie direkt an. Fred und Gene liegen tot vor Proudfoot auf dem Tisch, und Mulholland hat nun dieselbe Vision. Zwei linke Hände von unterschiedlicher Größe, aber derselben Farbe.

Mörder wechseln nicht einfach über Nacht grundlos die Methode. Und Barney Thomson ist kein Killer. Es gibt immer eine Erklärung.

»Die rechte Hand des Abtes. Sonst noch irgendwelche Vorschläge, was es damit auf sich hatte? Gab es Gerüchte, die hartnäckiger waren als andere?«, fragt Mulholland. Die Antworten sind ihm im Grunde egal, er will sich nur mehr Zeit zum Nachdenken verschaffen; seine Nackenhaare stellen sich langsam auf und streifen den Kragen seiner Jacke, ein Schauder läuft durch seinen ganzen Körper. Das Wissen, dass es nicht Barney Thomson, der harmlose Mörder war, der alle diese Mönche getötet hat, das Wissen, das ihn die ganze Zeit begleitet hat und doch durch alle Indizien negiert worden ist, stellt sich als später Gast zur Party der Ermittlung ein.

»Es gab noch einen Haufen anderer Gerüchte«, sagt Edward. »Manche meinten, er hätte einen Pferdefuß, und man kann sich vorstellen, warum er den verstecken wollte. Andere sagten, es wäre ein brandiger Stumpf gewesen oder Lepra. Einige vermuteten, dass er zwei linke Hände hatte, andere meinten, es wäre eine Zange. Alles Mögliche. Ich wüsste nicht, dass irgendeine Theorie ... was?«

Mulholland und Proudfoot starren sich an, bevor sie sich beide unvermittelt rasch umsehen und ihren Blick über das ungeschützte, verwundbare Schneefeld schweifen lassen, das ihr Territorium markiert. Der Feind ist mit einem Mal sehr, sehr viel gefährlicher geworden.

»Was?«, fragt Edward. Martin sagt nichts, doch er blinzelt zu den beiden Polizisten hinüber. Langsam dämmert ihm, was sie denken. »Was?«, wiederholt Edward.

»Zwei linke Hände«, sagt Martin.

Mulholland steht auf und sieht sich noch einmal gründlicher um. Verwundbar trifft es nicht, sie hocken wie die Tontauben auf der Stange. Aber sie sind zu viert und er alleine, und solange sie zusammenbleiben und die Augen offen halten ...

»Nein«, sagt Edward, »niemals. Das war so ziemlich die schrägste Vermutung von allen. Woher willst du das wissen? Nur weil seine linke Hand neben Bruder Stevens lag ... Oh.« Edward denkt nach, ein mühselig langsamer Prozess. »Steven? Steven? Was willst du damit sagen?«

»Was wissen Sie über ihn?«, fragt Mulholland Martin. Irgendwann in der Zukunft, wenn Edwards Verstand in derselben Zeitzone angekommen ist wie der aller anderen, wird er auch ihm diese Frage stellen können.

»Ich bin mir nicht sicher«, antwortet Martin. »Er hat sich immer ganz offen und geradeheraus gegeben. Er wusste eine Menge und war ziemlich belesen. Er hat dauernd irgendwas zitiert, Philosophen und so, aber das war es auch schon. Vermutlich kannte ihn keiner von uns richtig. Er schien sich allerdings mit Bruder Jacob angefreundet zu haben.«

»Meinst du, sie stecken unter einer Decke?«, fragt Proudfoot.

Mulholland schüttelt den Kopf. »Wir werden nicht denselben Fehler zweimal machen. Barney Thomson bringt niemanden um. Ich wette, dass der Typ vielmehr längst tot ist. Scheiße, wir waren dumm.«

»Woher sollten wir wissen, dass der Abt zwei linke Hände hatte? Wie hätten wir das ahnen können?«

»Es war nicht nur das«, sagt Mulholland, »es war alles, von Anfang an. Wir wussten beide, dass es nicht Thomson war. Es musste einer der Mönche sein, aber wir haben die Spur nie richtig verfolgt.«

»Moment mal, Moment mal, Moment mal«, sagt Edward mit leicht fiebriger Stimme.

»Was?«, fragen Proudfoot und Mulholland unisono.

»Wollen Sie etwa sagen«, stammelt Edward, »dass die beiden linken Hände dem Abt gehören und dass es Bruder Steven war, der ihn getötet hat, und nicht Bruder Jacob?«

»Brillant, Bruder«, sagt Proudfoot. »Gut mitgedacht. Das haben wir anderen vor etwa acht Minuten kapiert.«

»Heiliger Strohsack«, sagt Edward. »Heiliger beschissener Strohsack.«

Die Worte verwehen im Schnee, und danach wird eine Zeit lang nichts mehr gesagt. Mulholland steht auf und dreht sich, die verschneite Landschaft musternd, einmal um die eigene Achse. Er fragt sich, wo Bruder Steven liegt und welchen Vorteil ihnen dieses Wissen verschaffen könnte, doch ihm fällt nichts ein.

Derweil liegt Steven etwa fünfzig Meter entfernt und spielt mit dem Gedanken, Mulholland an Ort und Stelle mit einem einzigen Schuss auszuschalten. Doch er entscheidet sich dagegen und fragt sich, was den Polizisten bewogen hat, plötzlich aufzustehen. Das und warum sie so blöd waren, ihr Zelt zu verbrennen.

Kapitel 33

Bis hierhin vielen Dank

Irgendwann dämmert es unvermeidlicherweise. Ein tief hängender kalter Himmel, doch es schneit nicht mehr, der Schnee auf dem Boden spiegelt matt die grauen Wolken wider. Die vier sitzen noch immer um das lange erloschene Feuer, als wollten sie sich an einen letzten Strohhalm der Behaglichkeit klammern. Edward schläft mit hängendem Kopf im Sitzen, die Beine gekreuzt, die Hände wie zum Gebet im Schoß gefaltet. Martin sitzt in exakt der gleichen Position, doch seine Augen sind offen und starren auf den Kreis aus verkohltem Holz und Asche, auf alles, was ihnen geblieben ist. Auch Proudfoot schläft in unbequemer Position, die Beine gespreizt, die Arme unter dem Körper und den Kopf in Mulhollands Schoß. Und nur er ist hellwach und permanent auf der Hut vor Bruder Steven, der neuen Bedrohung.

Gelegentlich fragt er sich, was aus Barney Thomson geworden ist, doch das ist unerheblich. Plötzlich geht es nicht mehr um ihn, was ihre Lage noch gefährlicher macht. Ungeachtet der Zahl der Opfer, die durch die Hand des Mörders gestorben waren, solange er angenommen hatte, dass es Barney Thomson war, hatte das Ganze noch immer etwas Unwirkliches gehabt; er hatte sich an den Glauben geklammert, dass ihm, wenn es zum Ärgsten kam, schon nichts passieren würde, weil dieser jämmerliche Frisör ihm bestimmt nichts anhaben konnte. Mörder oder nicht, in seiner Vorstellung ist Barney Thomson ein großer Windbeutel.

Doch jetzt sind die Torpfosten verschoben worden. Oder nicht verschoben, sondern gleich auf ein anderes Spielfeld für eine andere Sportart auf einem anderen Planeten in einem anderen Universum verpflanzt worden. Es ist, als würde man zwanzig Minuten vor Schluss 0:5 zurückliegen, und man denkt, dass man das problemlos aufholen kann, weil man gegen die Seniorinnen-Riege von Sprackly Heath Domino spielt. Plötzlich stellt sich heraus, dass man gegen die brasilianische Nationalmannschaft von 1970 antritt und nicht nur keine Chance hat, aufzuholen, sondern den Kasten weiter voll kriegen wird.

Mulhollands Gedanken schweifen ab.

Er blickt auf Proudfoot, ihr Gesicht ist kalt und blau, doch sie wirkt entspannt. Mit diesem kalten Gesicht im Schoß könnte er tagelang dort sitzen, ohne sich zu rühren. Doch er muss seinen ganzen Willen zusammennehmen. In seiner Pflicht, diese Mönche zu schützen, hat er beinahe komplett versagt, doch er kann zumindest dafür sorgen, dass sie es sicher hier rausschafft. Was ihn selbst betrifft, weiß er nicht, ob es ihn überhaupt noch kümmert. Frau weg (Gott sei Dank), Job den Bach runter (Gott sei Dank), und mehr hat es in seinem Leben bisher nicht gegeben. Kann er hingehen und ganz von vorn anfangen?

Die ganze Geschichte nähert sich ihrem Ende, das spürt er. Er weiß, dass Steven zuschlagen muss, bevor sie Durness erreichen. Ihm ist, als wären sie an einem Tag noch ziellos durch die Highlands gegondelt und am nächsten in einen brutalen Kampf gestoßen worden, hinein in Tod und Terror. Und dieser Kampf nähert sich kreischend seinem Ende. Er spürt die Last auf seiner Schulter, die ihn weiter und weiter nach unten zieht, bis ihm im

Grunde alles egal scheint. Doch die Angst ist immer noch da, und er fragt sich, woher dieses Gefühl bloß kommt.

Er schüttelt Proudfoots Schulter und spürt sofort, wie ihre Muskeln sich anspannen. Sie öffnet die Augen und richtet sich auf. Ein kurzes Zögern, sie sieht sich um, erkennt die Dämmerung, ist verlegen, weil sie in seinem Schoß eingeschlafen ist, und rückt von ihm ab.

»Wir sollten aufbrechen«, sagt sie.

»Ja«, antwortet er. Er dreht sich zu Edward um und stößt ihm in die Rippen. »Komm Junge, wir müssen los.«

Edward hebt langsam den Kopf, schlägt blinzelnd die Augen auf und stöhnt leise aus der Tiefe seines Rachens. Sofort fällt ihm Bruder Raphael wieder ein, und er vermeidet es, den Kopf in die Richtung zu wenden, wo die nackte Leiche im Schnee liegt.

»Okay«, sagt er und steht als Erster auf. Je schneller sie vorankommen, desto schneller sind sie zurück in der Zivilisation und desto schneller kann er sein neues Leben beginnen. Er erlaubt sich keinen noch so kleinen Gedanken an den Tod. Der Tod ist etwas, was anderen zustößt, nicht ihm. Jedenfalls noch lange nicht. Denkt er jedenfalls.

Während sich auch die anderen drei erheben, den Schnee von ihrer Kleidung klopfen und den schmerzhaften und unbequemen Prozess angehen, ihre Muskeln in Gang zu bringen und dabei zu spüren, wie die Wärme aus ihrem Körper entweicht, beobachtet Bruder Steven sie aus der Ferne. Er hat sich ein Stück zurückgezogen, seit die Dämmerung ihr unsicheres Haupt in den Tag erhoben hat. Er ist enttäuscht, dass die Nacht keine weiteren Gelegenheiten geboten hat, aber Mord ist ein Geduldsspiel. Das weiß jeder.

Er hätte es wahrscheinlich mit ihnen aufnehmen können, als zwei von ihnen eingeschlafen waren, aber wozu die Mühe? Er ist so weit gekommen und hat so viel erreicht, warum sollte er jetzt alles riskieren? Er plant, die Sache noch ein paar Stunden laufen zu lassen und abzuwarten, ob sich weitere günstige Gelegenheiten ergeben, und wenn nicht, den Colt auszupacken. Und dafür hat er einen anderen, alles in allem noch aufregenderen Plan ausgeheckt: Sollten sie den bittersüßen Geschmack von heißem Blei kosten; sollten sie das Festival der Bestrafung genießen, das sich in der brennenden Hitze eines Ungeheuers manifestierte und das aus dem Lauf einer Pistole gespuckt wurde; sollten sie in einem Kessel mit ballistischem Parmesan schmoren und mit den Köpfen in den Tellern blutiger Bestimmung ersaufen.

Auch Stevens Gedanken schweifen ab. Doch er beobachtet seine Opfer genau und bereitet sich auf weitere Taten vor. Er wird sie die ganze Zeit verfolgen; wenn sie ausrutschen, sich verirren oder ein wenig vom Weg abkommen, wird er zuschlagen. Und wenn nicht, wird er sie erschießen.

Ein verdammt guter Plan.

Und während die vier, genau beobachtet von Bruder Steven, ihr Nachtlager abbrechen und die letzte Etappe ihres langen Marsches nach Durness angehen, ist Barney Thomson immer noch weit davon entfernt, einen genialen Plan auszuhecken. Um genau zu sein, schläft Barney tief, fest und traumlos, die Augen geschlossen, den Kopf in die Kapuze seiner Kutte gebettet. Und als die anderen losmarschieren, eng beschattet von Steven, lässt Barney alles an sich vorbeiziehen.

Sie kommen nur langsam voran. Selbst Männer, die für ihren Lebensunterhalt durch Schnee stapfen, falls es so etwas gibt, hätten auf diesem Terrain ihre Schwierigkeiten. Und während der Vormittag verstreicht, beginnt Mulholland daran zu zweifeln, dass sie Durness noch an diesem Abend erreichen werden. Doch er weiß auch, dass sie nicht stehen bleiben können, weil sie sonst ein leichtes Ziel für den Mörder wären. Egal wie Wetter und Lichtverhältnisse sich entwickeln, sie müssen weiter humpeln, bis sie die Sicherheit der Stadt erreicht haben. Doch sein pochendes Herz und sein fiebriger Verstand sagen ihm auch, dass sie nicht einmal in die Nähe von Durness kommen werden, bevor sie sich der Herausforderung stellen müssen. Er kann es spüren. Überall.

Was ihren tatsächlichen Fortschritt und ihre genaue Position betrifft, ist er vollkommen ahnungslos. Bruder Martin behauptet, den Weg zu kennen, und geht voran. Mulholland hat gar keine andere Wahl, als ihm zu vertrauen, denn er könnte selbst nicht orientierungsloser sein. Die Sicht ist nicht schlecht, doch sie könnte auch hundert Meilen betragen, ohne dass es einen Unterschied machen würde. Wenn alles weiß ist, ist alles weiß.

Er überholt Edward und versucht zu Martin aufzuschließen, der sichtlich widerwillig darauf wartet, dass die anderen ihn einholen.

»Martin!«, ruft er aus etwa fünfzehn Metern Entfernung, um sich die Anstrengung der Aufholjagd zu ersparen. Martin dreht sich langsam um und wartet auf ihn. Er reißt sich aus einem Traum über ein Schweizer Chalet im Winter, draußen verschneite Landschaft, drinnen ein knisterndes Feuer und eine Schar nackter Frauen.

»Wissen Sie, wo wir sind?«, fragt Mulholland.

»Logo«, sagt Martin und weist, ohne hinzusehen, nach links. »Das da drüben ist der Ben Fleah und dahinter der Ben Achrah.« Er hat sich die Namen ausgedacht, weil er weiß, dass Mulholland sowieso keine Ahnung hat.

Mulholland blickt auf das undurchdringliche Weiß, in dem eine Erhebung der Landschaft so ziemlich mit der nächsten verschmilzt.

»Wie können Sie das wissen?«, fragt er.

Martin zuckt die Achseln. Hinter ihnen trotten Edward und

Proudfoot langsam in ihrer Spur, die Köpfe gesenkt, gedankenversunken. Keiner von beiden blickt auf oder dreht sich um, sodass Proudfoot auch nicht bemerkt, dass sie zurückfällt. Ebenso wenig wie Edward. Doch Bruder Steven bemerkt es. Bruder Steven bemerkt alles.

»Ich weiß es halt«, sagt Martin. »Ich kenne diese Hügel ziemlich gut. Wenn man mit einer Horde Verrückter wie diesem Haufen zusammenlebt, möchte man manchmal raus.«

»In die Stadt?«

»Das wäre wirklich absolut gigantisch gewesen, aber ich konnte es einfach nicht, verstehen Sie? Ein Schuldkomplex. Auch masochistisch, weil ich mich immer selbst gereizt habe. Ich habe mir die Möglichkeit gegeben, dorthin zu kommen, es aber nie getan. Ich weiß nicht, was das für ein Ding war, aber ich war nicht der Einzige, der abgedrehte Sachen gemacht hat.«

»Na ja, jetzt können Sie's ja tun«, sagt Mulholland.

Ein strahlendes Lächeln breitet sich über Martins Gesicht. »Da haben Sie Recht«, sagt er. »Da haben Sie verdammt Recht.«

Trotz seiner Anspannung und einem Magen wie ein Zementmixer lacht Mulholland. Erleichterung. Ein weiterer Strohhalm des Wohlbehagens.

»Und was werden Sie machen?«, fragt er. »Was steht als Erstes auf der Liste?«

Martin grinst noch breiter. »Sex«, sagt er. »Haufenweise Sex.«

»Und das gibt es in Durness?«, fragt Mulholland.

»Das ist mir egal. Ich krieg es schon irgendwie. Sex gibt es fast überall, und ich lechze förmlich danach. Das kommt also als Erstes, und dann sauf ich mir so richtig gründlich einen an, und danach gibt's noch mehr Sex, dann eine Nacht Schlaf in einem warmen bequemen Bett und nach dem Aufstehen das üppigste

Frühstück, das sie zu bieten haben. Und danach wieder haufenweise Sex.«

»Wohl gesprochen für einen Mönch«, sagt Mulholland noch immer lächelnd. »Vielleicht betrinke ich mich mit Ihnen, aber ich weiß nicht, wo Sie all die Frauen finden wollen.«

Martin deutet mit einem Augenrollen auf das Ende ihrer Kolonne. »Vielleicht versuche ich es bei der kleinen Sahneschnitte in Ihrem Schlepptau, wenn Sie nichts dagegen haben, Kumpel.«

Mulholland hört auf zu lächeln und macht ein paar eilige Schritte, bis er den Mann endgültig eingeholt hat. Er senkt die Stimme und sagt: »Ein Wort, eine Andeutung, irgendwas in ihre Richtung, und ich reiß dir die Eier ab und stopf sie dir in deinen verdammten Hals. Hast du verstanden, du Mönchhirn?«

Auch Martins Lächeln erstirbt. Er nickt und schaltet sofort ab. Typisch Polizei, denkt er, aber es ist ihm im Grunde egal. Erin Proudfoot ist in Ordnung, aber in der Sango Sands Oasis in Durness wird es jede Menge anderer Bräute geben, sogar zu dieser Jahreszeit.

Mulholland starrt ihn noch ein paar Sekunden lang wütend an, bis er merkt, dass Martin nicht interessiert ist. Also dreht er sich um, um sich zu vergewissern, dass es Proudfoot gut geht. Und dabei fällt ihm auf, dass Proudfoot gar nicht mehr da ist.

Kapitel 34

Beinahe das blutige Finale

Mulholland macht sofort kehrt und stapft durch den Schnee zurück. Ein paar Mal stolpert er um ein Haar, weil der Boden plötzlich einen halben Meter tiefer zu sein scheint. Edward starrt ihn an und tritt behutsam zur Seite, als Mulholland naht und an ihm vorbeidrängt.

»Proudfoot!«

Wieder strauchelt er beinahe. Nach all dem Tod, den er gesehen hat, pocht sein Herz plötzlich wie seit Jahren nicht mehr. Angst? Was er bisher bei diesem Spießrutenlauf empfunden hat, war keine Angst. Aber das hier ist es, blutig und nackt, seine Brust bebt, sein Atem geht schmerzhaft verkrampft. Er sieht sich in der endlosen grau-weißen Wüste um und hofft, dass sie lediglich vom Weg abgekommen ist, doch er weiß, dass sie nicht so dumm gewesen wäre. Sein Magen dreht sich, und er hat das durch und durch üble, aber sichere Gefühl, dass es jetzt Ernst wird. Das ist es. Nach dem endlosen Vorspiel haben sie brutal das bittere Finale erreicht.

Bruder Steven wartet.

Mulholland erreicht die Stelle, wo ihre Spur verwischt und an der Seite ausgetreten ist, Fußspuren führen hinter den nächsten Hügel, und man kann erkennen, dass sie fortgeschleift wurde und nicht leise, still und heimlich den Weg verlassen hat, um rasch ein Sandwich zu essen. Er dreht sich zu Edward und Martin um, die ihn mit lediglich vagem Interesse betrachten. Er atmet tief durch, weil er weiß, dass seine einzige Chance darin besteht, ruhig zu bleiben. Er sieht kein Blut im Schnee, Proudfoots Leiche liegt nicht verstümmelt auf dem Boden, das heißt, dass sie vielleicht noch nicht tot ist. Steven hat seit ihrer Ankunft mit ihnen gespielt, vielleicht möchte er das Spiel noch ein wenig weiter treiben.

»Los, ihr zwei, kommt her«, ruft er. Die Worte klingen gedämpft und ersterben unter der Last der Kälte, des Schnees und der tief hängenden Wolken.

Martin breitet die Hände in jener typischen »Schiri, ich hab den Mann gar nicht berührt«-Geste aus. »Akzeptieren Sie es, Chief Inspector«, ruft er zurück. »Sie ist längst tot. Schließlich hat Steven bisher immer Ernst gemacht. Wenn Sie den Weg verlassen, laufen Sie direkt in seine Falle. Welchen Sinn hätte das? Wenn wir weitergehen, wenn wir drei zusammen bleiben...«

»Ihr beide, kommt jetzt sofort hierher, verdammt noch mal. Denn wenn er euch nicht umbringt, werde ich euch verhaften, ihr blöden Idioten! Los!«

Aber die beiden sind zwei befreite Ex-Mönche, die ihre Fesseln gerade erst abgeworfen haben. Sie sind frei, und die Freiheit ruht glorreich auf ihren Schultern und schmeckt sogar noch süßer als Stevens Rache.

Die drei Männer starren sich lange erbittert an. Eine Ewigkeit von mehreren Sekunden.

»Also gut. Scheiß drauf«, knurrt Mulholland. »Dann lasst euch halt umbringen.«

Er verlässt den von ihnen ausgetretenen Pfad und folgt der Spur durch den Schnee. Er weiß, dass er genau dorthin marschiert, wo Steven ihn haben will, doch er hat keine Wahl. Er könnte versuchen, eine andere Route zu wählen und sich von hinten an den Kerl anzuschleichen, doch dies ist nicht der Moment für Tricksereien. Er ist lange genug gerannt, war desinteressiert oder besorgt, und vor einer Minute hatte er sogar Angst. Doch nun wird es Zeit, sich dem Feind zu stellen.

Gepeinigt von Schuldgefühlen sieht Edward ihn gehen. Er sollte ihn begleiten, vor allem wenn er Proudfoot in sein Bett locken will. Andererseits ist die Frau wahrscheinlich längst tot, sodass es im Grunde keinen Unterschied macht.

»Komm«, sagt Martin. »Wir kommen auch ohne den Typ zurecht. Schließlich hat er uns bisher auch nicht besonders erfolgreich beschützt. Und ich kenne den Weg. Einen armen, sexuell ausgehungerten Schwachkopf, der auf uns aufpasst, brauchen wir also nicht.«

Wie jedes andere Geräusch in der Winterlandschaft wird auch der krachende Schuss vom Schnee gedämpft. In gewisser Weise ist der dumpfe Einschlag der Kugel in Martins Kopf ähnlich eindrucksvoll wie der gedämpfte Aufprall seines Körpers, als er tot im Schnee zusammenbricht. Ein sauberer Schuss, glatt in die Mitte der Stirn.

Bruder Steven hat noch nie in seinem Leben eine Schusswaffe abgefeuert, doch ein Besessener ist treffsicher wie die Götter. Mulholland und Edward tauchen instinktiv in den Schnee, ohne sich über die Sinnlosigkeit dieses Unterfangens Gedanken zu machen, denn sie sind nach wie vor völlig bloßgestellt. Edward bedeckt den Kopf mit den Händen und atmet Eis; Mulholland blickt in die Richtung, aus der der Schuss gekommen ist, kann jedoch außer einem weißen Wall nichts erkennen. Er verharrt weitere fünf Sekunden auf dem Boden, bevor er sich langsam aufrichtet. Wenn Steven ihn hätte töten wollen, hätte er es bereits getan.

Er steht offen und ungeschützt da und mustert Stevens Deckung, unscharfe Konturen von Hängen und Felsvorsprüngen, hinter denen sich ein Mann überall verstecken könnte. Und hoffentlich auch die als Geisel genommene Proudfoot. Mulholland atmet erneut tief durch und wird ganz ruhig. Es ist die Art Augenblick, vor dem einem immer graut, doch wenn man darin steckt, schluckt man seine Angst herunter, vergisst, dass der andere eine Waffe hat und tut, was man tun muss.

»Los, komm«, sagt er zu Edward. »Wir steigen auf diesen Hang und sehen, was auf der anderen Seite ist.«

»Keine Chance«, sagt Edward. »Ich bleibe, wo ich bin. Zumindest solange, bis ich in Richtung Stadt aufbreche.«

Mulholland beginnt durch den Schnee zu stapfen. Er hat genug Zeit mit diesen jämmerlichen Idioten verschwendet. »Wie Sie wollen, Edward, aber Sie haben ja gesehen, was er gerade mit Ihrem Freund gemacht hat. Wenn Sie eine Kugel in den Schädel bekommen wollen, bleiben Sie ruhig da. Auch Sie können hier nicht einfach so rausspazieren.«

Edward ringt einen kurzen Moment mit sich, bevor er die ausgetretene Spur verlässt und Mulholland in ein paar Schritten Abstand den Hügel hinauf folgt, aus denen bis zur Kuppe noch ein paar Schritte mehr werden.

Vorsicht wäre geboten, doch Mulholland will nichts davon wissen. Er ist dem Kampf lange genug ausgewichen. Seine Nerven sind beruhigt, und er ist entschlossen: Wenn er in der nächsten halben Minute sterben wird, dann bei dem Versuch, einer Kollegin zur Hilfe zu eilen, und er wird dem Tod in die Augen geblickt haben.

»Wirklich verdammt edel«, murmelt er leise vor sich hin, und fünf Sekunden später hat er die Kuppe erreicht. Dort warten sie auf ihn, keine zwanzig Meter entfernt in einer ein wenig tiefer gelegenen Mulde.

Proudfoot kniet, provisorisch gefesselt und geknebelt, und

starrt mit panischem Blick zu ihm und Edward hoch, als sie den Kamm des Hügels erreichen. Bruder Steven steht hinter ihr, den Lauf der Waffe auf ihren Hinterkopf gerichtet. Proudfoot wirkt ängstlich, obwohl sie Mulholland mit hektischen Blicken zu signalisieren versucht, dass er das Weite suchen soll, solange er noch kann; Steven wirkt, als würde er in sich ruhen. Sein Werk ist beinahe vollbracht, es fehlt nur noch das Finale. Er muss noch den letzten Vertreter des Heiligen Ordens der Mönche vom heiligen Johannes und ein paar unglückliche Polizisten erledigen. Der perfekte Schluss eines perfekten Verbrechens aus Rache.

Die große unbeantwortete Frage, was das Leben für ihn bereithält, wenn sein lange gehegter Ehrgeiz befriedigt ist, hat er sich noch nicht gestellt, die Frage, die jeden verfolgt, der das Pech hat, all seine Träume zu erfüllen.

»Und dann war es nur noch einer...«, sagt Steven und blickt Edward in die Augen. Er hat es genossen, mit Mulholland zu spielen. Fiebriges Blut pulsiert durch seinen Körper, wenn er Proudfoot zu seinen Füßen knien spürt, doch im Grunde ist es ihm immer nur um diese Mönche gegangen.

Edward zittert, und seine Entschlossenheit wird durch diese ominösen Worte nicht gerade bestärkt. Er würde Steven gern sagen, dass er die Frau laufen lassen soll, wenn er nur an ihm interessiert ist, doch die Worte wollen ihm einfach nicht über die Lippen kommen. Immerhin dreht er sich nicht auf der Stelle um und flieht, weil er einsieht, dass man sich seinem Schicksal stellen muss. Doch er ist trotzdem starr vor Angst.

»Lassen Sie sie laufen«, sagt Mulholland. »Wenn es nur um den Mönch geht, lassen Sie sie laufen, und wir werden den Rest klären.«

»Also wirklich, Chief Inspector, da müssen Sie sich schon was Besseres einfallen lassen, egal wie galant Ihr Vorschlag auch sein mag. Sie erwarten doch nicht ernsthaft, dass ich eine meiner Waffen aufgebe, oder? Dies ist eine Art karmisches Schachspiel, und ich werde bestimmt nicht meine Königin wegwerfen.«

»Sehr tiefsinnig«, murmelt Mulholland. »Aber bevor Sie noch mehr Blödsinn reden, können Sie uns vielleicht erzählen, was das Ganze soll? Mussten Sie mehr beten, als Sie wollten, oder vielleicht nicht genug? Sind Sie ein religiöser Eiferer oder ein fehlgeleiteter Atheist?«

Steven erwägt ihre unmittelbare Zukunft: Eine Kugel in Proudfoots Hinterkopf, gefolgt von ein paar raschen Schüssen, um Mulholland und Edward zu erledigen, oder eine lang gezogene Klimax, wie er es geplant hat. Wie die Bösen in Bond-Filmen, die sich vor der geplanten Hinrichtung immer die Zeit nehmen, ihre Motive zu erklären.

Und natürlich muss es Letzteres sein. Eile macht einfach keinen Spaß.

»Sie werden nie von Two Three Hill gehört haben«, sagt er, und das ist keine Frage, sondern eine Feststellung. Mulholland schüttelt erwartungsgemäß den Kopf. Edward kneift leicht verwirrt die Augen zusammen.

»Two Three Hill ist ein Ort von solcher Abscheulichkeit, solch grässlicher Widerwärtigkeit und Schande, dass es an den Herzen der Menschen nagt wie ein heimtückischer Krebs. Es ist ein Ort, an dem die Unverhohlenheit, mit der Menschen Mitmenschen verurteilen, einmal nackt und offen im unsterblichen Licht unseres rachsüchtigen Herrn stand. Ein Ort, der von Furcht und Verachtung spricht und zu eben jener Sorglosigkeit schreit, die die Ungläubigen von den Gottesfrommen trennt. Ich weiß, dass mein Erlöser lebt, und als der Letzte wird er über dem Staub sich erheben. Und ist meine Haut noch so zerschlagen und mein Fleisch dahingeschwunden, so werde ich doch Gott sehen. So ist es, Chief Inspector, in Two Three Hill ging es um das und vieles mehr. Im Grunde ist es das alte Leben-Blut-Ding – der Kampf der Lust gegen die Frigidität, unmoralischer Materialismus gegen die Zurückweisung der Unmoral, der niederträchtige Plagiarismus der Konvention gegen die kostbare Spontaneität erwiderter Vehemenz. Es ist ein großes Mahabharata der Ernüchterung, geschnitzt in den Pfad der Rechtschaffenheit. Two Three Hill ist in allem: Es ist im Schnee, es ist in den Hügeln, der Luft, die wir atmen, der Waffe, die ich in den Nacken Ihres Sergeants halte, der Kleidung, die wir tragen, den beiden lächerlichen linken Händen des Abtes. Es ist alles um uns herum, es trägt uns, bindet uns und saugt uns in seine geplagte Provinz.«

Die vernichtenden Worte hängen in der Luft, flehen den Schnee an, sie mit sich zu Boden zu reißen und aufzusaugen. Geisterhaft, besessen, provozierend und spöttisch.

»Ich dachte, Two Three Hill wäre ein Fußballspiel gewesen«, sagt Edward.

Steven antwortet nicht sofort.

»Was?«, fragt Mulholland.

»Ich habe die anderen darüber reden hören. In Two Three Hill gab es ein Fußballspiel. Das war doch alles, oder?«

»Ein Fußballspiel?«, wiederholt Mulholland. »Ein beschissenes Fußballspiel? Stimmt das? Den ganzen Mist, den Sie verzapft haben, nur wegen eines blöden Fußballspiels? Als Thistle in die dritte Liga abgestiegen ist, hat jedenfalls niemand so geredet.«

Die Waffe in Stevens Hand zittert leicht; Proudfoot spürt es an ihrem Kopf.

»Es war mehr als ein Fußballspiel. Es ging um Ungerechtigkeit und Unterdrückung. Es ging um die Verstörung eines anständigen Mannes, seinen Abstieg in den Hades der Frauen und zerschlagenen Hoffnungen.«

»Würden Sie aufhören, so einen Scheiß zu labern, und uns erzählen, was in Two Three Hill tatsächlich passiert ist«, sagt Mulholland.

Steven kocht, die Waffe zuckt in seiner Hand. Er könnte einfach abdrücken und dem Spott ein Ende bereiten. Wie konnte irgendeiner von ihnen hoffen, es zu verstehen?

»Es war ein Fußballspiel«, sagt Edward. »Irgendwann in den Siebzigerjahren. Lange bevor ich hierher gekommen bin. Wie dem auch sei, unsere Truppe hat gegen eine Mannschaft irgendwo aus Caithness gespielt. Zwanzig Typen in Kutten, die einen Ball über ein kleines Feld kicken. Ihr Abt war Schiedsrichter. Kurz vor Schluss, es stand noch immer 0:0 oder so, schießt einer von uns den Ball ins Netz oder was immer sie an Stelle des Netzes hatten. Mitten hinein in den Jubel des Torschützen und die relative Gleichgültigkeit aller anderen Beteiligten erkennt der Abt das Tor wegen Abseits nicht an.«

»Es war nie im Leben Abseits«, sagt Steven.

»Wie auch immer. Das Tor wurde aberkannt, und unser Typ ist ausgeflippt, hat den Schiedsrichter angegriffen und die ganze Beleidigter-Fußballspieler-Nummer abgezogen. Die Begegnung zwischen den beiden Abteien wurde seit mehr als dreihundert Jahren ausgetragen, und unser Mann war der erste Spieler, der vom Platz geflogen ist. Das war allen ein bisschen peinlich, die Partie wurde nie wieder ausgetragen, und der Typ wurde zutiefst beschämt, mit hängendem Kopf und dergleichen nicht nur des Feldes, sondern auch des Klosters verwiesen. Ein bisschen wie Christopher Lambert in *Highlander*, nur ohne die körperliche Gewalt. Ein bisschen so wie die Kricket-Spiele zwischen England und Pakistan nach der Geschichte mit Mike Gatting, nur dass diese Spiele auch weiterhin ausgetragen werden.«

Edward zuckt mit den Achseln. Seine Anspannung ist mit der Erklärung gewichen. Die Situation kommt ihm fast wieder normal vor, eine Diskussion über Fußball. Eine Art Fußball jedenfalls.

»Und?«, fragt Mulholland, der noch immer nach der Begebenheit sucht, die einen Menschen zum Mord anstiften könnte.

»Der Mann war mein Vater«, sagt Steven.

»Welcher Mann?«

»Der Mann, der das Tor geschossen hat.«

»Was? Das Abseitstor?«, fragt Edward.

»Es war kein Abseits, begreift ihr Idioten das nicht? Es war ein astreines Tor, und sie haben dafür sein Leben zerstört. Er war nie wieder derselbe.«

Mulholland wedelt mit den Händen, wie um das Gesagte zu vertreiben. Dazu nickt er rhythmisch mit dem Kopf und zuckt mit den Achseln.

»Moment mal, Moment mal, Moment mal. Einen Moment mal. Wollen Sie uns etwa sagen, Sie hätten mehr als dreißig Männer wegen einer falschen Abseitsentscheidung ermordet?«

»Es war kein Abseits, verdammt noch mal!«, sagt Steven.

»Ich habe gehört, es wäre meilenweit Abseits gewesen«, sagt Edward.

Steven hebt die Waffe und richtet sie auf ihn.

»Scheiße!«, brüllt Mulholland. »Es ist mir kackegal, ob es Abseits war oder ob noch fünfzehn beschissene Mönche auf der Torlinie standen. Wollen Sie etwa sagen, dass Sie all die armen Schweine wegen einer Schiedsrichterentscheidung getötet haben? Mehr als dreißig Mann? Ist das wirklich Ihr Ernst, Sie vollkommen abgedrehter, dummer, ignoranter, schwachsinniger Kretin? Sie ahnungsloser, strohköpfiger, hirnloser, dumpfbackiger, arschgesichtiger, nichts blickender Oberspinner? Ich habe ja schon Fischgerichte mit mehr Gehirn gegessen, als Sie haben. Sie wollen uns doch nicht ernsthaft erzählen, Sie hätten wegen einer falschen Abseitsentscheidung mehr Menschen ermordet, als in den Vororten von Shanghai wohnen. Das wäre wirklich der albernste, lächerlichste, blödsinnigste Akt von fortgeschrittener Geistesgestörtheit, von dem ich je gehört habe.«

Steven runzelt kaum merklich die Stirn. Er hätte wissen müssen, dass sie ihn nicht verstehen würden.

»Es war eine wirklich krasse Fehlentscheidung«, sagt er.

Mulholland weiß nicht, was er sagen soll. Das ist absurd. Die meisten Verbrechen sind bescheuert, aber das hier muss in der Spitzenliga der absolut hirnrissigsten Fälle mitspielen, in denen er je ermittelt hat. Das ist die Real-Madrid-Europapokalsieger-Mannschaft von 1960 der Blödheit.

»Warum haben Sie nicht einfach den Schiri erledigt?«

Steven lächelt, lässt den bisher auf den zitternden Edward angelegten Lauf sinken und drückt ihn erneut in Proudfoots Nacken. »Das habe ich schon vor etlichen Jahren getan. Aber ich wollte vor allem diesen Mob hier. Sie haben meinen Vater von dem Ort vertrieben, den er wirklich geliebt hat. Sie haben sein Leben zerstört. Wegen ihnen ist er als gebrochener Mann gestorben, und auf seinem Sterbebett hat er mir von der Ungerechtigkeit in Two Three Hill erzählt. Da wusste ich, dass ich ihn rächen musste.«

Mulholland ist immer noch fassungslos – nicht zuletzt deswegen, weil er selbst sich auch noch in ein Gespräch darüber verwickeln lässt.

»Und warum dann alle umbringen? Das war in den Siebzigerjahren, eine Menge der Leute waren damals noch gar nicht hier.«

Steven zuckt mit den Achseln und hebt die Waffe, bevor er sie wieder auf Proudfoots Kopf sinken lässt. Sie hat sich gefragt, ob Mulholland es schaffen würde, ihr die Flucht zu ermöglichen, doch nun hat sie sich in die Vorstellung gefügt, eine Kugel in den Hinterkopf zu bekommen. Jemand, der dermaßen verrückt war, würde sie bestimmt nicht verschonen.

»Ich habe mir Zeit gelassen. Ich habe versucht, Unterlagen über jenen Tag zu finden, um festzustellen, wer damals dabei war, damit ich sie ausradieren und die Unschuldigen verschonen konnte. Aber natürlich waren die Dokumente über jenen Tag der Schande längst vernichtet worden, sodass ich nichts finden konnte. Und ich wurde bei meiner Suche von Bruder Saturday entdeckt. Ich musste ihn töten, und damit habe ich in eine Art Wespennest gestochen. Zugegeben, ich habe mich ein wenig mitreißen lassen, aber ich sage Ihnen, es war ein irrer Trip. Und als klar wurde, dass Sie und Ihre Leute kommen, dachte ich mir, dass ich mich besser beeile. Andernfalls hätte ich mir sehr viel mehr Zeit gelassen.«

Mulholland schüttelt noch immer fassungslos den Kopf. Er ist an Dummheit gewöhnt, doch dies ist schlicht unglaublich.

»Aber wegen einer falschen Abseitsentscheidung?«, bringt er schließlich nach wie vor ungläubig hervor.

»Darum geht es ja gerade«, mischt Edward sich ein. »Es war keine Fehlentscheidung. Jeder sagt, dass es eine Meile Abseits war.«

»Du kannst denken, was du willst, Bruder Bumsfidel, Tatsache ist, dass ich weiß, dass es ein korrektes Tor war, und ich weiß auch, dass ihr alle zu sterben verdient habt.«

»Was ist mit Sheep Dip?«, fragt Mulholland.

»Der Idiot. Ich bin ihm zufällig in einem Flur begegnet und habe mir gedacht, dass ich ihn ebenso gut gleich auslöschen könnte. Er war gefährlich, deshalb musste ich ihn loswerden, als sich die Chance bot, verstehen Sie? Und ihr beide? Ich habe vor zwei Nächten vor dem Bett gestanden, in dem ihr geschlafen habt, und beschlossen, euch noch ein wenig länger leben zu lassen. Ob ihr sterbt oder nicht, war mir relativ egal, und um ehrlich zu sein, bestand auch nie die Gefahr, dass Sie mich schnappen. Also bringe ich euch vielleicht jetzt um, vielleicht aber auch nicht. Wer weiß? Doch zuerst möchte ich, dass Sie etwas für mich tun. Wenn Sie es tun, lasse ich Sie und Ihre Freundin hier vielleicht am Leben.«

Alle Dummheit beiseite, es war nun endlich so weit. Sie konnten nicht ewig hier rumstehen und fehlerhafte Abseitsentscheidungen samt Folgen erörtern – obwohl Mulholland durchaus der Gedanke kommt, dass Schottland, wenn die Leute sich jeden Samstag so aufregen würden, bald nur noch von ein paar erfolglosen Stürmern bevölkert sein würde, die nach jemandem Umschau halten, bei dem sie sich über den Linienrichter beschweren konnten.

»Was könnte ich denn wohl für Sie tun?«, fragt er.

Steven lächelt. Er hebt die Waffe, schwenkt sie in Edwards Richtung und lässt sie wieder auf Proudfoots Kopf sinken. Diesmal krümmt er demonstrativ den Finger am Abzug und stößt den Lauf fester gegen ihre Kopfhaut.

»Sie können ihn töten«, sagt er.

»Was?«, fragt Edward. »Was redest du denn?«

Mulholland sieht ihn aus den Augenwinkeln an, bevor er den Blick wieder zu Steven wendet. »Wozu?«, fragt er.

»Oh, ich weiß nicht. Ich will mich bloß ein bisschen amüsieren. Ich will bloß wissen, wie viel Sie für sie tun würden.«

»Sie ist nicht meine Freundin.«

»Ja, meinetwegen, was auch immer. Aber Sie möchten, dass sie es ist, das ist verdammt offensichtlich. Also lassen Sie uns herausfinden, wie sehr. Wenn Sie wollen, dass sie lebt, müssen Sie den armen kleinen Bruder Edward töten.«

»Einen Moment mal«, sagt Edward.

»Sie ist Polizistin«, sagt Mulholland. »Sie weiß, dass ich das nicht tun werde. Sie ist darauf vorbereitet, in Ausübung ihrer Dienstpflicht zu sterben. Das ist Berufsrisiko.«

»Ja, Mulholland, aber sind Sie darauf vorbereitet, dass sie in Ausübung ihrer Dienstpflicht stirbt? Denken Sie darüber nach, mein Freund. Wenn Sie es nicht tun, werden Sie alle drei sowieso sterben. Aber wenn Sie Edward töten, könnte ich euch zwei vielleicht laufen lassen. Genauer gesagt, werde ich euch laufen lassen. Und ich bin ein Mann, der sein Wort hält. Alles, was Sie für Ihre Freiheit tun müssen, ist, die Hände um den Hals des Jungen zu legen und zwei Minuten lang fest zudrücken. Sie müssen nur jemanden töten, der schon so gut wie tot ist, und Sie und Ihre Freundin hier kommen aus der Sache raus.«

Mulholland sieht Proudfoot in die Augen. Sie sind blassblau und verängstigt. Sein Verstand sucht fieberhaft nach Alternativen. Er schätzt die Entfernung zwischen sich und Steven ab und die Zeit, die ein blinder Ausfall dauern würde. Er fragt sich, wie er Edward die Möglichkeit übermitteln soll, die Stevens Plan eröffnet – Edward könnte seinen Tod vortäuschen, und er, Mulholland, könnte vorgeben, Stevens Anweisungen Folge zu leisten, und ihn in ein Gespräch verwickeln, bis ihm etwas anderes einfällt. Sein Verstand ist ein einziges Chaos, aber wem würde das angesichts solcher Optionen anders gehen? Und nicht für eine Sekunde lässt sein Blick Proudfoot los. Ihre Augen wirken ängstlich und nervös, doch etwas in ihnen sagt auch, wenn es das war, dann sollte es so sein. Irgendwann muss man abtreten, besser so als bei einem Autounfall oder durch eine verkrüppelnde Krankheit. Im Dienst eine Kugel in den Hinterkopf. Sie windet sich und wünscht, sie könnte sich freier bewegen, um Steven für seine totale Blödheit zu verspotten und ihm wenigstens noch ein gutes verächtliches Grinsen zuzuwerfen, bevor er den Vorhang herunterließ.

»Sie können sich nicht entscheiden, was?«, sagt Steven. »Die

Uhr tickt, mein Freund. In zehn Sekunden kriegt Ihre Freundin eine Kugel ins Hirn.«

»Lassen Sie sie da raus, Himmel Herrgott noch mal.«

»Acht... sieben... Sie vergeuden Zeit, Mulholland.«

Verwirrt macht Mulholland einen Schritt auf ihn zu, bevor er sich umdreht und Edward ansieht. Wenn er vielleicht einfach so tun könnte als ob, aber wird Edward begreifen, dass er mitspielen muss? Er versucht, ihm diese Option durch Blicke zu kommunizieren, doch Edward starrt verängstigt zurück, während er einen Sprung über die Hügelkuppe erwägt. Die Flucht wird nicht leicht werden, aber wie viele Kugeln kann der Mann noch übrig haben?

»Vier Sekunden.«

Proudfoot schließt die Augen. Wird sie sofort sterben oder vorher noch irgendeine Sinneswahrnehmung erleben? Brennenden Schmerz, Hitze, eine Erleuchtung?

Mulholland zögert – drei Sekunden, zwei Sekunden – und entscheidet sich, allerdings nur, um weitere Zeit zu schinden. Er dreht sich zu Edward um. Er muss ihm die Hände um den Hals legen, beim Erwürgen in die Augen sehen und hoffen, dass der Typ es blickt, bevor er ihn wirklich umbringen muss. Seinen Tod vorzutäuschen ist die einzige Möglichkeit.

»Eine Sekunde...«, sagt Steven in der Absicht, die Sekunde ein wenig zu dehnen, um die Qual zu verlängern.

Proudfoot macht ihren letzten Atemzug; Edward sieht Mulholland kommen und folgt seinem Instinkt. Es scheint vernünftig. Wenn er sowieso sterben wird, kann er ebenso gut die Flucht wagen. Der Gedanke, seinen Tod vorzutäuschen, kommt ihm nicht, und als er sieht, wie Mulholland sich umdreht, ist er weg. Er macht auf dem Absatz kehrt und sprintet schwerfällig ein paar Meter durch den Schnee. Nur noch ein paar Schritte, und er kann hinter der Hügelkuppe abtauchen.

Der Knall der gedämpften Explosion zerreißt die Stille, Blut spritzt wie ein Feuerwerk auf den Schnee.

Mulholland dreht sich mit wieder pochendem Herzen, offenem Mund und klingelnden Ohren zu Steven um, weil die Kugel auf ihrem Weg in den Rücken des verstorbenen Bruders Edward ganz knapp an seinem Kopf vorbeigesaust ist. Als Mulholland sich umdreht, hält Steven die Waffe wieder an Proudfoots Kopf.

»Hey, Chief Inspector, ich hätte nicht gedacht, dass Sie mitspielen. Aber was soll's, jetzt sind sie alle tot, die Schweine.«

Mulholland beruhigt sich, obwohl er die Kugel immer noch hören kann. Erneut trifft sein Blick auf Proudfoot. Sie wirkt jetzt gefasster. Sie hat der Unvermeidlichkeit des Todes ins Auge gesehen und ist verschont worden. Wenn es in den nächsten paar Sekunden tatsächlich passiert, ist sie bereit.

Mulholland weiß, dass er auf die beiden zulaufen muss und zu langsam sein wird. Er weiß, dass er und auch Proudfoot erschossen werden, und dann ist das Spiel vorüber. Er kann versuchen, durch Reden noch mehr Zeit zu gewinnen, aber was nützt ihnen mehr Zeit?

»Also gut, Sackgesicht«, sagt er, »dann bring es zu Ende.«

Steven zuckt, die Pistole in seiner Hand zittert. Na endlich, denkt Proudfoot.

»Was soll das heißen, ›Sackgesicht‹? Ich bin derjenige mit der Waffe. Wer sind Sie, mich ›Sackgesicht‹ zu nennen?«

»Ich bin der Typ, der weiß, dass Sie ein Sackgesicht sind.« Mulholland lächelt – er kann auch mit Worten kämpfend abtreten; und auf einer anderen Ebene ist das die übliche Polizeitaktik, den Verrückten zu provozieren und abzulenken – und winkt ab. »Ich meine, wie soll ich dich denn sonst nennen? Du hast dein ganzes Leben damit zugebracht, irgendeine beschissene Schiedsrichterentscheidung zu rächen, die offenbar auch noch vollkommen korrekt war. Dein Dad war bloß ein Idiot, und du bist ein noch größerer Idiot. Was für ein armer, erbärmlicher Trottel verbringt sein Leben damit, die Vergeltung für eine lächerliche Schiedsrichterentscheidung zu planen? Ich sag dir, was für einer. Die Sorte Sackgesicht wie du, du Sackgesicht.«

Dabei macht er die ganze Zeit langsame, trippelnde, unsichtbare Schritte auf die beiden zu. Sinnlose Worte, aber wenn er es noch eine Weile durchhält, wenn er die prekäre Balance wahren kann, einerseits Stevens Interesse wach zu halten, ihn andererseits aber auch nicht so wütend zu machen, dass er ihn sofort abknallt, kommt er vielleicht nahe genug heran. Doch es sind lange zwanzig Meter, aus denen mittlerweile lange fünfzehn Meter geworden sind, was auf gutem Boden immer noch zu weit wäre, vom Schnee ganz zu schweigen.

Steven zuckt erneut. Er sieht Mulholland nahen und ringt mit sich, ob er ihn noch näher kommen lassen soll, damit er dessen empörenden Spott beantworten kann. Aber nein, je näher er kommt, desto größer die Chance, dass sein Gegenüber den Ausfall versucht. Warum sollte er jetzt alles vertändeln, wo sein Werk in fünf Sekunden beendet sein und er von hier fortgehen und sein Leben weiterleben könnte?

Er hebt mit ruhiger Hand die Waffe und zielt genau auf die Stelle eineinhalb Zentimeter über Mulhollands rechtem Auge. Wenn man dort trifft, zucken sie, hat er einmal in einem Buch gelesen. Proudfoot kann zusehen, bevor sie selbst dran ist.

Mulholland zögert und erkennt Stevens Blick. Er hat ihn schon einmal gesehen bei einem Schwachsinnigen in Hyndland, der mit einem Messer auf ihn losgegangen ist. Es ist so weit.

Ein letzter Blick zu Proudfoot – die Augen sagen alles –, und dann stürmt er laut schreiend auf Bruder Steven los.

Kapitel 35

Er kommt aus dem Nichts, weiß gekleidet, bis zur letzten Sekunde unsichtbar, ein Besessener. So stürzt sich Barney Thomson von hinten auf Bruder Steven, und seine Hände erreichen dessen Schultern, bevor er den Abzug drücken kann. Als der Schuss fällt, fliegt die Kugel harmlos in eine tief hängende Wolke.

Proudfoot fällt nach vorn in den Schnee; Mulholland rennt auf sie zu. Barney begräbt Steven unter sich und packt seine rechte Hand, damit er nicht mit der Waffe herumfuchteln kann. Er hat das Überraschungsmoment auf seiner Seite und kann Steven überwältigen. Doch der ist der Stärkere von beiden. Barney ringt und kann dem Knie ausweichen, das Steven in seinen Unterleib zu stoßen versucht.

Steven schlägt zurück, hebt Barney hoch und wirft ihn auf den Rücken. Doch Barney hält weiterhin die Handgelenke seines Gegners gepackt, während er sich fragt, was an diesem speziellen Plan eigentlich so brillant war. Stevens Kopf schnellt nach unten, doch Barney sieht ihn kommen und weicht aus, sodass ihn der Stoß anstatt frontal auf dem Nasenbein nur seitlich am Kopf trifft. Ebenso schmerzhaft getroffen wie sein Opfer, taumelt Steven einen Moment.

Mulholland löst Proudfoots Fesseln, und gemeinsam sehen sie

eigenartig fasziniert aus kaum zwei Metern Abstand zu, bevor ihm plötzlich klar war, dass er etwas tun muss. Zu spät.

Aus dem Gemenge wird die Waffe erhoben. Barney verdreht den Kopf, während Steven mit angespannten Muskeln versucht, den Lauf in Barneys Bauch zu stoßen.

Doch Steven ist ein Mann, der seinen Traum ausgelebt hat, ein Mann, dessen Zeit gekommen und gegangen ist, ein Mann, der plötzlich sein ganzes Leben anzweifelt. Und Barney ist ein Mann, der nicht so weit gekommen ist, um so abzutreten.

Der Schuss löst sich, als Mulholland sich auf sie wirft, ein weiterer gedämpfter Knall. Und manchmal verliert am Ende nicht der, dem es egal ist.

Er zerrt an den beiden Leibern, und nichts rührt sich. Schließlich gibt Stevens Schulter langsam nach, und sein Körper löst sich von Barney Thomsons. Beide sind mit Blut bedeckt, doch es ist Stevens Blut, und als er, die Pistole noch immer gepackt, zu Boden sinkt, bleibt er reglos liegen.

Barney Thomson blickt zu Mulholland auf. Seine Brust bebt, sein Atem geht kurz und abgerissen. Schließlich bringt er einige wenige Worte heraus. Er weiß, dass er der Polizei gegenübersteht, weiß, dass dies die Grabrede auf seine Jahre in Freiheit sein wird. Er weiß, dass diese Worte den Verlauf seines restlichen Lebens bestimmen können.

»Ich war's nicht«, sagt er.

Ein gewöhnlicher Mann

Sie haben sich vom Schauplatz des letzten blutigen Gemetzels über die Kuppe des Hügels zurückgezogen. Auch Martins Leiche liegt außer Sichtweite. Sie haben eine vage Vorstellung, in welche Richtung sie gehen müssen, weil sie Martins Kompass geborgen haben. Eines Tages werden sie auf eine Straße stoßen, oder man wird ihre Leichen in den Hügeln finden.

Die Wolken hängen noch immer tief, doch es droht kein erneuter Schneefall, und die Wolkendecke verhindert einen Temperatursturz. So machen sie eine Pause, bevor sie das letzte Stück Weg in Angriff nehmen. Sie sitzen in einem kleinen Kreis und essen von den Vorräten, die ihnen nun im Überfluss zur Verfügung stehen, da die meisten Teilnehmer ihrer Expedition tot sind.

Seit er Steven getötet hat, hat Barney kein Wort mehr gesagt. Er kann noch immer nicht glauben, dass das sein ganzer genialer Plan gewesen sein soll. Wie erweckt man einen unschuldigen Eindruck? Man rennt los, bringt jemanden um und sagt: ›Ich war's nicht!‹ Das wird jeden überzeugen. Möglicherweise sprachen die Tatumstände für ihn, aber bei Polizisten konnte man nie wissen. Die meisten von ihnen waren echte Schweine.

»Wie haben Sie mich gefunden?«, fragt er, nachdem er beschlossen hat, dass es an der Zeit ist, die Sache hinter sich zu bringen. Der vorübergehende Wahnsinn, der ihn im Kloster befallen hat, ist verschwunden. Die Müdigkeit, die ihn bei ihrer Beobachtung hat einschlafen lassen, ist verflogen. Er ist ihren Spuren gefolgt, hat alles offen gelegt, und nun muss er sich seinem Schicksal stellen.

»Reiner Zufall«, sagt Mulholland. »Wir wussten, dass Sie irgendwo in Sutherland unterwegs waren, aber zu dem Kloster sind wir nur wegen der anderen Morde gekommen. Wie sind Sie bloß an einem derartigen Ort gelandet?«

»Sonst konnte ich nirgendwo hin«, sagt Barney. »Ich wusste, dass es irgendwas sein musste, wo noch keiner von mir gehört hatte. Woher sollte ich denn wissen, dass sich da so ein mordlustiger Spinner rumtreibt?«

»Genau wie mit Ihrer Mutter?«, fragt Proudfoot.

Barney nickt. »Das mit ihr wissen Sie also auch? Ich dachte mir schon, dass Sie da mittlerweile vielleicht draufgekommen sind. Weiß es die Presse und so auch?«

Mulholland schüttelt den Kopf. »Ich glaube nicht. Wir stecken hier draußen schon ziemlich lange fest, wer weiß? Wahrscheinlich hat die Presse inzwischen längst was Neues gefunden. Sie wissen ja, wie das geht. Nur auf die Geschichte mit den beiden anderen konnten wir uns keinen Reim machen. Wullie und Chris.«

Barney Thomson atmet tief ein. Nun ist es so weit. Kein Wegrennen mehr, keine Lügen, keine Träumereien. Er kann ihnen ebenso gut die Wahrheit sagen und nehmen, was kommt. Vielleicht kann er im Knast Haare schneiden.

»Ich weiß, dass Sie mir das nicht glauben werden, aber das waren beides Unfälle. Wullie ist auf ein paar Tropfen Wasser ausgerutscht und in eine Schere gefallen, die ich in der Hand hatte. Und ein paar Tage später hat Chris mich deswegen zur Rede gestellt, wir haben uns gestritten, er ist gefallen und hat sich die Birne aufgeschlagen, verstehen Sie?«

Mulholland beißt in ein fades Sandwich. Proudfoot trinkt einen Schluck Wasser. Barney lässt Schnee durch die Hände rieseln.

»Ist das wahr?«, fragt Mulholland.

»Ja«, antwortet Barney ohne jedes Flehen in der Stimme. »Dumm, aber wahr. Aber nicht so bescheuert wie dieser Idiot Steven.«

»Und warum sind Sie nach dem Ersten nicht gleich zur Polizei gegangen? Was hatten Sie zu befürchten, wenn es wirklich ein Unfall war?«, möchte Proudfoot wissen.

Barney zuckt langsam mit den Achseln und schüttelt den Kopf. Wie oft hat er sich das in den vergangenen Wochen selbst gefragt? Wenn er bloß direkt zur Polizei gegangen wäre...

»Weiß nicht. Ich war blöd, wie gesagt. Blöd.«

»Und was ist mit den vier Polizisten am Ufer des Loch Lubnaig? Hatten Sie damit etwas zu tun?«

»Das war nun wirklich bekloppt. Ich war schon da und so, aber sie haben sich gegenseitig erschossen. Ich weiß nicht, was mit denen los war.«

Mulholland betrachtet den legendären und berüchtigten Barney Thomson von nahem. Ein gewöhnlicher Mann. Wenn Presse und Öffentlichkeit, die ihn so geschmäht haben, ihn jetzt sehen könnten... Das soll der große Killer sein, dabei ist er bloß ein kleiner Kerl, der leicht verwirrt im Schnee sitzt und an einem Stück Käse knabbert, dem die Reise nicht gut bekommen ist.

Wie wird man mit ihm umgehen, wenn sie zurückkommen? Wie werden er und Proudfoot in die Barney-Thomson-Saga passen, wenn bekannt wird, dass sie diejenigen waren, die ihn geschnappt haben?

Er schüttelt den Kopf und betrachtet den Unschuldigen im Schnee. Ihn geschnappt? Was redet er da? Barney Thomson hat ihnen gerade das Leben gerettet. Sie haben ihn genauso wenig geschnappt, wie sie Steven geschnappt haben. Wenn sie Barney Thomson schließlich gefunden haben, dann weil er gefunden werden wollte. Er ist ihnen durch den Schnee gefolgt, obwohl er genauso gut in die andere Richtung hätte marschieren können. Er hat seine Chance auf die Freiheit für sie aufgegeben. Wie soll er ihm das zurückzahlen?

»Dann sollten Sie sich jetzt wohl besser auf den Weg machen«, sagt er.

Barney und Proudfoot sehen ihn an, Barney mit Käsekrümeln auf den Lippen.

»Wie meinen Sie das?«

Mulholland seufzt schwer. Er sieht Proudfoot an, die nach ihrer anfänglichen Überraschung genau weiß, wie er denkt.

»Sie haben uns das Leben gerettet. Sie sind genauso wenig ein Mörder wie wir beide. Der eigentlich Böse in dieser Geschichte ist tot, und Sie haben ihn erledigt. Wenn wir Sie jetzt mit zurücknehmen, kann niemand voraussagen, wie Sie behandelt werden. Also können Sie auch einfach verschwinden. Gehen Sie, und fangen Sie irgendwo ein neues Leben an, wenn Sie können.«

»Ist das Ihr Ernst?«, fragt Barney und steht auf.

Mulholland nickt. »Ja, das ist mein Ernst.«

Barney Thomson starrt die beiden Polizisten an. Er wusste gar nicht, dass Polizisten auch so sein konnten. Verdammt, denkt er und fragt sich erneut, ob es so einfach gewesen wäre, wenn er direkt ein Geständnis abgelegt hätte.

»Kann ich für unterwegs noch was zu Essen mitnehmen?«, fragt er. »Ich hab nicht mehr viel übrig.«

»So viel Sie wollen«, sagt Mulholland. »Wir haben haufenweise Vorräte.«

Und so macht Barney sich daran, seinen Rucksack zu packen, einen Rucksack, der eine Taschenlampe, ein paar Feueranzünder, Streichhölzer, einen Kompass, Kleidung zum Wechseln sowie seine Schere und seinen Kamm enthält. Alles, was ein Mann auf der Flucht braucht.

Angemessen mit Proviant versorgt, ums Herz so leicht wie seit Wochen nicht mehr – oder, wenn er ehrlich ist, schon seit Jahren nicht –, sieht er ein letztes Mal zu Proudfoot und Mulholland hinunter.

»Danke«, sagt er.

»Sie haben uns das Leben gerettet, Barney«, erwidert Mulholland. »Wir haben zu danken.«

»Ja, gut. Wie auch immer.«

»Wohin werden Sie gehen?«, fragt Proudfoot.

Barney atmet tief ein und sieht sich kurz zu der verschneiten Landschaft um, die ihn erwartet.

»Weiß nicht genau«, sagt er. »Einfach irgendwohin, wo ich Haare schneiden kann, denke ich. Einen Ort, an dem ein Frisör gebraucht wird. Wo immer Menschen sich nach einer verlässlichen Schere sehnen, wo immer der noblen Zunft der Barbiere Unrecht getan wird, wo immer im Namen der Coiffeurie Böses getan wird, wo immer Menschen gezwungen werden, in der Grube der Schande zu kriechen, um zu bekommen, was jedermann zustehen sollte, dort werden Sie mich…«

»Barney?«

»Was?«

»Wenn Sie nicht sofort die Klappe halten, verhafte ich Sie wegen öffentlichen Mistverzapfens. Und jetzt gehen Sie los und verpissen sich. In der vergangenen Woche habe ich mir genug gequirlte Scheiße angehört. Sie haben zwanzig Minuten, dann brechen wir auch auf, also legen Sie besser einen Gang zu, weil ich Sie nie wieder sehen will.«

»Oh, klar. Also dann.«

Und so verabschiedet sich der letzte verbliebene blutige Barbier dieser Welt mit einem Winken von den Polizisten, die ihn seiner gerechten Strafe zuführen sollten. Den Rucksack auf den Schultern macht Barney sich auf den Weg, seine Stiefel sinken tief in den Schnee, aber die Welt vor ihm ist weiß und unberührt, und solange er sich nicht umdreht, ist keine Menschenseele in Sicht. Er ist frei.

Ein paar Minuten starren sie ihm schweigend nach, bis er endlich in der verschneiten Landschaft und dem grauen Zwielicht verschwunden ist. Dann sehen sie sich an, doch keiner verliert ein Wort über die Angelegenheit. Barney Thomson ist weg. Proudfoot will Mulholland sagen, dass er das Richtige getan hat, doch sie bringt kein Wort heraus. Beide erkennen die Müdigkeit des anderen und spüren ihre eigene in den Gliedern. Doch nun wird sie nichts mehr aufhalten auf ihrem Weg zurück in die Zivilisation, obwohl ungewiss ist, was sie dort erwartet. Schließlich ist vor ihren Augen eine ganze Kolonie von Mönchen ausradiert worden.

»Gut«, sagt Mulholland und macht Anstalten aufzustehen. »Es ist vorbei. Wir sollten unsere Sachen packen und aufbrechen. Vielleicht schaffen wir es ja noch bis heute Abend, wenn auch nicht mehr vor Einbruch der Dunkelheit. Und wer weiß, anschließend erwarten uns vermutlich ein paar spaßige Tage mit Papierkram und angesäuerten Vorgesetzten.«

Proudfoot steht auf und spürt, dass ihre Beine schwach sind. Sie hat dem Tod ins Auge gesehen, sie ist erschöpft. Aber sie wird es ohne Frage zurück in die Zivilisation schaffen. Es gibt Dinge, die sie erledigen muss.

»Wenn wir wieder im Hotel sind, bevor wir uns zurückmelden oder irgendwelchen Papierkram erledigen...«, sagt sie und beginnt, die notwendigen Utensilien aus Edwards in ihren eigenen Rucksack zu packen.

»Was?«, fragt er.

»Bock zu vögeln?«

Mulholland starrt sie über das Schinken-Sandwich hinweg an, das er schon eine Weile betrachtet, weil er überlegt, ob er vor dem Wegpacken noch einmal hineinbeißen soll. Ihre Augen verschmelzen, als er lustvoll in das fade Brot mit dem trockenen Schinken beißt.

»Klar, kein Problem«, sagt er.

BILL BRYSON

Humorvoll, selbstironisch und mit einem scharfen Blick für die Marotten von Menschen und Bären!

»Bill Bryson ist ein Naturwunder!«
Sunday Times

44395

GOLDMANN

MARK CHILDRESS

»Childress ist ein begnadeter Fabulierer mit Umblättergarantie, ein wunderbarer Geschichtenspinner mit einem großen Herz für seine Figuren.«

stern

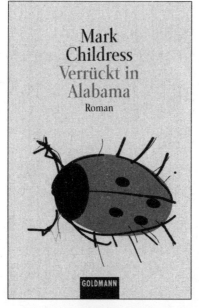

GOLDMANN

MANHATTAN

»SPIEL DES JAHRES 1994«

Wer behält im Großstadtdschungel von Manhattan
einen kühlen Kopf, wenn es darum geht, die Skyline
von sechs Metropolen neu zu gestalten?
Eine imposante Kulisse aufzubauen ist allerdings nur die eine Seite.
Denn wichtig ist es auch, dick im Geschäft zu sein
und die punkteträchtigsten Wolkenkratzer zu erobern.

HANS IM GLÜCK VERLAG, MÜNCHEN